무위록

無

爲

錄

무위록 1

달과 검

장산부 仙道 장편소설

無

爲

錄

북하우스

작가의 말

　우리나라에는 참 많은 무예소설들이 있습니다. 독자층 또한 다른 어떤 장르 못지않게 두텁습니다. 도서대여점이나 대본소는 무예소설 일색이라 해도 과언이 아닐 정도입니다. 그러나 그 많은 소설들 속에서 정작 우리 역사가 배경이 되고 우리 민족이 주인공이 된 작품은 찾아볼 수 없습니다. 하나같이 한족(漢族)의 무용담들뿐입니다. 안타까운 현실입니다.

　한족의 무예소설에 경도되는 일은 재즈 음악을 듣고 프랑스 영화를 즐겨 보는 일과는 다릅니다. 그것은 그 소설들의 근저에 중화사상이라는 거대한 괴물이 숨어 있기 때문입니다. 한족의 주인공을 따라 울고 웃고 분노하는 사이 독자들은 자신도 모르게 중화사상에 동화되고 맙니다. 그래서 서슴없이 한족을 동양문화의 중심 자리에 놓게 됩니다. 동시에 우리 민족은 주변의 한 오랑캐 부족 정도로 치부해버리게 됩니다. 이는 걱정스러운 일이 아닐 수 없습니다. 특히 민족애와 자긍심을 키워나가야 할 청소년들에게는 심히 염려스러운 일이라 하겠습니다.

『한단고기』『규원사화』 등 우리 민족의 상고사를 정리한 고서들에 따르면 한족이 중국 대륙을 차지한 것은 주(周), 진(秦) 두 왕조에 이르러서였다고 합니다. 그 이전까지 중원은 우리 민족의 선조인 동이족(東夷族) 배달나라 영토였다는 것입니다. 한족은 서쪽 사막 지역의 미개한 종족이어서 서토 사람이라 불렸습니다. 그들은 자신들에 비해 동쪽에 위치한 배달나라를 동이라 불렀는데, 그 호칭 속에는 그들의 경외감이 잘 드러나 있습니다. 이(夷)라는 글자를 풀어 쓰면 큰 활(大弓)이 됩니다. 동이란 그러니까 동쪽의 큰 활을 쓰는 민족이라는 뜻이 됩니다. 이미 그때부터 한족은 우리 선조들의 뛰어난 무예를 두려워했던 것입니다. 그러니 동양 무예의 뿌리가 한족이라는 주장은 설득력이 적습니다.

또 한족 문화의 창시자 격으로 숭앙받는 황제(黃帝)는 배달나라 치우천왕(蚩尤天王)에게 수없이 패배한 장군이었다 합니다. 결국 그는 역부족을 인정하고 동이족의 자부선인(紫府仙人)에게 가르침을 청합니다. 그 가르침을 서토 사람들에게 전한 것이 한족 문화의 토대가 되었다는 얘깁니다.

상고시대의 일에 대해서는 누구노 자신 있게 단언하기 어렵습니다. 자료가 극히 빈약한 까닭입니다. 그나마 남아 있는 기록들도 이현령비현령 식이어서 끌어당겨 맞추기 나름입니다. 그러나 동이족의 후예인 우리가 동이족의 기록을 애써 부인하고 한족의 중화사상에만 손을 들어준다면 참으로 어리석은 일이라 하겠습니다. 단순히 재미를 위해 한족의 무예소설을 읽는 독자들도 이 점만은 가슴 깊이 간직했으면 합니다.

　이번 작품을 집필하는 동안 저는 몇 가지 욕심을 부려보았습니다. 앞서 말씀드린 바와 같이, 한족의 중화사상을 동이족 중심의 세계관으로 옮겨오는 작업이 그 첫번째 욕심이었습니다. 두번째 욕심은 동이족의 정신이 한족, 왜족 등 주변 민족들의 정신과 어떻게 다른가를 조명하는 것이었습니다. 역량이 미미하여 부족한 점이 많을 것입니다. 그러나 부족한 대로나마 향후 우리나라 무예소설의 발전에 작은 초석이 되기를 기대해봅니다. 더 많은 우리 민족의 무예소설들이 나오고, 그래서 이 땅의 청년들에게 민족의 뿌리에 대한 자부심을 일깨워줄 수 있기를 희망해봅니다.

　출간을 도와주신 모든 분들께 깊은 감사를 표합니다.

1999년 여름

장산부

방문객

여몽 연합군의 두 차례에 걸친 일본 정벌은 교토(京都)의 가마쿠라(鎌倉) 막부를 결정적으로 약화시켰다. 고다이고(後醍醐) 천황은 이를 기회로 막부를 타도하고 천황 통치 체제를 부활시켰다. 그러나 그 체제는 불과 삼 년 후 간토(關東) 출신의 무사 아시카가 다카우지(足利尊氏)에 의해 다시 전복되었다. 천황은 나라 현(奈良縣)의 요시노(吉野)로 달아나서 남조(南朝)를 세워야 했다. 한편 교토를 장악한 다카우지는 새로운 천황을 옹립하고 스스로 정이대장군(征夷大將軍)이 되어 무로마치(室町) 막부를 시작하였으니 이것이 곧 북조(北朝)였다.

남조와 북조의 대립은 약 육십 년간 지속되었다. 그 기간 동안 일본 열도는 전쟁의 화로 속에 녹아들었다. 전 국토는 황폐화하여 민생은 도탄에 빠졌으며, 천황과 막부는 모두 민심을 잃고 말았다. 지방의 무사 집단과 굶주린 백성들은 이른바 왜구라는 해적 집단으로 변하였다. 그들은 고려와 명나라의 해안 지역을 침구하여 온갖 만행과 약탈을 자행하였다.

그즈음 남조의 천황에게는 요다 훈게이라는 측근 참모가 있었다. 그는 아주 특별한 인물이었다. 외부에는 거의 알려지지 않은 존재였지만 천황이 존경하였으며 심지어 두려워하기까지 한 위인이었다. 그는 일본 열도 전체를 통틀어 몇 손가락 안에 꼽히는 무예의 고수였으며 끝모를 책략의 소유자이기도 했다. 천황은 중대사를 결정함에 있어 반드시 그의 의견에 귀를 기울이곤 했다. 어느 날 요다는 천황에게 한 가지 은밀한 계책을 건의하였다. 남조를 더 부강하게 살찌워 북조와의 대립에서 우위를 점하도록 만들 비책이라 하였다. 천황은 그의 계획이 신묘하다고 여겨 당장 실행에 옮기도록 윤허하였다. 이에 따라 요다는 자신의 양자이자 수제자인 미도후사를 규슈(九州)로 밀파하였다. 역시 양자녀이며 제자인 미도노와 미도리도 함께였다.

규슈에 도착한 미도후사는 먼저 규슈 탐제(探題) 앞으로 편지를 띄웠다. 불문곡직하고 모월 모일 모시에 당신의 목을 가지러 가겠으니 기다리라는 내용의 협박장이었다. 규슈 탐제 이마가와 료순(今川了俊)은 냉소하였지만 다른 한편으로는 철저한 대비책을 마련하였다. 시산까지 예고한 것으로 보아 정신병자가 아니라면 대단한 무예를 지닌 자라 여긴 까닭이었다. 그는 부하 장수들을 모조리 불러모아 철통 같은 경계를 세웠다.

마침내 예고된 날이 왔다. 이마가와는 이른 아침부터 긴장하였다. 그는 더 많은 사무라이들을 끌어모아 경계 태세를 강화하였다. 자기 자신은 집무실 한가운데 정좌하고 앉아 손님을 기다렸다. 그러나 약속된 시간이 지나도록 그를 찾아오는 사람은 없었다. 뿐만 아니라 아무런 다른 일도 일어나지 않았다. 한 시진(時辰)을 더 기다린 다음 이마가와는 너털웃음을 터뜨리며 자리에서 일어났다. 어린아이 장난질에 그처럼 놀랐느냐고 스스로를 질책했다. 그는 가장 아끼는 애첩을 불러 허리를 끌어안고 내실로 들어갔다. 내실은 집무실의 바로 뒤편에 붙어 있었다.

내실로 들어선 이마가와는 그러나 경악했다. 그곳에서는 전혀 낯모를 사람들이 그를 기다리고 있었다. 그것도 무려 열세 명씩이나.

세 명은 방바닥에 앉아 있었고, 열 명은 단정한 자세로 시립해 있었다. 도대체 언제 어떻게 이 많은 사람들이 이곳으로 숨어들었을까. 수많은 부하들이 물샐틈없는 경계를 펼치고 있었는데.

"대관절 무엇 하는 놈들……."

이마가와는 위축되지 않으려고 목소리를 높였다. 그러나 그는 말을 채 끝맺을 수 없었다. 어느 틈엔지 두 개의 칼날이 목덜미에 와 닿아 있었기 때문이었다. 더 놀라운 일은 그가 그 칼날들의 움직임을 제대로 알아차리지도 못했다는 사실이었다. 그저 얼핏 무언가가 어른거렸을 뿐인데 칼날들은 싸늘하게 목을 겨누고 있었다. 시립해 있던 열 명 중 두 명이 그의 좌우로 다가서 있었다.

"탐제께서 총애하시는 계집인가 보군요."

보료 위 가운뎃자리에 앉아 있던 남자가 일어나더니 이마가와의 애첩에게로 다가갔다. 남자는 많아야 이십대 후반 정도의 나이로 보였다. 잘생긴 얼굴이었지만 차가운 비릿함이 느껴졌다. 그가 바로 미도후사였다. 이마가와는 꿀 먹은 벙어리처럼 바라보고 있을 따름이었다. 미도후사는 칼을 뽑아 허공에다 두어 번 휘두르고는 다시 칼집에 꽂았다. 그러자 잠시 후 애첩의 기모노가 미끄러져내렸다. 소리없이 스르륵. 몇 차례 칼을 휘저었을 뿐인데 여자의 몸에는 아무엇도 남아 있지 않았다. 헝겊 조각 하나도. 뿐만 아니라 그녀의 몸에는 칼이 스쳐갔던 흔적 따위도 남아 있지 않았다. 놀라운 검술이었다. 여자는 하얗게 질린 채 알몸을 가릴 생각도 못 하고 덜덜 떨고 서 있었다.

"그만 하시오. 제발. 여자는 내보내주시오."

이마가와의 어투는 어느새 애원조로 바뀌어 있었다. 미도후사는 천천히 여자 주위를 한 바퀴 돌았다. 그리고는 빙그레 웃었다.

"과연 아름다운 계집이로군요. 탐제께서 금이야 옥이야 아끼실 법도 하겠습니다."

여자의 알몸은 군살 한 점 없이 날씬했다. 둔부는 탐스럽게 부풀어올랐고, 우윳빛 피부는 이슬을 머금은 꽃잎처럼 촉촉했다. 미도후사는 그 몸을 쓰다듬기 시작했다. 머리끝에서부터 얼굴을 지나 목덜미를 어루만지고 가슴으로 내려왔다. 봉긋한 두 개의 젖가슴을 손바닥으로 감쌌다. 이마가와는 가슴속에서 불길이 일었다. 그가 자신의 애첩을 희롱하는 것이라 여긴 까닭이었다. 그러나 이마가와는 곧 사정이 다르다는 것을 깨달을 수 있었다. 믿을 수 없는 일이 벌어지고 있었던 것이다. 미도후사의 손길이 스쳐가는 곳마다 여자의 몸은 하얗게 얼고 있었다. 그의 손에서 뿜어져나온 차가운 기운이 여자의 뼈마디까지 얼리고 있었던 것이다.

이마가와의 애첩은 금세 한 덩이의 얼음으로 변해버리고 말았다. 그 얼음은 시간이 지날수록 더 차가워져서 투명한 느낌마저 주었다. 잠시 후 미도후사는 한 걸음 뒤로 물러나 자신의 작품을 감상하는가 싶더니 흡족한 듯 고개를 끄덕였다. 그러나 다시 눈살을 찌푸리더니 여자의 몸을 한 조각씩 뜯어내기 시작했다. 손가락을 부러뜨리고, 팔꿈치와 어깨를 뜯어내었다. 그것은 마치 흙으로 빚은 인형처럼 간단하게 부서졌다. 그는 뜯어낸 조각들을 하나씩 천천히 이마가와의 발 앞으로 던졌다. 여자의 몸은 얼마나 단단하게 얼었는지 피한 방울도 스며나오지 않았다. 이마가와는 그 자리에 무릎을 꿇고 주저앉았다.

"소인을 찾아오신 데는 필히 이유가 있을 것인즉 어서 말씀해주십시오. 이 한 몸 바쳐서 충성을 다하겠습니다."

미도후사가 펼친 것은 그의 스승 요다 훈게이가 야리가다케 산(槍ヶ岳) 정상에서 연성한 한빙장(寒氷掌)이었다. 만년설빙의 한기를 가장 순수한 형태로 흡수하여 내기(內氣)와 배합한 것이었다. 사람은 물론 황소나 곰과 같이 거대한 짐승도 한순간에 얼릴 수가 있었다. 미도후사는 입가에 싸늘한 미소를 머금었다.

"전 또 규슈 탐제께서 대단한 분이신 줄 알았습니다. 천황 폐하의 영지를 번번이 찢어버리셨다기에 말씀입니다."

"아니 그렇다면 영웅께서는 요시노에서 오신……."

미도후사는 가슴에서 두루마리 하나를 꺼내어 탐제의 코앞에 펼쳐 보였다. 거기에는 그의 죄를 따지자면 백 번 죽여 마땅하되 마지막으로 단 한 번 기회를 주겠으니 알아서 처신하라고 적혀 있었고, 그 아래 천황의 직인이 찍혀 있었다. 이마가와는 이마를 바닥에 소리나게 찧었다.

"성은이 망극하옵니다."

규슈는 남조의 수도 요시노에서 제법 먼 거리에 있었다. 바다까지 격하고 있었으므로 남조의 통치력은 미미하게 작용할 수밖에 없었다. 더구나 남조는 북조와의 전쟁에 모든 힘을 집중하고 있었기에 규슈 따위를 돌아볼 겨를도 없었다. 규슈는 독립국가와 같은 자유를 누릴 수 있었다. 탐제를 비롯한 중소 영주들은 부하 사무라이들과 백성들을 바다로 바다로 내몰았다. 바다 건너 고려와 명나라의 해안을 침구하여 물자와 식량을 약탈하고 양인들을 붙잡아오게 하였다.

잡아온 사람들은 각지에서 노예로 부려먹었다. 그렇게 약탈해온 물자와 노동력을 바탕으로 그들은 남부럽지 않은 삶을 꾸려가고 있었다. 이따금 남조 조정에서 날아오는 납세독촉장 따위는 깡그리 무시해버렸다. 그런데 오늘 문득 전대미문의 무예 고수가 천황의 영지를 들고 찾아온 것이었다.

이마가와가 고개를 들었을 때 미도후사는 다시 단정하게 보료 위에 앉아 있었다. 그는 무거운 목소리로 이마가와에게 물었다.

"탐제는 그 동안 해적대장 노릇으로 꽤 큰 재산을 모았다죠?"

"보잘것없는 살림이옵니다. 하오나 천황 폐하께 드릴 귀한 물품들은 따로 마련해두었사옵니다."

"염려하지 마시오. 폐하께서 신하의 세간살이나 빼앗자고 나를 보내신 것은 아니니까. 내 오늘 이런 식으로 탐제를 찾아온 것은 두 가지 이유가 있어서이오."

"말씀해주십시오."

"첫째는 탐제의 목숨을 취하는 일이 손바닥을 뒤집는 일보다 간단하다는 것을 알게 하기 위함이오."

"소인 오늘 그 점을 분명히 알았사옵니다."

"둘째는 지금부터 내릴 지시가 지극히 중대하고 은밀한 일인 까닭이오. 외부로 새어나가는 일이 있어서는 결코 안 될 것이오."

"소인의 목숨을 걸고 맹세하겠사옵니다."

이마가와는 가슴속에서 난섬 한 자루를 꺼내었다. 조금의 망설임도 없이 자신의 새끼손가락을 잘랐다. 피묻은 손가락이 애첩의 조각난 시신 위로 떨어졌다. 그러자 미도후사는 그를 가까이 다가앉게 하고는 천황과 스승의 지시사항을 설명해주었다. 그것은 대략 다음과 같았다.

규슈 출신 왜구들의 활동을 더 왕성하게 하라. 활동무대는 고려 반도로 집중하라. 그대들의 활동을 지원하기 위해 남조 황실에서는 수십 명의 정예 사무라이들을 고려에 밀파할 것이다. 그들은 고려 땅 전역을 돌며 필요한 정보를 수집하여 왜구들의 길안내를 할 것이다. 침탈 대상 지역은 크게 두 가지로 나뉜다. 하나는 조운선(漕運船)과 조창(漕倉) 등 식량 창고이고, 다른 하나는 사찰을 비롯한 각종 문화 시설이다. 노획물 중 식량과 노예는 모두 규슈에서 처분해도 좋다. 그러나 귀금속과 문화재는 모두 요시노로 보내야 한다. 특히 서적은 단 한 권도 분실해서는 안 된다. 주어진 정보에 따라 사찰을 습격하였을 경우 그 사찰 장경각(藏經閣)에 소장된 서적들은 종이 한 장 빠짐없이 요시노로 옮겨져야 한다. 이를 어겼을 시 탐제의 목숨은 다시 위태로워질·것이다.

"한 가지만 질문해도 되겠습니까?"

지시가 끝나자 이마가와가 물었다.

"말씀해보시오."

"얼핏 든 생각입니다만, 천황 폐하께서는 특별히 찾으시는 경서가 있는 듯하옵니다. 그것을 알 수만 있다면 일을 처리함이 한결 수월해지지 않을까 싶사옵니다."

이마가와는 특별한 의미를 두고 한 말이 아니었다. 그러나 그 말을 들은 미도후사의 안색은 얼음처럼 싸늘하게 변했다. 그의 눈빛에서 뿜어져나온 한기가 이마가와의 가슴까지 얼어붙게 할 듯했다. 이마가와는 자신이 하지 말아야 할 말을 했음을 깨닫고는 황망히 고개를 숙였다.

"다시 한번 그런 말을 입 밖에 낸다면 탐제의 몸은 천 조각 만 조각으로 으깨어질 것이오."

미도후사는 그 한마디를 내뱉고 자리에서 일어섰다. 내실의 측면 문을 열고 나가자 열두 명의 일행이 모두 뒤따라 사라졌다.

　이마가와는 잠시 기다린 다음 밖으로 나가 주위를 살펴보았다. 자신의 경비병들은 여전히 그곳에 서 있었다. 그는 경비병에게 조금 전에 내실에서 나간 열세 사람이 어디로 갔는가를 물어보았다. 그러나 경비병은 어리둥절한 표정을 지었다. 무슨 말씀이십니까? 내실에서 사람이 나왔다니요? 이마가와는 한숨을 내쉬며 지시했다. 내실로 들어가 시신이나 수습하거라.
　그가 끔찍히도 아꼈던 계집은 이제 핏물이 녹아 흐르는 몇 조각의 고깃덩이로 변해 있었다.

짧은 만남 긴 이별

아주 어렸을 무렵부터 신엽(晨燁)은 몸이 약했다. 잦은 병치레에 시달렸고, 툭하면 자리를 깔고 눕곤 했다. 어머니 정씨(鄭氏)는 형편이 될 때마다 보약을 달이고 고기도 먹이고 했지만 소용이 없었다. 열일곱 살이 되던 해 어느 여름날 우연히 신엽은 듣지 말아야 할 이야기를 들었다. 어머니가 이웃집 아낙에게 하소연하는 말이었다.

"신엽인 오래 살지 못할 거래요. 고작해야 일이 년 더 살까. 태어날 때부터 경맥들이 막혀 있었다는 거예요. 아비 되는 사람은 기골 장대한 장군이셨는데……."

어머니는 소리죽여 우셨다.

며칠을 고민하던 신엽은 산으로 들어가기로 결심했다. 혼자서 조용히 죽음을 맞이하리라. 어머니께 자식을 먼저 여의는 슬픔을 드릴 수는 없지 않은가. 그는 몰래 행장을 꾸렸다. 갈아입을 옷 한 벌과 주먹밥 몇 덩이, 그리고 책 한 권으로 작은 보퉁이를 꾸렸다. 어머니 앞으로는 글월 한 통을 써서 남기고 집을 나섰다.

신엽이 작정한 곳은 지리산 깊은 곳이었다. 길을 떠난 지 이틀 만에 그는 제법 깊숙한 곳까지 들어갈 수 있었다. 뱀사골을 지나고 몇 개의 산고개를 넘었다. 꽤 험한 바위고개 하나를 다시 넘어선 다음 신엽은 시원한 나무그늘 아래서 숨을 돌리기로 했다. 그런데 멀지 않은 곳에서 물 떨어지는 소리가 들려왔다. 신엽은 반가이 그 소리를 찾아 달려가보았다. 과연 제법 높은 곳으로부터 폭포수가 떨어져 내리고 있었고, 그 아래로는 커다란 소(沼)가 만들어져 있었다. 폭포수는 소의 수면을 때리며 아름다운 물보라를 일으켰다. 신엽은 그곳이 말로만 듣던 칠선(七仙)폭포인가 보다 짐작하였다.

신엽은 바짓가랑이를 걷어붙였다. 조심스럽게 한 발 한 발 물 속으로 들어갔다. 한여름의 대낮이었는데도 물은 얼음처럼 차가웠다. 그런데 그 순간 신엽은 두 눈을 동그랗게 뜨고 말았다. 코앞의 물 속에서 불쑥 무언가가 솟아오른 것이었다. 그것은 여자아이의 얼굴이었다. 신엽의 나이쯤 되었을까. 여자아이는 그를 발견하자 비명을 내지르고는 다시 물 속으로 숨어들었다. 그녀는 얇은 속옷을 입고 있었지만 물에 흠뻑 젖은 무명은 별로 옷다운 역할을 못 하고 있었다.

여자아이보다 더 놀란 쪽은 신엽이었다. 덩달아 비명을 지르고 그는 허둥지둥 물러서 달아났다. 몇 번인가를 발을 헛디뎌 물 속으로 곤두박질쳤다. 옷이 온통 젖어서 물가로 나와보니 그제야 바위 뒤에 놓인 여자아이의 옷이 보였다. 이처럼 무례하고 수치스러운 일이 또 있을까. 신엽은 창피해서 죽을 지경이었다. 그 길로 달음박질쳐서 달아나버리고 싶었다. 영원히 그녀를 만날 수 없는 곳으로. 그러나 그럴 수도 없었다. 등뒤에서 다시 여자아이의 비명이 울려온 까닭이었다.

그녀는 조금 더 멀리 떨어진 곳에서 바둥거리고 있었다. 몸부림을 치면서 점점 깊은 곳으로 빠져들고 있었다. 신엽은 어쩔 줄 모르고 당황했다. 나 때문에 놀라서 실족하였구나. 이대로 달아나야 하나. 아니면 우선은 목숨부터 구해야 하나. 사람을 구하겠다고 다가가면 혹여 그녀는 더 놀라서 실신해버리지나 않을까…….

우왕좌왕하는 사이 여자아이는 더 깊은 곳으로 멀어지고 있었다.

"살려주세요! 살려주세요!"

이제 곧 그녀는 폭포수의 물보라 너머로 사라져버릴 것만 같았다. 신엽은 더 망설이지 못하고 물 속으로 뛰어들었다. 그는 자신이 헤엄칠 줄 모른다는 사실조차 까맣게 잊고 용감하게 돌진하였다. 그래서 가까스로 그녀 가까이 다가갈 수 있었다. 그러나 그 다음부터는 다시 모든 게 엉망이었다. 여자아이는 그를 붙잡아 눌렀고, 그는 몇 번이고 정신없이 물을 들이켰다. 바위 같은 게 발끝에 닿아 겨우 한숨 돌릴라치면 여자아이는 다시 몸부림쳐 그를 밀쳤다. 그러면 그는 곤두박질쳐 가라앉으며 입으로 코로 마구 물을 마셔야 했다. 죽음은 생각보다도 가까운 곳에 있는 듯싶었다.

그들이 물가로 기어나온 것은 기적과 같은 일이었다. 신엽은 탈진하여 자갈밭에 드러누웠다. 오른쪽 어깨에 심한 통증이 느껴졌다. 눈이 시리도록 파란 하늘이 낯설게만 보였다. 그때 문득 여자아이가 웃음을 터뜨렸다. 깔깔깔.

"이렇게 재밌는 일은 정말 오랜만이에요."

그녀는 사지에서 막 벗어난 사람 같지 않았다. 기운도 말짱했고, 기분도 무척 유쾌해 보였다. 우습기도 했지만 신엽은 자신이 더 초라하게 여겨졌다. 그는 자리에서 일어나 보퉁이를 집어들었다. 몇 걸음을 옮겼을까. 여자아이의 목소리가 들렸다.

"사내 대장부가 맞나요?"

신엽은 멈칫했다. 목소리는 계속 이어졌다. 조금 전의 웃음은 어디로 사라졌는지 몹시도 처량하게 들렸다.

"곤경에 처한 아녀자를 두고 어떻게 떠나버릴 생각을 하죠?"

그건 맞는 말이었다. 특히나 신엽에게는 그러했다. 어린 시절부터 어머니는 여자에 대한 남자의 예의를 누누이 강조하셨던 것이다. 그는 한숨을 내쉬며 보퉁이를 내려놓았다. 그리고 그제야 고개를 돌려 똑바로 여자아이를 바라보았다. 그런데 그는 그만 바보같이 입을 벌리고 말았다. 그녀는 도무지 지상의 사람이 아닌 것 같았다. 선녀가 하강한 듯 예쁜 모습이었다. 그녀의 눈과 코와 입은 모두 세상에서 가장 아름다운 꽃송이들로 만들어진 듯했다. 게다가 흠뻑 젖은 속옷은 그녀 몸의 곡선을 고스란히 드러내고 있었다. 신엽은 얼굴이 빨갛게 달아올라 눈길을 내렸다. 가슴이 두근거렸고, 온몸까지 새빨갛게 달아오르는 느낌이었다.

신엽은 그 자리에 주저앉아 호흡을 가다듬었다. 그는 운기(運氣)나 조식법(調息法) 따위는 몰랐다. 무공은 배운 적이 없었으니까. 그러나 어린 시절부터 마음을 가라앉히는 법만큼은 익숙해 있었다. 허약한 몸으로는 감당할 수 없는 일들이 세상에는 참 많이 있었다. 그럴 때마다 밀려오는 좌절감을 삭이기 위해서는 항상 스스로의 마음을 달랠 줄 알아야 했던 것이다. 그렇게 잠시 호흡을 가다듬자 그는 조금 편안해졌다.

여자아이가 다가와 걱정스럽게 물었다.

"어디가 불편하세요?"

"아닙니다."

신엽은 짐짓 그녀를 외면하며 대답했다. 그녀는 신엽의 거북함을 의식했는지 겉옷들을 찾아 입었다. 그런데 그녀의 옷은 여자옷이 아니라 남자옷이었다. 만약 조금 전의 젖은 모습을 보지 않았다면 신엽은 그녀를 그저 잘생긴 미소년쯤으로 여겼을 것이었다.

"봇짐 속엔 뭐가 들어 있나요?"

여자아이가 물었다. 신엽이 보퉁이를 보물처럼 끌어안고 있었기 때문이다.

"별게 없습니다. 옷가지랑 주먹밥 몇 덩이가 들어 있지요."

그녀의 질문에 대답하고 보니 갑자기 신엽은 배가 고파졌다. 집을 나선 지 이틀이 지났지만 아무것도 먹지 않고 있었다. 주먹밥은 참을 수 없을 만큼 배가 고파지면 먹으려고 아꼈던 것이다.

"혹시 배고프지 않으세요?"

"그래요. 마침 시장기를 느끼던 참이에요."

여자아이는 반갑게 고개를 끄덕였다.

보퉁이를 풀면서 신엽은 가슴이 설레었다. 주먹밥은 그가 직접 만든 것이었다. 말린 밤과 은행알을 넣고. 난생 처음 만든 것이긴 했지만 어머니가 하시던 대로 흉내내었으니 먹을 만할 것이었다. 자신의 첫 작품을 이 예쁜 여자아이와 나눠 먹게 되었다는 사실이 그를 설레게 만들었다. 그의 설렘은 그러나 주먹밥을 풀어헤치는 순간 산산이 부서졌다. 주먹밥에서는 역겨운 냄새가 물씬 풍겨올랐다. 여자아이는 코를 살짝 찡그리더니 물었다.

"언제 요리한 거예요?"

"이틀 전에……."

신엽은 말꼬리를 흐렸다. 낙담하여 다시 얼굴색이 빨갛게 변했다.

"여름철엔 음식이 빨리 상해요. 처음 만들었을 땐 참 맛있었겠네요."

여자아이는 상한 주먹밥을 바라보다가 손뼉을 쳤다.

"좋은 생각이 떠올랐어요."

그녀는 주먹밥을 집어들고 물 속으로 들어갔다. 첨벙첨벙 뛰어들더니 깊은 물 속으로 사라져버렸다. 신엽이 깜짝 놀라 일어섰지만 그녀의 모습은 이미 보이지 않았다.

여자아이가 다시 수면으로 떠오른 것은 제법 오랜 시간이 지나서였다. 그녀의 손에는 잉어가 들려 있었다. 어른 팔뚝보다도 굵은 잉어 두 마리가 요란스럽게 파닥거리고 있었다. 그녀는 상한 주먹밥을 미끼로 잉어들을 유인한 것이었다. 신엽이 의아해서 물었다.

"헤엄을 칠 줄 아세요?"

"아뇨. 참, 그랬군요. 배가 너무 고프다 보니 헤엄칠 줄 모른다는 사실도 깜빡했어요."

여자아이는 나뭇가지를 모아서 불을 붙였다. 날카로운 돌을 주워 잉어의 배를 가르고 내장을 꺼냈다. 잉어는 잠시 만에 먹음직스럽게 익었다. 배가 고팠던 그들은 순식간에 두 마리의 커다란 잉어를 먹어치웠다.

잉어구이를 얻어먹은 대가로 신엽은 여자아이에게 무언가를 주고 싶었다. 마침 그는 그녀의 옷이 몽땅 젖었음을 생각하고 자신이 준비해온 마른 옷으로 갈아입기를 권했다. 조금 전 잉어를 잡으러 들어갔을 때 그녀는 겉옷까지 모두 적셔버린 것이었다. 신엽에게는 사실 갈아입을 옷이 필요없었다. 이제 머지않아 이 산에서 죽을 참인데 새옷 따위가 무슨 소용이겠는가. 그가 옷을 넣어온 것은 어머니를 조금이라도 덜 괴롭시키려는 뜻에서였을 뿐이었다.

여자아이는 몇 차례 사양하다가 잠시 빌려 입는다는 조건으로 승락했다. 바위 뒤에서 옷을 갈아입고 나왔는데 그 옷은 그녀에게 잘 어울렸다. 그녀는 자신의 이름은 소운(劭雲)이며 속리산 아래 보은(報恩)에 집이 있고 이곳엔 산세를 구경하러 왔다고 했다. 그리고 그녀는 신엽의 이름과 나이를 물었다. 열일곱 살이라는 대답에 그녀는 눈망울을 굴렸다.

"어머. 나보다 두 살 아래네. 그럼 날 누나라고 불러. 서로 편한 게 좋잖아."

그러면서 슬그머니 말을 놓았다. 신엽은 그녀가 나이보다도 많이 어려 보인다고 생각했다.

신엽은 자신이 산 너머 산청(山淸)으로 가는 길이라고 했다. 그녀와 서둘러 헤어지려고 거짓말을 한 것이었다. 벌써 여러 가지 일들로 지쳐 있었고, 오른쪽 어깨의 통증도 점점 심해지고 있었다. 그에게는 혼자만의 휴식이 필요했다. 그러나 소운은 산청이라는 말에 반색을 했다. 자기도 마침 그쪽으로 가려는 참인데 함께 간다면 무섭지도 않고 심심하지도 않아서 좋겠다. 신엽은 당황해서 다시 말했다. 자기는 걸음이 몹시 느리니 함께 간다면 답답할 것이다. 그랬더니 소운은 더 반색을 했다. 명산에서는 원래 천천히 걸어야 하는 법이다. 그래야 구경도 하고 산천지기도 실컷 들이켤 것 아니겠는가. 그래서 신엽은 원치 않는 동행을 얻게 되었다.

그들은 해가 저물 때까지 느릿느릿 걸었다. 소운은 쉴새없이 떠들어대었다. 속리산도 좋지만 지리산은 정말 아름다운 것 같다. 이런 나무는 처음 본다. 보은에도 치자나무가 있긴 하지만 이렇게 빛깔이 곱진 않다. 꽃잎을 따다가 치자주를 담그면 무척 향기로울 텐데. 산비둘기 울음소리를 들어보았느냐. 그 새가 우는 소리를 들으면 왠지 가슴이 저릿해지곤 한다…….

신엽은 묵묵히 듣고 있을 뿐이었다. 걸음을 옮기는 것만으로도 그는 힘이 들었다. 게다가 그의 머릿속은 그녀를 떼어놓을 방법에 대한 궁리로 가득 차 있었다. 밤이 어두워지자 그들은 커다란 바위 밑에서 잠을 청했다.

이튿날도 소운은 이른 아침부터 명랑하게 조잘거렸다. 그녀에게는 의견도 많았고 느낌도 많았다. 그런데 그 의견이나 느낌들은 모두 나름대로 논리를 갖고 있었다. 신엽은 그런 그녀를 지켜보는 일이 즐거웠지만 다른 한편 자신의 처지에 생각이 미치면 한숨이 나왔다. 그래서 자꾸만 한숨이 내쉬어졌다.

몇 차례나 한숨을 내쉬었을까. 문득 소운이 정색을 하고 그를 쳐다보았다.

"너, 나랑 함께 다니기가 싫은 모양이구나."

"아니에요. 그런 게 아니라……."

신엽은 말을 채 맺을 수도 없었다. 그때 그들은 고갯길을 오르고 있었던 것이다. 길 옆으로는 보기만 해도 어지러울 정도로 깊은 절벽이 떨어져내리고 있었다.

"싫으면 솔직히 싫다고 그래. 무슨 말을 해도 웃지도 않고, 대꾸도 없이 한숨만 내쉬고. 내가 떠들어대는 말들에 귀가 아플 지경이지?"

"그렇지 않아요. 재미있는 얘기들이었어요."

"흥. 네 이마에 커다란 글씨로 재미없다라고 적혀 있는걸. 그렇다면 좋아. 난 나를 싫어하는 사람까지 귀찮게 굴 정도로 한가하진 않아. 여기서 헤어지도록 해."

소운은 정말 화가 난 모양이었다. 말을 마치자 그 길로 성큼성큼 앞서가버렸다. 신엽은 곤혹스러워졌다. 그녀와 헤어질 방법을 줄곧 궁리하고 있었음에도 정작 그녀가 떠나가려 하자 가슴이 아파온 것이었다.

"그렇지 않아요. 제 말을 못 믿겠다면 뭐든 시키는 대로 해 보일 수도 있어요."

"정말이야? 뭐든 시키는 대로 하겠다고?"

소운은 두 눈을 반짝거리며 돌아섰다.

"그렇다니까요."

그녀는 순식간에 유쾌한 모습으로 돌아왔다. 장난스럽게 눈망울을 굴리며 사방을 두리번거렸다. 신엽에게 시킬 만한 일거리를 찾기 위해서였다. 그러다가 그녀는 어느 한 곳에 눈길을 멈추었다.

"저 꽃을 꺾어다주면 네 말을 믿겠어."

소운이 손가락으로 가리킨 곳은 절벽 아래였다. 절벽 아래 이 장(丈)쯤 되는 곳에는 옥잠화 한 송이가 아름답게 피어 있었다. 짙은 자주색 꽃잎이 막 봉오리를 터뜨리려는 중이었다. 그녀 또래의 여자라면 누구나 갖고 싶어 안달할 꽃이 분명했다. 그러나 그곳은 위태롭기 짝이 없었다. 꽃을 꺾는 것은 고사하고, 신엽은 거기까지 이를 수 있을지도 자신할 수 없었다. 또 한 차례 한숨이 새어나왔다. 소운은 코웃음을 쳤다.

"그것 봐. 꽃 한 송이 꺾어주지 못하면서 무슨 일을 다 하겠다는 거야?"

그녀는 다시 돌아서서 가려 했다.

"누가 못 하겠다고 했나요."

신엽은 팔소매를 걷어붙였다. 그는 이제 될 대로 되라는 심정이었다. 어차피 죽으려고 떠나온 길인데 무슨 일인들 못 할까. 이렇게 예쁜 여자아이를 위해서 꽃을 꺾다가 죽으면 차라리 얼마나 낭만적이겠는가.

소운은 자신이 말도 안 되는 억지를 쓰고 있음을 잘 알고 있었다. 사실은 처음부터 그랬다. 처음 신엽을 보았을 때부터. 물 속에서 그를 보고는 잠시 놀랐지만 그가 허둥지둥 달아나는 꼴을 보고는 골려주고 싶은 생각이 들었다. 그래서 짐짓 더 깊은 곳으로 빠지는 척하여 신엽을 끌어들여서는 물을 실컷 먹였던 것이다. 잉어를 잡으러 들어가면서 겉옷을 적셔서 신엽의 옷을 얻어입은 것도 계획적인 일이었고, 끊임없이 그를 성가시게 만든 데도 이유가 있었다. 그녀는 어쩐지 자꾸 그러고 싶은 충동을 느꼈다. 그를 골탕먹이지 않는다면 두고두고 후회가 될 것 같았다. 그런데 이상한 일은 신엽이 도무지 화를 낼 줄 모른다는 사실이었다. 그녀가 어떤 억지를 부려도 그는 그저 희미하게 웃거나 한숨을 내쉴 따름이었다. 어쩌면 그녀는 그 인내의 한계를 시험하고 싶은 것인지도 몰랐다.

절벽으로 한 걸음 한 걸음 다가가는 신엽을 소운은 아무렇지도 않은 듯 지켜보았다. 그러나 그녀는 내심 만반의 준비를 하고 있었다. 잘못되는 기미가 보인다면 즉시 그를 구할 작정이었다. 그런데 그 순간 가까운 곳에서 섬찟한 소리가 들렸다. 표범 한 마리가 나무 위에서 그들을 노려보고 있었던 것이다. 신엽은 재빨리 몸을 움직여 소운의 앞을 막아섰다. 그러면서 혼자 속으로 탄식했다. 꽃도 꺾지 못하고 저놈에게 먼저 죽나 보다.

"움직이지 마. 꼼짝 말고 이 자리에 서 있어. 알겠지?"

소운은 가만히 돌멩이 한 개를 집어들며 그렇게 말했다. 그리고는 문득 몸을 날려 표범을 덮쳐갔다. 신엽은 깜짝 놀라 비명을 지를 뻔 했다. 그러나 소운은 표범을 비스듬히 비켜가며 돌멩이를 던졌다. 돌멩이는 표범의 목덜미를 때렸고, 화가 난 표범은 사납게 소운의 뒤를 쫓기 시작했다.

소운은 순식간에 이십여 그루의 나무를 뛰어건넜다. 표범도 뒤질 세라 날렵하게 뒤쫓았다.

어린 시절부터 소운은 경공술(經空術)을 즐겨 익혔다. 나비가 날고 새가 솟아오르는 모습을 보면 그녀는 늘 가슴이 설레곤 했다. 자신도 한 마리 나비나 새처럼 날아오를 수 있기를 꿈꿨다. 그렇게 십여 년이 흐른 지금 그녀의 경공술은 대단한 경지에 올라 있었다. 그녀는 허공에서 나비처럼 날갯짓하며 서너 바퀴를 돌 수도 있었고,

새처럼 빠르게 퉁겨져 날아갈 수도 있었다. 그런 까닭에 그녀는 표범과의 경주에 금세 빠져들고 말았다. 숲과 허공을 바람처럼 가르며 그들은 한참을 달렸다.

소운이 남겨두고 온 신엽을 떠올린 것은 표범이 사라진 다음이었다. 경주에 지친 표범이 슬그머니 꼬리를 감춘 것이었다. 몸을 돌리려던 소운은 그러나 수상쩍은 기척을 감지하였다. 표범과는 다른 종류의 살기가 그녀를 에워싸고 있었다. 귀찮은 일은 피하는 게 상책이라 생각하며 그녀는 다시 몸을 날렸다. 그런데 그 살기는 그녀를 놓아줄 마음이 없었다. 두 방향의 나무로부터 예리한 금속성이 그녀를 향해 날아왔다. 각각 세 개씩 여섯 개의 성형표(星形鏢)가 그녀의 요혈들을 노리며 날아들고 있었다. 소운은 연자답풍(燕子踏風)의 수법으로 허리를 틀어 암기들을 피한 다음 사뿐히 땅에 내려섰다. 그녀는 냉랭한 목소리로 말을 던졌다.

"이런 명산에도 쥐새끼들이 사는 모양이군."

소운의 말이 끝나기도 전에 다시 여섯 개의 성형표가 파공음을 울리며 날아들었다. 이번에는 각각의 표들이 곡선으로 휘어지며 상체와 하체를 나누어 공격했다. 투표 솜씨로 보아 얕잡아볼 상대가 아닌 성싶었다. 소운은 즉시 연자회전신법(燕子回轉身法)으로 빙그르르 돌며 양손으로 표를 받았다. 양쪽 손가락 사이사이에 여섯 개의 표들이 얌전하게 끼워졌다. 그녀는 연이어 한 바퀴를 더 돌며 표들을 발사되었던 지점으로 돌려보냈다.

그녀가 돌려보낸 성형표의 속도와 위력은 처음 그것이 날아왔던 때와는 비교할 수 없을 정도로 강맹했다. 연자회전신법으로 두 바퀴를 도는 사이 표들의 힘은 고스란히 보지되었을 뿐 아니라 그녀에 의해 다시 약간의 힘이 더 실린 까닭이었다. 소운은 나무 위의 작자들이 감히 그것을 맞받을 수는 없으리라 여겼다. 아마도 몸을 날려 피해야 하리라. 그렇다면 그녀는 그들의 정체를 볼 수 있으리라.

그런데 그들은 그녀의 예상과는 다르게 움직였다. 성형표가 날아들자 양쪽 나무 속에서는 청색 일산(日傘)이 툭 튀어나왔다. 일산은 빠르게 회전하며 여섯 개의 표를 모두 거둬들이고는 다시 나무 속으로 사라졌다. 소운은 호기심이 일었다. 저렇게 생긴 무기는 일찍이 본 적이 없었다. 스승이나 어느 누구로부터 귀띔받은 적도 없었다.

그녀는 즉시 몸을 날려 왼쪽의 나무로 돌진했다. 워낙 대담한 성격인지라 무성한 나뭇잎 속으로 곧장 뛰어들었다. 쌍장을 번갈아 내치니 나뭇잎들이 물결처럼 갈라지며 푸른 인영 하나를 드러내었다. 그러나 그 순간 길고 날카로운 창이 그녀의 가슴 영허혈을 노리며 찔러왔다. 그녀는 어깨를 비틀어 창끝을 비켜가게 한 다음 왼손으로 휘감아 잡으려 했다. 창은 재빨리 후퇴하더니 푸른 날개를 활짝 펼쳤다. 알고 보니 그것은 애초에 암기를 받아내었던 일산이었다. 펼치면 일산이 되고 접으면 창이 되는 것이었다. 소운은 그 물건에 또 어떤 암수가 숨어 있는지 알 수 없어 주춤했다. 그러자 일산은 재빨리 몸을 날려 다른 나무 속으로 숨어들고 말았다. 동시에 주위의 세 그루 나무로부터 하나씩의 일산이 튀어나오더니 각각 바로 옆의 나무들로 자리를 옮겼다. 그들은 모두 네 명이었고, 일정한 규칙에 따라 질서 있는 움직임을 펼치고 있었다.

소운은 두 가지 사실을 알 수 있었다. 첫째는 그들이 무슨 이유에선지 모습을 드러내고 싶어하지 않는다는 것이었고, 둘째는 그녀에게 원하는 일이 있으리라는 것이었다. 그게 아니라면 굳이 모습을 감춘 채 그들이 그녀를 붙잡아둘 이유는 없었기 때문이었다. 그렇다면 그녀가 서두를 필요는 없었다. 소운은 한껏 우아함을 뽐내며 한 마리 나비처럼 땅으로 내려섰다.

"모습을 드러낼 용기가 없다면 난 가겠어요."

소운은 그들이 모멸감을 느끼도록 말했다. 그녀의 나이는 이제 고작 열일곱이었다. 신엽에게는 두 살 위라고 거짓말을 했지만 기실 그녀는 신엽과 같은 나이였다. 그러나 그녀의 경험과 지혜는 어느 누구 못지않게 풍부했다. 어려서부터 그녀는 속리산과 묘향산을 오가며 많은 것들을 배웠던 것이다. 때문에 그녀는 숨어 있는 적을 자극하는 방법도 잘 알고 있었다. 과연 그 말이 그들의 자존심을 상하게 한 모양이었다. 청의(靑衣)를 입은 두 명의 사내가 나무에서 내려와 그녀의 앞뒤를 막아섰다.

소운은 그제야 그들이 가진 무기를 자세히 살펴볼 수 있었다. 그것은 기다란 청색 창 모양을 하고 있었다. 전체 길이는 일 장 이 척쯤 되어 보였고, 창끝으로부터 두 척 가량 되는 곳에서 아래쪽으로 푸른 비단 같은 것이 감겨 있었다. 그것을 펼치면 일산 모양의 둥근 방패막이 형성될 것이었다. 그 밖에도 손잡이 부분에 몇 개의 미세한 요철이 있는 것으로 보아 다른 장치들이 숨겨져 있을 듯싶었다.

소운의 앞을 막아선 청의사내가 말했다.

"한 가지 질문에 대답한다면 순순히 보내주겠다."

"보내주고 말고는 내가 결정할 일이에요."

소운은 차갑게 대꾸했다. 그러나 그들의 질문이 무엇인지는 알고 싶었다. 그의 어색한 말투를 통해서 그녀는 이미 그들이 고려인이 아니라고 단정짓고 있었다.

"우선 질문이나 들어보죠."

"자혜(慈惠)대사를 아느냐?"

그녀는 의아스러워졌다. 그들이 어떻게 자혜대사를 묻는 것일까. 자혜대사는 그녀의 사숙이었다. 사부인 자연(慈緣)대사의 대사형(大師兄)이었다. 그러나 그녀는 한 번도 만나뵌 적이 없었다. 이미 이십 년째 행방이 묘연한 까닭이었다. 이번에 그녀가 지리산을 찾은 것도 사실은 사부의 명에 따라 사숙의 행적을 탐문하기 위해서였다.

"계속하세요."

"우리가 원하는 건 간단하다. 자혜의 거처만 알려주면 된다."

그녀는 코웃음을 쳤다.

"그 따위 실력으로 자혜대사를 찾아뵈서 어쩌겠다는 거죠. 우선 나부터 만나보아요."

말이 끝날 때 소운의 몸은 이미 땅을 차오르고 있었다. 그녀는 허공에서 허리의 연검을 풀어내어 커다란 원을 그린 다음 취룡탐화(醉龍眈花)의 수법으로 정면의 사내를 내리쳐갔다. 취룡탐화는 길상검법(吉祥劍法)의 제삼식으로 변화가 많고 허와 실이 기묘하게 어우러져 있었다. 허공에서 술 취한 용이 하강하듯 검날이 좌우로 비틀리는데 왼쪽을 방어하려 하면 오른쪽이 실초가 되고 오른쪽을 방어하려 하면 왼쪽이 실초가 되는 것이었다.

소운의 무공은 아직 완숙한 경지에는 이르지 못했지만 이 한 초의 신묘함을 발휘하기에는 손색이 없었다. 그러나 청의사내의 움직임도 기민했다. 그는 한순간에 허와 실을 분별하기가 불가능하다는 판단이 들자 즉시 창신에 장착된 일산을 펼쳤다. 푸른 일산이 둥그렇게 펼쳐져 햇살을 되쏘며 검날의 허초와 실초를 모두 무력하게 만들었다. 소운은 그렇다면 아예 일산을 베어버리리라 마음먹었다. 그녀는 힘을 늦추지 않고 일산을 내리쳤다. 그런데 그 순간 청색 창끝이 세 척이나 튀어나오며 오른팔의 소해혈을 찔러왔다. 소운은 깜짝 놀라 몸을 비틀며 원래의 자리로 돌아왔다. 청의사내들이 사용하는 창의 길이는 원래 일 장 오 척이었다. 평상시에는 세 척이 창신 속에 숨어 있다가 필요한 순간에 길어질 수 있도록 만들어진 것이었다.

"흥. 원래 출신들이 그랬군요."

소운은 비웃음을 던지며 재차 공격을 시작했다. 이번에는 두 명의 청의사내들이 앞뒤에서 협공으로 맞섰다. 기다란 두 개의 청창을 찔렀다 당겼다 하고 일산을 접었다 폈다 하며 그들은 소운을 에워쌌다. 소운이 일찍이 접해본 적이 없는 무공이었다.

몇 차례의 초식을 주고받던 소운은 그들이 쌍영일합(雙影一合)을 전개하고 있음을 깨달았다. 쌍영일합이란 두 사람이 한 사람을 협공할 때 양쪽의 몸놀림을 동일하게 하는 법을 말한다. 마치 거울을 앞에 두고 한 사람이 움직이는 것과 같아서 공격 지점은 항상 한 부분으로 집중되는 것이었다. 얼핏 생각하기엔 협공당하는 사람이 상대하기가 쉬울 것 같았다. 한 사람만 보아도 다른 사람의 움직임을 예측할 수 있으니까. 그러나 거기에는 교활한 노림수가 숨어 있었다. 협공당하는 사람은 시간이 지날수록 그 방식의 싸움에 익숙해지게 마련이었다. 팔다리의 움직임이 기계적으로 될 수밖에 없었다. 그러나 어느 순간 갑자기 쌍영(雙影)이 이영(異影)으로 갈라지면서 예측불허의 암습이 날아드는 것이었다. 어지간한 무공의 소유자가 아니면 그런 기습은 피하기가 어려웠다.

다행히 소운은 사부로부터 쌍영일합에 대한 가르침을 받은 적이 있었다. 쌍영이 이영으로 변하는 짧은 순간에 그 협공법의 결점이 노출된다는 사실도 알고 있었다. 그녀는 침착하게 기다렸다.

두 개의 창끝이 소운의 양 어깨 견정혈을 노리며 찔러왔다. 소운은 허리를 비스듬히 숙이며 왼발을 축으로 빙그르르 돌았다. 연자회전신법의 변용이었다. 동시에 연검으로 커다란 원을 그렸다. 평범해 보이는 초식이었지만 기실 그녀의 검날은 두 사내의 손목 통리혈을 노리고 있었다. 그들은 재빨리 창을 거둬들이며 반대쪽 끝으로 소운의 왼발을 찍어왔다. 소운은 창이 가까이 오기를 기다렸다가 살짝 뛰어 두 발로 동시에 두 창신을 찍고는 일 장쯤 허공으로 튀어올랐다. 그녀는 오른쪽을 향하는 척하다가 왼쪽으로 방향을 틀며 검끝을 떨었다. 다섯 개의 검화가 왼쪽 사내의 면상 다섯 군데 요혈들을 노리며 떨어져내렸다. 사내는 급히 일산을 펼치며 세 걸음 후퇴했다. 오른쪽의 사내도 같은 모습으로 세 걸음을 물러났다. 그러나 그들은 잠시도 머뭇거리지 않고 재차 공격을 시도했다. 두 사내는 마치 땅꾼들이 뱀을 몰듯 창으로 땅을 두드리며 다가들었다. 모래와 먼지가 일고 기분 나쁜 소리가 울려퍼졌다.

소운은 오래 시간을 끌어봤자 이로울 게 없다는 생각이 들었다. 아직도 나무 위에는 두 명의 적들이 남아 있었고, 혼자 남겨두고 온 신엽도 마음에 걸렸던 것이다. 그녀는 쌍영이 이영으로 바뀔 기회를 제공해주기로 했다. 그들의 땅 두드리기에 짐짓 심란해진 듯 눈을 감고는 한쪽으로만 집중하는 척했다.

두 개의 창이 소운의 오른쪽 무릎을 공격했다. 소운은 기계적으로 왼쪽으로 피했다. 이번에는 창들이 왼쪽 허벅지를 찔러왔다. 소운은 오른쪽으로 피했다. 그러자 창들은 그녀의 머리 뒤 옥침혈로 솟아오르는 듯하더니 문득 하나의 창이 시야에서 사라졌다. 그것은 그녀의 왼쪽 종아리 승근혈로 파고들고 있었다. 소운은 갑자기 쪼개어진 공격에 당황하는 듯했지만 내심 기회를 포착하고 있었다. 창끝이 종아리에 다다를 때까지 내버려두었다가 살짝 무릎을 구부리며 피했다. 동시에 그녀의 검은 창신을 휘감고 거슬러올라가 공격하던 사내의 복부를 찔렀다. 사내는 깜짝 놀라 창을 놓치며 뒷걸음질쳤다. 소운은 그림자처럼 다가붙으며 검을 휘둘렀다. 사내는 차가운 검망 속에 가두어졌다. 이제 한 번만 더 검을 휘저으면 목숨이 끊어질 상황이었다. 그러나 그 순간 세 개의 표가 소운의 등뒤 요혈들을 향해 날아들었다. 나무 위의 사내가 던진 것이었다. 이미 충분히 대비하고 있던 터라 소운은 가볍게 몸을 피했다. 관전하고 있던 두 명의 청의사내가 다시 지상으로 내려섰다.

"어린 계집이 제법 사술(邪術)을 익혔구나."

말은 그렇게 하였지만 그들은 감히 소운을 경시할 수 없었는지 사방진위를 갖추었다. 네 명이 각각 동서남북으로 나뉘어 섰다. 동방 서방 남방의 세 사내는 창끝을 땅으로 내렸고 북방의 사내는 창으로 하늘을 가리키고 있었다. 그가 방금 소운에게 사술 운운한 자였는데, 네 사람 중 가장 나이도 많고 무공도 높아 보였다.

"사서일합이 쌍서일합과 어떻게 다른지 궁금한 걸요."

사서(四鼠)니 쌍서(雙鼠)니 하는 말은 쌍영의 영(影)자를 쥐 서(鼠)자로 바꾼 것이었다. 즉 소운은 그들을 네 마리 쥐떼로 비유한 것이었다. 그녀는 그들 네 사람의 합공을 이기기는 어려울 것이라고 생각했고, 비아냥거리는 말로 심기를 들쑤셔 좌충우돌하게 한 다음 틈을 보아 자리를 뜨리라 작정했다. 그러나 그들은 쉽게 동요되지 않았다. 차분히 자리를 지킨 채 기운들을 맞추고 있었다. 그렇다면 소운이 선제 공격을 감행해야 했다.

그녀는 동쪽 방위의 사내를 기습했다. 그는 조금 전 소운의 검망에 사로잡혀 목숨을 잃을 뻔한 작자였다. 소운은 그가 가장 얼이 빠져 있으리라 예상하고 공격한 것이었다. 그러나 사내는 소운의 공격 따위는 개의치 않고 창으로 허벅지를 찔러왔다. 수상한 느낌이 들어 돌아보니 서방과 남방의 두 사내들도 똑같은 부위를 공격하고 있었다. 그들은 어느 틈에 그림자처럼 다가붙어 있었던 것이다. 소운이 공격을 멈추지 않는다면 동방의 사내를 죽일 수는 있겠지만 그녀 자신의 목숨도 위태로울 것이었다. 적어도 치명상은 면하기 어려울 상황이었다.

지독한 자들이구나. 그녀는 내심 고개를 저었다.

소운은 검의 방향을 비틀어 검끝으로 동방 사내의 창끝을 찍었다.

동시에 두 발로 땅을 차오르며 춘연출수(春燕出水)의 초식을 전개했다. 그러자 세 자루의 창은 한 지점에서 맞부딪쳤다. 소운은 다시 동방 사내의 머리 위로 왼손 일 장을 내리쳤다. 창들이 얽힌 형편이었으므로 그가 이 일 장을 피할 도리는 없어 보였다. 그런데 그 순간 또하나의 창이 소운의 왼쪽 겨드랑이 극천혈을 파고들었다. 다른 세 개의 창들보다 훨씬 빠르고 날카로운 움직임이었다. 극천혈은 전신 대혈 중의 하나로 창검에 찔린다면 즉시 생명을 잃을 수도 있는 요혈이었다. 소운은 왼손을 거두고 오른쪽으로 몸을 날렸다. 허공에서 두 바퀴를 회전한 다음 땅으로 내려섰다. 그러나 이때에는 벌써 네 명의 청의사내들이 다시 견고한 사방진위를 형성한 다음이었다.

그들이 전개하는 진법은 독특하고 악랄했다.

독특한 점은, 사람은 네 명인데 오방진법의 형식을 취하고 있다는 것이었다. 오방진법에서는 네 사람이 동서남북 사방을 분담하고 나머지 한 사람이 중앙을 담당하게 되어 있었다. 따라서 그 한 사람은 자유롭게 방위를 바꾸며 적의 허점을 추궁할 수 있었다. 그런데 그들은 세 명의 사내들이 동서남의 세 방향을 지키고 다른 한 명은 북방과 중앙을 동시에 담당하고 있었다. 이는 그 사람의 무공이 다른 세 사람보다 월등하기 때문에 가능한 것이었다.

그들의 악랄한 점은 한 사람 한 사람이 자신의 목숨을 개의치 않는다는 사실이었다. 소운이 아무리 예리한 공격을 구사해도 맡은 자리를 버티고 서서 약속된 동작만을 되풀이했다. 소운은 한 사람을 다치게 할 수는 있었지만 다른 세 자루의 창에 밀려서 번번이 공격을 중단해야 했다. 죽음을 두려워하지 않는 사람과 싸우는 것처럼 어려운 일은 없는 법이었다.

시간이 흐를수록 소운의 몸놀림은 무거워졌다. 그녀는 차츰 기력이 떨어지고 감각도 둔해졌다. 위태로운 순간이 서너 번은 지나간 것 같았다. 이제 그만 이 장난을 집어치우고 달아나야겠다고 생각했지만 그것조차 마음대로 되지 않았다. 그들도 그녀의 마음을 읽었는지 더욱 맹렬한 공격을 퍼부었다.

청의사내들은 이제 새로운 공격을 선보이고 있었다. 동서남북으로 자리잡은 네 사내들이 서로의 창을 주고받기 시작한 것이었다. 네 자루의 창이 소운의 허리 대맥요혈들을 스쳐가기도 했고, 빙글빙글 돌며 어깨와 무릎을 지나가기도 했다. 때로는 아주 천천히 허공을 비행하였다. 그 창들이 만들어내는 압력은 예상외로 육중했다. 소운은 가슴이 울렁거리며 구역질이 날 것 같았다.

"지금이라도 늦지 않았다. 용서를 구하고 자혜의 거처를 밝힌다면 목숨만은 살려주겠다."

북방 사내의 비릿한 목소리였다. 그 소리는 소운을 한결 더 어지럽게 만들었다. 그녀는 지금 당장 피하지 않는다면 그대로 끝장임을 직감했다.

세 자루의 창이 찔러오는 것을 보고 소운은 짧은 기합을 토하며 뛰어올랐다. 마지막 기운을 모두 모은 도약이었다. 두 자루의 창신을 번갈아 밟고 다시 춘연출수의 초식으로 날아올랐다. 왼쪽의 커다란 나무 위로 일단 몸을 올릴 작정이었다. 그러나 나뭇가지에 손이 닿을 즈음 문득 그녀는 무언가가 발목을 휘감는 것을 느꼈다. 왼쪽, 오른쪽, 잇달아 양쪽 발목에 쇠사슬이 휘감겼다. 그녀의 몸은 힘없이 땅으로 떨어져내렸다. 두 발이 땅에 채 닿기도 전에 이번에는 양쪽 팔에 쇠사슬이 감기고 말았다. 그녀의 손에서 연검이 떨어졌다. 사내가 만족스럽게 웃었다.

"하하하, 그래도 감히 날뛰겠느냐."

알고 보니 그들의 청색 창에는 또하나의 장치가 숨겨져 있었다. 단추를 누르면 창끝에서 가늘고 견고한 쇠사슬이 쏘아지게 되어 있었던 것이다.

소운은 코웃음쳤다.

"흥. 건장한 사내 넷이서 어린 계집 하나 당해내지 못한 형편에 웃음이 나오나요."

"사지를 모두 묶였으면서 그래도 큰소리구나."

"댁들 동네에서는 이 따위 비열한 암수를 쓰고도 고개를 들고 다니나 보군요."

북방의 청의사내는 안색이 조금 변했다. 그는 이런 대화로는 더이상 재미가 없다고 생각했는지 말머리를 돌렸다.

"다시 한번 묻겠다. 자혜는 지금 어디 있느냐? 그가 있는 곳만 알려준다면 머리카락 한 올 상하지 않고 놓아주겠다."

"나의 사부께서는 암수를 쓰는 자와는 아무런 거래도 말라고 말씀하셨어요. 그렇지만 댁이 먼저 솔직히 말한다면 나도 다시 생각해보겠어요."

"알고 싶은 게 무어냐?"

"먼저 아저씨는 어디서 온 누구인지를 밝히세요."

청의사내는 잠시 머뭇거리다가 말했다.

"우리는 바다 건너 일본국에서 왔다."

"그 정도는 이미 알고 있어요. 소속은 어디이고 무슨 일로 여기까지 왔는지를 밝히세요."

사내는 머리를 굴렸다. 이 계집애는 고집이 여간 셀 것 같지 않다. 우격다짐으로는 아무 대답도 얻어내지 못할 게 뻔하다. 게다가 멍청해 보이지도 않으니 어수룩한 거짓말을 늘어놓았다가는 입도 벙긋하지 않으려 할 것이다. 그렇다면 우선은 사실대로 이야기를 해주자. 어차피 얘기가 끝나는 대로 죽을 계집인데 하나를 알건 열을 알건 무슨 차이가 있단 말인가. 그는 내심 미소를 머금었다.

"우리는 요시노 천황 휘하의 특별부대 소속이다. 이번에 고려 땅을 밟게 된 것은 몇 가지 물건을 찾기 위해서다. 하지만 그게 정확히 어떤 물건인지는 나도 모른다. 총관님과 부총관님은 알고 계실 테지만, 우리에게는 그때그때 필요한 명령이 하달될 뿐이다."

"그럼 아저씨는 총관도 부총관도 아니라는 얘기로군요."

"총관과 부총관은 모두 요다 대사부님의 자제분들이시다. 너 같은 계집애는 쳐다만 보아도 온몸이 얼어붙을 것이다. 나로 말하자면 미도노 부총관님을 모시고 있는 수석무사이다."

"요다 대사부님이라는 건 요다 훈게이를 말하는 건가요?"

"흐흥. 어린 것이 그래도 아주 무지하지는 않구나."

청의사내는 내심 아차 싶었다. 아무에게나 요다의 이름을 들먹이는 것은 금기였다. 비밀 임무를 수행하는 중에는 더더욱 그러했던 것이다. 그는 이 계집애를 기필코 죽여 없애리라고 다시 한번 다짐했다. 소운은 또 소운대로 놀라고 있었다. 요다 훈게이라는 위인에 대해서 그녀는 사부에게 들은 적이 있었다. 보아하니 지금 고려 땅에는 제법 많은 사무라이들이 건너온 모양인데, 요다가 그 일의 중심에 있다면 결코 작은 사건이 아닐 것이었다.

"자혜대사를 만나뵈려는 이유는 뭐죠?"

"어린것이 정말 말이 많구나. 이제 그만 자혜의 행방을 말하여라."

"만나뵐 생각이 없으신가 보군요."

사내는 눈살을 찌푸렸지만 어쩔 도리가 없었다.

"자세한 건 나도 모른다. 다만 이십 년 전 요다 대사부님과 자혜 사이에서 모종의 일이 있었고, 이번에 대사부님께서 그 일의 신세를 갚으려 한다는 정도로 들었다."

"그렇다면 요다가 자혜대사의 거처를 알 게 아녜요?"

"아마 그럴 게야. 하지만 대사부님께서는 그 임무를 히야시 총관에게 맡기셨기에 미도노 부총관께서는 정확히 알지 못하신다."

"히야시의 일인데 왜 미도노가 알려는 거죠?"

"히야시 총관은 몇 달 후에나 고려로 건너온다. 미도노가 왜 먼저 자혜를 찾으려는지는 나도 모른다."

"히야시 총관과 미도노 부총관은 사이가 좋지 못한 모양이죠?"

"히야시와 미도후사가 서로 경합하는 사이니 좋은 편은 아니지."

"미도후사는 또 누구죠?"

"미도후사는 미도노 부총관이 보좌하는 총관이시다."

"총관이 꽤 여러 명인가 보군요."

"두 분뿐이다. 이제 내가 알고 있는 바는 모두 이야기했다. 약속대로 자혜의 행방을 밝히거라."

짧은 이야기를 통해서 소운은 몇 가지 사실을 짐작할 수 있었다. 그 하나는 이십 년 전 자혜대사의 실종이 요다 훈게이와 관계되어 있으리라는 것이었다. 다른 하나는 무슨 일인가로 많은 사무라이들이 고려 땅에 건너오고 있으며, 그들은 몇 개 파로 나뉘어 서로 공을 세우려고 다투는 중이리라는 것이었다. 어쩌면 거기에는 더 깊은 사연이 숨어 있을지도 몰랐다. 어서 사부님께 내막을 알리고 진상을 알아보고 싶었지만 안타깝게도 그녀는 적에게 사로잡힌 꼴이었다. 답답한 가운데서도 그녀는 우선 그들을 골탕먹여야겠다는 생각을 했다.

소운은 빙그레 미소지었다.

"이렇게 친절한 걸 보니 이미 저를 죽이기로 단단히 결심하신 모양이군요."

청의사내는 뜻밖의 일격에 당황하여 머뭇거렸다.

"그렇지 않다…… 대일본국 사무라이는…… 약속을 지킨다."

"괜찮아요. 제가 그쪽 입장이라 해도 죽여서 입을 막을 거예요.

하지만 고려 무사는 정말 약속을 지켜요. 잘 들으세요. 자혜대사는 지리산을 떠난 지 오래예요. 이십 년 전 요다에게서 입은 부상을 치료하기 위해서 금강산으로 가셨어요. 저도 못 뵌 지 여러 해 되었기 때문에 회복이 어느 정도 되셨는지는 모르겠어요.”

이십 년 전 요다에게 입은 부상 운운은 소운이 아무렇게나 꾸며낸 말이었다. 요다라는 인물과 자혜대사의 실종을 연관지어 생각해본다면 아무래도 그런 일이 있었을 법했던 것이다. 그런데 그 말은 청의사내에게 신뢰감을 주었다. 그도 대사부가 자혜에게 중상을 입혔다는 자랑을 들은 적이 있었기 때문이었다. 그렇다면 그는 더이상 이곳에서 머뭇거릴 이유가 없었다. 남은 일은 이 계집을 어떻게 처리하는가뿐이었다. 그는 잠시 몇 가지 상상력을 발휘해보았다. 그냥 죽여버리기에는 아까운 예쁜 계집이었다.

한편 그 사이 소운은 죽음을 준비하고 있었다. 필요한 이야기를 모두 들었으니 그들은 분명히 그녀를 죽일 것이었다. 이런 자들의 손에 죽는다는 게 불만스럽기는 했다. 그러나 그녀는 죽음을 두려워하지는 말자고 다짐했다. 피할 수 없다면 담담하게 죽도록 하자. 다만 한 가지 아쉬운 점이라면 신엽을 절벽가에 세워둔 채 혼자 떠난다는 사실이었다. 그는 아직도 자신을 기다리고 있을 텐데. 이럴 줄 알았더라면 어깨의 탈골이라도 먼저 고쳐줄걸. 괜히 골탕을 먹이느라 모르는 척했어. 어쩐지 그와는 더 많은 일들을 함께할 것 같았는데 이렇게 먼저 떠나는구나……

“쇠사슬을 튼튼한 나무기둥에 묶어라.”

소운이 그런 생각을 하는 사이 수석무사라는 청의사내는 엉뚱한 지시를 내리고 있었다. 사내들은 쇠사슬을 나무에 단단하게 묶었고, 소운의 몸은 큰대자로 허공에 뜨게 되었다. 그녀는 몸을 흔들어보았지만 꼼짝도 하지 않았다.

"무슨 짓을 하려는 거냐. 어서 죽여라."

"어차피 죽을 목숨, 남은 중생을 위해서 선행이나 베풀고 가거라."

청의사내는 흉측한 웃음을 머금고 다가왔다. 그는 창끝으로 소운의 목덜미를 어루만지더니 천천히 가슴으로 내려갔다. 이제 그녀의 옷을 찢을 작정이었다. 소운은 침을 뱉었다. 그런데 그 순간 청의사내가 펄쩍 뛰어 세 걸음 뒤로 물러났다. 날카로운 암기들이 날아들고 있었던 것이다. 그는 계속해서 다섯 걸음을 더 물러나야 했다. 동시에 소운을 묶고 있던 네 줄의 쇠사슬이 끊어졌다.

쨍그랑.

소운은 재빨리 몸을 뒤집어 연검을 집어들며 일어섰다. 그녀의 사슬을 끊은 것은 길상파(吉祥派)의 독문암기인 비어자(飛魚子)였다. 그녀 곁으로 대사형 광한이 내려섰다.

"뭘 하다가 이제야 오는 거예요."

소운은 대뜸 질책부터 했다.

광한은 기가 막힌다는 표정을 지었다. 할말도 없고 해서 그는 그 길로 청의사내들을 짓쳐들어갔다. 청의사내들은 재빨리 진용을 갖추고 청창들을 휘둘렀지만 광한의 분노를 당해내기가 쉽지 않았다. 광한은 소운의 대사형이었고, 무공도 그녀보다 반 수 이상 위였던 것이다. 거기에다 소운까지 연검을 휘저으며 합세하니 청의사내들은 힘을 쓸 수 없었다. 수세에 몰려 각자의 몸을 지키기에만 급급할 뿐이었디.

몇 합을 겨루지 않아 수석무사는 광한과 소운을 당할 수 없음을 알아차렸다. 그는 재빨리 신호를 보낸 다음 푸른 일산을 펼쳤다. 다른 세 명의 무사들도 동시에 일산을 폈다. 그러자 일산 속으로부터 세 개씩의 성형표가 쏟아져나갔다. 그런데 수석무사가 발사한 세번째 표는 단순한 표가 아니라 벽력탄(霹靂彈)의 일종이었다. 작지만 폭음이 웅장하였다. 그리고 그 연무는 주변을 온통 칠흑 같은 어둠으로 몰아넣었다. 소운과 광한은 나무 위로 잠시 몸을 피해야 했다.

연무가 걷혔을 때 그 자리에는 청색이라고는 그림자도 남아 있지 않았다. 광한은 멀리서 옷자락 펄럭이는 소리를 듣고 쫓아가려 했지만 소운이 붙잡았다.

"내버려두세요. 필요한 건 다 알아냈으니까요."

"도대체 어떻게 된 거야. 왜 현죽소를 쏘지 않았어?"

광한이 사매를 나무랐다. 현죽소(玄竹簫)는 그들 길상파의 비상 신호용 피리였다. 새끼손가락 굵기의 현죽을 세 치 정도 길이로 잘라 만든 것으로 허공으로 쏘아올리면 가늘고 날카로운 피리 소리를 울렸다. 공력에 따라 차이는 있겠지만 대략 십 리 이내의 거리에서는 들을 수가 있었다.

소운은 입술을 삐죽이 내밀었다.

"대사형이 너무 빨리 오면 재미가 없잖아요. 모처럼 혼내줄 상대를 만났는데. 하지만 어쨌든 올 거라는 건 알고 있었어요. 오늘 정오에 중봉(中峰)에서 만나기로 했으니 이 부근 어딘가에 있을 게 뻔하잖아요."

"내가 조금이라도 늦었으면 어쩔 뻔했어."

"그러니 다음부턴 일찍일찍 다니세요."

소운은 예쁘게 웃었고, 광한은 고개를 절레절레 저었다.

소운과 광한은 원래 함께 사부의 명령을 받고 지리산을 찾아들었다. 사부인 자연대사는 대사형 자혜대사가 아직 살아 있다면 지리산 어딘가에 있으리라고 믿었다. 그래서 해마다 그의 생신이 다가오면 제자들을 보내어 찾게 하였다. 지리산에 도착한 소운과 광한은 각자 흩어져 산의 동쪽과 서쪽을 탐색한 다음 오늘 정오 중봉 정상에서 만나기로 약속하고 있었다. 청의사내들과의 싸움이 시작되기 전에 소운은 현죽소 생각을 했었다. 그러나 대사형이 근처에 와 있다면 창검 부딪치는 소리만 듣고도 찾아올 것이라 생각하고 쏘아올리지 않은 것이었다.

소운은 이미 이곳에서의 일에는 흥미가 없었다. 그녀의 마음은 신엽에게로 가 있었다. 그녀는 대사형을 재촉하여 신엽이 기다리는 곳으로 달려갔다.

가는 길에 소운은 광한에게 신엽에 대해 설명해주었다. 몸이 몹시 좋지 않다. 아마도 태어날 때부터 경맥들이 막혀 있었던 것 같다. 하지만 머리는 총명하고 마음도 곧은 사람이다. 사부님께 데려가서 치료해주었으면 좋겠다. 광한은 워낙 마음이 선한 사람이었다. 출가한 이후로는 더욱 선업에 전념하고 있었다. 게다가 그는 소운 사매의 부탁이라면 거절해본 적이 없었다. 신엽에 대한 이야기를 듣고는 오히려 자신이 조급해할 정도였다. 그 사이 아무 일도 없었어야 할 텐데.

절벽가에 도착한 그들은 그러나 신엽의 모습을 찾을 수 없었다. 소운이 소리쳐 불러보았지만 돌아오는 대답이라곤 공허한 메아리뿐이었다. 소운과 광한은 다시 경신술(輕身術)을 이용하여 사방 사오 리를 돌아보았다. 그러나 결과는 마찬가지였다. 광한은 소운을 위로했다. 특별한 흔적이 없는 것으로 보아 맹수에게 물려간 것 같지는 않다. 어딘가에 안전하게 있을 것이다. 인연이 있으면 또 만나게 될 테지.

소운은 신엽이 일부러 걸음을 재촉한 것 같아 원망스러웠다. 그러면서도 한편은 후회스러웠다. 어깨 탈골이라도 먼저 고쳐주는 건데. 괜한 심술을 부렸어. 하지만 그녀는 신엽이 없어진 일에만 정신이 팔려 또 한 가지 물건이 그 절벽가에서 사라졌음을 깨닫지 못했다.

동굴 혈전

표범을 따돌리기 위해 소운이 떠나가자 신엽은 그 자리에 우두커니 서 있었다. 그녀가 움직이지 말라고 했으니 언제까지라도 그렇게 서 있을 작정이었다. 그런데 자주색 옥잠화가 다시 눈에 들어오자 그의 마음이 달라졌다. 그녀가 없는 사이 꽃이라도 꺾어야겠다고 생각했던 것이다.

잘된 일이야. 부들부들 떨며 절벽을 내려가는 모습은 보여주고 싶지 않았는데.

자존심이 강한 신엽은 그렇게 생각했다. 이미 죽음을 준비한 터라 위험 따위에는 마음이 쓰이지 않았다. 꽃을 꺾다가 죽는다면 거기까지가 자신에게 허락된 삶일 것이다.

신엽은 곧 절벽을 타고 내려가기 시작했다. 몸을 납작하게 붙이

고, 손과 발을 거미처럼 벌려서 풀포기나 나무뿌리 따위에 의지했
다. 한 발 한 발 옮길 때마다 돌부스러기가 떨어져내렸다. 제법 긴
시간을 고생한 끝에 그는 옥잠화가 손에 닿을 만한 곳까지 내려갈
수 있었다. 이제 팔을 뻗기만 하면 잡힐 것 같았다. 오른팔로 돌부리
를 움켜쥐고, 조심스럽게 왼손을 풀었다. 그리고 꽃을 향해서 내밀
었다. 가까스로 꽃을 움켜쥔 순간 신엽은 비명을 내지르고 말았다.
그는 너무 긴장하여 오른쪽 어깨의 부상을 잊고 있었다. 무심결에
온몸을 오른팔에만 의지하게 되었고, 그러자 그 어깨로 팔이 끊어
지는 듯한 통증이 엄습한 것이었다. 엄청난 통증 속에서 신엽은 자
신이 허공으로 떨어져내림을 느끼며 의식을 잃어버렸다.

　얼마나 시간이 흘렀을까.

　신엽이 다시 눈을 떴을 때 태양은 하늘 한가운데서 이글거리고
있었다. 그리고 그 태양 곁에는 낯선 남자의 얼굴이 하나 있었다. 중
년을 조금 넘어선 듯한 얼굴이었다. 신엽은 얼른 일어나서 앉았다.
조금 전의 일이 생각나 어깨를 움직여보았지만 아무런 통증도 느껴
지지 않았다. 그는 주변을 둘러보고 자신이 절벽 한가운데의 동굴
같은 틈새에 앉아 있음을 알 수 있었다. 위로도 깎아지른 듯한 절벽
이었고, 아래로도 까마득한 절벽이었다. 신엽은 남자에게 예를 차렸
다.

　"여기는 어디입니까? 저는 이미 죽은 것입니까?"

　남자는 껄껄 웃었다.

　"신엽이라고 하느냐?"

　"그렇습니다."

　"내 너와 한 가지 거래를 할까 하는데 들어보겠느냐?"

　신엽은 남자가 자신의 이름을 얘기할 때 자기는 이미 죽은 게 틀
림없다고 믿게 되었다. 그렇지 않고서야 생면부지인 그가 자신의 이

름을 알 리 없겠기 때문이었다. 게다가 남자의 행색은 남루하기가 지나쳐 신비로운 느낌까지 주고 있었다. 머리카락과 수염이 모두 난발이었고, 몸을 간신히 가린 회색 옷은 수십 년을 비바람에 닳은 창호지처럼 보였다.

"말씀하여주십시오."

"내 지금부터 네게 약간의 무공을 전해주겠다. 그리고 너는 그 대가로 나를 위해 한 가지 일을 하는 것이다."

"어떤 일입니까?"

"그것은 아직 애기할 수 없다. 때가 되면 가르쳐주겠다."

신엽은 잠시 생각해보았다. 남자가 그에게 부탁하려는 것은 과연 어떤 일일까. 그러나 그건 도무지 짐작할 수 없는 일이었다. 그렇다면 그는 제의를 받아들일 수 없었다. 만약 그게 부도덕하고 불의(不義)한 일이라면 더없이 곤란한 까닭이었다.

"어른께서 시키고자 하시는 일이 정당한 것이라면 무공을 가르쳐주지 않으시더라도 성심껏 실행하겠습니다. 하지만 그렇지 않다면 저는 아무것도 배우지 않겠습니다."

남자는 뜻밖의 말에 냉소했다.

"흥. 정당한 일이라고? 그래 네가 이 세상 모든 일의 정당함과 부당함을 가려낼 수 있단 말이냐?"

"그런 것은 아니지만…… 일반적인 기준에 따라 의와 불의는 나누어질 수 있다고 배웠습니다."

"누구한테 그 따위 엉터리 수작을 배웠느냐?"

"집안 어머니의 가르치심이었습니다."

어머니라는 말에 남자는 말문이 막히는 모양이었다. 여자들이 세상 이치를 알 리가 없지. 혼자서 그렇게 중얼거리더니 다시 말했다.

"그렇다면 이 일은 의와 불의 중 어느 쪽에 속하는지 말해보아라."

　남자는 문득 오른손을 들어 허공에다 뿌렸다. 아주 가벼운 손짓이었다. 그런데 그가 손을 뿌린 쪽 사오 장쯤 되는 곳에 까마귀 한 마리가 날아가고 있었다. 까마귀는 덫에라도 걸린 듯 허우적거리더니 신엽의 무릎 앞으로 날아와 떨어졌다. 신엽은 남자가 무공으로 까마귀를 잡은 것임을 알 수 있었다. 놀라운 일이었다. 그러나 도대체 어떤 무공으로 어떻게 잡은 것인지는 헤아릴 길이 없었다.

　"불가에서는 살생을 죄악으로 여긴다. 하지만 지금 나는 이 절벽에 갇혀 있고 먹을 것이 없다. 부득이 날아가는 까마귀를 잡았다. 이 일은 의와 불의 중 어느 쪽에 속하느냐?"

　신엽은 잠시 망설이다가 고개를 숙였다.

　"아무래도 어른께서는 다른 사람에게 무공을 전수하심이 옳을 듯합니다."

　"의와 불의를 가리라는데 웬 엉뚱한 소리냐."

　"만족스런 대답을 드릴 길이 없겠기 때문입니다."

　"무공을 배우지 않겠다면 이곳엔 머무를 수 없다. 당장 절벽을 내려가거라."

　절벽을 내려가라는 말은 떨어져 죽으라는 말과 같은 소리였다. 그러나 신엽은 담담하게 일어섰다. 옆에 놓인 보퉁이를 둘러메고 남자에게 하직 인사를 했다. 절벽 앞에 서니 저절로 한숨이 나왔지만 머뭇거리지 않았다. 갈수록 일이 고달피지는구나 생각하며 절벽을 내려가기 시작했다.

　절벽은 옥잠화를 꺾으려던 곳보다 훨씬 어려웠다. 일 장을 내려가지 못해 신엽은 탈진하고 말았다. 이제는 미련 없이 추락하는 길밖에 없어 보였다. 그가 두 손의 힘을 풀고 떨어지려 하는 찰나, 한 가닥 무명줄이 날아오더니 신엽의 몸을 휘감아 동굴 위로 끌어올렸다.

남자가 신엽을 노려보다가 껄껄 웃고 말았다.

"제법 고집이 있는 녀석이구나. 좋다. 내 조건 없이 무공을 전해주도록 하마."

남자가 조금 전 까마귀를 잡은 데는 두 가지 목적이 있었다. 하나는 의와 불의의 기준을 가지고 신엽을 골려주자는 것이었고, 다른 하나는 은연중 자신의 무공을 엿보여주자는 것이었다. 그는 아주 가벼이 손을 뿌렸지만 기실 그것은 보기 드문 상승무공이었다. 길상파의 최고 비급인 『진표현경(眞表玄經)』에 수록된 비룡취주(飛龍取珠)라는 초식으로서 한줄기 강기(剛氣)가 일정 거리를 뻗어나간 다음 두 바퀴를 휘돌아서 다시 처음의 자리로 돌아오게 되어 있었다. 몸을 움직이지 않고 다른 사람의 무기나 물건을 낚아챌 수 있는 신묘한 초식이었다. 그런 만큼 익히기도 까다로웠다. 마지막 지점까지 정확히 안착시키려면 적어도 삼십 년 이상의 공력을 필요로 하였다. 그는 어지간한 사람이라면 이 초식만 보고도 마음이 동하리라고 믿었다. 의니 불의니 따위는 팽개치고 무공을 배우고 싶어하리라. 그러나 신엽은 조금의 동요도 보이지 않았다. 뿐만 아니라 죽음마저도 두려워하지 않는 모습을 보여주었다. 남자는 신엽이 마음에 들지 않을 수 없었다.

조건 없이 무공을 전수하겠다는 남자의 말을 듣고도 신엽은 선뜻 기뻐하지 않았다. 그에게는 아직 몇 가지 문제들이 남아 있었다.

"그런데 지금 저는 죽은 것입니까 산 것입니까?"

"죽은 목숨들이라면 무엇 하러 무공을 논하겠느냐."

남자의 대답에 신엽은 한숨을 내쉬었다. 차라리 죽은 것이라면 얼마나 좋을까.

"그렇다면 역시 어른께서는 다른 사람을 찾으심이 옳을 듯합니다."

"그건 왜 그러냐?"

"저는 이미 죽은 목숨과 다를 바가 없습니다. 경맥들이 모두 막혀서 얼마 살지 못한다고 합니다. 그러니 제게 무공을 전수하시는 것은 헛일이 아니겠습니까?"

남자는 고개를 끄덕였다.

"그 점은 내 이미 알고 있다. 또다른 문제가 있느냐?"

"설사 제가 장수할 팔자라 하더라도 이 일은 도리에 어긋나는 듯합니다. 어른의 말씀으로 보아 저를 제자로 받아들이실 뜻은 없는 듯하온데, 제 쪽에서는 아무것도 드리지 못하고 어른의 무공만 전수받는다면 형평에 맞지 않는 일이 아니겠습니까?"

남자는 생각에 잠겼다. 어쩐지 신엽의 한마디 한마디는 자신의 젊은 시절을 생각나게 하였다. 형평과 도리만 따지며 스스로의 손해나 이익은 돌아보지 않는 모습이 그러했다. 그런 태도 때문에 얼마나 많은 곤란을 당해야 했던가. 하지만 삶이 얼마 남지 않은 시점에서나마 비슷한 성격의 인물을 만난 것이 내심 무척 기뻤다. 남자는 비로소 안색을 온화하게 폈다.

"내가 부탁하려는 일을 지금 말하지 못하는 것은 그 일이 너무 어려운 것인 까닭이다. 나중에 네가 감당할 준비가 되었다고 여겨지면 얘기해주도록 하마. 설사 그 일을 이루지 못한다 할지라도 너를 원망하는 일은 없을 것이다. 하지만 그것은 조금도 부도덕하거나 불의스런 일은 아니니 안심하여라. 나반……"

구름 한 점 없는 하늘을 남자는 한동안 올려다보다 말을 이었다.

"다만 내가 걱정하는 바는 무공 전수 과정을 네가 견뎌낼 수 있을까 하는 점이다. 나는 지금 시간이 많지 않다. 그래서 예외적인 방법으로 너를 가르쳐야 한다. 그것은 몹시 고통스러울 것이며, 어쩌면 네 목숨이 위태로워질지도 모른다."

"저는 이미 두 번 죽은 목숨입니다. 경맥이 끊어져 한 차례 죽었고, 절벽에서 떨어져 또 한 차례 죽었습니다. 그런 목숨을 어른께서 부지해주셨으니 이후로 삶과 죽음에 대해서는 개의치 않겠습니다."

남자는 신엽의 대답이 흡족한지 기쁜 표정을 지었다.

"그래. 사내 대장부 마음이 그 정도는 되어야지. 그럼 지금 당장 시작하도록 하자."

남자는 신엽을 자기 앞에 반듯이 눕혔다. 그리고는 두 눈을 감고 두 손을 가슴 앞에 합장한 채 운기심공(運氣心功)에 들어갔다.

남자는 원래 출가한 승려였으며 법명을 자혜라 하였다. 그는 바로 소운의 사부 자연대사의 대사형이었다. 미도노의 수하 사무라이들이 지리산을 헤집으며 찾았던 바로 그 자혜대사이기도 했다. 지난 이십 년 동안 그는 혼자 이 절벽 가운데의 동굴에서 지내오고 있었다.

떨어지는 신엽을 받아놓고 자혜는 여러 차례 감정 변화를 일으켰다. 처음에는 반갑기 그지없었다. 마침내 자신의 무공을 전해줄 사람을 만났다는 사실 때문이었다. 그러나 신엽을 잠시 살펴보고는 반가움이 싹 가셔버렸다. 신엽의 몸은 선천적인 오음절맥(五陰絶脈)으로 부실하기 그지없었다. 도무지 튼튼한 구석이라고는 없어 보였다. 오른쪽 어깨는 탈골까지 되어 있었다. 자혜는 한숨을 내쉬고 다시 신엽을 절벽 아래로 던져버릴까 생각했다. 그런데 그의 보퉁이 속에는 달랑 책 한 권이 들어 있었다. 꺼내어 보니 다름아닌 『주역(周易)』이었다. 『주역』은 무공을 배우기 위해서 가장 먼저 익혀야 할 이론서였다. 또한 가장 마지막까지도 제대로 터득하기 힘든 책이기도 했다. 하늘에서 불쑥 떨어져 자신을 찾아온 젊은이가 그런 책을 가졌다는 것은 무슨 뜻일까. 게다가 책을 몇백 번을 읽었는지 책장이 너덜너덜할 지경이라는 것은 무슨 뜻일까.

자혜대사는 어쩌면 이 젊은이를 하늘이 보내신 것일지도 모른다고 생각하여 말이라도 붙여보기로 했다. 그는 우선 젊은이의 탈골을 바로잡아주고 약간의 진기를 불어넣은 다음 깨어나기를 기다렸다. 잠시 후 일행인 듯한 남녀가 절벽 위에서 외치는 소리를 듣고 젊은이의 이름이 신엽임을 알 수 있었다.

신엽이 깨어난 후 몇 마디 얘기를 나누면서 자혜는 안도감을 느꼈다. 그는 예상 밖으로 총명해 보였다. 뿐만 아니라 곧고 바른 심지를 갖고 있었다. 자혜는 과연 신엽을 보낸 것이 하늘이 틀림없다고 생각하며 경솔히 처신하지 않은 것을 다행스러워했다.

그날부터 당장 자혜는 신엽에게 백삼타전(百參打傳)의 비법을 시행하기 시작했다.

백삼타전이라는 것은 정종(正宗) 무공의 최상승 경지에 도달한 사람만이 시술할 수 있는 일종의 전이대법(轉移大法)이다. 백삼 일 동안 시술 대상자의 전신을 조타하면서 자기 자신의 내공을 전수하는 것이다. 그 과정은 모두 세 단계로 이루어져 있다. 첫번째 사십구 일은 음(陰)의 시기로, 전신의 혈을 두들겨서 여는 단계이다. 십이정경(十二正經)과 기경팔맥(奇經八脈)을 포함한 모든 경락들을 여는 것이다. 두번째 사십구 일 동안은 양(陽)의 시기가 된다. 이미 열린 혈들에 내공을 주입하여 모든 경락을 기운으로 채워야 한다. 여기까지 소요되는 시간은 구십팔 일로, 이 과정이 완성되면 시술자의 내공은 사실상 대부분 대상자의 몸으로 옮겨지는 셈이다.

그러나 마지막으로 남은 닷새는 앞의 두 단계보다도 훨씬 중요하다고 말할 수 있다. 음과 양이 우리 몸의 기운을 구성하는 기본 조건이라면 목화토금수(木火土金水)의 오행은 그것을 통제하고 운용하는 원리이다. 마지막 닷새 동안 시술자는 바로 그 오행의 질서를 전수해주어야 하는 것이다.

세 단계가 모두 끝나면 시술 대상자의 몸에는 엄청난 공력이 형성된다. 그러나 시술자의 몸은 내공이 모조리 빠져나간 진공 상태로 변한다. 시술자가 어지간한 자기 희생을 각오하지 않고서는 생각할 수 없는 일이다. 만약 이같은 사실을 알았더라면 신엽은 결코 무공 전수에 동의하지 않았을 것이었다.

더구나 이 비법에는 여러 가지 위험이 도사리고 있었다. 시술자가 대상자의 혈을 여는 과정에서부터 두 사람은 호흡과 마음을 함께해야 했다. 시술자의 공력이 고스란히 대상자에게 옮겨지기 위해서는 대상자의 몸 속에 시술자와 똑같은 조건이 만들어질 필요가 있었다. 조금이라도 대상자가 시술자를 불신할 경우 대상자의 몸은 시술자를 거부하게 되고, 따라서 동일한 조건은 형성될 수 없다. 그런 일이 벌어진다면 이 놀라운 비법은 놀라운 비극으로 마무리될 뿐이었다.

백삼타전이 시작된 첫날 신엽은 온몸이 믿을 수 없을 만큼 시원해짐을 느꼈다. 자혜의 손길은 솜방망이처럼 부드럽게 그의 몸을 두들겨주었다. 그리고는 그의 몸 속에 누적된 모든 피로와 통증과 가려움 따위를 거두어갔다. 신엽은 마치 누군가가 개울가에서 자신을 세탁하고 있는 듯한 착각마저 느꼈다. 그러나 둘째날 셋째날이 이어지면서 사정은 달라지기 시작했다. 시원함은 차츰 통증으로 변했다. 같은 곳을 수백 번 수천 번 맞고 또 맞으니 아프지 않을 도리가 없었다. 다시 며칠이 지나면서는 솜방망이 같던 자혜의 손길이 쇠몽둥이처럼 느껴질 지경이었다. 한 번 한 번의 부드러운 손길에도 신엽은 비명을 내지르지 않기 위해 이를 악물어야 했다. 매순간이 죽음처럼 길고 고통스럽게 여겨졌다. 그것은 영원히 끝나지 않을 고문 같았다. 그럴수록 신엽은 자혜에 대한 믿음을 잃지 않으려 안간힘을 다했다.

편안하게 누워 있는 내가 이처럼 힘든데, 끊임없이 나를 두들기는 사람은 얼마나 더 수고스러울까. 그 고마움을 기억해야 해.

하루 종일 계속된 조타는 자시가 되어서야 잠깐 멈추어졌다. 축시가 지나고 인시가 되면 다시 시작되었다. 하루의 십이 시진 중 고작 두 시진 동안만 휴식이 주어지는 셈이었다. 그러나 그 동안도 신엽은 충분히 쉴 수 없었다. 악몽과 통증으로 몸을 편안히 누일 수가 없었던 것이다.

어느 밤엔가 신엽은 잠결에 유령처럼 깨어 일어났다. 절벽가로 걸어가 아래를 내려다보았다. 까마득한 심연 너머에는 평화가 있을 것만 같았다. 그는 그만 이 어리석은 고통을 끝내고 떠나야겠다고 생각했다. 그러나 한참을 망설이다가 결국 돌아서고 말았다. 그는 이미 자혜대사와 약속을 한 형편이었다. 자신에 대한 자혜대사의 희망을 그처럼 간단히 저버릴 수는 없었다. 그리고 어느 곳에선가 어머니의 눈길이 지켜보고 있을 것도 같았다.

그렇게 십여 일이 지나간 날이었다. 역시 조타가 계속되는 오후였다. 신엽은 눈을 감고 엎드린 채 비지땀을 흘리고 있었다. 통증이 너무 지독하여 혼절할 지경이었다. 그런데 그는 문득 자혜대사가 누군가와 나누는 얘기 소리를 들었다. 자혜는 안부를 묻고 수고를 칭찬하고 있었다. 꿈을 꾸는 것일까. 신엽은 살그머니 눈을 떠보았다. 다음 순간 그는 소스라치게 놀라 일어나려 하였다. 자혜의 손길이 무겁게 눌러 제지하였다.

"놀라지 말아라. 너를 헤치긴 않는다."

신엽이 본 것은 한 마리의 거대한 독수리였다. 날개를 접고 앉은 모습이 어지간한 남자어른 몸집만했다. 날개를 펼친다면 좌우가 족히 일 장은 될 성싶었다. 털빛이 온통 검은 것으로 보아 검독수리의 일종 같았지만 흔히 보는 검독수리와는 달랐다. 새까만 털이 검은 비단을 두른 것처럼 반짝였고 부리와 발톱은 어떤 예리한 무기보다

54

도 단단하고 날카로워 보였다.

"아름답지 않으냐?"

자혜가 신엽에게 물었다. 그 말을 듣고 보니 과연 그 독수리는 아름다워 보였다. 아름다움과 용맹함으로 무장된 훌륭한 조각품 같았다. 신엽이 그렇다고 하니 자혜는 흡족스러워했다. 그리고 신엽과 독수리를 인사시켰다.

"이쪽은 신엽, 이쪽은 흑수리다. 인사들 나누거라."

"만나서 반갑구나."

신엽이 손을 흔들자 흑수리는 목을 빼어 기다랗게 울었다. 울음소리는 청아하게 계곡을 메아리쳤다. 그런 다음 그는 가볍게 날아올라 신엽을 향해 날갯짓했다. 그러자 시원한 바람이 일어 신엽의 더운 몸을 식혀주었다. 자혜대사는 신엽이 흑수리의 마음에 들었나 보다고 말하며 껄껄 웃었다.

"네가 복이 없진 않은 모양이구나. 마침 때맞춰 현음과가 열렸어. 이걸 보아라."

신엽이 일어나 보니 그곳에는 커다란 새둥지가 하나 있었고, 둥지 속에는 열두 개의 붉은 열매가 들어 있었다. 흑수리가 가져온 것인 듯싶었다. 열매는 복숭아처럼도 생겼고 사과처럼도 보였다. 그러나 어느 것과도 꼭 같지는 않았다.

"이렇게 생긴 과일은 처음 봅니다."

"이건 그냥 과일이 아니다. 삼십 년 만에 한 번씩 열매를 맺는 현음과라는 영약이다. 때가 된 듯해서 흑수리를 보내어 지키게 하였더니 열두 개의 열매를 모두 따왔구나."

"이걸 먹으면 건강이 좋아지는가 보죠?"

"허허. 그렇지. 그런 셈이지."

자혜대사는 사람 좋게 웃고 말았다.

　고래로 세상에는 몇 가지 신비로운 영약이 전해지고 있었다. 그러나 그중에서도 으뜸은 단연 현음양과(玄陰陽果)라 할 수 있었다. 현음양과는 현음과와 현양과 두 가지를 일컫는 것인데, 둘은 그 성질이 전혀 달랐다. 현음과의 기질은 서늘했고, 현양과의 기질은 불처럼 뜨거웠다. 재미있는 일은 현음과는 양지바른 곳에서 열매를 맺는 반면 현양과는 어두운 습지에서 결실을 맺는다는 사실이었다. 또 한 가지 중요한 차이점은 두 열매의 복용 방법에 있었다. 현음과는 그것만을 복용해도 큰 효과를 볼 수 있었다. 일반인은 장사 같은 건강 체질이 되어 무병장수할 수 있었고, 무예인이라면 엄청난 공력의 증진을 얻을 수 있었다. 현양과는 먼저 현음과를 복용하지 않은 사람이 먹게 되면 치명적인 중독을 일으켰다. 보통 사람은 일 다경(茶頃) 이내에 몸이 불덩어리로 변해 죽게 마련이었다. 무예의 고수라 할지라도 주화입마는 피하기 어려웠다. 그러나 만약 현음과를 복용한 사람이 먹게 된다면 그 효과는 상상을 초월하는 것이었다. 현음과만으로 얻은 효과의 수십 배에 해당하는 공력 증진을 기대할 수 있었다. 게다가 어지간한 독은 범접치 못하는 만독불침(萬毒不侵)의 몸이 되었다.

　자혜대사가 그저 허허 웃고 만 것은 신엽에게 세세한 사정을 설명할 수 없어서였다. 이런 사정을 얘기한다면 신엽은 한사코 복용을 거부할 것이 뻔한 까닭이었다.

　"너는 워낙 몸이 허약하니 오늘부터 매일 한 알씩 현음과를 넉노록 하여라."

　"아닙니다. 이것은 영약이오니 어른께서 복용하도록 하십시오."

　"너는 나와의 약속을 지키기가 싫은 모양이구나."

　자혜대사는 싸늘하게 말했다.

　신엽은 더이상 긴 소리를 할 수 없었다. 그 자리에서 한 알을 말끔히 씹어먹어야 했다. 과육은 달콤하고 향기로웠다. 과즙이 뱃속으로 넘어가자 온몸이 시원하게 풀어졌다. 신엽은 나른한 평화를 느끼며 잠에 빠져들고 말았다. 그 잠 속에서는 자혜대사의 쇠몽둥이 조차도 견딜 만했다.

흑수리와 자혜대사가 친구가 된 것은 삼 년 전의 사건 이후부터였다. 지리산의 터줏대감이었던 흑수리에게로 일곱 마리의 왕새매 떼가 도전장을 던진 것이었다. 흑수리는 도전자들과 더불어 이틀 낮이틀 밤을 싸웠다. 그는 세 마리의 왕새매를 죽이고 나머지 네 마리에게도 중상을 입혀 쫓아버릴 수 있었다. 그러나 흑수리 자신도 치명적인 부상을 입은 것은 어쩔 수 없는 일이었다. 그는 오른쪽 날개가 부러졌으며 몸의 곳곳이 찢어져 과다한 출혈로 의식을 잃었다. 그래서 허공에서 빙글빙글 떨어져내리게 되었다. 다행히 그 싸움을 지켜보던 자혜대사가 흑수리를 구해주었다. 자혜는 수리의 날개뼈를 붙이고 상처를 치료해주었다. 기력을 회복할 때까지 먹이도 공급해주었다. 그날 이후로 수리는 자혜대사의 유일한 친구가 되었다. 흑수리에게도 자혜대사는 유일한 친구라 할 수 있었다.

신엽의 출현은 그러나 새로운 변화를 가져왔다. 수리는 여전히 자혜에게 다정했지만 신엽에게 더 많은 관심을 보였다. 신엽이 힘들어하면 날갯짓으로 서늘한 바람을 보내주었고, 신엽을 위하여 많은 종류의 과일들을 따다주기도 했다. 때로는 토끼나 뱀과 같은 부드러운 고기도 공급해주었다. 얻어맞는 일로 하루하루를 이어가는 신엽에게 그는 유일한 위안이자 구원이었다. 자혜대사는 그들의 우정을 흐뭇하게 지켜보았다.

흑수리의 애정 어린 보살핌 속에서 신엽은 첫번째 사십구 일을 무사히 넘길 수 있었다. 이제 그는 선천적으로 막혀 있던 모든 경맥들이 뚫렸을 뿐 아니라 이른바 생사현관(生死玄管)이라 일컬어지는 임독(任督) 양맥까지 뚫려 있었다. 자혜대사의 쇠몽둥이 찜질도 예전처럼 아프게 느껴지지 않았다.

두번째 사십구 일이 시작되자 자혜대사는 신엽을 일어나 앉게 하였다. 가부좌를 틀고 오심향천(五心向天)의 자세로 앉게 한 다음 그의 명문혈에 장심을 갖다 대었다. 자혜는 신엽에게 무공요결을 읊어주며 그것을 암송하도록 만들었다.

신수향천(伸手向天) 근족지하(根足地下) 심선풍종대맥(心旋風從帶脈)…….

총명함이 남달랐던 신엽은 대략 세 번을 들으면 암송할 수 있었다. 그러면 자혜는 이제 동작을 가르쳐주었다. 느리고 조용한 동작들이었다. 빠르고 격렬한 무공 동작들과는 전혀 달라 보였다. 그러나 그 느린 동작 속에는 기실 상승내공의 운용법이 담겨 있었다. 신엽은 정확한 내막은 알 수 없었지만 자신이 흉내내는 동작들이 예사롭지 않음을 알 수 있었다. 자혜대사를 따라 팔을 한 번 비틀고 팔목을 한 차례 꺾을 때마다 새로운 기운의 흐름이 느껴지는 것이었다.

첫번째 사십구 일과는 달리 두번째 사십구 일은 빠르게 지나갔다. 신엽은 매일 열 시진씩 힘든 줄 모르고 암송과 동작 연습에 매달렸다. 그 사이 자혜는 스스로의 공력을 신엽에게 주입하였다. 자혜는 내심 놀라고 있었다. 그는 신엽의 자질이 원래는 대단히 뛰어났음을 알 수 있었다. 오음절맥이 된 것은 태내에서의 문제 때문이었을 듯했다. 모친이 신엽을 잉태했을 때 모종의 충격을 받아 경맥들이 끊어져버린 게 아니었을까.

어쨌든 이제 신엽의 몸은 모든 경락을 활짝 열고 자혜대사의 공력을 받아들이고 있었다. 이십 일이 지나지 않아 자혜는 길상 무공의 모든 요결을 신엽에게 전수할 수 있었다. 다시 이십 일이 지나는 동안은 다른 문파들의 중요한 무공을 전수하였으며, 그 다음부터는 지난 이십 년간 자신이 터득한 내공의 요결을 전수하였다.

두번째 사십구 일이 끝났을 때 신엽의 머릿속에는 이 세상의 대다수 상승무공요결들이 암기된 셈이었다. 물론 신엽이 당장 그것들의 이치를 깨닫고 자기 것으로 만들기란 불가능한 일이었다. 그러나 부지런히 수련에 정진한다면 몇 년 안에 놀라운 경지에 이를 수도 있는 일이었다.

세번째 단계로 오행의 기운을 전수하면서 자혜대사는 상세한 설명으로 신엽의 이해를 도왔다.

목(木)의 기운은 땅속에 굳건히 뿌리내림을 기본으로 한다. 나무 목자를 보아도 알 수 있을 것이다. 땅 위로는 겨우 하나의 뿔이 솟아 있을 뿐이지만 그 아래로는 세 개의 뿌리가 단단히 버티고 있다. 사람의 몸 속에서 목 기운은 간장을 근거지로 삼는다. 간장은 모든 독소와 노폐물을 제거하여 인체가 지상에 건강하게 뿌리내릴 수 있도록 돕는 것이다. 목 기운이 풍부한 사람은 언제나 단단하고 안정된 자세를 잃지 않는다. 무공에서도 하지(下肢)가 견고하여 적의 공격에 쉽사리 동요되지 않는다. 그러나 목 기운은 민첩성과 유연성이 떨어지는 단점이 있다……

그즈음 자혜대사는 이미 탈진 상태에 근접하고 있었다. 그의 진기가 대부분 신엽의 몸 속으로 흘러들어간 까닭이었다. 그러나 그는 조금도 내색하지 않고 최선을 다하여 마무리 작업에 열중하였다.

둘째 날 오후, 그러니까 화(火) 기운의 전수가 이루어지던 중간에 자혜대사는 문득 한숨을 내쉬었다. 그는 침중한 표정을 짓더니 혼잣말을 중얼거렸다.

"시간이 많이 남지 않았구나."

신엽은 그게 무슨 뜻인지 궁금하였다. 그러나 자혜대사가 입을 다물어버렸으므로 캐물을 수가 없었다. 자혜는 더 열심히 작업에 전념하였고, 신엽도 더불어 열중해야 했다.

그로부터 한 시진이나 지났을까. 자혜대사가 눈을 번쩍 뜨고는 냉랭한 목소리로 말했다.

"손님이면 모습을 보이고 쥐새끼라면 썩 꺼져라."

신엽은 아직 자혜대사가 그처럼 차갑게 얘기하는 것을 들은 적이 없었다. 그런데 잠시 후 들려온 대답에는 더 소름끼치는 냉기가 스며 있었다.

"금강일신(金剛一神)께서 놀랍게도 이런 초라한 동굴에 숨어 계셨군요. 일본국 요시노에서 온 후배 히야시가 인사드립니다."

"요다는 어딜 가고 네가 나타났느냐?"

"사부님께서는 작은 일로 거동하기를 싫어하십니다."

목소리는 먼 곳에서 들려오는 듯도 했고 아주 가까운 곳에서 말해지는 듯도 했다. 신엽은 가슴속에 서릿발이 맺히는 느낌이었다. 자혜가 작은 소리로 신엽에게 속삭였다.

"네 무공을 한번 시험해보자. 내가 부르는 요결에 따라 몸을 움직이거라."

그는 신엽의 명문혈에다 우장을 붙인 채 말을 이었다.

"일출용출(日出龍出) 분광사해(分光四海)."

신엽은 자혜대사의 손바닥으로부터 뜨거운 기운이 밀려들어와 단전을 휘감는 것을 느낄 수 있었다. 그 느낌에 맞추어 가슴 앞에서 둥그렇게 원을 그린 다음 천천히 두 팔을 내밀었다. 그러자 손바닥에서 뜨거운 기운이 밀려나갔다. 그 기운은 동굴 바깥쪽까지 일직선으로 뻗어나간 다음 문득 네 방향으로 쪼개어졌다. 느리고 부드러운 움직임이었다. 그러나 잠시 후 동굴 밖의 양 측면에서 비명 소리가 들렸다. 두 사람이 당한 모양이었다. 또 한 명은 다급히 옷자락을 펄

럭이며 피하였다.

"악랄한 수법이로군."

조금 전의 목소리가 욕설을 내뱉었다. 그리고는 조용해졌다. 한참을 더 기다렸지만 아무런 소리도 들려오지 않았다. 자혜대사가 신엽에게 말했다.

"시간을 조금 번 것 같다. 다시 마음을 모으거라."

그들은 계속하여 화 기운의 전수에 집중하였다.

원래 동굴 밖에는 아주 좁은 길이 나 있었다. 절벽을 따라 비스듬히 홈 같은 것이 파여 있었다. 보통 사람들에게는 무용지물과 마찬가지였지만 무공을 익힌 사람에게라면 훌륭한 길이 되었다. 두 발을 홈에 딛고 벽호공(壁虎功)이나 도마공(倒摩功) 등의 무공을 전개하여 움직인다면 제법 빠른 속도로 이동할 수도 있었다.

처음 인기척이 느껴졌을 때 자혜대사는 그 길의 양쪽에 각각 한 사람씩이 붙어서 있는 것을 알 수 있었다. 목소리의 주인은 왼쪽 위 비스듬한 지점에 있었다. 길과는 무관한 자리였다. 그것으로 보아 그의 무공이 상당히 높음을 알 수 있었다. 그러나 목소리의 공력을 측정해보건대 대단한 고수라고는 말할 수 없었다. 적어도 요다 훈게이와는 차이가 났다. 자혜는 일단 다행이라고 생각했다. 시간을 벌 수 있을 것 같아서였다. 그는 첫 손놀림에서 그들의 간담을 서늘하게 하여 물러나게 만들기로 작정했다. 해서 신엽을 통하여 용출분광(龍出分光)이라는 절초를 전개하였다.

용출분광은 『진표현경』의 적룡권편(赤龍拳篇)에 수록된 초식으로서 바다 속의 태양이 수면으로 솟아오르면서 사해에 빛을 분사하는 원리에 착안하여 만들어진 것이었다. 거대한 기운이 일정 거리를 뻗어나간 다음 문득 네 줄기로 쪼개어지도록 되어 있었다. 그 움직임은 부드럽고 잔잔하여 목표물에 당도할 때까지 아무런 동요도 일으키지 않았다. 낌새를 알아차릴 정도가 되면 이미 벗어날 수 없는 처지가 다반사였다. 조금 전에 전개한 일 장에 의해서도 두 명은 깨끗하게 당하였으며 가장 무공이 뛰어난 한 사람만이 간신히 몸을 피할 수 있었던 것이다.

일단은 시간을 벌었지만 자혜는 그들이 곧 다시 오리라는 것을 알고 있었다. 그래서 오행기운의 전수를 더 서둘렀다. 자시와 축시에도 휴식하지 않고 강행군하였다.

다시 이틀이 지나갔다. 그 사이 그들은 토(土) 기운과 금(金) 기운의 전수를 마칠 수 있었다. 마지막 날의 인시가 시작될 무렵에는 수(水) 기운도 절반 가까이 진행되고 있었다. 그러나 수 기운은 다른 기운들처럼 쉽게 공부될 수 있는 부분이 아니었다. 세상 만물을 관장하는 다섯 가지 기운 중에서도 가장 기본이 되는 것이 바로 수 기운인 까닭이었다. 자혜대사는 상세하게 설명하려 노력하였지만 신엽은 얼른얼른 그 뜻을 파악하지 못했다. 그럴수록 두 사람은 더 조급해졌고, 자혜대사는 낙담하여 힘이 빠졌다. 그는 거의 초인적인 인내력으로 마지막 며칠째를 버티는 중이었다.

그러던 어느 순간, 신엽은 문득 바위벽에 옷자락이 스치는 듯한 소리를 들었다. 아주 미미한 것이었지만 이질적인 소리가 분명했다. 신엽은 그 사실을 자혜에게 알렸고, 자혜는 난감한 표정을 지었다. 그 무렵 이미 자혜대사는 예민한 청력마저 잃고 있었던 것이다.

하루만 더 시간이 있었다면 모든 것을 마치고 신엽을 떠나보낼 수 있었을 텐데. 그 동안의 노력이 헛것이 될지도 모르겠구나……

자혜는 내심 탄식하였다. 그러나 탄식만 하고 있을 수는 없는 노릇이어서 신엽에게 쌍장을 올리고 대비하도록 하였다. 다시 한번 그들을 물리쳐서 조금의 시간이라도 더 벌 수 있기를 기대해볼 따름이었다.

긴장한 가운데 일 다경이 지났을까. 신엽은 동굴 바로 위에서 무언가가 삐걱이는 소리를 들었다. 다음 순간 커다란 검은 덩이가 동굴 속으로 날아들었다. 신엽은 반사적으로 쌍장을 밀쳤다.

펙.

쌍장과 맞부딪친 물체는 둔탁한 소리를 내며 그 자리에 떨어졌다. 한참 동안 그것은 움직이지 않았다. 그러나 자세히 살펴보니 그 물체는 자잘한 줄기들로 나누어져 꿈틀거리고 있었다. 그것은 무수히 많은 뱀의 뭉치였던 것이다. 적어도 수백 마리는 될 성싶었다. 신엽은 토악질을 하고 말았다. 자혜대사가 옷을 찢어 신엽의 눈을 가린 다음 등뒤 영태혈을 눌러 호흡을 고르게 해주었다.

그러는 사이 동굴 속으로는 두번째 세번째 뱀 뭉치들이 날아들고 있었다. 넓지 않은 동굴 바닥에 모두 다섯 뭉치의 뱀이 날아들었고, 그 숫자는 어림잡아도 삼사천 마리는 될 성싶었다. 동굴 안은 삽시간에 역겨운 냄새와 냉기로 가득 찼다. 달빛에 반사된 뱀의 색깔은 파르스름했다. 맹독성 청사(靑蛇)가 분명했다. 뱀들은 기다란 혀를 날름거리며 자혜대사와 신엽 쪽으로 다가오기 시작했다.

"오랜 수도생활에 고기 구경을 못 하셨겠죠. 뱀은 얼마든지 있으니 마음껏 드십시오. 하하하하하."

사흘 전의 그 목소리가 기분 나쁘게 울렸다.

뱀들은 철저한 공격 훈련을 받은 듯했다. 서두르지 않고 차근차근 자혜와 신엽을 포위하였다. 벽과 천장으로도 기어올라 사면을 물샐 틈없이 에워쌌다. 자혜대사는 동굴에 칩거하기 이전까지 온갖 종류의 실전을 경험한 백전노장이었다. 고려 땅은 물론 중국 대륙으로 건너가 수많은 고수들과 겨루었으며 그들 모두를 굴복시킨 바 있었다. 그래서 중국의 무인들은 그를 금강일신이라고까지 칭하였다. 하지만 그도 이처럼 난감한 경우는 당해본 적이 없었다.

어떻게 하면 이 뱀떼를 물리칠 수 있을까. 가능한 한 공력 손실을 최소화하여. 이들은 먼저 나의 기운을 소진시키려는 것일 텐데. 너무 많은 공력을 소모한다면 설사 이긴다 하더라도 아무 의미가 없다. 신엽의 내공은 다시 모두 흩어져버릴 것이다. 아, 겨우 하루를 더 버티지 못해서 일을 그르친단 말인가.

동굴 밖 뱀떼 공격의 지휘자는 히야시라는 인물이었다. 그는 미도후사와 더불어 요다 훈게이의 두 수제자 중 하나였으며, 요시노 천황 소속 비밀 부대의 양대 총관 중 하나였다. 요다는 미도후사에게 자신의 절기인 한빙장을 전수한 대신 히야시를 의동생 아시겐지에게 보내어 독사장(毒蛇掌)을 연마하도록 하였다. 아시겐지는 일본 열도를 통틀어 독사와 독충 등에 가장 정통한 독공인(毒功人)이었다. 사무라이들은 그를 견즉시독(見卽屍毒)이라 부를 정도로 두려워하였다. 힐끗 보기만 하여도 시신으로 변하는 독물이라는 뜻이었다. 히야시는 그의 밑에서 팔 년을 배우며 독사장을 익혔고, 이번 고려 행에 수만 마리의 청사를 거느리고 출정하였다.

출발에 앞서 그는 규슈에서 청사 기동 훈련을 가졌다. 규슈 탐제 이마가와가 요다에게 규슈의 질서 확립을 은밀히 부탁하였고, 요다는 그의 부탁이 이유 있는 것이라 판단하여 히야시를 파견하였다. 미도후사 일행은 이미 고려로 건너간 후였다. 히야시는 규슈를 청사들의 놀이터로 만들어버렸다. 이마가와에 저항하는 중소 영주들을 모조리 뱀밥이 되게 하였다. 요다는 그의 성과에 흡쪽함을 표시하였다.

고려에 도착한 히야시의 첫번째 임무는 금강일신 자혜대사를 처단하는 것이었다. 원래 요다는 자신이 직접 자혜를 만날 작정이었다. 그러나 사정이 바뀌어 그럴 필요가 없어졌고, 따라서 가장 잔인하다고 믿을 만한 히야시에게 그 일을 맡긴 것이었다.

무공으로 상대하지 마라. 뱀떼를 풀어 죽여라.

요다가 히야시에게 내린 명령이었다. 그는 이십 년 전 자신이 자혜에게 가한 치명상으로 자혜의 무공은 보잘것없어졌으리라 믿고 있었다. 하지만 그렇더라도 여전히 금강일신은 조심스런 대상이었다.

히야시는 원래 요다의 엄명을 어기고 자혜와 일전을 벌여볼 생각이었다. 오 년 동안 익힌 독사장이 자신만만하였고, 스승이 그처럼 두려워하는 자의 무공이 어느 정도인지도 궁금했던 것이다. 그러나 사흘 전의 단 일 장으로 그는 마음을 고쳐먹었다. 용출분광의 위력을 대하자 그는 자신이 자혜의 적수가 못 됨을 깨달을 수 있었다. 그는 즉시 부하들을 남원으로 보내어 온갖 종류의 밧줄을 구해오게 하였다. 쇠밧줄, 새끼줄, 단단한 칡넝쿨 등등. 절벽 위에서 동굴까지는 대략 십삼 장 정도 거리가 되었다. 구해온 밧줄들은 십오 장 길이의 기다란 밧줄로 이어졌다. 히야시는 그런 것을 다섯 개 만들었다. 만약의 경우에 대비해서였다. 그 모든 준비가 끝나자 그는 밧줄을 타고 내려가 새벽 어둠 속으로 청사떼를 던져넣은 것이었다.

동굴 속 신엽과 자혜대사의 처지는 시시각각 위태로워지고 있었다. 청사들은 기분 나쁜 쇳소리를 뿜으며 둥근 포위망을 좁혀들었다. 고심을 거듭하던 자혜대사는 문득 머릿속이 환하게 밝아짐을 느꼈다. 한 가지 묘책이 생각난 것이었다. 그는 신엽의 명문에 붙인 우장에 다시 기운을 세우며 속삭였다.

"수 기운에 대한 공부를 계속하겠다. 내 말에 정신을 집중하여라."

신엽은 이해할 수 없었다. 뱀떼가 동굴을 가득 메웠고 죽음이 목전에 이르렀는데 무슨 공부를 계속한단 말인가. 그러나 자혜대사의 목소리는 맑고 낭랑하게 이어졌다.

"일견수상거상하(一見水常去上下) 실기묘미재역류(實其妙味在逆

流） 유과상중하심후(流過上中下心后） 수심이상승지천(水心已上昇至
天）……."

그 몇 마디를 듣자 신엽은 즉시 깨우쳐지는 바가 있었다. 자혜가
읊는 것은 화랑방(花郞房)의 최고 절기인 수심십육장(水心十六掌)의
요결이었다. 상황이 상황이니만큼 자혜대사는 가르침과 실전을 함
께하기로 결정하였다. 무수한 뱀떼를 하나하나 죽이기보다 강한 물
살로 쓸어내어버리기로 한 것이었다. 신엽은 요결에 마음을 집중하
며 기운을 단전으로 모았다. 그의 두 팔이 허공으로 떠올라 물결처
럼 부드럽게 일렁였다.

"좋구나."

자혜대사가 짤막하게 칭찬하고는 자기 몸에 남은 마지막 기운인
수 기운을 신엽의 몸 속으로 이동시켰다. 신엽은 한줄기 시원한 진
기가 명문으로 들어와 대추혈과 아문혈을 지나 백회혈로 모이는 것
을 느꼈다. 머릿속이 말할 수 없이 상쾌해졌다. 그 상쾌함은 온몸으
로 새로운 힘을 불어넣었다. 특히 그의 두 팔로는 회오리바람처럼
서늘한 기운이 몰려들었다.

"수심재심(水心在深)."

자혜의 목소리를 따라 신엽은 수심십육장의 제일장을 전개하였
다. 깊은 물이 강바닥을 쓸듯이 두 손으로 동굴 바닥을 쓸었다. 장심
으로부터 부드러운 소용돌이가 뻗어나감을 느낄 수 있었다. 그것은
일단 그의 장심을 빠져나가자 생물(生物)처럼 맹렬한 인을 그리며
멀어져갔다.

"수류탕탕(水流湯湯) 수격좌안(水擊佐岸)."

신엽은 자혜의 부름에 맞추어 제이장, 제삼장을 전개하였다. 한
장 한 장을 전개할 때마다 그에게서는 새로운 느낌의 물결이 뻗어
나갔다. 더불어 그의 몸은 더욱 맑아지고 가벼워졌다. 신엽은 화랑

66

방의 절기라는 것이 과연 허명이 아니로구나 생각하였다. 그러나 만약 그가 두 눈을 뜨고 자신이 전개한 초식의 결과를 보고 있었다면 그의 놀라움은 더욱 극에 달했을 것이었다. 그에게서 뻗어나간 기운의 물결은 진짜 물결보다도 강한 힘으로 청사떼를 동굴 밖으로 쓸어내고 있었던 것이다. 자혜대사는 자신의 생각이 들어맞았음을 기뻐했다. 더구나 신엽이 자신의 가르침을 오차 없이 펼치고 있음에 흐뭇해졌다.

수심장은 시작은 조용하였지만 시간이 흐를수록 빨라지고 격렬해지는 특징이 있었다. 제오장을 전개하였을 때 신엽의 몸동작은 처음과는 비교할 수 없을 정도로 빨라졌다. 동굴 속으로 던져졌던 뱀떼는 이미 절반 가까이가 쓸려나가 절벽 밑으로 떨어져내리고 있었다. 밖에서 이를 지켜보던 히야시는 경악하였다. 대관절 무슨 무공을 쓰길래 청사떼가 폭우를 만난 것처럼 쓸려나온단 말인가. 그러나 그럴수록 그는 인내심을 갖고 기다리기로 했다. 고급 무공일수록 공력이 많이 소모되게 마련이었다. 뱀은 얼마든지 있었고, 공력은 시간이 지나면 결국 고갈될 수밖에 없을 것이었다. 그는 부하들에게 다시 이천 마리의 청사를 던져넣게 하였다.

"수화지천(水花至賤) 수원지천(水願至天)."

자혜대사는 수심십육장의 제육장과 칠장을 불렀고, 신엽은 착오 없이 전개하였다. 물론 여전히 자혜의 우장에서 들어오는 수 기운이 그의 움직임을 인도하고 있었다. 육장과 칠장은 벽과 천장으로 기어오르던 청사떼를 휘감아 동굴 밖으로 던져버렸다. 줄잡아도 삼사백 마리는 될 성싶었다. 자혜대사는 신엽의 눈을 가린 헝겊을 풀어주었다. 자신의 무공을 직접 보며 전개한다면 신엽이 한층 기운이 나리라 여긴 까닭이었다. 과연 신엽은 더 큰 자신감을 얻었다.

히야시는 또다시 수백 마리의 청사떼가 나가떨어지는 것을 보고 비상수단을 쓰기로 작정하였다. 그는 비단 보자기 속에 곱게 싸두었던 열 마리의 홍사(紅蛇)를 꺼내어 동굴 속으로 투입시켰다. 그리고 피리를 불어 그들을 지휘하였다.

홍사는 아시겐지가 이십여 년의 심혈을 기울여 만들어낸 특별 교배종이었다. 붉은 비단뱀과 남방의 이구아나를 교배한 것으로 몸의 길이는 아홉 자, 두께는 네 치 가량 되었다. 검붉은 껍질은 쇠갑옷처럼 질기고 단단하여 어지간한 고수의 장력에도 끄덕하지 않았다. 몸놀림이 민첩하였으며 특히 두뇌 회전이 빨라 상대의 약점을 잡아내는 능력이 뛰어났다. 일정 기간 훈련을 거친 후에는 협동 공격에도 자질을 보여서 아시겐지는 스스로의 교배종에 대단한 자부심을 갖고 있었다. 그는 고려로 건너가는 제자 히야시에게 이십 마리의 홍사를 주며 아주 특별한 경우가 아니라면 경솔히 사용하지 말 것을 신신당부했었다. 히야시는 첫 대전부터 홍사를 쓰게 된 것이 유감이었지만 어쩔 도리가 없었다.

홍사들이 투입되자 동굴 속은 즉시 사정이 달라졌다. 계속되는 수난(水亂)으로 우왕좌왕하던 청사떼는 전열을 재정비했다. 그들은 여덟 개의 무리로 나누어져서 여덟 마리의 홍사 뒤로 포진했다. 각각의 무리는 사방(四方)과 사유(四維) 여덟 개의 방위를 장악하였고, 남은 두 마리의 홍사는 천지(天地)의 방위를 분담하였다. 느린 피리 가락에 맞추어 그들은 신중하게 신엽 등을 압박해 들어왔다.

"놀랍구나. 이 뱀들이 십방진을 운용하고 있어."

자혜대사는 다급한 중에도 감탄사를 잊지 않았다. 신엽으로서는 십방진법의 오묘함 따위를 알 도리가 없었다. 그러나 그도 홍사들의 차가운 시선에는 섬찟해지지 않을 수 없었다.

피리 소리가 문득 박자를 타기 시작했다. 구슬픈 듯하면서도 한기가 느껴지는 그런 가락이었다. 홍사들은 천천히 원을 그리며 돌았다. 청사떼가 그 뒤를 따랐다. 그들은 마치 복수를 다짐하며 상여 주위를 맴도는 한 떼의 여자들처럼 보였다. 그러던 어느 순간 서남방에 있던 홍사가 불쑥 신엽을 공격하였다. 신엽이 놀라서 좌장을 후려쳤지만 홍사는 이미 그 자리에 없었다. 대신 어느 틈엔지 북방과 동방의 홍사 두 마리가 신엽의 무릎으로 파고들고 있었다. 신엽은 더욱 놀라서 우장으로 수심재천의 초식을 전개하였다. 그러나 그 두 마리의 공격 역시 허초일 뿐이었다. 신엽의 팔이 채 다 뻗기도 전에 홍사들은 원래의 자리로 돌아가고 없었다. 그들은 애당초 아무 일도 없었다는 듯 무심한 행진을 계속하였다.

그후로도 그들은 비슷한 동작을 계속하였다. 한 마리가 공격을 시도하고, 곧 이어 다른 두 마리가 배후를 노리며 공격하는 양상이었다. 처음에는 허초가 대부분이었지만 차츰 실초가 많아졌다. 게다가 실초와 허초는 경계를 구분하기가 어려웠다. 실초인 듯하면서도 허초인 경우가 많았고, 허초였다가도 경계가 느슨하면 실초로 돌변하는 경우도 다반사였다. 그들의 움직임을 지시하는 것은 히야시의 피리 소리였다. 하지만 신엽이나 자혜대사가 단박에 가락의 비밀을 알아낼 수는 없는 노릇이었다.

시간이 흐르면서 홍사떼는 공격 대상의 약점을 알게 되었다. 신엽과 자혜대사는 비스듬히 앞뒤로 앉아 있었다. 신엽의 좌측 후방에 자혜대사가 자리하고 있었다. 그리고 홍사떼는 자혜대사의 좌측 후방이 바로 취약 지대라는 것을 간파한 것이었다. 그것은 정확한 파악이었다. 자혜대사는 이미 공력의 대부분을 상실하였고, 홍사떼와 싸우는 것은 신엽뿐인 까닭이었다. 그런 사실을 모르는 이는 오직 신엽뿐이었다. 그는 자혜대사가 그를 시험하기 위해 기회를 주는 것이라 여겼고, 만약 자혜 스스로 손을 쓰기 시작한다면 동굴 속의 뱀은 한순간에 쓸려나갈 것이라고 믿고 있었다.

홍사떼는 자혜대사의 좌측 후방으로 방위를 좁히며 모여들었다.

자혜는 신엽이 수심장을 전개하려다가도 번번이 자신을 보호하느라 초식을 거두는 것을 보고 호통을 쳤다.

"대관절 마음을 어디다 쓰는 거냐. 어서 자세를 가다듬거라. 수변화주(水變火柱)."

자혜의 질책에 신엽은 마음을 모았다. 화로를 끌어안듯 두 팔을 둥그렇게 벌렸다. 자혜의 우장에서 차가운 기운이 밀려들어 그 팔을 휘돌았다. 그러자 이상한 일이 벌어졌다. 신엽의 팔 안쪽에서 물이 끓어올라 불기둥으로 변하는 것이었다. 더 기묘한 것은 그럼에도 불구하고 그의 팔은 더욱 차가워질 뿐이라는 사실이었다.

그렇게 끓어오른 불기둥이 막 천장을 향하여 솟아오르려는 순간 신엽은 두 마리의 홍사가 자혜대사의 목을 향해 달려드는 것을 보았다. 대단히 날렵한 동작이었다. 신엽은 자혜대사가 방어를 하려니 생각했지만 자혜는 전혀 움직일 기색이 없었다. 생사를 안중에 두지 않은 모습이었다. 홍사들은 순식간에 자혜의 목에서 한 자 남짓 거리로 좁혀들었다. 이제는 신엽이 손을 쓰기에도 늦어버리고 말았다. 설마 하고 바라보던 신엽은 경악하여 소리질렀다.

"안 돼요!"

그런데 그 순간이었다. 동굴 밖으로부터 검은 물체 하나가 화살처럼 날아들었다. 물체는 기세를 늦추지 않고 두 마리의 홍사를 들이받아 나가떨어지게 한 다음 자혜대사의 어깨 위로 내려앉았다. 바로 흑수리였다. 수리는 늠름하게 바닥의 뱀떼를 내려다보았다.

청사떼는 꼬리를 내리고 홍사들 뒤로 몸을 숨겼다. 홍사들도 약간은 위축된 모습이었다. 여느 뱀이었다면 흑수리의 등장만으로도 배를 드러내고 뒤집어져 처분만 기다렸을 것이었다. 그러나 홍사들은 쉽게 포기하지 않았다. 잔인한 훈련을 거친 특수 교배종답게 그들은 곧 전의를 회복하였다. 피리 가락에 맞춰 주위를 맴돌기 시작했다. 슷! 슷! 기분 나쁜 쉿소리를 내뿜으며. 자혜대사는 수리의 등장으로 다시 시간을 조금이라도 더 벌 수 있게 된 것이 고마울 따름이었다. 그는 자신의 몸에 기운이 거의 남지 않았음을 느꼈고, 신엽에게 마지막 십오장과 십육장을 지시하였다.

"수롱천룡(水弄千龍)."

신엽은 이제 마음놓고 수심장에 몰입할 수 있었다. 후방을 흑수리가 든든하게 지키고 있었기 때문이었다. 그는 두 팔로 어깨를 감싼 다음 천천히 교차시켰다. 양쪽 손끝에서 시작된 열 가닥의 기운들이 서로 교차하면서 무수한 조각들로 쪼개어졌다. 그리고 그 한 조각 한 조각은 한줄기의 강한 물살이 되어 뻗어나갔다. 그것은 마치 대하의 물결이 천 마리의 용과 희롱하는 듯했다.

"수화만호(水化萬虎)."

신엽의 열 손가락 끝이 날카롭게 구부려졌다. 그러자 뻗어나가던 무수한 물줄기들은 매서운 갈고리로 변했다. 그 갈고리들은 사방의 뱀떼를 후려치고 낚아채어 내동댕이쳤다.

잠시 후 동굴 속의 수 기운이 진정되었을 때 그곳에는 성한 뱀은 몇 마리 남아 있지 않았다. 홍사들조차 회복하기 힘든 부상을 입은 채 널브러져 있었다. 신엽은 자신의 두 손을 통해 그같은 무공이 펼쳐졌음을 믿을 수가 없었다. 그는 그 무공을 전개한 것이 자혜대사이며 자신의 몸은 단지 도구로 사용되었을 뿐이라 생각했다.

"내 말을 잘 듣거라."

어두운 적막 속에서 자혜대사가 말했다.

"산을 내려가는 즉시 속리산 길상사로 가서 자연대사를 만나거라. 너와 나는 사제지간이 아니니 나에 대해서는 한마디도 얘기해서는 안 된다. 그러나, 그러나 그는 모든 것을 이해할 것이다. 내가 네게 부탁하겠다던 일의 전말은 이 보퉁이 속에 들어 있다. 너무 큰 책임 감을 느낄 필요는 없다. 애당초 이 일은 나의 잘못으로 비롯된 것이 었으니…… 그리고 사사로이 나의 복수 따위를 하겠다는 생각은 결코 해서는 안 된다."

"저는 갈 수가 없습니다. 여기서 어른과 생사를 함께하겠습니다."

신엽은 눈시울을 붉히며 말했다. 그러나 자혜대사의 태도는 단호 했다.

"내가 지난 일백여 일 동안 들인 공을 허사로 만들 셈이냐?"

자혜는 보퉁이를 신엽의 어깨 위에 걸어주었다. 보퉁이는 처음보 다 묵직해져 있었다. 그런 다음 자혜는 흑수리의 목덜미를 쓰다듬었 다. 그는 아무 말도 하지 않았지만 흑수리의 눈가에는 이슬이 맺혔 다. 수리는 느낌만으로도 모든 것을 이해하고 있었던 것이다. 그러 던 어느 순간 문득 자혜대사는 쌍장으로 신엽의 등을 때렸다. 예기 찮은 공격에 신엽의 몸은 튕겨져나갔다. 동굴 밖으로 십여 장을 날 아간 다음 까마득한 절벽 아래로 떨어져내렸다. 자혜대사는 흑수리 의 날개를 가볍게 때렸다.

"가서 친구를 구하거라."

흑수리는 목을 빼어 길게 울었다. 한없이 서글픈 울음이었다. 그 리고는 동굴 밖으로 쏘아져나갔다.

동굴 밖에서 기다리던 히야시는 어떻게 된 사정인지를 알 수 없 었다. 총수가 빈 것처럼 시끄러운 소란이 일더니 그의 뱀떼는 깊은 침묵으로 잠겨들고 말았다. 피리를 불어도 반응이 없었다. 그러더니 갑자기 두 개의 물체가 튕겨져나온 것이었다. 그 물체들은 절벽 아 래로 앞서거니 뒤서거니 곤두박질쳐 내려갔다. 추락 속도로 보아 죽 은 것이 분명했다. 설사 산 것이라 할지라도 추락의 끝에서는 살아 남지 못할 것이었다. 그렇다면 동굴 속에서는 대관절 무슨 일이 벌어지고 있는 것일까.

히야시는 다시 한참을 기다렸다. 차 한 잔 마실 시간이 지나도록 기다렸다. 그러나 여전히 아무런 소리도 들려오지 않았다. 그는 두 명의 부하를 동굴 속으로 들여보냈다. 부하들은 화섭자(火攝子)에 불을 붙여 동굴 속으로 던져넣은 다음 조심스럽게 들어갔다. 그리고 잠시 후 히야시를 부르는 다급한 소리가 들려왔다.

"총관님. 여길 와보십시오."

히야시가 들어가보니 그의 뱀떼는 모조리 숨이 끊어져 있었다. 간간이 한두 마리의 홍사가 고통스레 꿈틀거릴 뿐이었다. 그 한가운데에는 한 명의 중년 남자가 단정하게 앉아 있었다. 그는 무척 평화로운 모습이었지만 이미 숨이 끊어진 상태였다. 스승 요다에게 들은 인상착의와 비교해보니 금강일신 자혜대사가 분명했다. 히야시는 그의 얼굴에다 가래침을 뱉었다. 그리고 내심 미소지었다. 일세를 풍미하였다는 금강일신 자혜대사가 오늘 이 히야시의 손에서 명을 달리하였구나. 언젠가 온 세상이 그 사실을 알게 하리라.

히야시는 동굴 속을 구석구석 조사하였지만 별다른 것은 찾아낼 수 없었다. 그는 부하들에게 명령하여 뱀떼와 자혜대사를 함께 불사르도록 했다.

히야시 일행이 떠난 후 동굴에서는 검은 연기가 뭉게뭉게 피어나왔다. 수천 마리의 독사가 한줌 재로 변하는 연기였다. 독성 피비린내와 함께 그 연기는 오래도록 이어졌다.

미인의 몸종

　꿈속에서 신엽은 따귀를 얻어맞았다. 찰싹, 찰싹, 찰싹. 연거푸 세 차례나 맞았다. 그런데 눈을 떠보니 그것은 꿈이 아니었다. 자색 옷을 입은 한 여인이 그를 내려다보고 서 있었고, 그의 볼은 아프다 못해 얼얼할 지경이었다. 여인은 이제 겨우 소녀태를 벗어 처녀가 된 듯싶은 나이였다. 소운보다 두어 살이나 위일까.
　"왜 서를 때리신 서쇼?"
　신엽의 물음에 자의녀(紫衣女)는 놀랍다는 표정을 지었다.
　"죽을 목숨을 살려주었는데, 그게 고맙다는 인사더냐?"
　흑수리 울음소리가 들려와서 눈을 크게 떠보니 멀리 하늘 위에서 수리가 빙글빙글 돌고 있었다. 그가 깨어난 것이 반가운 모양이었다. 신엽은 그제야 악몽 같던 순간이 떠올랐다. 절벽에서 떨어져내리는데 흑수리가 날아와 받쳐주었다. 그러나 추락의 기세는 너무 거세어 수리로서도 쉽게 제어할 수가 없었다. 그들은 한덩이가 되어 떨어져내렸다. 바람을 타고 비스듬히 날다가 또 떨어져내리다가 그랬다. 그렇게 어느 만큼을 버티다가 결국 그들은 무엇엔가에 부딪치며 정신을 잃고 말았다. 거대한 나무둥치였던 것도 같았다. 그리고 신엽은 이제 따귀를 얻어맞으며 깨어난 것이었다.

신엽은 얼른 일어나 무릎을 꿇고 절하였다.

"이제야 생각났습니다. 생명을 구해주신 은혜는 결코 잊지 않겠습니다."

신엽은 정말 그녀가 그의 생명을 구해준 것으로 믿고 있었다. 어떤 특별한 방법을 써서. 그렇지 않다면 그처럼 큰 충격으로 정신을 잃었는데 멀쩡하게 살아 있을 수가 있겠는가. 하지만 그것은 사실과 달랐다. 자혜대사의 공력을 전수받은 이후로 그의 몸은 무쇠나 바윗덩이와 부딪친다 할지라도 상처입지 않을 만큼 단단해져 있었다. 수리와 함께 바람을 타다가 나무에 부딪친 정도로는 걱정거리도 될 수 없었다.

자의녀는 신엽의 공손한 태도를 보자 골려주고 싶은 생각이 들었다.

"그래 그 은혜를 어떻게 갚으려 하느냐?"

그녀의 자색 옷은 비단인 듯했다. 옷감도 고급스러웠고 바느질 솜씨도 훌륭했다. 신엽은 어머니가 옷을 짓는 일로 생계를 꾸리셨기에 한눈에 알 수 있었다. 그는 그녀가 대단한 집안의 딸인 모양이라고 생각했다.

"시키실 일이 있다면 어서 말씀해주십시오."

"얘기만 하면 무엇이든 따르겠느냐?"

"능력 밖의 일만 아니라면 최선을 다하겠습니다."

"겁먹을 필요는 없다. 어려운 일을 시키지는 않을 테니까. 요즘 들어 나는 손발이 무거워져서 몸종을 하나 거둘까 생각중이었다. 그런데 마침 너를 보니 적격인 성싶구나. 어떠냐, 나를 주인으로 모시겠느냐?"

신엽은 몹시 놀라고 말았다. 그런 말이 떨어지리라고는 꿈도 꾸지 못한 까닭이었다. 하지만 이미 무엇이든 듣겠노라고 약속한 터이니 거절할 수도 없었다. 어머님은 여자에게 예의바른 남자가 되어야 한다고만 가르쳤지 여자들이 얼마나 대단한 존재인지는 가르쳐주지 않으셨구나. 그는 내심 탄식했다.

"사나이 대장부 이미 약속하였으니 여부가 있겠습니까. 하지만 지금 당장은 아가씨를 따를 수가 없습니다. 다른 분과 한 가지 일을 처리해드리기로 약속한 까닭입니다. 그 일이 끝난 후에 아가씨를 찾아가 평생 모시도록 하겠습니다."

"그게 어떤 일이냐?"

"그것은 말씀드릴 수 없습니다."

"그럼 그 일을 처리하는 데 얼마나 걸리겠느냐?"

신엽은 잠시 생각했다. 그는 아직 그 일이 무엇인지도 모르고 있는데 그 일을 처리하는 데 걸리는 기간을 말할 수는 없는 일이었다. 그렇다면 넉넉히 어느 정도의 시간을 요구해야 할까…….

그가 머뭇거리자 자의녀는 냉소를 머금었다.

"흥. 약속을 지킬 마음이 없나번 없었던 얘기도 하자꾸나."

"아닙니다. 그렇지 않습니다. 다만 이 일이 다소 복잡하여 소요 기간을 정확히 짐작하기가 어려울 뿐입니다."

그의 말이 채 끝나기도 전에 자의녀가 불쑥 소매를 떨었다. 몇 가닥의 은빛 선이 신엽을 향해서 날아왔다. 신엽은 깜짝 놀랐지만 그것은 그를 겨냥한 것은 아니었다. 그의 어깨를 아슬아슬하게 스치고 지나가 숲을 향해 날아갔다. 그러자 숲속에서 무언가가 움직였다. 홍색 인영이 분주히 움직이며 은침을 피했다.

"쥐새끼가 아니라면 썩 모습을 보이거라."

자의녀는 냉랭하게 말했다. 그러나 숲속의 사람은 반응하지 않았다. 자의녀는 기다리지 않고 몸을 날렸다. 왼발로 땅을 살짝 찍는가 싶었는데 그녀는 어느새 숲속으로 들어가 있었다. 그 모습을 보자 신엽은 소운이 생각났다. 표범을 따돌리기 위해 떠나가던 소운의 뒷모습이 꼭 그러했던 것이다. 그렇게 떠나간 후로 그녀는 어떻게 되었을까. 표범은 무사히 떼어놓았을까. 자기가 없어진 것을 알고 원망하지는 않았을까.

숲속에서는 싸움이 벌어지고 있었다. 자의녀와 홍색 인영이 이리저리 번뜩이며 날았다. 홍색인은 기다란 창검을 휘두르고 있었고 자의녀는 맨손이었지만 홍색인이 역부족으로 밀렸다. 신엽은 자의녀가 창검을 아랑곳하지 않고 몰아붙이는 모습에 감탄했다. 자세히 보니 그녀가 구사하는 장법은 화랑방의 무공과 닮아 있었다. 그러다가 그는 문득 의아한 생각이 들었다. 내 시력이 언제 이렇게 좋아졌을까. 숲속에서 일어나는 미세한 움직임까지도 놓치지 않고 볼 수 있으니, 이상한 일이다.

십 초를 견디지 못하고 홍색인은 밖으로 튀어나왔다. 그는 어느새 신엽의 등뒤로 돌아가 창검으로 목을 겨누었다. 의표를 찔린 자의녀는 분개하였지만 어쩔 도리가 없었다.

"정체를 밝혀라. 어느 문파의 누구이며 이곳엔 어쩐 일로 왔느냐?"

홍색인은 온몸을 홍색 옷으로 덮고 있었다. 얼굴에도 홍색 두건을 썼으며 심지어는 그가 사용하는 기다란 창검까지도 홍색으로 반짝이고 있었다. 자의녀는 무림의 경험이 적지 않았지만 이같은 의상은 생소한 것이었다. 뿐만 아니라 그의 무공도 낯선 것이었다.

홍의인(紅衣人)은 아무런 대답도 하지 않았다. 대신 자의녀를 뚫어질 듯 쳐다보았다. 그러다가 문득 자의녀의 왼쪽 뒤로 시선을 돌렸다. 자의녀도 따라 시선을 돌리는 순간 홍의인은 좌장으로 신엽의 어깨를 내려치고 달아났다. 신엽의 몸은 허공으로 튕겨져 올랐다. 그리고는 땅으로 곤두박질쳐 내렸다. 신엽은 자신도 모르게 『진표현경』 속의 신법을 펼쳤다. 그가 펼쳤다기보다는 그의 몸 속에 들어와 있는 자혜대사의 공력이 반사적으로 움직인 것이라 할 수 있었다. 그는 허공에서 오른쪽 손목을 비틀었고, 그 힘으로 몸을 한 바퀴 회전시켜 땅에 안착하려 했다. 그러나 그의 몸은 자의녀와 부딪쳐 나뒹굴고 말았다. 그들은 흙바닥을 두어 번 뒹군 다음에야 몸을 떼어 일어날 수 있었다.

자의녀의 안색은 빨갛게 변해 있었다. 아름다운 자색 비단옷에는 군데군데 진흙 얼룩이 묻어 있었다. 신엽의 상황은 더 말할 나위도 없었다. 그는 감히 눈을 들어 자의녀를 쳐다볼 엄두도 내지 못했다. 게다가 그의 옷은 더 흉하게 변해 있었다. 흙 얼룩이 묻었음은 물론 몇 군데가 찢어져 속살을 드러내고 있었다. 자혜대사로부터 백삼타전을 받는 동안 그의 옷은 닳을 대로 닳아 있었던 것이다.

신엽은 찢어진 곳을 가리며 떠듬떠듬 물었다.

"죄송합니다, 아가씨. 다친 곳은 없으십니까?"

자의녀는 인레 신엽이 무공을 진히 모르리라 짐작하고 있었나. 처음 기절해 있는 그를 발견하고 어쩐지 처연해 보이는 표정에 이끌려 그가 깨어나기를 기다리기로 작정했던 때부터, 그녀는 그가 무공을 알리라고는 생각하지 않았다. 고작해야 서당에서 글을 읽는 백면서생으로밖에는 볼 수 없었다. 그래서 홍의인이 그를 후려쳐 허공으로 뜨는 것을 보고는 기겁을 했다. 왜 그렇게 가슴이 내려앉았는지는 알 수 없는 일이었다. 아무튼 그녀는 다급하게 그를 받아들려 했다. 그런데 신엽이 허공에서 적룡신법(赤龍身法)으로 몸을 비트는 바람에 그들은 정면으로 부딪쳐 나뒹굴고 만 것이었다.

자의녀는 스스로도 당황하였지만 신엽의 난감해하는 모습을 보니 웃음이 나왔다. 억지로 그 웃음을 참으며 그녀가 신엽에게 물었다.

"너는 다치지 않았느냐?"

"잘 모르겠습니다. 특별히 아픈 곳은 없는 듯합니다."

신엽은 왼쪽 어깨를 움직여보았지만 별다른 통증은 느껴지지 않았다. 자의녀가 보기에도 그는 부상을 당한 것 같지 않았다. 그녀는 그가 어리숙함을 가장하고 있지만 실제로는 대단한 고수임을 알아차렸다. 그러자 화가 치밀었다.

"흥. 나를 잘도 놀렸구나."

"무슨 말씀이십니까?"

"무공을 전혀 모르는 척하지 않았느냐?"

그녀의 분노는 억지였다. 신엽은 무공에 대해서는 한마디도 하지 않았었다. 그가 무공을 모를 것이라 생각한 것은 그녀의 짐작일 뿐이었던 것이다. 그녀는 신엽에게 다가가 좌장을 치켜들었다.

"어서 정체를 밝혀라. 어느 문파의 누구이냐? 여기서 무엇을 하고 있었으며, 조금 전의 홍의인과는 어떤 관계에 있느냐?"

"저는 아무런 문파와도 관계가 없습니다. 조금 전 그 사람도 알지 못합니다."

대답이 떨어진 순간 신엽의 오른쪽 뺨에서는 불꽃이 튀었다. 자의녀가 사정없이 후려친 것이었다.

"다시 한번 묻겠다. 어느 문파의 누구냐?"

"아무런 문파도 알지 못합니다."

이번에는 왼쪽 뺨에서 불꽃이 튀었다. 신엽은 눈물이 핑글 돌았지만 하는 수 없었다.

"아무리 때려도 마찬가집니다. 저는 문파도 없고 스승도 없고 무공도 제대로 배우지 못했습니다."

자의녀는 그 모습을 보니 왠지 가슴이 찐했다. 자기가 그를 지나치게 몰아세우고 있는 듯했다. 그녀의 가슴속은 원래 섬세하고 부드러운 편이었다. 사부로부터 무공을 배우면서 많이 차가워지긴 했지만 타고난 천성이 아주 없어질 수는 없었던 것이다. 그러나 그녀는 지금은 냉정해져야 한다고 마음을 다잡았다.

"네가 대답하지 않는다고 알아낼 방법이 없는 줄 아느냐? 십 초 안에 네 정체를 밝혀내도록 하마."

자의녀는 살수를 전개하기 시작했다. 수심장(水心掌)의 제이장인 수류탕탕(水流湯湯)이었다. 그러나 초식의 빠르기를 적당히 늦추었다. 신엽이 두려움을 느끼고 신법을 쓰도록 유도하기 위해서였다. 그런데 신엽의 반응은 엉뚱했다. 그는 두 눈을 딱 감아버리고 그 자리에 버티고 서 있는 것이었다. 자의녀는 내심 갈등했다.

내가 잘못 생각하고 있는 것일까. 이 얼뜨기는 정말 아무 문파와도 관계가 없는 것일까. 아니야. 그럴 리가 없어. 허공에서 손목을 꺾어 몸을 뒤집는 신법은 여간한 상승무공이 아니야. 얼뜨기인 척하면서 다시 나를 놀리자는 거야. 게다가 그 홍의인의 일 장은 충분히 힘이 실린 것이었는데도 아무런 부상을 입지 않았잖아.

그러는 사이 그녀의 실수는 신엽의 목전으로 다가들고 있었다. 이제 한순간만 지난다면 신엽의 가슴에는 무수한 물구멍이 뚫릴 것이었다. 그런데도 신엽은 무심히 서 있었다. 자의녀의 목덜미에 식은 땀이 흘렀다. 초식을 거두어야 할 것인가. 그대로 밀어붙일 것인가…… 그런데 바로 그때였다. 한줄기 강한 기운이 자의녀의 오른쪽 어깨 노수혈로 쏘아져왔다. 드물게 만나보는 강맹한 장력이었다.

자의녀는 깜짝 놀라 초식을 거두며 두 걸음 뒤로 물러났다.

"아미타불!"

회색 가사의 스님 한 분이 허공에서 내려오고 있었다. 몸을 조금도 움직이지 않은 채 낙엽처럼 부드럽게 내려앉았다. 심지어는 가사 자락 하나도 흔들림이 없었다.

"여시주의 손놀림이 여간 매섭지 않군요. 옥소선녀(玉蕭仙女)께서는 안녕하신지요?"

스님의 말에 자의녀는 더 놀랐다. 일면식도 없는 사이였는데 그는 벌써 그녀의 출신 내력을 간파하고 있었던 것이다. 그렇다면 이 스님은 자기도 알 만한 사람일 텐데, 과연 누구일까. 곰곰이 생각한 끝에 그녀는 스님의 신분을 알 것 같았다. 이런 정도의 공력을 지닌 고승이라면 속리산 길상사에 네 명이 있다고 들었다. 모두 자(慈)자 항렬이라 했다. 그중 첫째인 자혜대사는 실종된 지 이십 년이 지났고, 둘째인 자연대사는 길상사의 주지승으로서 이미 그녀가 만나본 바 있었다. 그렇다면 남은 사람은 셋째인 자휼(慈恤)과 넷째인 자긍(慈矜)이었다. 사람들은 자휼이 부드럽고 자긍은 강맹하다고 이야기하곤 했다.

"묘향신니께서는 옥체평안하십니다. 고명하신 자긍대사님을 직접 뵙게 되어 영광이옵니다."

자긍은 그녀가 단번에 자신을 알아보자 흐뭇한 표정을 지었다.

"그렇군요. 이제 옥소선녀는 가고 묘향신니만 남았겠군요. 십여 년 전 신니께서 자질이 출중한 제자를 거두었다는 소식을 들었는데, 혹시 여시주가 그 낭연(郎妍)소저가 아니신지요?"

"자질이 출중하다는 말씀은 빈 소문이옵니다."

수십 년 전부터 무림에는 이런 말이 전해져오고 있었다.

천하에는 일신(一神) 이선(二仙) 사비(四秘)가 있다.

일신은 금강일신 자혜대사를 일컫는 말이었고, 이선은 옥소선녀 윤지림(尹智碄)과 운중선(雲中仙) 구장격(具壯搐)을 가리키는 말이었으며, 사비란 조의사비(皐依四秘)로 통하는 신비로운 네 인물을 지칭하는 것이었다. 천하의 무공을 논하자면 그들 일곱 명을 으뜸으로 칠 수 있다는 뜻이었다. 그런데 그들은 한결같이 지난 이십 년 동안 모습을 드러내지 않고 있었다. 일신은 행방불명이고, 이선은 어딘가에서 폐관하고 무학에 정진중이라는 말이 들렸다. 사비만은 간간이 출현하였지만 그것은 그야말로 아주 간간이일 뿐이었다.

옥소선녀 윤지림은 이십 년 전 묘향산 비로봉의 한 암자에서 머리를 깎고 비구니가 되었다. 그때부터 그녀는 옥소선녀라는 호칭을 싫어하여 사람들은 묘향신니라는 별호로 대신 부르게 되었다. 묘향신니는 십오 년 전 여섯 살 된 어린 소녀를 제자로 거두었는데 그녀가 바로 낭연이었다. 낭연은 자질이 뛰어났지만 마음씀씀이 너무 따뜻하여 사부로부터 끊임없는 질책을 받아야 했다. 그렇게 십오 년이 지난 지금 낭연의 무공과 성격은 어느 만큼 사부의 기대치에 이르고 있었다.

"대사께서는 소녀에게 무슨 가르침이 있으신지요?"

낭연의 말에 자긍대사는 헛기침을 했다.

"소저는 이 젊은이에게 무엇을 다그치고 있었던가요?"

"사문 내력을 밝힐 것을 요구하던 중이었습니다."

"바도 그 관계로 소승이 나서게 되었습니다. 사람마다 누구나 말 못 할 사정이 있는 법 아니겠습니까."

자긍은 다시 한번 헛기침을 한 다음 말을 이었다.

"더구나 사문 내력이라는 것은 함부로 입 밖에 내지 않는 것이 통례로 되어 있는즉, 우격다짐으로 다그치는 것은 지나친 처사가 아닌가 싶습니다. 소저는 이만 젊은이의 입장을 헤아려주심이 어떨는지요."

상식적으로 논하자면 자긍대사의 말은 전적으로 타당한 것이었다. 그러나 낭연은 옥소선녀로부터 누구에게도 고집을 꺾여서는 안 된다는 가르침을 받아온 터였다.

"이 사람이 소녀를 기만하였습니다. 무공을 전혀 모르는 척하였는데 갑자기 상당한 경지의 상승무공을 전개하였습니다. 어찌 저만을 탓하실 수 있겠습니까."

자긍은 이미 처음부터 상황을 지켜보고 있었다. 낭연의 말이 억지인 줄은 알았지만 아주 터무니없는 말은 아니라고 생각했다. 사실은 그가 이 자리에 나서게 된 것도 신엽의 사문 내력에 대한 호기심 때문이었다. 팔공산 동화사의 주지로 있던 그는 며칠 전에야 지리산에서 있었던 사건을 전해들었다. 사질인 광한과 소운이 대사형 자혜의 행방을 찾다가 정체불명의 청의사내 네 명과 접전을 벌였으며 그들 역시 자혜대사의 행적을 탐문하는 중이었다는 얘기를. 성격이 불 같은 자긍은 그 얘기를 전해듣자마자 길상사로 가서 전말을 재확인한 다음 지리산을 찾은 것이었다. 그런데 산 중턱에서 낭연과 홍의인의 소란을 만났으며 현장을 목격하게 되었다.

처음에 그는 신엽은 안중에도 두지 않았었다. 무공을 모르는 사람은 그에게는 존재하지 않는 것과 같았던 것이다. 그러나 신엽이 홍의인에게 얻어맞고 전개한 신법을 보자 사정이 달라졌다. 약간은 허술한 데가 있었지만 그것은 길상파의 비전 적룡신법이 틀림없었다. 그는 신엽을 다그쳐 사문 내력을 알아내리라 마음먹었다. 그런데 뜻밖에도 낭연이 살수를 전개하여 그를 죽일지도 모를 상황이 되어 부득불 뛰어들 수밖에 없었던 것이다.

자긍대사는 사실대로 말하여 낭연의 이해를 구해야겠다고 생각했다. 길상사와 묘향신니는 오랜 세월 나쁘지 않은 관계를 지켜오고 있었다.

　"이 젊은이는 본문의 제자가 아닙니다. 그러나 그의 무공이 본문의 신법과 닮은 데가 있습니다. 그쯤에서 화를 풀고 소승에게 몇 마디 나눌 기회를 주었으면 합니다."

　"일에는 선후가 있는 법이지요. 제가 먼저 그의 내력을 밝히기로 결정했으니 대사께서는 기다리셔야겠습니다."

　"그렇지만 그가 대답하지 않는다고 죽일 것까지야 없지 않겠습니까?"

　"어떤 방법을 쓰건 대사께서 관여하실 일이 아닌 듯한데요."

　낭연의 목소리는 이미 냉랭해져 있었다. 자긍대사의 말투도 따라서 차가워졌다.

　"그렇지 않습니다. 이미 말씀드렸듯이 이 젊은이의 무공은 본문과 관계가 있습니다. 소승으로서는 관여하지 않을 수 없습니다."

　"그래, 어떻게 관여하실 작정이신가요?"

　낭연의 갑작스런 질문에 자긍은 당황했다.

　"그가 입을 열도록 타일러야겠지요."

　"그가 끝끝내 거부한다면요?"

　"끝끝내 거부한다면, 소승은 그를 폐사로 잠시 초빙할까 합니다."

　사실 자긍은 일찍부터 신엽을 길상사로 데려가리라 작정하고 있었다. 그는 이 일이 예상외로 중요할 수도 있다는 생각을 했고, 사형인 사년대사에게 의논하는 것이 현명하리라 판단하고 있었다.

　"강제로 끌고 가겠다는 말씀이로군요."

　"아미타불. 불자는 예의범절을 잃지는 않을 것입니다."

　낭연은 슬쩍 신엽을 돌아보았다. 그는 자신을 물건 취급하는 두 사람의 대화에는 관심이 없는 듯 먼산만 바라보고 있었다. 세상사에 초연한 그 모습은 이상하게도 그녀의 가슴을 아련하게 만들었다.

"좋아요. 그렇다면 제가 한 가지 제안을 하겠어요. 대사님과 제가 서로 우선권을 주장하고 있으니 내기를 해서 선후를 정하는 거예요. 어떠세요?"

"말씀해보십시오."

"간단해요. 제가 문제를 내고 대사님께서 푸시는 거예요."

"소승은 자질이 아둔하여 속세의 일에 무지합니다. 무공에 관하여 그저 조금을 알 뿐입니다."

"물론 이 문제는 무공에 관한 것이에요. 무인들간의 내기인데 어찌 다른 문제를 끌어올 수 있겠어요."

자긍은 내심 안도했다. 무공에 관해서라면 적어도 이 어린 계집에게는 지지 않을 자신이 있었기 때문이었다. 그녀와 더불어 직접 손을 쓸 수도 없는 일이라 망설이던 차였는데 잘된 일이었다.

"그럼 소저께서 출제를 하시지요."

"제 문제는 조금 전에 달아난 홍의인에 관한 것이에요. 제가 듣기로 대사님의 경공술은 이미 절정의 경지에 오르셨다 하던데, 지금 즉시 그를 잡아와서 정체를 밝혀주세요. 이 문제를 푸시면 이 사람에 대한 우선권은 대사님께 드리겠어요."

낭연의 말이 채 끝나기도 전에 자긍대사는 사라지고 없었다. 홍의인이 달아난 방향으로였다.

자긍대사는 길상사의 고승들 중에서도 경공술로 유명했다. 어린 시절부터 성격이 급하여 달음박질을 좋아하였던 그는 무공을 익히자 경공술에 특히 전념하였다. 사람들은 그를 무영유풍(無影留風)이라 이름하였을 정도였다. 경공술은 그의 자부심이 되었으며, 적어도 그것에 있어서만큼은 어느 누구에게도 지고 싶어하지 않았다. 낭연은 그런 사정을 잘 알고 있었기에 바로 그 자부심을 이용하여 그를 내기로 밀어넣은 것이었다. 하지만 홍의인을 잡을 수는 없으리라.

이미 달아난 지 반식경이 지났는데 어디로 가서 찾는단 말인가. 그녀는 내심 그렇게 믿었다.

그러나 그녀의 믿음은 잘못된 것이었다. 겨우 일 다경이 지났을까. 자긍대사는 바람을 가르며 되돌아왔다. 그리고 그의 어깨에는 예의 그 홍의인이 얹혀 있었다. 과연 무영유풍의 별호는 명불허전인 셈이었다. 그는 홍의인을 낭연 앞에 내려놓았다.

"소승의 운이 좋았습니다."

"그렇지 않아요."

자긍대사의 말에 낭연은 고개를 저었다.

"이 남자는 벌써 숨이 끊어져버렸어요."

자긍이 놀라서 살펴보니 정말이었다. 그를 붙잡아 혈도를 누르고 어깨 위에 올릴 때만 해도 멀쩡하게 살아 있었는데.

"지독한 교육을 받은 자로군요. 잇새에 독약을 감추고 있었을 거예요. 자, 이젠 어떡하실 거죠? 정체를 밝히지 못한다면 내기는 대사님이 지시는 거예요."

"숨이 끊어졌다고 해도 대강은 짐작할 수 있겠죠. 소승이 보기에 이 사람은 왜국에서 건너온 사무라이 같습니다."

"어째서죠?"

낭연도 같은 짐작을 하고 있었다. 그러나 그녀는 자긍의 추리를 듣기 위해 물었다. 자긍대사의 추리는 무수한 실전 경험에 바탕한 것이었다.

"이 사람이 사용하는 창에는 여러 가지 장치들이 많습니다. 암기라든가 기타 은밀한 수법을 위한 것인데, 이런 분야로야 왜국을 따라갈 나라가 없겠죠. 게다가 창끝의 검은 초승달처럼 휘어진 게 왜국검의 모양과 흡사합니다."

"그래요. 그 점은 인정하겠어요. 그렇지만 무기를 빌려 쓰거나 홍내내어 만드는 것은 드문 일이 아니에요. 왜국식 무기를 쓴다고 해서 반드시 사무라이라고 단정할 수는 없는 일 아닌가요?"

낭연의 지적은 정확한 것이었다. 자긍대사는 다른 이유를 찾아내지 못했다. 머리를 긁적이던 그는 문득 홍의인의 몸을 뒤지기 시작했다. 몸에서 그의 정체를 밝힐 만한 물건이 나올지도 모른다고 기대한 것이었다. 그러나 그의 몸에는 약간의 은덩이가 있었을 뿐 신분과 관계된 물건은 없었다. 자긍은 딱한 표정을 지었다. 어떻게든 신엽을 길상사로 데려가야겠는데 일은 쉽게 풀리지 않고 있었다. 그러자 낭연이 말했다.

"그의 신을 벗겨보세요."

자긍대사는 까닭을 알 수 없었다. 신 속에 중요한 걸 숨겨다니는 사람도 있었던가. 아무튼 그는 낭연의 말대로 홍의인의 신을 벗겼다. 그러나 신을 벗기자마자 곧 자긍은 그 이유를 깨달을 수 있었다. 홍의인의 발은 고려 사람들과는 다른 모양을 하고 있었다. 엄지발가락과 집게발가락 사이에 검고 깊은 골이 패어 있었다. 그것은 게다짝을 끌고 다니는 왜국인들의 특징이었다. 결국 그 발을 통해서 홍의인은 사무라이라는 게 입증된 것이었다.

자긍은 반갑기도 했고 분하기도 했다. 반가운 것은 그가 사무라이가 틀림없었다는 사실이었고, 분한 것은 그처럼 간단한 입증 기회를 낭연에게 빼앗기고 말았다는 사실이었다. 그렇다면 신엽에 대한 우선권은 포기할 수밖에 없었다. 그는 아둔한 스스로에게 한숨을 내쉬었다. 그런데 낭연이 뜻밖의 말을 했다.

"결국 대사님께서 문제를 푸신 셈이군요. 약속대로 이 사람을 넘겨드리겠어요. 하지만 한 가지 조건이 있어요. 이 사람은 장차 제 몸종이 될 사람이에요. 목숨은 물론 몸에 작은 상처 하나라도 입혀서는 안 돼요. 대사님의 명예를 걸고 약속하시겠어요?"

"여부가 있겠습니까. 본문의 명예를 걸고 약속드리겠습니다."

"좋아요. 그럼 소녀는 이만 물러가겠어요."

말을 마친 낭연은 산의 정상 쪽으로 걸음을 옮겼다. 두어 걸음을 떼었는가 싶었는데 이미 모습이 보이지 않았다. 자긍은 고개를 끄덕였다. 과연 묘향신니의 제자로구나.

낭연은 자긍대사가 내기에서 진 것이라고 선언할 수도 있었다. 자긍으로서는 변명할 여지가 없을 것이었다. 그러나 그녀는 자긍이 얼마나 간절하게 이기기를 원하는가를 알 수 있었다. 신엽의 무공이 길상파의 비전무공과 닮아 있었으니 당연한 일이었다. 지난 이십 년간 그들이 자혜대사의 행적을 찾느라 얼마나 몸이 닳아 있었던가를 그녀는 충분히 알고 있었던 것이다. 뿐만 아니라 그녀는 당장 신엽을 어떻게도 할 수가 없었다. 그를 몸종으로 삼겠다는 말은 장난에 불과했다. 그를 골려주느라 해본 말이었고, 앞으로도 몸종 따위를 둘 생각은 전혀 없었다. 그녀는 신엽의 생명을 구해준 은인도 아니니 애당초 그런 권리도 없었다. 이래저래 생각한 끝에 낭연은 자긍대사가 신엽을 데리고 가는 게 모든 사람에게 이로운 일이 되리라 판단한 것이었다.

낭연이 사라진 다음 자긍대사는 홍의인을 묻었다. 그리고는 신엽의 혈도를 찍어 옆구리에 끼고서 지리산을 한 바퀴 돌았다. 어찌나 빠르게 날아다니는지 신엽은 어지러울 지경이었다. 두 눈을 감아버렸더니 귓가로 바람 소리만이 쉭쉭 스쳐지나갔다.

한식경 남짓이 지났을까. 자긍은 끙 소리를 내며 걸음을 멈추었다. 아무런 이상도 발견하지 못한 모양이었다. 그는 신엽을 내려놓고 애써 부드러운 목소리를 만들어 물었다.

"어린 녀석아. 네 이름은 무엇이냐?"

"이신엽이라고 합니다."

"네게 그 정도 신법을 가르쳤다면 네 사부님도 이름 없는 분은 아니겠구나."

"저는 사부님이 없습니다."

신엽의 대답에 자긍대사는 버럭 소리를 질렀다.

"사부도 없이 무공을 배웠다면 너는 어미도 없이 세상에 나왔단 말이냐?"

그 호통 소리에 주변 사오 장 이내의 나무들이 부르르 떨렸다. 신엽은 어쩐지 이 괄괄한 스님이 좋았다. 그에게 모든 사정을 털어놓고 싶은 충동마저 일었다. 그러나 자혜대사는 자신에 대하여 누구에게도 이야기해서는 안 된다고 다짐한 터였다.

신엽이 아무 대답을 않자 자긍대사는 다시 그를 허리에 끼고서 산을 내려왔다. 그 길로 말을 달려 그들은 속리산 길상사로 향했다. 신엽으로서는 지금 자신이 어디로 끌려가는 중인지를 알 도리가 없었다. 어서 자혜대사의 부탁이 든 보퉁이를 열어보아야 할 텐데, 그리고 길상사로 가서 자연대사라는 분을 뵈어야 할 텐데, 그러고 보니 불가(佛家)에는 자(慈)자 돌림의 대사님들이 많은 모양이구나, 그런데 나는 왜 자꾸 이런 이상한 일들에 말려드는 것일까, 그런 생각들로 머릿속이 복잡할 따름이었다.

속리산 길상사

자긍대사와 신엽이 길상사에 도착한 것은 해시가 다 되어서였다. 밤이 이슥한 시각이었지만 대웅전에는 불이 환하게 밝혀져 있었고, 자연대사와 자휼대사를 비롯한 길상파의 주요 인물들이 대부분 모여 있었다.

그들이 한자리에 모인 데는 이유가 있었다. 길상사의 주지승이자 길상파의 장문인인 지연대사는 그즈음 고려의 상황이 예사롭지 않게 돌아감을 감지하고 있었다. 왜구들의 해안 침구가 유례 없을 정도로 극성을 부려대는가 하면 북쪽에서는 홍건적이 옥토를 유린하고 있었다. 그러더니 근자에는 왜국 사무라이로 추정되는 괴상한 차림의 무사들이 곳곳에서 수상한 활동을 벌이는 것이었다.

그같은 상황은 이십 년 전이라면 상상할 수도 없었던 일이었다.

일신(一神) 이선(二仙) 사비(四秘)가 위명을 떨치던 무렵에는 감히 타국의 무사들이 고려 땅에서 소란을 부릴 수 없었던 것이다. 자연대사는 그래서 책임을 통감하였다. 길상파는 고려에서 자타가 인정하는 정파무림의 대표격이었다. 또다른 문파로 화랑방이 있었지만 화랑방은 십 년 전 방주가 피살당한 이후로 급격히 쇠락해버린 터였다. 그러니 길상파는 고려 무림의 대들보 구실을 해야 할 상황이었다. 그런데 그 길상파에서 이십 년 동안 인물이 나오지 못해 무예의 꽃을 피우지 못하니 감히 섬나라의 사무라이들이 건너와 활개를 치고 다니는 게 아니겠는가.

자연대사가 그날 회의를 소집한 것은 그런 사정에 대해 경종을 울리기 위해서였다. 모든 문하생은 무학에 더욱 정진할 필요가 있다. 뼈를 깎고 피를 말리는 고통이 있어야 한다. 그리고 그는 스스로를 포함한 자(慈)자 항렬의 승려들에게 폐관을 명했다. 자연, 자휼, 자긍 세 사람이 교대로 육 개월씩 폐관하여 입굴(入窟)하는 것이었다. 길상파의 최고수라고 일컬어지는 그들부터가 『진표현경』의 현묘한 이치를 모르는데 어찌 훌륭한 제자들을 가르칠 수 있겠는가. 그것이 자연대사의 통탄이었다.

첫번째 폐관은 자연대사 자신이 하기로 되어 있었다. 그는 이튿날 아침 사찰 뒤편의 석굴로 입실할 예정이었다. 그가 없는 동안 장문인의 대리직은 자휼대사가 맡기로 하였고, 그래서 자휼은 주지승으로 있는 모악산 금산사를 제자에게 맡기고 길상사에서 기거할 예정이었다. 자긍대사와 신엽이 도착하였을 때 그들은 한창 그런 의논을 나누고 있었다.

"장문인께 보고드릴 일이 있습니다."

자긍은 대웅전 앞마당 한가운데 신엽을 내려놓고 자연대사에게 사정을 설명하였다. 지리산 중턱에서 낭연과 신엽과 홍의인을 만난 일과 신엽을 데려오게 된 연유를 얘기하였다. 자연대사는 시종 고개를 끄덕이며 듣고 있었다. 설명이 끝난 다음 그는 신엽의 혈도를 풀어주게 하고 물었다.

"배우지 않고 무공을 익힌다는 것은 불가능한 일입니다. 소협께서 사부가 없다고 우기는 것은 다른 사정이 있어서인 듯한데, 소승의 말이 맞습니까?"

자연의 목소리는 따뜻하고 부드러웠다. 이곳이 길상사이며 그가 바로 자신이 찾는 자연대사임을 알았더라면 신엽은 전혀 다른 태도를 취했을 것이었다.

"제게 사부가 있고 없고는 스님들께서 상관하실 일이 아닙니다."

신엽의 목소리는 퉁명스러웠다. 그는 내심 분개하고 있었다. 자긍대사에게 느꼈던 호감도 말끔히 사라지고 없었다. 말 등에 매달려 몇 시진을 달려온다는 것은 여간 고통스러운 일이 아니었던 것이다.

"저런 못된 놈이 있나."

"감히 여기가 어딘 줄 알고……."

몇몇 사람들의 수군거림이 들렸다. 그중 한 사람이 자리에서 일어나 정중하게 나무랐다.

"이 자리에는 소협을 무턱대고 욕보이려는 사람은 없습니다. 그러니 소협께서는 노여움을 풀고 대사님의 질문에 대답하시기 바랍니다."

그는 자연대사의 첫번째 제자인 광헌이었다. 무예로나 성품으로나 길상사의 첫번째 제자가 되기에 손색이 없는 인물이었다. 신엽은 그에게 호감을 느꼈지만 스스로의 느낌을 믿을 수 없었다. 낭연이나 자긍대사도 처음에는 호감을 가졌지만 오래지 않아 끔찍한 고통들을 주었던 것이다. 만약 그 자리에 소운이 있었다면 사정은 또 달라질 수도 있었겠지만, 소운은 그때 묘향신니에게 다니러 가고 없었다.

"사부가 아니라 하더라도 소협께 무공을 가르친 분은 계시겠지요. 우리가 알고 싶은 것은 그가 어떤 분이었나 하는 점입니다."

자연대사가 다시 신엽에게 물었다.

신엽은 속으로 생각했다. 여기는 대관절 어디일까. 이 사람들은 무슨 이유로 나를 가르친 사람을 찾는 것일까. 좋은 이유에서일까, 나쁜 이유에서일까. 아주 좋은 이유에서는 아니리라. 그렇지 않다면 자혜대사께서 자신에 대해 사람들에게 말하는 것을 금하셨을 까닭이 없지 않겠는가. 비록 이 사람들의 태도가 정대해 보이기는 하지만…… 아무래도 모르겠다. 우선은 자혜대사의 말씀을 따르도록 하자. 신엽은 마음을 다잡았다.

"소인은 근본이 미미하여 감히 무공이라고 할 만한 것을 배운 일이 없습니다. 그저 이 동네 저 마을을 얼쩡거리다가 어깨너머로 한두 수법 배운 것이 고작입니다."

"흥. 어린 친구가 뜻밖으로 겸손하구나. 그럼 어디 이 일 초를 받아보아라."

자긍대사가 참다 못해 앞으로 나섰다. 그는 대뜸 신엽의 어깨를 붙잡아 허공에다 집어던졌다. 이미 무공을 쓰지 않으리라 다짐하고 있었던 신엽은 이삼 장을 날아 대웅전 기둥에 부딪친 다음 바닥으로 떨어졌다. 쿵, 소리가 울릴 정도의 충격이었다. 그러나 과히 아프지는 않았다. 신엽은 짐짓 고통스런 표정을 지으며 일어났다. 그는 이제부터 침묵과 견디기만으로 이 상황에 대처하리라 마음먹었다. 자긍대사는 신엽의 무반응에 더욱 분개하여 두 손을 휘저으며 다가왔다. 그런데 그 순간이었다. 자연대사가 문득 손을 치켜든 것이었다. 자휼대사가 지붕 위로 날아오른 것도 거의 동시였다. 그리고 곧이어 자긍, 광한 등을 포함한 네댓의 승려들이 사방으로 흩어졌다.

그들이 흩어지는 모습은 마치 빛살이 투사되는 것처럼 민첩하고 신속하였다.

잠시 후 지붕 위에서 어지러운 발자국 소리들이 들려왔다. 주먹과 발길질을 주고받는 듯한 소리도 들렸다. 그러다가 그 소리들은 향로전 쪽으로 멀어져갔다.

자휼대사가 대웅전 지붕 위로 올라갔을 때 그곳에는 두 개의 검은 인영들이 있었다. 인영들은 혼비백산하여 반대쪽으로 달아나려 했다. 그들의 움직임도 여간 민첩한 게 아니었다. 그러나 그때 반대쪽으로도 광한, 자긍 등이 올라왔고, 주변은 순식간에 길상사의 승려들로 에워싸이고 말았다. 인영들은 갈피를 잡지 못한 듯 헤매었다. 하지만 그것은 눈속임일 뿐이었다. 어느 순간 그들은 장검을 뽑아들며 서남방(西南方)을 베어왔다. 그곳은 광한의 사제인 광정이 지키는 자리였다. 광정은 그들과 두 초식을 나누었지만 맨손으로 두 명의 장검을 당해내지 못하고 길을 열어주었다. 그러자 그들은 재빨리 몸을 날려 향로전 쪽으로 달아난 것이었다.

인영들은 향로전을 지나 요사채 쪽으로 달렸다. 자휼, 자긍 등은 분분히 몸을 날려 검은 인영들의 뒤를 쫓았다. 인영들의 신법은 쉽게 찾아볼 수 없을 정도로 날렵하고 정확했다. 더구나 짙은 어둠 속에서 검은 옷을 입고 움직이는 터라 자칫 그 종적을 놓쳐버리기가 쉬웠다. 그러나 자휼대사와 자긍대사의 경공술은 이미 능공허도(凌空虛渡)의 경지에 올라 있었디. 그들은 향로진을 단숨에 선너뛰어 검은 인영들과 거의 비슷한 순간에 요사채 지붕에 이를 수 있었다. 그러자 두 인영은 지붕을 내려와 요사채 속으로 숨어들었다.

요사채는 승려들이 거주하는 곳이었다. 길고 짧은 여러 채의 집들이 겹겹이 붙어 있어 미로처럼 복잡했다. 달아나는 사람은 숨기에 용이하였지만 추적하는 사람에게는 모든 것이 장애물이 되었다.

자휼대사는 서두르지 않고 일단 포위망을 형성하였다. 자긍, 광한, 광정 등 십여 명의 승려를 세 무리로 나누어 각각의 출구를 지키도록 하였다. 출구를 봉쇄하는 한 그들이 달아날 길은 없었다. 그런 다음 자휼대사는 어둠을 향하여 예를 갖추었다.

"길상사는 예로부터 찾아오는 손님을 마다한 적이 없고 떠나는 분을 붙잡는 일도 없었습니다. 두 분께서는 모습을 드러내어 손님으로서의 접대를 받으시기 바랍니다."

그의 목소리는 어둠 속으로 낭랑하게 울렸다. 그러나 손님들은 아무런 대꾸도 하지 않았다. 자휼대사는 자긍 등에게 신호하여 포위망을 좁혀들기 시작했다. 요사채에는 세 곳의 출입구가 있었다. 동문과 서문, 그리고 북동쪽의 쪽문이었다. 그 세 곳 문으로부터 시작하여 구석구석을 뒤지며 중앙으로 모여든다면 쥐나 고양이라 할지라도 빠져나갈 길이 없었다.

수색 작업은 차근차근 진행되었다. 일 다경의 시간이 걸려 대부분의 방들이 수색되었다. 이제 남은 것이라고는 중앙의 기다란 집채 하나였다. 주방과 식당, 그리고 창고 등으로 사용되는 건물이었다. 두 명의 복면인이 연기처럼 꺼져버리지만 않았다면 그곳에 있을 게 분명하였다. 승려들이 세 방향에서 건물로 다가들기 시작했을 때, 광정이 살그머니 돌멩이 하나를 집어들었다. 그는 아무도 눈치채지 못하게 돌멩이를 손가락으로 퉁겨 동문을 맞추었다. 동문이 타격음을 발하자 광정이 소리쳤다.

"저쪽이다!"

승려들은 일제히 소리가 난 쪽으로 몸을 날렸다. 그러나 그 순간 두 개의 검은 인영은 주방을 빠져나와 서문으로 달아났다. 그들은 순식간에 서문 밖으로 모습을 감추었다. 뒤늦게 그 사실을 알아챈 자긍대사가 몸을 돌려 그들을 추적했다. 광정과 광한 등도 뒤를 따랐다.

 일단 사찰을 빠져나간 복면인들은 바람처럼 빠르게 달렸다. 마치 어둠 속으로 빨려들어가는 듯했다. 하지만 자긍대사의 추적도 신기에 가까웠다. 특히 그는 눈을 감고도 달릴 수 있을 정도로 길상사 주변 지형에 익숙해 있었으므로 복면인들의 퇴로를 예측하여 따라잡곤 했다. 다시 뜨거운 차 두 잔 마실 정도의 시간이 지난 후 자긍대사는 복면인들과의 거리를 오륙 장 남짓으로 좁혀들 수 있었다.

 "거기들 섰거라!"

 자긍대사가 커다랗게 소리지르며 양손을 뿌렸다. 두 손에서 각각 두 개씩 네 개의 비어자(飛魚子)가 발사되었다. 그것들은 복면인들의 허벅지 뒤쪽 승부혈을 향해 날아갔다. 복면인들은 공중으로 몸을 날려 피해야 했고, 그 덕분에 달아나는 속도가 주춤해졌다. 그러는 사이 자긍대사는 그들 뒤 이삼 장 거리로 좁혀들었다. 장력이 미칠 수 있는 거리였다. 설상가상으로 복면인들의 길 앞에는 개울이 가로막고 있었다. 이틀 전의 비로 그 개울은 제법 커다란 내를 이루고 있었다. 이제 그들이 자긍대사의 수중을 빠져나가기란 불가능한 일처럼 보였다.

 "산이 아무리 광대해도 쥐들이 숨을 곳은 없다."

 자긍대사는 두 손을 단단한 갈고리처럼 구부려 두 복면인의 목덜미를 움켜잡으려 했다. 적룡권편의 분룡포사(憤龍捕蛇)라는 초식이었다. 이 초식은 평범해 보이지만 기실 방어하기에는 대단히 사나운 일식이었다. 두 팔에서 발끝까지가 유연한 용의 몸처럼 일직선으로 뻗어 다가드는 까닭이었다. 공격당하는 사람의 입장에서 보자면 허공에서 문득 두 개의 날카로운 갈고리가 날아드는 것과 같았다. 그러나 복면인들의 무공도 보통은 아니었다. 찰나처럼 짧은 순간 그들은 어느 틈에 장검을 뽑아들고 검화를 뿌렸다. 그들은 각각 왼쪽에서 오른쪽으로 그리고 오른쪽에서 왼쪽으로 비스듬히 검을 베어 올렸다. 자긍대사는 복면인들의 솜씨가 예상외로 매서운 데 놀라 초식을 거두었다. 대신 허공에서 빙글 몸을 돌리며 두 발끝으로 두 사람의 기해혈을 찍어 찼다. 두 사람은 베어올린 칼의 손잡이로 자긍의 발끝을 막았다. 신속한 임기응변이었다. 그러나 그 임기응변은 덮쳐오는 자긍의 기세까지 막지는 못하여 그들은 각각 세 걸음씩 뒷걸음질쳐야 했다. 자긍대사는 땅으로 내려서며 물었다.

"화랑방이 무슨 일로 길상사를 침입하였느냐?"

단 일 초식의 교환만으로도 자긍은 그들이 화랑검법을 사용하였음을 알 수 있었다. 그것도 그저 흉내만 내는 정도가 아니라 상당한 경지에 오른 검술이었다. 그것은 이상한 일이었다. 화랑방과 길상파는 정파의 두 거목으로서 서로 다툴 만한 시비거리가 없었던 것이다. 복면인들은 마주 보고 눈짓을 교환하더니 검을 검집에 넣었다. 자긍대사는 그들이 신분이 탄로났으니 내막을 밝히려나 보다고 생각하였다. 그러나 그것은 그의 착각이었다. 복면인들은 문득 몸을 돌리더니 물 속으로 뛰어들고 만 것이었다.

자긍대사는 아차 싶었다. 화랑방이 수공(水功)에 정통하다는 것은 천하가 다 아는 사실 아니었던가. 예로부터 화랑도는 산천을 부유하며 무공을 익혔기에 수리(水理)의 조예가 뛰어났던 것이다. 그는 서둘러 냇가를 따라 내려가며 복면인들의 행방을 찾았지만 이미 그들은 물로 돌아간 물고기였다. 어둠과 빠른 물살 속으로 숨어든 두 개의 검은 인영은 더이상 어디에서도 찾아볼 수 없었다.

광한, 광정 등이 그 자리에 도착한 것은 그즈음이었다. 광정이 어떻게 된 일인가를 물었고, 자긍대사는 혀를 끌끌 찼다.

"길상사의 이름이 또 한 번 더럽혀지는구나."

대웅전으로 돌아온 자긍대사는 장문인 자연대사에게 사정을 보고

하였다.

상당한 고수들이다. 짙은 어둠 속에서도 다람쥐처럼 민첩하게 움직였다. 더욱 놀라운 점은 그들이 화랑방의 검법을 구사하였다는 사실이다. 자신이 보기에는 화랑방의 고수가 분명한 듯하다.

자연대사는 그의 말에 믿기 어렵다는 표정을 지었다.

"화랑방이 길상사로 첩자를 잠입시켰다고? 화랑방은 소인잡배들의 무리가 아닌데. 비록 최근 십 년간 어려움을 겪고 있다고는 하지만, 용건이 있다면 밝은 날에 당당하게 찾아올 사람들인데……."

그러자 광정이 한마디 거들고 나섰다.

"제자의 소견에도 그들은 화랑방의 무리는 아닌 듯합니다. 지붕 위에서 일 초를 교환하였을 때 그들은 허초로 검을 휘두른 다음 예방의 각술로 공격하였습니다. 이로 미루어 짐작하건대 그들은 자신들의 신분을 위장하기 위해 짐짓 다른 문파의 무공을 사용하는 게 아닌가 싶습니다."

"너는 내가 흉내내는 무공과 진짜 무공도 구별하지 못하는 멍청이란 얘기냐?"

자긍대사가 발끈하여 말했다. 그는 평소 광정 사질을 마땅찮게 여기고 있었다. 재주가 뛰어나 무공에는 빠른 진전을 보였지만 어딘지 비밀스런 구석이 있었다. 비밀이라는 것은 자긍이 가장 싫어하는 것 중 하나였다.

"그런 뜻이 아닙니다. 사숙께서도 말씀하셨듯 워낙 짙은 어둠 속이라 무공을 흉내내기도 쉽지 않았겠느냐는 뜻일 뿐입니다."

"흥. 네 녀석이 바보짓만 하지 않았다면 그놈들은 벌써 복면을 벗고 이 앞마당에 꿇어앉아 있을 것이다."

자긍은 못마땅한 한마디를 던졌다. 그런데 그 앞마당이라는 말은 좌중의 관심을 다시 신엽에게로 집중시켰다. 신엽은 아직 대웅전의 앞마당 한가운데 우두커니 서 있었던 것이다. 자궁 등이 두 복면인을 쫓는 동안 자연대사가 한두 차례 그를 설득하여 입을 열려 하였지만 소용이 없었다. 광정은 만회할 기회를 얻었다는 듯 자연대사 앞으로 나섰다.

"오늘 밤의 일은 모두 이자와 관계된 것이 아닌가 싶습니다. 허락하신다면 제자가 이자의 신분을 밝혀보겠습니다."

방법을 찾느라 고심중이었던 자연대사는 고개를 끄덕였다.

광정은 신엽에게로 다가갔다.

"친구의 이름을 물어보는 것도 실례일까요?"

광정은 신엽보다 대여섯 살 가량 위였다. 그러나 그의 태도와 목소리의 위엄은 그보다 배 이상 차이나게 느껴졌다. 신엽은 자신의 이름을 밝혔다. 그러자 광정은 두 손을 모아 합장했다.

"이소협이셨군요. 소승이 이제부터 이소협께 실례를 범하고자 합니다. 십 초의 공격을 가하여 이소협께서 사문절기(師門絶技)로 대응하도록 유도해보겠습니다. 십 초가 지난 후에도 아무것도 알아내지 못한다면 소승은 깨끗이 승복하고 물러나겠습니다."

신엽은 광정의 정중한 예절에 놀랐다. 그러나 그럴수록 공격은 매서우리라 짐작하며 온몸의 긴장을 풀기 위해 노력했다. 긴장을 풀지 않는다면 자신도 모르는 사이에 반격에 나설지도 모를 까닭이었다. 광정은 신엽의 코앞 한 자 거리로 다가선 다음 우장을 치켜들었다.

"일 초!"

소리와 함께 이루어진 광정의 공격은 전혀 뜻밖의 것이었다. 그는 신엽의 오른쪽 뺨을 찰싹 갈긴 것이었다. 그것은 아프기도 했지만 대단히 모욕적인 일이었다.

"이 일 초는 이소협을 위한 것입니다. 이 초!"

광정은 이번에는 신엽의 왼쪽 뺨을 때렸다.

"이번 일 초는 이소협의 부친을 위한 것입니다. 삼 초!"

광정은 다시 신엽의 오른쪽 뺨을 갈겼다. 신엽은 가슴속에서 기혈이 들끓는 것을 느꼈다. 몸이 허약한 사람일수록 원래 자존심이 강한 편이었다. 누구 앞에서도 약한 모습을 내보이지 않으려는 고집 때문이었다. 광정은 잠시 관찰한 결과 신엽의 최대 약점이 자존심이라는 사실을 간파하였고, 그것을 자극하여 이성을 잃게 만들기로 작정한 것이었다.

"이 일 초는 이소협의 모친을 위한 것입니다. 사 초!"

사초를 외치며 광정은 신엽을 빤히 쳐다보았다. 그러다가 불쑥 신엽의 얼굴에다 침을 뱉었다. 신엽은 부들부들 떨고 있었다. 그의 가슴속에서는 뜨거운 불길이 일었다. 그러나 그 불길은 빠져나갈 곳이 없었다. 무공을 쓰지 않기 위해 그가 안간힘으로 버티고 있었기 때문이었다. 결국 불길은 가슴속을 맴돌며 점점 더 뜨거워질 뿐이었다.

"이 일 초는 이소협께 무공을 전수하신 분을 위한 것입니다. 오 초!"

광정은 좌장을 치켜들어 신엽의 왼쪽 뺨을 때렸다.

곁에서 보고 있던 길상사의 승려들은 모두 눈살을 찌푸렸다. 신엽의 고집이 지독하기는 했지만 광정의 방식이 너무 비열했던 것이었다. 특히 자긍대사는 화가 치밀어 얼굴이 붉으락푸르락했다. 길상사가 창건된 이래 길상사의 이름으로 이처럼 야비한 짓이 저질러진 적은 없었을 것이다. 광정이 다시 우장을 치켜들어 무언가를 중얼거리며 신엽의 뺨을 갈기려 하였을 때 자긍은 참지 못하고 앞으로 나섰다. 그는 이번 기회에 광정 사질의 버릇을 고쳐놓아야겠다고 마음먹었다. 그러나 이미 한 발 늦고 말았다. 신엽이 울컥 한 움큼의 피를 토하고는 쓰러져버린 것이었다.

"도대체 이게 무슨 짓이냐."

자긍대사는 대노하여 광정에게 일 장을 뿌렸다. 광정은 감히 맞받지 못하고 멀찌감치 피했다.

자긍은 얼른 신엽의 상태를 살펴보았다. 신엽은 기혈의 흐름이 꽉 막혀버린 듯했다. 머리는 불덩이처럼 뜨거웠고, 단전은 얼음처럼 차가웠다. 호흡은 실낱같이 미미해져 있었다. 그는 놀라서 장문인 이사형(二師兄)을 불렀다. 자연대사가 달려와 진맥을 해보았다. 신엽의 몸 여기저기를 살펴보던 그는 내심 몹시 놀랐다. 신엽의 몸 속에는 엄청나게 강한 기운이 고여 있었다. 어쩌면 자기보다도 고강한 공력일지 몰랐다. 그 기운이 광정의 모욕 앞에서 길을 찾지 못하고 부글거리다 가슴을 막아버린 것이었다. 그러나 신엽은 그 기운을 통제하지 못하고 있는 듯했다. 만약 그처럼 고강한 공력을 제대로 운용할 줄 알았더라면 광정의 얄팍한 모욕 따위에 내상을 입는 일은 없었을 것이었다. 자연은 어떻게든 그를 살려서 내막을 알아내어야겠다고 생각했다. 광한 등에게 신엽을 요상실(療傷室)로 옮기도록 지시하였다.

"경솔한 일을 하였구나."

자연대사가 광정을 나무랐다. 그러자 광정이 말했다.

"그가 자초한 일이 아닌가 하옵니다."

"창피한 줄 알아야지. 길상사에서 누가 네게 그 따위 비열한 짓을 가르쳤단 말이냐."

자긍대사가 소리쳤다.

"사숙께서는 낭연 낭자와의 약속을 너무 마음에 두지 마시기 바랍니다. 그녀가 묘향신니의 제자라고는 하지만 감히 길상사를 어쩔 수야 있겠습니까?"

광정의 차분한 대꾸는 자긍대사의 속을 뒤집어버리고 말았다. 자

궁이 마음에 두는 것은 오직 정도(正道)와 신의(信義)였지만 광정은
마치 그가 묘향신니를 두려워하여 벌벌 떠는 것처럼 만든 것이었다.
자긍대사는 사숙의 신분으로 사질에게 손을 쓸 수도 없는 입장이라
속만 부글부글 끓었다. 조금 전 광정에게 당한 신엽의 형편을 이해
할 것도 같았다.

자연대사는 그대로 방치해두었다가는 일이 사뭇 커질 것이라 판
단하여 광정에게 호된 꾸지람을 내렸다. 그리고 그에게 한 달 동안
의 면벽수행이라는 처벌을 내렸다.

요상실에서는 우선 신엽에게 몇 가지 약초 향기를 맡게 하였다.
간단한 내상의 경우에는 그것만으로도 의식을 회복하게 마련이었
다. 그러나 신엽은 깨어날 기미를 보이지 않았다. 뿐만 아니라 그의
몸은 점점 더 굳어갔다. 자연대사는 신엽의 맥을 짚은 채 정좌하고
앉아 오랫동안 움직이지 않았다. 그는 신엽의 맥을 통해 조금 전의
기운을 재확인하고 있었다. 다시 한번 살펴보아도 그것은 틀림없는
사실이었다. 그의 몸 속에는 엄청난 공력이 깃들여 있었다. 그렇다
면 이 일을 어떻게 처리할 것인가.

제법 오랜 시간이 지난 후에야 자연대사는 눈을 뜨고 고개를 들
었다. 그의 뒤에서는 자휼, 자긍 두 사제가 초조하게 경과를 지켜보
고 있었다. 자연대사의 표정만으로도 그들은 이 일이 예사롭지 않은
것임을 직감하고 있었다.

"어떻습니까? 회복힐 수 있겠습니까?"

자긍대사가 물었다. 자연은 신중하게 대답했다.

"아직은 잘 모르겠네. 어려울 수도 있고 쉬울 수도 있어. 하지만
최선을 다해보아야지. 우리가 한자리에 모여 있어 다행이야."

"무슨 말씀이십니까?"

"이 아이의 몸을 막고 있는 기운이 너무 고강하여 나 혼자서는

어찌할 수가 없어. 우리 삼형제가 힘을 함께 모아야 겨우 약간의 길을 틀 수 있을 것이야."

자휼과 자긍은 아연해지고 말았다. 그들은 모두 한평생을 무공에만 바쳐온 사람들이었다. 그것도 최고의 무공에만. 그런데 고작 십칠팔 세 가량 되어 보이는 소년이 그들 세 사람의 공력을 합친 것보다도 고강한 공력을 지니고 있다는 사실을 믿을 수 없었던 것이다. 그러나 자연대사는 한마디라도 허튼 소리를 함부로 할 사형이 아니었다. 그러니 그들은 더욱 경악할 수밖에 없었다.

"시간이 많지 않아. 어떤가? 자네들은 나와 함께 이 아이의 생로(生路)를 뚫어볼 텐가."

자연대사가 재촉하였다. 자휼과 자긍은 즉시 정좌하고 앉아 운기에 들어갔다. 자연대사는 제자 광한을 불러 요상실 밖의 경계를 엄중히 할 것을 지시하였다. 안에서 어떤 일이 벌어지더라도 들어와서는 안 된다는 당부까지 잊지 않았다.

뜨거운 차 반 잔 마실 시간이 지난 다음 그들은 장심(掌心)과 장심을 통하여 기운을 연결하였다. 자휼이 우장을 자긍의 좌장에 대었고, 자긍이 또 우장을 자연의 좌장에 얹었다. 그러자 자휼과 자긍의 뜨거운 공력이 자연대사의 몸 속으로 흘러들었다. 자연대사는 그 기운을 자신의 공력과 합쳐 오른쪽 장심으로 집중시켰다. 그는 그 장심을 신엽의 가슴 한가운데 단중에다 올려놓았다. 그리고는 천천히 막힌 기운을 어루만지기 시작하였다.

자혜대사가 백삼타전을 통하여 신엽에게 주입한 공력은 원래 신엽이 감당하기에는 벅찬 것이었다. 그것은 마치 시냇물이 흐르는 길에다 거대한 하천을 부어놓은 것과 같았다. 따라서 신엽의 몸은 몹시 불안정한 상태에 빠져 있었다. 그가 그 불안정을 극복하고 주입된 공력을 소화하여 자신의 것으로 만들기까지는 얼마만큼 시간이 걸릴 지 알 수 없는 일이었다. 최소한 몇 년간은 무공 연마에만 전념하여야 할 것이었다. 그러나 신엽은 그럴 기회가 전혀 없었다. 자혜의 곁을 떠나자마자 이상한 일들에 말려들어 시달리기만 하였다. 그러다가 광정으로부터 상상할 수 없는 모욕을 당하게 되었고, 그것은 그의 임맥을 틀어막아 주화입마에 빠뜨리고 만 것이었다.

신엽의 가슴을 막은 기운 뭉치는 여간 강한 게 아니었다. 바늘 하나 쑤셔넣을 수 없을 정도로 단단했다. 자연대사 일행은 두 시진이 넘게 걸려서야 겨우 틈새를 만들 수 있었다. 그리고는 조심스럽게 그 속으로 들어갔다. 그러나 그 순간 자연대사는 끔찍한 사실을 발견하고 말았다. 죽은 듯 웅크리고 있던 기운 덩이는 문득 맹렬한 소용돌이로 휘돌기 시작한 것이었다. 그것은 모든 것을 빨아들여 녹여버릴 만큼 매섭고 강렬한 소용돌이였다. 신엽의 단중 위에 올려져 있던 자연대사의 우장이 지진을 만난 듯 떨렸다. 위기를 직감한 자연은 사제들에게 소리쳤다.

"십성진(十成陳)을 펼쳐라!"

이사형의 말이 아니더라도 자휼대사와 자긍대사 역시 갑작스런 상황 변화를 느끼고 있었다. 그들은 재빨리 위치를 이동하였다. 자연대사를 기준으로 정삼각형을 그린 다음 각각 그 꼭지점을 차지하고 앉았다. 그리고 각자의 좌장을 중앙으로 모았다. 세 가닥의 기운이 그 교차점에서 하나로 모여 강력한 자장(磁場)을 형성하였다. 그제서야 자연대사는 약간의 균형을 되찾을 수 있었다. 신엽의 가슴이 그의 공력을 빨아들이고 있었고, 십성진의 중심이 반대로 그를 끌어당겨 버텨주고 있었다. 그러나 십성진의 힘은 아직 충분히 고강한 게 아니어서 언제까지고 버텨줄 수는 없을 듯싶었다.

십성진은 원래 네 사람을 필요로 하였다. 무공이 경지에 오른 네 사람의 고수가 열십자 모양으로 앉아서 펼치는 것이었다. 각자의 왼쪽 어깨를 가운데로 모으고 왼손을 맞붙인 자세가 바람개비를 닮았다 하여 풍차진(風車陣)이라 이름하기도 하였다.『진표현경』에 수록된 길상파의 비전진법이었지만 그 이치가 워낙 심오하여 진표율사의 직계제자였던 영심(永深) 융종(融宗) 불타(佛陀) 이후로는 시전된 사례가 거의 없을 지경이었다. 그러던 것을 자연 등의 대사형인 자혜대사가 터득하여 자연, 자휼, 자긍과 더불어 연성하였던 것이다. 그런 만큼 그 진법의 위력은 대단한 것이었다. 감히 언어로는 설명할 수 없을 정도로, 산을 허물고 바다를 메우는 위력을 발휘할 수 있었다. 그러나 유감스럽게도 지금 그곳에는 자혜대사가 없었다. 한 사람이 자리를 비운 십성진은 위력이 절반 이하로 줄어들었다. 대사형만 이 자리에 있었더라면, 이런 정도는 문제 없이 제압하였을 텐데…… 말은 하지 않았지만 그들은 내심 같은 생각들을 하고 있었다.

시간이 흐를수록 십성진은 수세로 몰렸다. 반 시진이 지나자 그들은 온몸에서 땀을 흘리기 시작하였고, 다시 반 시진이 지난 후에는 세 사람의 몸이 하나같이 부들부들 떨리고 있었다. 반면에 신엽 가슴의 소용돌이는 갈수록 강맹해지고 있었다. 그것은 주변의 모든 물건들을 휘감아 빨아들이기 시작했다. 방 안에 놓여 있던 수많은 약재들이 회오리바람을 만난 듯 어지럽게 흩어졌다. 가루가 흩날리고, 약액이 쏟아져 사방 벽을 적셨다.

자연, 자휼, 자긍 등의 사정은 절망적이었다. 이제 얼마만큼을 더 버틸 수 있을지 아무도 짐작할 수 없었다. 누구든 한 사람이라도 탈진하게 된다면 그들 모두는 패배할 형편이었다. 수십 년을 쌓아온 그들의 공력은 남김없이 빨려들어가 신엽의 가슴을 더 단단하게 틀어막아버릴 것이었다. 그렇게 된다면 설사 일신 이선 사비가 한자리에 모인다 할지라도 신엽의 목숨은 구할 수 없을 것이었다. 뿐만 아니라 자연 등은 무공을 모조리 잃게 되는 것이었다.

절체절명의 상황에서 자연대사는 한 가지 도박을 생각하였다. 그는 가까스로 입을 열어 자긍대사에게 물었다.

"넷째아우. 이 아이의 무공이 길상파의 것이 분명하던가?"

"소제의 눈에는 그러했습니다."

"그렇다면, 대사형일 가능성이 크겠군…… 어차피 다른 방법은 없어."

"모험을 벌이자는 말씀인가요?"

자휼대사가 이사형에게 물었다.

"자네들 의견은 어떤가?"

"좋습니다. 당장 시작하지요."

자긍대사가 선뜻 재촉하고 나섰다. 자휼대사는 잠시 망설였다. 신엽의 공력에는 분명히 자신들과 유사한 점이 있었다. 그러나 전적으로 일치하지는 않았다. 설사 그것이 대사형 자혜의 것이라 할지라도 만일 그 사이 대사형이 전혀 다른 성질의 내공을 익혔다면 결과는 참담한 비극이 될 것이었다. 물론 이사형과 사사제(四師弟)도 그 점을 모르지 않을 것이었다. 이윽고 자휼은 고개를 끄덕였다.

"장문인 말씀을 따르겠습니다."

"그럼 내가 셋을 세겠네. 조심들 하게. 하나……."

그들은 각자 마지막 진기를 끌어올려 좌장으로 모았다. 길상파의 최고 내공인 격산격수(隔山擊珠)라는 일장을 준비했다. 격산타우(隔山打牛)에서 한 단계 진전된 무공으로서 사람이나 사물의 외부는 멀쩡히 놔둔 채 원하는 부분만 집중 공격할 수 있는 신공(神功)이었다. 그러니까 그것은 활공(活功)이 아니라 살공(殺功)인 셈이었다. 자연 등은 이제 그 신공으로 신엽의 가슴속 단중을 공격할 작정이었다. 만약 신엽의 몸에 깃들인 공력이 세 사람의 공력과 같은 성질이라면 그 공격은 그의 가슴 임맥에 한 가닥 기도(氣道)를 뚫어줄 수도 있었다. 길만 뚫린다면 세 사람의 공력은 그의 임독맥을 일순하여 다시 각자의 몸으로 돌아올 것이었다. 그러나 만약 이질적인 공력이라면 그 결과는 참담할 것이었다. 신엽의 공력은 세 사람의 공력과 충돌하여 엄청난 파괴력을 발휘할 것이며 그들 네 사람은 모두 그 자리에서 피를 토하고 죽을 것이었다.

"둘…… 셋!"

셋 하는 소리와 함께 세 사람의 공력은 신엽의 단중으로 돌진하였다. 강한 충돌과 진동이 일어나 온 방 안은 회오리바람으로 휩싸였다. 자연 등은 이제 끝이로구나 생각하였다. 그러나 다음 순간 그들은 자신들의 공력이 다시 몸 속으로 밀려들어옴을 느꼈다. 그것은 재빨리 전신의 경락을 일순하여 단전으로 자리잡았다. 각자 운기를 하여보니 아무런 이상이 없었다. 신엽 가슴으로부터의 흡인력도 더 이상 느껴지지 않았다.

"성공한 모양입니다."

자긍대사가 기뻐하며 말했다. 자연대사는 고개를 끄덕였다.

"일단은 성공한 모양이야. 하지만……"

"아직 남은 문제가 있습니까?"

자휼대사가 물었다.

"이 아이의 몸 속에는 아직도 풀리지 않은 공력이 있어. 격산격주에 의해서 일부는 길을 열었지만 더 큰 부분이 여전히 숙제로 남아 있는 듯하네."

"대사형의 공부가 그 동안 더 깊어진 모양이군요."

"그래. 이런 공력을 연성했을 사람은 대사형밖에 없을 거야. 그런데 대사형이 무슨 이유로 이 아이에게 전이대법(轉移大法)을 시행해야 했는지 모르겠어."

"어서 이 아이를 깨워서 알아봐야겠군요."

"이 아이의 고집도 여간이 아니야. 아무튼 다시 애기를 붙여봐야
지."

자연대사는 몇 군데 혈도를 눌러 신엽을 깨어나게 했다. 신엽은
세 사람을 보더니 적의를 감추지 못하고 일어섰다. 자휼대사가 그를
붙잡아 앉혔다.

"이소협이라고 했었나? 어젯밤의 일은 사과하겠네. 본문의 제자가
다급하여 비열한 방법을 썼다네. 부디 너그러운 마음으로 용서해주
게나."

그러자 신엽은 조금은 마음이 풀렸다. 그러나 여전히 경계심을 풀
지 않은 채 물었다.

"이곳은 어디이며 스님들은 어떤 분들이십니까? 왜 저를 잡아와
서 문초하시려는 것입니까."

"그렇군. 아무런 설명도 하지 않았으니 자네가 그러는 것도 무리
가 아니겠지. 여기는 속리산 길상사라고 하네. 여기 이분은 주지이
신 자연스님이시고, 이쪽은 자긍스님, 그리고 나는 자휼이라고 하네.
자긍과 나는 모두 자연스님의 사제들이지."

자연스님이라는 말에 신엽은 문득 정신이 들었다. 그렇다면 여기
가 바로 길상사요 이분이 바로 자연대사였단 말인가. 하늘이 도와
나를 먼저 이곳으로 데려와주었구나. 신엽은 곧바로 자리에서 일어
나 자연대사에게 큰절을 올렸다.

"나를 아느냐?"

자연대사가 물었다. 신엽은 잠시 머뭇거리다가 대답했다.

"제게 무공을 전해주신 분께서 찾아뵈라는 말씀을 하셨습니다."

"나를 만나서 무엇을 하라더냐?"

"그런 말씀은 없으셨습니다. 그냥 뵈라고만 하셨습니다."

"그분은 어떤 분이시냐?"

신엽은 입을 다물었다. 그러자 곁에 있던 자휼대사가 물었다.

"그분이 자신에 대해서는 아무 말도 하지 말라고 하셨더냐?"

"그렇습니다."

신엽은 고개를 숙였다.

"이 무슨 장난질이람."

자긍대사가 답답함을 견디지 못하고 투덜거렸다. 자휼대사가 이 사형에게 말했다.

"아마도 여기에는 곡절이 있을 터인즉 이 아이를 곤란하게 만들 필요는 없을 듯합니다. 우선 정황부터 듣도록 하지요."

자연대사가 고개를 끄덕이자 자휼은 다시 신엽에게 말했다.

"너는 먼저 어떻게 그분에게 무공을 배우게 되었는지를 설명해보아라. 그분에 대해서는 일체의 설명을 피하고, 상황만을 얘기하면 된다."

신엽이 생각해보니 그것은 가능할 듯싶었다. 자혜대사는 자신에 대해서 언급하지 말라고만 하였지 다른 얘기까지 금하지는 않았던 것이다. 그래서 그는 그간의 사정을 간략하게 설명하였다. 꽃을 꺾으려다 절벽에서 떨어진 일, 한 중년 남자를 만나 두들겨맞으며 무공을 전수받게 된 일, 기분 나쁜 음성의 남자와 청사, 홍사떼로부터 공격받았던 일 등등을. 마지막으로 그가 신엽을 동굴 밖으로 떠밀어 목숨을 구해준 이야기를 하는 동안 자연대사와 자긍대사의 눈에는 이슬이 맺히고 있었다.

"그래서 그분은 어찌되었느냐?"

자연대사가 물었다. 신엽은 그 뒤의 사정은 모른다고 대답했다. 낭연과 자긍대사 등과 얽히게 되어 이곳으로 끌려온 까닭이었다. 그러자 자휼대사가 두 손을 합장하였다.

"아미타불! 이미 이 세상 분이 아닐 것입니다. 백삼타전을 완수하고 나면 시술자는 죽거나 폐인이 됩니다. 하물며 수천 마리 독사떼의 공격을 받고 있었다면……."

그는 말을 맺지 못하고 염주알을 굴렸다.

신엽은 그 말을 듣자 갑자기 슬픔이 북받쳤다. 그렇다면 자혜대사는 스스로의 목숨을 버리고 자신을 구해주었단 말인가. 시한부였던 목숨을 이어주고, 무공까지 전수해주고, 그리고 스스로는 유명을 달리하였단 말인가. 신엽의 머릿속으로는 수많은 장면들이 스치고 지나갔다. 처음 자혜가 그에게 무공을 배우라고 윽박지르던 장면, 절벽에서 떨어져내리려는 그를 무명줄로 끌어올려주던 장면, 현음과를 먹으라고 호통치던 장면, 무공요결을 가르쳐주며 참을성 있게 몇 번이고 설명해주던 장면 등이. 마침내 신엽은 참지 못하고 울음을 터뜨렸다. 한 번 터져나오자 그것은 통곡이 되어버렸다. 지난 십칠 년간 그는 단 한 번도 마음껏 울어본 적이 없었다. 행여 어머니가 보고 마음을 상하실까 가슴속으로만 눌러왔던 것이다. 그렇게 쌓여왔던 한이 한꺼번에 터져나오니 통곡은 끊일 줄 모르고 이어졌다. 그는 아마도 몇 잔의 차를 마실 시간을 울어댔을 것이었다.

"사형들, 대사형이 틀림없습니다."

그의 울음이 잦아들 즈음 자긍대사가 분연히 말했다.

"이 녀석아, 어서 일어나거라. 나를 그 동굴로 안내하거라."

"넷째아우, 흥분을 가라앉히게. 이 아이에게 그분에 대해서는 묻지 않겠다고 다짐하지 않았던가?"

자휼대사가 자긍을 나무랐다.

"그렇지만 대사형의 소식을 접하고도 어찌 편안히 앉아 있겠습니까."

"대사형께서 이십 년간이나 소식을 끊은 일이나 이 아이에게 자

110

신에 대한 이야기를 금지시킨 일에는 분명 사연이 있을 것이야. 어찌 그 점을 생각지 못한단 말인가. 그보다 우리는 왜 대사형께서 이 아이를 이사형께 보내었는지를 알아내어야 해."

자연대사는 이미 조금 전부터 그 점에 대해서 생각하고 있었다. 당장 생각해낼 수 있는 이유는 한 가지뿐이었다. 그것은 무공과 관계된 것이었다. 백삼타전은 신비스러운 전이대법이긴 하였지만 기실 그 효과를 충분히 발휘하기 위해서는 훨씬 많은 날들을 필요로 하였다. 신엽처럼 무공의 기초가 전무한 경우에는 더욱 그러하였다. 그렇다면 대사형은 자연에게 신엽의 무공을 완성시켜줄 것을 원하는 게 아니었겠는가. 자연대사가 그 이야기를 하였더니 자휼과 자긍도 동의했다. 그들은 그 동안의 관찰을 통하여 신엽이 충분히 크게 될 재목이라고 판단한 것이었다.

"대사형께서 전인(傳人)으로 삼으셨다면 응당 우리가 뒷일을 감당하여야 할 것입니다."

자긍대사의 말이었다. 자연대사가 그 말을 이었다.

"그래서 말인데, 우리가 모두 함께 이 아이를 가르치는 게 어떻겠는가? 각자 정통한 분야가 다르니 분담을 하는 것일세."

"분담이라는 말은 당치 않습니다. 이사형의 무공이 우리 중에서 가장 뛰어나니 『진표현경』의 심오한 이치를 가르치십시오. 저와 자긍은 기회를 만들어 몇 가지 잔재주를 가르치겠습니다."

"그렇게 하십시오."

"그럼 모두가 함께 이 아이의 스승이 되는 데 동의한 것이네."

"장문인의 뜻에 따르겠습니다."

자연대사는 흡족한 표정으로 고개를 끄덕였다. 그리고는 신엽에게 말했다.

"무얼 하는 거냐? 어서 사부님들께 예를 올리지 않고."

신엽은 또 한 번 당황했다. 자신의 의지와는 관계없이 자꾸만 무공에 얽혀드는 까닭이었다. 그러나 이 세 분의 대사님들은 근본이 선량한 게 틀림없었다. 게다가 자혜대사의 사제들이니 그들의 뜻을 따르는 게 도리일 성싶었다. 그는 자리에서 일어나 세 분 사부님들께 일일이 절을 올렸다.

예가 끝나자 자연대사는 품속에서 검 한 자루를 꺼내었다. 두 자 남짓 길이의 짧은 검이었다. 손잡이와 검집이 모두 은으로 만들어져 있었고, 검집 가장자리는 정교한 연꽃 문양으로 장식되어 있었다. 여간 귀한 것이 아닐 듯했다. 검을 뽑아드니 은은한 황색 기운이 사방으로 뻗쳤다. 신엽은 가슴속으로 달빛이 스며드는 느낌이었다. 자연대사는 검을 다시 검집에 넣은 다음 탁자 위에 올려놓았다.

"이것은 월정검(月情劍)이라고 한다. 대사형께서 내게 맡겨둔 물건인데 그후로 연락이 끊어지고 말았지. 지난 이십여 년간 잠시도 내 품을 떠나본 적이 없었다. 그분이 너를 제자로 삼지 않은 것은 너를 책임지고 가르칠 시간이 없었기 때문일 게야. 이제 우리가 함께 너를 가르치기로 결정하였으니 그분은 너의 첫번째 사부가 된다. 자, 어서 대사부님께 예를 올리도록 하여라."

다시 터져나오려는 울음을 억지로 참으며 신엽은 월정검을 향해 절을 올렸다. 절을 마치자 자연대사는 검을 신엽에게 주었다. 신엽은 한사코 사양하다가 두 손으로 받았다. 전인이 스승의 유품을 간식하는 것은 어쩔 수 없는 노릇이었다.

자연, 자휼, 자긍 등은 신엽을 가르칠 방법에 대해서 의논하였다. 자연대사는 그날부터 시작되는 자신의 입굴폐관에 신엽을 데리고 들어가는 게 어떻겠느냐고 물었다. 자휼대사는 잠시 망설였다. 신엽만을 위해서는 그 이상의 방법이 없었다. 그러나 그런다면 자연대사는 폐관에서도 많은 것을 얻지 못할 것이었다. 뿐만 아니라 다른 제자들이 질시할 게 뻔했다. 폐관에 제자를 데리고 들어간다는 것은 그를 전인으로 삼겠다는 선언과 마찬가지이기 때문이었다. 하지만 또 한편으로 생각하면 길상사의 당금 형편은 그같은 문제들을 무시해야 할 만큼 비상시국인지도 몰랐다. 사무라이들이 공공연히 주변을 맴돌고, 복면괴한들이 대웅전까지 침입해 들어오고, 게다가 대사형 자혜대사는 의문의 최후를 마친 듯 보였다. 어쩌면 그들의 마지막 기대는 이 어린아이에게 있을지도 모를 일이었다. 자휼은 한숨을 내쉬었다.

"다른 제자들이 질투하지 않을 방법을 강구해야겠습니다."

자휼은 신엽이 아직 깨어나지 못한 것으로 꾸밀 것을 제의하였다. 자연대사와 자궁대사는 조금은 못마땅하였지만 신중한 방책이라 생각하였다. 그들은 신엽의 혈도를 눌러 실신한 것으로 꾸미고 제자들을 불러모았다. 그리고 사정을 설명하였다. 이소협이 외부인으로서 길상사에 들어와 변을 당하였으니 장문인이 책임지고 소생시켜야 한다. 그러나 그 일로 폐관 일정을 변경할 수는 없으니 함께 데리고 들어가겠다. 자연대사가 자리를 비운 사이 장문인직은 예정대로 자휼대사가 대리할 것이다. 모두들 예전과 다름없이 맡은 일과 무공 연마에 정성을 다하기 바란다.

그 새벽 동이 터올 무렵 자연대사는 신엽을 안고 동굴 속으로 사라졌다. 그의 등뒤에서 자휼대사와 자궁대사가 무거운 바위를 움직여 입구를 막았다.

동굴에 불을 밝힌 자연대사는 가장 먼저 신엽에게 내공심법(內功心法)을 가르쳐주었다. 신엽의 가슴에 남아 있는 기운 덩이를 가능한 한 빨리 단전으로 끌어내릴 필요가 있었으며, 그 일을 할 수 있는 사람은 이제 신엽 자신밖에 없었기 때문이었다. 다행히 신엽은 자혜대사의 가르침으로 기초가 단단히 다져져 있었기에 쉽사리 배울 수 있었다. 처음에는 자연대사의 도움을 받아서, 그리고 나중에는 혼자만의 힘으로도 훌륭히 전신의 기운을 돌릴 수가 있었다. 그 시간도 차츰 단축되었다. 일 식경쯤 걸리던 것이 반나절 후에는 일 다경만으로도 충분하게 되었다. 기운이 온몸을 일순할 때마다 신엽은 새로운 힘이 충만해지는 것을 느꼈다.

자연대사는 신엽의 빠른 진전에 내심 감탄을 금치 못했다. 두 사형제들과 목숨을 걸고 그의 임맥을 뚫은 직후만 해도 신엽은 막힌 기운이 뚫린 기운보다 훨씬 컸던 것이다. 그런데 거기에는 그들이 알지 못하는 원인이 작용하고 있었다. 그것은 신엽의 통곡이었다. 울음은 원래 몸 속의 탁한 기운을 씻어내는 데 최고의 세척제였다. 자혜대사를 그리워하며 신엽이 터뜨렸던 몇 다경쯤의 통곡이 그의 몸을 놀랄 만큼 깨끗이 정화해준 터였다. 덕분에 그는 지금 자연대사의 가르침을 종이가 먹을 빨아들이듯 신속하게 받아들일 수 있었다.

내공심법이 어느 만큼 진전을 보이자 자연대사는 신엽에게 그가 배운 바를 시전해 보이도록 하였다. 신엽은 먼저 『진표현경』의 무공 요결을 읊어 보였다. 자혜대사에게 배운 팔과 허리의 동작도 함께 하였다. 자연대사는 신엽의 총명함에 다시 한번 감탄하였다. 그러나 요결 암송이 끝날 즈음 한 가지 의문이 그를 찾아왔다.

"어찌하여 너는 줄곧 앉아서만 움직이느냐? 무릇 모든 무공 동작은 발과 다리의 움직임에서 비롯되거늘 그 점은 배우지 않았더란 말이냐?"

자연의 질문에 신엽은 머리를 긁었다. 사실은 그도 그 점이 의아했던 것이다. 요결에는 하지(下肢)의 움직임도 숱하게 언급되어 있었지만 자혜대사는 항상 가부좌를 풀지 않고 있었던 것이다. 신엽은 사실대로 설명하였고, 자연대사는 다른 사정이 있었나 보다고 생각할 수밖에 없었다.

자연대사의 두번째 가르침은 그래서 하지의 움직임에 집중되었다. 그는 신엽에게 오행법과 팔괘법에 따른 방위운용법을 가르쳤다. 신엽은 하루에도 수천 번쯤 오행과 팔괘의 진을 밟았다. 밤이 되면 자연대사는 신엽이 기마 자세로 휴식할 것을 명하였다. 두 다리를 구부정히 구부리고 허리는 반듯하게 세운 자세였다. 머리는 동굴 천장에다 밧줄로 묶어 잠을 깨지 않고서는 넘어질 수 없도록 하였다. 이렇게 두 시진쯤 휴식하고 나면 다리는 천근만근 무거워졌다. 그러나 이튿날 새벽부터 다시 온종일 방위를 밟느라 움직이고 나면 다리는 솜방망이처럼 부드럽게 풀어져 있곤 했다.

그렇게 일 주일이 지나는 사이 신엽은 보법(步法)에도 어느 만큼 눈을 뜨게 되었다. 그러자 자연대사는 신엽을 동굴 속 깊은 곳으로 인도하였다. 몇 장을 더 들어가니 동굴은 석벽으로 막혀서 끝이 난 듯 보였다. 자연대사는 석벽 모퉁이의 작은 돌 하나를 눌렀다. 거대한 석벽은 소리 하나 없이 스르륵 미끄러졌고, 그 너머로 숨겨져 있던 석실을 드러내었다.

자연대사가 앞장서서 들어가더니 석실 벽의 화섭자에 불을 붙였다. 무심코 뒤따라 들어가려던 신엽은 깜짝 놀라고 말았다. 그 석실에는 바닥이 없었다. 아니, 있긴 했지만 평지보다 이 장이나 아래로 꺼져 있었다. 그리고 그 바닥에는 날카로운 송곳들이 무수히 박혀 있었다. 송곳의 길이는 적어도 두 자는 되어 보였다. 그 위로 떨어지는 날에는 온몸에 십여 개의 구멍을 만들며 명을 달리하게 되는 것이었다. 자연대사가 걸음을 옮긴 것은 석실의 양쪽 끝을 가로지르는 기다란 대나무 위였다. 가로와 세로가 각각 다섯 장은 되어 보이는 석실의 양쪽을 연결하는 통로라고는 고작 그 대나무가 전부였다. 그나마 대나무의 굵기는 어른 손가락 두 개 정도에 불과했다.

"어서 올라서거라."

자연대사는 외줄 대나무 위에 평지처럼 편안하게 서서 신엽을 재촉하였다. 신엽은 한 발을 올려보았지만 다른 발은 차마 뗄 수가 없었다. 마음이 먼저 흔들리는 까닭이었다. 그러자 자연대사가 요령을 알려주었다.

"온몸의 기운을 발바닥 용천으로 내리거라. 몸의 기운과 마음의 기운을 함께 내려야 한다. 그러면 흔들림이 없어질 것이다."

신엽은 자연대사의 가르침을 따랐다. 그러자 과연 놀랄 만한 효과가 있었다. 마음의 동요가 줄어들을 뿐만 아니라 온몸의 무게가 발바닥으로 내려앉는 느낌이었다. 그 상태로 대나무에 올라서니 그런 대로 몸을 지탱할 만했다. 그는 몇 걸음을 더 옮겨 자연대사가 기다리는 석실 중앙으로 나갔다. 자연대사는 빙그레 웃고는 우측 석벽을 향하여 가벼운 일 장을 뿌렸다. 석벽에서 둔탁한 충격음이 들리고 천장이 삐걱거리기 시작했다. 신엽이 조심스레 올려다보니 천장에서 수많은 헝겊 조각들이 내려오고 있었다. 빨간색 파란색 노란색 검은색 흰색 주황색 등등 색깔이 다른 수십 가닥의 헝겊이었다. 그것들은 신엽과 자연대사의 발목 높이까지 내려온 다음 멈추어 섰다.

"여기는 진표율사의 수제자 중 한 분이신 융종대사께서 후인들을 위하여 준비해둔 곳이다. 『진표현경』의 심오한 이치를 터득하기 위한 곳이지. 자, 그럼 이 일 장을 받아보아라."

말을 마친 자연은 왼손을 오른쪽 가슴 앞에서 살짝 뒤집었다. 그리고 그 왼손바닥을 왼쪽 허공을 향해서 밀었다. 그 동작은 신엽도 알고 있는 것으로 적룡권법 중 적룡소엽(赤龍掃葉)이라는 초식이었다. 그러나 신엽은 초식의 이름과 간단한 운용 원리만 알았지 그것의 효과까지는 알지 못했다.

자연대사의 좌장이 밀어낸 허공에서는 아름다운 변화가 일기 시작했다. 그곳에 드리워져 있던 주황색 헝겊이 문득 빙글빙글 돌기 시작했던 것이다. 그것은 무척 빠른 속도로 회전하며 천천히 옆으로 이동하였다. 그리고는 둥그런 반원을 그리며 신엽의 오른쪽 어깨로 다가왔다. 신엽은 그 신비로운 변화에 넋을 잃고 바라보다가 그것이 어깨에 다다랐을 즈음에야 깜짝 놀라 한 걸음 물러섰다. 단순한 회전처럼 보이던 헝겊 조각 주위로는 강맹한 기운이 맴돌고 있었던 것이다.

"제이장은 적룡잠행(赤龍潛行)이다."

자연대사가 나직이 읊으며 허리를 굽혔다. 왼다리를 들고 오른발 뒤꿈치를 축으로 핑그르르 돌며 발목 부근에서 오른쪽 손목을 꺾었다. 그러자 그 앞에 늘어져 있던 붉은색 헝겊이 회전하기 시작했다. 적룡소엽의 회전이 수평회전이었던 데 반하여 적룡잠행은 수직으로 회전하고 있었다. 마치 울퉁불퉁한 땅을 구르는 것처럼 불규칙하게 오르내리며 신엽의 하지 왼쪽으로 다가왔다. 그러다가 문득 그의 오른쪽 가슴을 향하여 솟아올랐다. 신엽은 다시 한번 깜짝 놀라 뒷걸음질쳤다. 그런데 그때 이미 그의 등뒤로는 자연대사의 세번째 공격이 다가와 있었다. 또하나의 청색 헝겊이 맹렬한 원을 그리며 신엽의 두 어깨를 휘감은 것이었다.

"용지우주(龍止牛走)!"

신엽은 그만 중심을 잃고 대나무에서 떨어지고 말았다. 머리가 아래를 향한 채 곧바로 곤두박질쳤다. 날카로운 송곳날들이 눈앞으로 다가왔고, 신엽은 두 눈을 감아버렸다.

이젠 정말 끝이로구나.

그러나 그 순간 그의 몸은 허공에서 멈추었다. 눈을 떠보니 송곳

날들은 여전히 코앞에서 반짝이고 있었다. 그를 멈추게 한 것은 자연대사의 발이었다. 그는 어느 틈에 대나무 아래로 내려와 한 손으로 몸을 지탱한 채 발끝으로 신엽의 발목을 걸어서 추락을 멈춘 것이었다. 그때 자연대사의 몸은 지면과 정확히 사십오 도 각도를 이루고 있었다. 그의 공력이 어느 정도인가를 짐작케 하는 부분이었다.

"어떤 일이 있어도 공력의 삼 할은 하지에 남겨두어야 한다."

신엽을 대나무 위로 끌어올린 다음 자연대사가 한 말이었다. 그러나 신엽은 대답이나 감사의 표시 따위를 할 여유가 없었다. 곧이어 다시 자연대사의 공격이 이어진 까닭이었다.

몇 차례 공격이 되풀이되면서 신엽은 그 석실의 가르침이 무엇인가를 알 수 있게 되었다.

첫번째 가르침은 대나무 위에서의 보법에 있었다. 오행과 팔괘의 방위법은 평지에서도 쉬운 것은 아니었다. 그런데 자연대사는 한 가닥 대나무 위에서 그 모든 것을 펼쳐 보이고 있었다. 물론 신엽이 그같은 사실을 알아차리는 데는 시간이 걸렸지만, 일단 그것을 깨닫게 되자 대단한 흥미를 느꼈다.

평지에서는 걸음을 직접 옮겨야겠지만 이 상황에서는 살짝 발을 들어 방향만 바꾸어도 되는구나. 그렇지, 그러면 되겠지. 서북방으로 장을 뿌릴 땐 몸을 동북방으로 비트는 대신 발끝은 서방으로 향하고……

정신을 집중하여 자연대사의 자세를 관찰하노라니 신엽의 머릿속에서는 자혜대사의 가르침이 하나하나 되살아났다. 그는 자연대사가 자신에게 『진표현경』의 이치를 깨우쳐주기 위하여 몸으로 실연해주고 있음을 알 수 있었다. 더불어, 평지보다도 바로 이 대나무 위가 더욱 배움에 적합한 장소라는 사실도 알 수 있었다. 한 가닥 대나무 위에서는 모든 군더더기 동작들이 지워지는 까닭이었다.

석실의 두번째 가르침은 적룡권의 운용에 대한 것이었다. 적룡권이 세상 모든 권법들과 구분되는 점은 일 장 일 장 속에 엄청난 기운의 회전이 숨겨져 있다는 데 있었다. 슬쩍 한 번 일 장을 내밀어 장력이 밀려갈 때에도 그 속에는 맹렬한 소용돌이가 감추어져 있었다. 그들 주위로 드리워진 색색의 헝겊들은 그 회전과 소용돌이가 어떤 식으로 진행되는가를 보여주고 있었던 것이다.

자연대사의 공격을 관찰하기만 하던 신엽은 용기를 내어 스스로 권법을 구사해보았다. 그랬더니 유사한 효과가 생겼다. 그의 공격에 의해서도 색헝겊들은 수직과 수평의 원을 그리며 회전하였다. 그런데 그것은 자연대사의 것과는 한 가지 차이가 있었다. 회전의 위력이 외부에서 느껴지지 않는다는 점이었다. 자연대사는 무심히 그 장력을 맞받아치고는 하마터면 대나무에서 떨어질 뻔하였다. 그리고는 신엽에게 말했다.

"대사형의 공력이 진정 노화순청(爐火純靑)의 경지에 이르렀구나."

자연은 적룡권의 연성이 참된 경지에 오르면 그 강맹함이 외부로 드러나지 않는다고 설명해주었다. 신엽의 장력은 아무런 힘도 없는 듯 보였지만 모든 기운을 작고 단단한 회전 속에 갈무리하고 있었던 것이다.

자연대사의 설명이 있은 후 신엽은 다시 한번 같은 권법을 펼쳐보았다. 그런데 이번에는 같은 위력이 나오지 않았다. 그의 일 장은 요란스런 회전을 그리며 엉뚱한 곳으로 날아가버렸다. 그는 실망하였고, 자연대사는 껄껄 웃었다.

"무공의 근본은 무심함에 있다. 너무 잘하려고 애쓰면 오히려 안 되게 마련이다. 게다가 네가 대사부의 공력을 네 것으로 만들려면 아직도 많은 시간이 필요할 것이다."

　그날 공부가 끝난 후 신엽은 한 가지 회의에 빠져들었다. 그는 문득 자기가 누구인지를 알 수 없게 된 것이었다. 그의 몸 속에는 자혜대사의 놀라운 공력이 들어와 있었다. 덕분에 그는 여러 가지 신기한 무공을 구사할 수 있었다. 그러나 그것은 그가 노력하여 얻은 게 아니었다. 뿐만 아니라 그것은 어느 날 불쑥 그를 떠나버릴지도 모를 일이었다. 신엽은 그 점을 자연대사에게 솔직히 얘기하였다. 자연대사는 고개를 끄덕였다.

　"네가 그런 생각을 갖는 것은 당연한 일이다. 그러나 마음을 편히 하고 내 말에 귀기울이거라. 우주의 기운은 애당초 누구의 소유도 아니다. 오랫동안 무공을 연마하여 고강한 내력을 쌓은 사람이라 할지라도 그 내력은 우주로부터 잠시 빌려 쓰는 것일 뿐, 시간이 되면 다시 우주에 돌려주어야 한다. 금강일신 자혜대사의 공력도 예외일 수 없다. 그러나 그는 아마도 무언가 못 다 이룬 일이 있는 듯하다. 그래서 그 공력의 반환 기간을 잠시 유예하고 네게 물려준 것이다. 너는 너무 쉽게 공력을 얻었기에 불편할 수도 있겠지만 앞으로 네가 해야 할 일의 어려움이 그것을 상쇄하고도 남을 것이다."

　자연대사는 한숨을 내쉬고는 말을 이었다.

　"그 일이 무엇인지를 빨리 알 수 있기를 바랄 뿐이다."

　그 말을 듣자 신엽은 한 가지 생각나는 일이 있었다. 자혜대사가 그에게 남긴 부탁이었다. 석굴로 들어오던 날 그는 보퉁이를 열었고, 그 속에서 자기 것이 아닌 물건 하나를 발견할 수 있었다. 그림이 그려진 두루마리 족자였다. 그림 속에서는 아름다운 한 여인이 춤을 추고 있었다. 그러나 신엽은 그것을 통해서 자혜대사가 남긴 부탁이 무엇인지를 헤아릴 수 없었다. 그는 잠시 망설였지만 자연대사에게 보여주기로 작정하였다. 말없이 족자를 꺼내어 자연대사 앞으로 내밀었다.

자연대사는 한참 동안 그림을 살펴보았다. 그러더니 그림 왼쪽 위에 쓰인 글귀를 읽었다.

"차국유일진화(此國有一眞花) 금시봉일진화(今時逢一眞禍)라. 이 나라에 참된 꽃 한 송이가 있었더니 금일에 참화를 당하게 되었구나. 이게 무엇이더냐?"

신엽은 사정을 설명하였다. 자연대사는 다시 한번 그림을 살펴보았다. 그림 속의 미인은 붉은색 저고리와 초록색 치마를 입고 있었는데 춤을 추느라 팔을 들어올린 까닭에 저고리 앞섶이 벌어지며 올라가 있었다. 그러나 속옷이 드러날 정도는 아니었다. 치마의 왼쪽으로 기다란 옷고름이 흘려내렸고, 그 오른쪽에는 금빛 연꽃 한 송이가 그려져 있었다. 그림이 그려진 시기는 무척 오래 전이었을 성싶었다. 세월의 탈색으로 색깔들이 흐려져 있었다. 하지만 차국유일진화 금시봉일진화라는 글귀는 비교적 최근에 씌어진 것으로 보였다. 자연대사는 그 글씨가 대사형의 것임을 짐작할 수 있었다.

"이 그림을 줄 때 다른 말씀은 없으셨더냐?"

"아무 말씀도 없으셨습니다."

"그럴 정도로 긴박한 상황이었느냐?"

"제자는 판단이 서지 않습니다."

자연대사는 생각에 잠겼다. 글의 내용으로 보아 대사형이 무언가를 간절히 당부하고 있음은 명백히 알 수 있었다. 그러나 그것이 무엇인지는 아직 알 수 없었다. 대사형이 한두 마디 단서만 주었더라도 쉽게 알 수 있었을 텐데…… 그렇다면 대사형은 인연에다 모든 것을 걸고 있는 것이 분명했다. 신엽이 어떻게든 자신의 당부 내용을 알아낼 수 있다면 그 일을 성취할 수 있으리라. 그러나 내용조차 알아내지 못한다면 애당초 기대할 수 없는 것이리라. 아마도 그것이

대사형의 뜻이 아니었겠는가. 자연은 족자를 접어 다시 신엽에게 건
네주었다.

　"나로서도 당장은 알 수가 없구나. 우선은 잘 간직하도록 하여라.
언젠가 그 뜻을 알게 될 날이 올 것이다."

안타까운 오해

석굴에서의 육 개월은 빠르게 지나갔다. 그 사이 신엽의 무공에는 많은 진전이 있었다. 그는 이제 자기 속의 공력을 절반 정도는 자유롭게 구사할 수 있었다. 적룡권과 적룡신법에도 꽤 숙달하여 자연대사와 대나무 위에서 겨루더라도 일백 초 이내에는 패하지 않을 실력을 쌓았다. 신엽만이 아니라 자연대사의 무공도 상당한 성과를 얻고 있었다. 처음에는 주로 그가 신엽을 가르치는 입장이었지만 시간이 지나면서 신엽 속의 자혜대사로부터 여러 가지 가르침을 얻은 까닭이었다.

석굴 문이 열리던 날은 화사한 봄날이었다. 하늘 높이 종달새가 날아올랐고, 숲에서는 박새떼가 지저귀고 있었다. 자휼대사와 자긍대사는 제자들을 이끌고 석굴 앞으로 올라갔다. 오시가 되면 그들은 석굴 문을 열 것이었다. 그런데 그들 중에는 폐관시에 없었던 인물이 한 명 끼어 있었다. 다름아닌 소운이었다.

자궁대사가 신엽을 끌고 와 한바탕 소란을 부리던 무렵 그녀는 마침 묘향신니에게 다니러 가 있었다. 간 길에 네댓 달 머물며 몇 가지 무공도 더 배운 터였다. 길상사로 돌아온 후 그녀는 그간에 있었던 일들을 전해들었고, 그 사건의 주인공이 이신엽이라는 것도 알게 되었다. 소운은 얼핏 그가 바로 스치듯 만났다 헤어진 신엽이 아닐까 생각해보았다. 그러나 그럴 가능성은 희박해 보였다. 사람들이 말하는 신엽은 길상파의 무공을 상당지경까지 익힌 인물이라 했다. 반면에 그녀가 아는 신엽은 무공은커녕 닭모가지 비틀 힘조차 없는 위인이었다. 어쩌면 이미 이 세상 사람이 아닐지도 몰랐다. 그녀는 그 두 사람이 같은 인물일 리는 없다고 생각했다. 하지만 어쨌든 그녀는 가슴이 설레고 있었다. 가슴 한구석에 아주 조금은 기대가 남아 있었기 때문이었다.

마침내 오시를 알리는 종소리가 울렸다. 자휼대사와 자궁대사가 공손하게 합장하여 예를 올린 다음 석굴 입구를 막은 바위를 움직였다. 그러자 자연대사와 한 명의 젊은이가 걸어나왔다. 젊은이는 눈이 부신 듯 왼손으로 두 눈을 가렸다가 천천히 내렸다. 그를 보는 순간 소운은 가슴이 마구 쿵쾅거리기 시작했다. 그는 바로 그녀가 알았던 그 신엽이었던 것이다.

자휼대사는 정옥신(靑玉搢)을 두 손으로 받쳐들고 사연대사에게 올렸다. 청옥진은 길상사의 장문인에게 대대로 이어져온 신물(神物)로서, 길이가 일곱 자 가량 되는 청옥 지팡이였다.

"후배와 제자들이 장문인께 인사드립니다."

자휼대사의 말에 따라 그들은 모두 자연대사에게 일배를 올렸다. 자연대사는 그들을 일으켜 세운 다음 신엽에 대해서 말하였다. 그는 신엽이 과거 길상사에 큰 은혜를 베풀었던 어느 고인의 후인이었노라고 설명했다. 그리고 그를 자신의 문하 속가제자로 삼기로 했다고 말했다. 승려들 사이에서 약간의 술렁임이 일었다. 길상사가 속가제자를 거두는 것은 드문 일이었다. 더구나 장문인의 제자로는 수백 년래 처음 있는 일일 것이었다. 그러나 장문인의 결정이 그러하다면 어쩔 도리가 없었다.

자연대사에게는 네 명의 제자가 있었다. 첫째가 광한이었고, 둘째가 광정, 셋째는 소운, 넷째는 광은이었다. 자연대사는 연배에 따라 광한과 광정을 신엽의 사형으로 정하였으며 광은을 사제로 정했다. 그런데 소운과의 관계는 아리송했다. 그가 소운에게 물었다.

"소운이 올해 몇 살이더냐?"

"열여덟이옵니다."

소운은 아주 작은 목소리로 대답했다. 신엽은 그녀를 알아보고 내심 반가워하고 있었다. 그런데 자기보다 두 살 위라 하였던 그녀의 나이가 자신과 같다는 데 놀랐다.

"그러면 임인년(任寅年) 생이더냐?"

"그렇습니다."

"신엽이도 임인년이라고 하였지?"

"그렇습니다."

신엽이 대답했다.

"그렇다면 생월로 정해야겠구나. 신엽의 생월이 언제이지?"

"오월이옵니다."

"소운은 언제더냐?"

소운은 얼른 대답하지 못하고 머뭇거렸다. 그녀의 생월은 시월이었고, 자기를 누나라고 불렀던 사람의 동생이 되기는 싫은 까닭이었다. 그런 사정을 눈치챈 신엽이 얼른 먼저 말했다.

"소운 사저의 무공이나 경륜이 제자보다 탁월할 것입니다. 생월이 어찌되었든 제자에게 넷째 자리를 주심이 마땅한 듯합니다."

자연대사는 껄껄 웃었다. 신엽의 겸손과 장부다운 너그러움이 그를 흡족하게 하였다.

"그래. 그렇게 하자꾸나. 소운이 셋째, 신엽이 넷째, 그리고 광은이 다섯째가 되었다. 너희 다섯 사형제는 언제까지고 우의와 충정을 간직하기 바란다."

"명심하겠습니다."

다섯 제자는 모두 허리를 굽히며 말했다.

장문인 자연대사는 그 길로 대웅전으로 나아갔다. 그는 대리직을 수행했던 자휼대사와 몇몇 승려들로부터 그 동안의 일들을 보고받았다. 그 사이에는 몇 가지 좋지 못한 일들이 벌어져 있었다. 왜구들의 침구가 더욱 기승을 부려서 해안 지역의 조창과 조운선은 물론 사찰들까지 피해를 당하고 있었다. 이미 영남과 호남 해안 지역의 여러 사찰들이 약탈당했노라고 하였다.

"그들의 노략질이 점점 대담해지고 있습니다."

자휼대사가 말했다.

"어떻게 대담해진단 말인가?"

"이것을 좀 보십시오."

자휼대사는 자연대사에게 서찰 한 장을 내밀었다. 그것은 모악산 남산사 주지승 앞으로 된 서신이었다. 규슈 지방의 농사가 흉작이 되어 식량이 부족하다, 모월 모일에 사람을 보낼 테니 곡식과 비단, 경서 등등을 빌려주기 바란다 하는 내용이었다. 요구된 물품들의 양은 엄청난 것이었다. 사찰 하나를 통째로 내주어도 모자랄 양이었다. 발신인은 일본국 규슈의 한 영주 이름으로 되어 있었다. 자연대사는 그것을 읽고도 사정을 짐작하기 힘들었다.

"이게 무슨 얘기지?"

"일종의 협박장입니다. 좋게 말할 때 순순히 물자를 내놓으라는 뜻입니다. 금산사뿐 아니라 이미 여러 사찰들이 이런 내용의 서신을 받았고, 그중 일부는 사무라이들의 공격으로 사람과 물건을 빼앗기기도 하였습니다."

"사전에 이런 서신을 받았다면 준비들을 했을 게 아닌가?"

자휼대사는 한숨을 내쉬었다.

"왜국에서 대단한 고수들을 파견한 모양입니다. 나름대로는 준비들을 했답니다만, 번번이 맥없이 당하였다 합니다."

자연대사는 금산사 앞으로 온 협박장의 일자를 확인해보았다. 그들이 정한 날은 닷새 앞으로 다가와 있었다.

"지금 금산사에는 누가 있지?"

"소제의 제자들이 일을 보고 있습니다."

"사람을 더 보내야겠구먼."

"그렇습니다. 아무래도 힘에 부칠 성싶습니다."

자연대사와 자휼, 자긍 등은 어떤어떤 사람들을 원군으로 보낼 것인가를 상의하였다. 자휼대사는 자신이 책임맡은 사찰이니 자신이 가는 게 당연하지 않겠느냐고 말했다. 그러나 자연대사의 의견은 달랐다. 자휼은 그 다음날부터 폐관에 들기로 되어 있었다. 왜구 좀도둑들의 소행 때문에 폐관 일정을 바꿀 수는 없는 것이라 생각하였다. 자긍대사 역시 같은 의견이어서 자신이 금산사로 가겠노라고 자청하고 나섰다.

"그래 주겠나? 그렇다면 이사제가 맘놓고 폐관할 수 있겠지."

자휼은 두 사형제들의 의견이 그러하니 그렇게 하기로 했다. 자연대사는 자휼의 노파심을 없애주기 위해 다른 많은 제자들을 자긍과 함께 파견하기로 했다. 광정, 소운, 광은 등이었다. 광정은 자신의 파견이 결정되자 한 걸음 앞으로 나서서 말했다.

"제자의 소견에는 이번 길에 사사제도 동행하는 게 어떨까 싶습니다. 사형제간의 우애도 도모하고 사사제의 견문도 넓힐 겸 말씀입니다."

광정은 자신이 비열한 술책으로 신엽을 사경에까지 몰아넣었던 일이 마음에 걸린 터였다. 그가 자신의 사형제가 되리라고는 상상할 수 없었던 것이다. 그래서 이번 기회에 동행하며 신엽의 마음을 구슬러야겠다고 생각하고 있었다. 뿐만 아니라 그는 신엽의 무공과 식견이 어느 정도인지도 가늠해보고 싶었다.

자연대사는 아직 신엽을 바깥으로 내돌릴 생각은 없었다. 준비도 되지 않았을 뿐 아니라 가르쳐야 할 것도 많이 남아 있었다. 자휼대사가 들어간 석굴에 며칠씩 들여보내어 더 많은 공부를 시키리라 작정하였던 것이다. 그러나 광정의 말이 더 큰 명분을 담고 있었다. 새로 사형제가 된 이들과 함께 지내도록 하여 우애를 쌓게 하는 게 스승된 자의 도리가 아니겠는가. 신엽만을 지나치게 감싸고 돈다면 오히려 따돌림을 받을 게 아닌가. 게다가 그들이 함께 간다면 신엽이 많은 것을 배울 수도 있으리라.

이윽고 자연대사는 고개를 끄덕였다.

"그렇게 하여라."

그리고 그는 자긍대사에게 물었다.

"길은 언제 떠날 텐가?"

"일찍 가서 준비를 하는 편이 좋을 테지요. 내일 날이 밝으면 떠날까 합니다."

"그러는 게 좋겠군."

자긍대사는 광정과 소운 쪽을 보며 말했다.

"너희 사형제는 함께 움직이도록 하여라. 서로 상의하여 편리할 때 길을 떠나고, 늦어도 하루 전에는 금산사에 도착하여야 한다."

"명심하겠습니다."

광정은 얼른 고개를 숙이며 대답했다. 그는 이미 자긍대사가 그런 지시를 내리리라고 짐작하고 있었다. 자긍의 성격은 거추장스러운 것을 싫어해 여러 사람과 함께 움직이는 것을 좋아하지 않았다.

광정은 소운, 신엽, 광은 등을 한자리에 모아 의논하였다. 그는 이왕 길을 떠나는 바에야 빨리 떠날수록 좋지 않겠느냐고 했다. 더 많은 시간을 함께 보낼 수 있고, 더 여유롭게 세상 구경도 할 수 있지 않겠느냐고. 소운과 광은은 즉시 찬성했다. 광은은 아직 어린 나이였기에 바깥 나들이를 한다는 게 무조건 좋아서였고, 소운은 신엽과 개인적으로 풀어야 할 얘기들이 있었기에 찬성한 터였다. 그들이 모두 찬성하니 신엽은 반대할 이유가 없었다. 그래서 그들은 즉시 길을 떠나기로 하였다. 지체없이 사부와 사숙들에게 인사를 고하였다.

네 사형제는 네 필의 말을 몰아 산 아래로 달렸다. 그들은 아주 빨리 달려서 잠시 만에 보은을 지나고 수리티고개를 넘어섰다. 행색이 가지가지인지라 가는 곳마다 사람들의 눈길을 끌었다. 두 명은 앳된 승려였고, 한 명은 더벅머리 총각이었으며, 또 한 명은 아리따운 처녀였다. 소운은 여장과 남장을 마음 내키는 대로 하는 편이었는데 그날은 눈이 부실 만큼 예쁘게 치장한 모습이었다. 머리를 기다랗게 땋고, 화사한 진달래빛 바지저고리를 입고 있었다.

한 시진을 못 달려 그들은 대청호에 도착하였다. 호반에는 온갖 종류의 봄꽃들이 아름다움을 다투듯 피어 있었다. 호수의 물은 가을 하늘처럼 푸르게 넘실거렸다. 그 정경을 대하자 신엽은 처음 소운을 만났을 때가 생각났다. 그들의 첫 대면에는 물과 꽃이 모두 관계되어 있었다. 지리산의 칠선폭포에서 물에 흠뻑 젖은 그녀를 처음 보았고, 그녀를 위해 꽃을 꺾으려다가 절벽 아래로 떨어지는 바람에 헤어지고 만 것이었다. 신엽은 소운과 다정하게 그런 이야기를 나눌 수 있으면 얼마나 좋을까 생각했지만 감히 그녀 가까이 다가갈 수조차 없었다. 웬일인지 그녀는 그에게 냉담해 보였다. 말도 걸지 않았고 시선도 주지 않았다. 오히려 멀찌감치 떨어져서 거리를 지키려는 듯 보였다. 그녀는 주로 광정과 말을 나란히 달리며 무슨 얘기인가를 주고받았고, 신엽은 광은과 뒤에서 달리곤 하였다.

사형제가 되었으니 사사로운 옛일은 잊어버리자는 것이겠지.

신엽은 나름대로 그렇게 해석하고는 고개를 끄덕였다. 자신 역시 당분간은 그녀에게 무관심하리라 생각했다. 그런데 광은 사제는 사정을 아는지 모르는지 신엽을 들쑤셨다.

"사사형, 삼사저가 참 예쁘지요?"

광은은 앞서가는 소운의 뒷모습을 가리키며 물었다. 물었다기보다는 자신의 감탄에 동의해달라는 것 같았다. 광은은 이제 겨우 열다섯 살이었지만 그의 눈에도 예쁜 것은 예쁘게 보이는 모양이었다.

"그래. 참 예쁘구면."

신엽은 짐짓 덤덤하게 대답했다.

"제가 사부님 문하로 정해졌을 때 가장 기뻤던 일이 무언지 아세요?"

"글쎄다. 자연대사님 같은 분을 사부로 모셨으니 그 이상 기쁜 일이 있었을라구."

"그렇지 않아요. 물론 그것도 좋은 일이었지만, 전 소운 누이를 사저로 모시게 된 일이 가장 기뻤어요."

"허허."

신엽은 무심한 척 웃었다. 그러자니 한 가지 의문이 떠올랐다.

"그런데 삼사저는 어찌하여 길상사의 제자가 되었지? 길상사에서 여제자를 받는 것은 종종 있는 일인가?"

"그렇지 않아요. 오히려 극히 드문 일이죠. 저도 근자에 들은 얘긴데, 재미있는 사정이 있었나 봐요."

광은은 자신이 들은 이야기를 전해주었다. 원래 소운은 모악산 금산사 부근의 어느 암자에 칩거하는 비구니의 제자였다 했다. 길상사와 연이 깊었던 비구니는 어느 날 자휼대사에게 간청했다. 소운을 제자로 받아달라고. 자신이 가르치기에는 자질이 너무 뛰어난 듯하다고. 그런데 비구니는 소운을 소년처럼 꾸며 보내었으므로 자휼대사는 그녀가 계집애인 줄을 몰랐다. 그때 소운의 나이가 고작 일곱 살이었으니 알아차릴 방도가 없었다. 자휼 역시 소운의 자질이 특출하다고 판단하고 그녀를 자연대사의 문하로 보내었다. 자연대사는 기뻐하며 소운에게 온갖 정성을 쏟았다. 당시 자연대사의 직계 제자로는 대사형 광한과 소운이 있을 뿐이었다.

그렇게 사 년 남짓이 지나갔다. 그 사이 소운은 남자 연기를 철저히 해내었다. 그녀 자신도 스스로를 남자라고 믿었는지도 몰랐다. 그런데 그 무렵 묘향신니가 길상사를 찾아왔다. 한 가지 부탁이 있어서였다. 그녀는 장문인 자연대사를 만나 용무를 마친 다음 자연의 문하생들로부터 예를 받았다. 그때는 광정이 들어와서 모두 세 명의 사형제가 있었다. 그 자리에서 묘향신니는 소운이 계집의 몸임을 단박에 알아차렸다.

길상사에서 여제자도 받는 줄은 미처 몰랐군요.

묘향신니의 말에 자연대사는 깜짝 놀랐다. 소운에게 캐물었고, 그것이 사실임을 확인하게 되었다. 자연대사가 당황하여 어쩔 줄 몰라 하자 묘향신니는 재밌다는 듯 웃었다. 그리고는 말했다.

잘된 일이죠. 불가에서는 원래 비구와 비구니의 차별을 두지 않는 법이잖아요?

자연대사는 곤란함을 설명하였다. 비구와 비구니의 차별은 없지만 길상사의 무공은 대대로 남자 제자들에게만 전해져왔다. 길상 무공의 특징은 권법과 점혈수법(點穴手法)이며 그것을 남자가 여자에게 전수하기란 대단히 까다로운 일인 까닭이었다. 어쩌다 일이 이렇게 되었단 말인가…… 자연대사가 탄식하는 데는 충분한 이유가 있었다. 권법과 점혈수법은 그 연마 과정에서 두 사람의 몸과 몸이 무수히 부딪치게 마련이었다. 특히 점혈수법은 인체의 삼백육십다섯 개 요혈들을 직접 만지며 전수해야 하는바, 남자가 여자에게 혹은 여자가 남자에게 전수하다가는 야릇한 감정에 빠져들기 십상이었다. 그래서 예로부터 길상사의 무공은 남자 제자들에게만 전해져온 것이었다.

자연대사의 탄식은 곁에서 보고 있던 묘향신니마저 안타깝게 만들고 말았다. 그녀는 자연이 소운에게 많은 기대를 걸었으며, 소운이 그런 기대에 값할 만큼 뛰어난 자질을 가졌음도 알게 되었다. 그래서 한 가지 제의를 하였다. 길상 무공의 가장 까다로운 부분인 점혈수법을 자신이 직접 가르치겠노라고 나선 것이었다.

제 밑에서 몇 년간만 공부할 수 있도록 해주세요. 그후로는 다시 길상사의 제자가 되는 것이고요. 하지만 조건이 있어요. 이 아이는 먼저 머리카락을 길러야 해요.

자연대사는 기쁘기 그지없었다. 묘향신니의 무공은 가히 당대 최고라 할 수 있었다. 일신 이선 사비 중에서도 단연 앞서는 이늘은 일신과 이선이었다. 사비의 무공은 신비롭기는 하였지만 일 대 일로 일신이나 이선과 맞선다면 승산이 적다고 말할 수 있었다. 그처럼 고강한 이선의 한 명인 옥소선녀 묘향신니가 직접 소운을 가르치겠노라고 나섰으니 어찌 기쁘지 않을 일이겠는가. 그는 즉시 장로회의를 열어 소운의 환속을 결정하였다. 그리고 그녀를 묘향산으로 딸려

보냈다. 소운은 그곳에서 오 년을 배운 다음 길상사로 돌아왔다. 그녀의 무공이 놀랄 만큼 증진되었음은 말할 나위가 없었다. 그 이후로 소운은 주로 길상사에서 공부하였지만 일 년에 한두 차례 몇 달 정도는 묘향산에서 보내기도 하였다. 묘향신니가 소운을 사랑하여 가까이 두고 더 많은 것을 가르치고 싶어한 까닭이었다.

"할 수 없죠. 그러면 호수 건너 저편에 내려주십시오."

신엽과 광은이 소운의 내력 이야기에 빠져 있는 사이 광정과 소운은 뱃사공과 얘기를 나눈 모양이었다. 광정이 사정을 설명했다. 원래 그들은 길상사를 나서면서 뱃길로 강경까지 내려갈 계획을 세웠었다. 대청호에서 배를 타고 공주와 부여를 돌아 강경까지 가기로. 조금 도는 길이긴 했지만 일정에 여유가 있었으니 문제는 없었다. 게다가 배를 타고 유람하는 기분도 색다를 것이었다. 그런데 대청호에서 곧바로 뱃길을 이용하기는 불가능한 듯싶었다. 봄철 가뭄으로 수로가 좁아져 위험하다는 것이었다. 더구나 말을 네 필이나 싣고서는 어림없는 일이라고 했다.

"그러면 뱃길 유람은 물 건너간 일인가요?"

광은이 사뭇 실망하여 물었다. 광정은 빙그레 웃었다.

"그렇진 않아. 나성까지만 가면 수로를 이용할 수 있대."

"나성까지 거리는 얼마나 되죠?"

"육십 리 길 되는 모양이야."

"아주 멀지는 않군요."

"그래. 밥 한끼 지어먹을 시간이면 닿겠지."

그들은 배를 타고 호수를 건넜다. 노산 석마루에서 배를 내린 다음 다시 말을 달렸다. 모처럼 내딛는 산길이 신나는지 말들도 바람같이 달렸다. 반 시진이 겨우 지났을까 싶을 즈음 그들은 나성 포구에 도착할 수 있었다. 포구는 작았지만 그곳에는 여러 척의 크고 작은 배들이 늘어서 있었다. 공주, 부여, 강경을 지나 서해 장항으로 빠져나가는 뱃길의 시작이 바로 그곳인 까닭이었다. 물가를 따라 주막집도 몇 채 줄지어 있었고, 내지에서 실려와 선적을 기다리는 물건 더미도 군데군데 보였다. 주로 곡식이나 옷감과 같은 조세 물품들이었다.

"시장기가 돌지 않아요?"

광은 사제가 막내 노릇을 했다. 해가 서산으로 넘어가려면 아직도 한 시진은 남은 시각이었지만 그들은 모두 배가 고팠다. 아침 식사는 자연대사의 폐관 준비를 하느라 걸렀고, 점심은 길을 떠난다는 사실에 들떠서 먹는 둥 마는 둥 하였던 것이다. 그들은 그중 깔끔해 보이는 주막 하나를 골라 들어갔다. 주인아낙이 아기를 업어 달래고 있다가 반갑게 손님을 맞았다. 그 모습을 보자니 문득 신엽은 고향에 계신 어머니 생각이 났다. 산으로 간다는 편지 한 통만을 남겨둔 채 집을 떠난 지 이제 열 달이 다 된 것이었다. 그 동안 어머니는 얼마나 많은 걱정을 하셨을까.

아낙은 나물밥과 막걸리를 내왔다. 나물밥은 밥 위에 몇 가지 나물들을 얹고 간장 한 숟갈을 뿌린 것이었다. 아랫목에 묻어두었던지 밥이 따뜻하고 고소했다.

막걸리를 한 잔씩 돌리고 밥을 두어 숟갈 펐을 때였다. 가까운 곳에서 욕설과 고함 소리가 들려왔다. 곧 이어서는 무언가가 부서지는 소리도 들렸다. 탁자가 부서지고 맞부딪듯이 깨어지는 소리 같았다. 한동안 이어지던 그 소리들은 잠시 주춤하는가 싶더니 다시 시작되었다. 그런데 이번에는 더 가까운 곳에서였다. 바로 곁의 주막인 듯 싶었다. 아낙의 등에 업혀서 겨우 잠이 들까 했던 아기가 깨어나 울음을 터뜨렸다. 아낙은 안절부절못하며 서성거렸다.

잠시 후 소란의 주인공들이 신엽 등이 앉아 있는 주막으로 들어섰다. 그들은 다섯 명의 건장한 사내들이었다. 건장하기가 지나쳐 험상궂게 보이는 위인들이었다. 사내들은 다짜고짜 아낙에게 협박을 퍼부었다. 장사를 그만하고 싶으냐. 세금 날짜가 며칠이나 늦어졌는지 아느냐. 그러고는 주방의 집기들을 집어던졌다.

아낙은 생각보다 냉정한 태도로 그들을 상대했다. 옆의 주막들에서처럼 울며 매달리는 소리는 내지 않았다. 그녀는 마포 세 필을 바친 게 엊그젠데 또 무엇이 남았겠느냐고 되물었다. 사내들은 더욱 흥분하여 온갖 물건들을 내던졌다. 독이 부서져 장국이 흐르고 쌀알들이 흩어졌다. 그러고도 모자랐는지 아낙을 거세게 밀쳤다. 아낙이 넘어지는 바람에 아기가 자지러지게 울기 시작했다. 차마 두 눈 뜨고 지켜볼 수 없는 참경이었다.

"이사형, 버릇을 고쳐줘야 되지 않겠습니까?"

광은이 눈살을 찌푸리며 말했다. 그러나 광정은 빙그레 웃을 뿐이었다.

"승(僧)이 속(俗)의 일에 마음을 두어서는 안 되느니라."

소운과 신엽은 머리를 밥그릇에 파묻다시피 하며 식사에만 열중하고 있었다. 광은은 투덜거리면서 숟가락을 내려놓았다. 그러자 광정은 광은이 남긴 밥을 자기 앞으로 당겼다. 그가 먹지 않겠다면 자신이 먹어치우겠다는 뜻이었다. 그런데 그 순간, 아기가 다시 자지러졌다. 이제 곧 숨이라도 넘어갈 듯싶었다. 사내들 중 한 명이 아낙의 등에서 아기를 뺏어든 것이었다. 아낙도 이제는 냉정함을 잃고 매달렸다.

"이놈들! 이게 무슨 짓이냐. 하늘이 두렵지도 않으냐!"

그녀의 목소리는 절규에 가까웠다. 사내들은 그게 즐거운지 껄껄거리며 아기를 돌렸다. 이 손에서 저 손으로 던지고 받고 하였다. 아기의 울음소리는 점점 높게 자지러졌다. 신엽은 마침내 참지 못하고

자리에서 일어섰다. 동시에 주막 안을 한 바퀴 휘돌았다. 그야말로
눈 깜빡할 사이의 일이었다. 그가 처음의 자리로 돌아왔을 때 다섯
명의 사내들은 모두 뒤로 나자빠져 있었고, 그의 손에는 아기가 들
려 있었다. 신엽은 아기를 아낙에게 돌려주었다. 아낙은 멍하게 보
고 있다가 아기를 부둥켜안고는 눈물 젖은 볼을 부볐다.

　사내들이 엉금엉금 기어서 달아난 다음 신엽이 아낙에게 물었다.

　"금방 그 사람들은 관에서 나온 자들입니까?"

　아낙은 아니라고 고개를 저었다.

　"관에서 나온 사람들이 저렇게까지야 하겠습니까?"

　"그럼 대관절 누구란 말입니까?"

　"나성 땅을 몽땅 소유한 양반의 가노(家奴)들이지요."

　"가노들의 행패가 저렇듯 심하단 말입니까?"

　아낙은 한숨을 내쉬었다. 그리고는 사정 설명을 하였다. 공주에서
대청호 서쪽에 이르는 땅의 대부분은 염흥석이라는 양반이 소유하
고 있다. 잘은 모르지만 개경에서 큰 벼슬을 하는 분이라 들었다. 그
는 농장 관리인으로 공주에다 천인상이라는 가노를 심어두었다. 그
런데 이 가노는 행패와 욕심이 대단하다. 부근에 좋은 땅이 있으면
갖은 수를 부려서 헐값에 사들인다. 폭력과 협박 등으로 땅주인을
강요하여 팔지 않을 수 없게 한다. 숱하게 많은 사람들이 다치거나
병신이 되었다. 뿐만 아니라 금강변의 포구들에서 장사하는 자기네
같은 사람들에게 세금을 강요한다. 이른바 보호세라는 것이다. 어느
정도라면 참을 수도 있겠지만 너무 자주 너무 많은 양의 세금을 요
구한다. 먹고사는 일이 죽는 일보다 힘들 지경이다.

　"가노가 그런 행패를 부리는 것을 염흥석이라는 농장주는 모른단
말씀입니까?"

　"왜 모르겠어요. 모르는 척하지만 사실은 더 예뻐하는 형편이랍

니다."

"아주 나쁜 사람들이군요. 버릇을 고쳐줘야겠어요."

아낙은 놀라서 두 팔을 내저었다.

"행여 그런 말씀일랑 마세요. 그 양반들의 위세가 얼마나 대단한 데요. 그나저나 큰일이군요. 천가네 사람들을 다치게 하였으니. 어서 이곳을 떠나도록 하세요. 동쪽이나 북쪽으로 가세요."

"아닙니다. 반드시 버릇을 고쳐서 다시는 아주머니를 괴롭히지 못하도록 하겠습니다."

신엽의 말에 광정이 혼잣말처럼 한마디를 흘렸다.

"온 나라가 모두 그 지경인데 혼자서 어찌 버릇을 고치겠단 말인가."

그의 말은 신엽을 비웃는 것이기도 했지만 자기 자신을 포함하여 모두를 조소하는 듯도 했다. 그것은 맞는 말이었다. 그 무렵의 나라 사정은 한마디로 약육강식 무의지경(無義之境)이었다. 땅이란 땅은 모조리 권세 있는 계층의 농장으로 편입되어 있었다. 왕이나 왕족들, 귀족관료 및 사원 등이 그러한 특권층을 형성하고 있었다. 농장의 규모들은 어찌나 엄청났던지 산천을 경계로 한다는 말이 있을 정도였다. 그처럼 거대한 농장에서 농장주들은 여러 가지 특권을 누리며 횡포를 일삼고 있었다. 수조권(受租權)을 행사하여 일정량의 생산물을 상납받았고, 고리대를 이용하여 양민을 노비로 만드는가 하면, 수단방법을 가리지 않고 주변 땅을 자신의 농장으로 끌어들였다. 특히 농장주의 가노 출신으로 농장 업무를 총괄하였던 장주(庄主) 혹은 장두(莊頭)들은 대단히 적극적으로 횡포에 전념하였다. 주인의 신임을 얻고 자기 자신의 이득도 동시에 챙기기 위해서였다. 천인상도 따지고 보면 숱하게 많은 장주들 중의 한 명에 불과하였다. 그처럼 어지러운 나라 사정 속에서 한두 사람의 의분이 정의를 세우기란 요원한 일이었던 것이다.

식사를 마친 일행은 강변으로 나와 하행 거룻배에 올랐다. 공주와 부여를 거쳐 강경 쪽으로 내려가는 배였다. 주막의 아낙이 극구 말리다가는 안타까운 표정을 지으며 돌아섰다. 신엽은 더욱더 가슴이 아파왔다. 천인상이라는 작자를 반드시 잡아서 버릇을 고쳐주리라 다짐했다. 그런 속마음을 알았는지 광정이 물었다.

"그래, 꼭 그자를 잡아야겠는가?"

"그렇습니다. 이 일은 제가 시작한 것이니 제가 알아서 처리하겠습니다. 이사형과 삼사저, 오사제는 산천을 유람하며 예정대로 길을 계속 가도록 하십시오."

"천인상이라는 자에 대해서는 나도 들은 바가 있네. 대단히 간교하고 잔인한 위인이라 하더군. 무공이나 의기만으로 상대하기란 쉽지 않을 거야."

"명심하겠습니다."

신엽은 사형에게 예의를 깍듯이 했다. 그러자 광은이 나섰다.

"저도 사사형과 함께 가겠습니다. 미력한 힘이나마 사사형을 돕겠습니다."

"저도 함께 가겠어요. 특별히 돕고 싶은 건 아니지만 산천이나 유람하는 일보다는 재미있을 것 같군요."

소운의 말이었다. 광정은 한동안 그들을 바라보더니 설레설레 고개를 저었다.

"그렇다면 어쩔 수 없군. 모두 함께 가는 수밖에. 하지만 신중함을 잃지 않도록 해. 길상사의 이름에 누가 되는 일은 없도록 말이야."

나성에서 공주까지는 길지 않은 뱃길이었다. 붉은 해가 서산에 걸릴 즈음 거룻배는 공주의 장기대나루에 당도할 수 있었다. 이제 곧 어둠에 휩싸일 포구는 제법 많은 사람들로 붐비고 있었다. 신엽 등

은 먼저 숙소를 정하기로 했다. 간단한 휴식을 취한 다음 천인상의
문제를 의논하기로 한 것이었다. 밤을 도와 일을 처리할 것인가, 그
렇지 않으면 밝은 날에 정식으로 찾아가 꾸짖을 것인가. 광은은 당
장 달려갈 것을 주장했고 광정은 다음날 아침을 생각하고 있었다.
어찌되었든 숙소부터 정해야 할 게 아니냐는 소운의 말에 따라 그
들은 포구 주변을 돌아보았다. 그런데 그들이 어느 객점 앞에 이르
렀을 때 광은이 한 곳을 손가락질했다.

"저길 보세요. 아까 그 사람이잖아요."

그가 가리키는 곳을 보니 과연 조금 전 신엽에게 혼났던 사내들
중의 한 명이 있었다. 그는 그곳에서도 또 한 사람의 멱살을 잡고
발길질을 하고 있었다.

"아직도 혼이 덜 난 모양이로군."

광은은 말을 마치기도 전에 그쪽으로 달려가고 있었다. 발길질을
하던 사내도 광은 등을 알아보았다. 그는 잠깐 놀라는 듯싶더니 광
은에게 주먹을 불끈 내밀며 욕을 하고는 몸을 돌려 달아났다. 집과
집 사이의 좁은 골목으로 미꾸라지처럼 빠져들어갔다. 광은은 그 뒤
를 부지런히 쫓았고, 세 사형제도 그를 뒤쫓지 않을 수 없었다.

사내의 달음박질은 가히 경탄할 만했다. 잰걸음으로 골목골목을
빠져 달아났다. 그는 그곳의 지리에 정통하였으나 광은 일행은 동서
남북을 분간하기 힘든 형편이었으므로 사내를 잡을 뻔하다가도 놓
치곤 하였다. 그러는 사이 거리는 어둠에 잠겨들었다. 사내의 뜀박
질 소리도 어둠 속으로 잦아들고 말았다.

"다람쥐 같은 녀석이군요."

사내를 놓친 광은은 화가 나서 돌멩이 하나를 걷어찼다.

그들은 다시 숙소를 정하는 일로 돌아가기로 했다. 그런데 그때
어딘가에서 곡소리가 흘러나오기 시작했다. 자지러지는 듯한 여인

의 외침이 울리고, 서러운 곡소리가 이어지는 것이었다. 여러 명의
사람들이 함께 울먹이는 소리도 들렸다.

　아이고, 아이고. 그 몹쓸 천가놈 때문에 결국 영감님께서……

　소리는 멀지 않은 곳의 제법 커다란 기와집으로부터 흘러나오고
있었다. 그 집의 주인쯤 되는 사람이 죽은 모양인데, 편안한 죽음이
아닌 성싶었다. 여인의 곡에는 한이 서려 있었다. 그녀는 누군가를
원망하며 곡을 하다가 문득문득 비명을 내지르며 자지러지곤 하였
다. 그리고는 다시 정신을 차려 곡을 이어갔다.

　"사정이 있는 죽음 같군요. 우리 가서 알아보기로 해요."

　소운이 그렇게 말하고는 앞장서서 그 기와집 대문간을 들어섰다.
정신들이 나간 까닭인지 그들을 막는 사람도 없었고 맞이하는 사람
도 없었다. 소리를 따라 그들은 안채 마당에 이르렀다. 마당에는 칠
팔 명의 하인들이 엎드려 울고 있었고, 문이 열린 안방에서는 안주
인인 듯싶은 여인의 곡소리가 흘러나왔다. 그들이 들어섰을 즈음 문
득 안방의 여인이 뛰어나오더니 하인들에게 소리질렀다.

　"도끼를 가져오너라!"

　여인은 그야말로 제정신이 아니었다. 머리카락이 헝클어지고 두
볼은 눈물로 뒤범벅되어 앞뒤 분간조차 하지 못했다. 하인들이 영문
을 몰라 꾸물거리자 그녀는 다시 한번 소리질렀다.

　"무엇들 하느냐. 도끼를 가져오라니까."

　한 남자 하인이 광으로 달려가 도끼를 가져왔다. 여주인은 그것을
받아쥐고 사방으로 휘두르기 시작했다. 마루의 기둥을 찍고, 건넌방
문짝을 찍었다. 그러나 도끼는 그녀가 휘두르기에는 너무 무거운 물
건이었다. 휘두르고 찍는 흉내만 내었을 뿐 실제로는 그녀의 몸이
중심조차 잡지 못하고 휘청거렸다. 버선발이 미끄러져 엉덩방아를
찧고는 다시 일어나 도끼를 휘두르려 하였다. 하인들은 감히 그 위

세에 눌려 말릴 엄두도 내지 못하였다. 울음소리만 한결 높아질 뿐이었다. 아씨마님, 제발 고정하시옵소서…….

보다 못한 소운이 마루로 올라가 여인을 붙잡았다. 소운은 도끼를 빼앗아 멀찌감치 던져버리고 오른손 검지와 중지로 그녀의 가슴 단중혈을 눌렀다. 치밀어오른 화기(火氣)를 내리기 위해서였다. 그랬더니 여인은 다시 마룻바닥에 주저앉아 울음을 터뜨렸다.

"억울한 일이 있으신 모양이군요."

여인이 한참 동안 울도록 내버려둔 다음 소운이 물었다. 여인은 입을 굳게 다문 채 아무 말도 하지 않으려 했다. 그러다가 광정과 광은 두 승려를 보고서는 마음을 바꾸었는지 머리카락을 쓸어넘겼다. 비녀도 다시 꽂고 옷매무새도 가다듬었다. 여인의 나이는 고작 삼십여 세 정도로 보였다. 단정하고 고운 얼굴이었지만 어쩐지 예삿사람이 아니라는 느낌을 주었다. 그녀는 그들 일행을 안방으로 들어오게 했다. 안방에는 한 사람의 시신이 누워 있었다. 하얀 헝겊만을 덮어두고 관조차 준비되지 않은 것으로 보아 조금 전 곡소리가 시작되었을 때 숨을 거둔 모양이었다.

"저희집 바깥주인이신데 오늘 저녁 명을 달리하셨답니다."

그렇게 말문을 연 여인은 그간의 억울한 사정을 들려주었다.

그녀의 남편은 이름을 박일룡이라 하며, 약관 이십 세에 대과(大科)에 합격하여 중추원과 어사대 등에서 요직에 올랐던 인물이라 하였다. 그러나 십여 년 만에 관직을 물러나야 했다. 강직한 성격 탓에 조정의 세도가문 무리들과 어울리지 못한 까닭이었다. 남편은 스스로 못난 탓이라 여기며 고향으로 내려와 정착하였다. 물려받은 약간의 땅을 기반으로 생활을 꾸려나갔다. 그런데 몇 년 전부터 천인상이라는 상것이 그들의 땅을 넘보기 시작하였다.

천인상은 한동안 그녀 집을 들락거리며 땅을 헐값에 팔라고 졸라

대었다. 그녀의 남편이 거들떠도 보지 않자 어느 날엔 마침내 그녀 집 농삿일을 총괄하는 하인을 잡아다가 수정목(水精木) 공문을 작성하였다. 수정목 공문이라는 것은 수정목 즉 물푸레나무로 토지 소유자들을 고문하여 억지로 꾸민 서류로서 힘없이 당하기만 하는 서민들이 조롱조로 만들어낸 말이었다. 아무튼 그 서류를 바탕으로 천인상은 그녀 집 땅이 재상 염흥석 소유의 농장에 귀속되었음을 주장하였다. 두 집 사이에 분란이 일었음은 두말할 나위가 없었다. 그녀 집 하인들은 번번이 천가네 노비들에게 끌려가 두들겨맞곤 했다. 남편 역시 직접 담판을 지으려고 천인상을 찾아갔다가 도둑 누명을 쓰고는 곤죽이 되도록 맞았다. 분함을 참지 못한 그는 이제 관가로 달려갔다. 고을 원님 정도로는 안 되겠기에 군수를 찾아갔다. 그러나 군수 역시 그의 말에는 귀를 기울이지 않았다. 오히려 그를 무고죄로 몰아 태형을 가했다. 그리고 돌아오는 길에 다시 일단의 불한당들이 남편을 습격하였다. 불과 이틀 전의 일이었다.

"남편은 원래 건장한 편이었답니다. 그렇지만 세 차례나 모진 매질을 당하고는 비몽사몽 앓더니 결국 오늘 저녁 숨을 거두었습니다."

여인의 눈에서는 이제 눈물도 흐르지 않았다. 소운이 물었다.

"그렇다면 땅은 어떻게 되었습니까?"

"군수조차 저들 편이니 어찌하겠습니까. 내일 날이 밝으면 이 집마저 비워주어야 한답니다. 제가 조금 진 도끼를 휘두른 것은 기문대대로 물려받은 이 집을 짐승 같은 놈들에게 넘겨주느니 차라리 부셔버리는 편이 낫겠다는 마음이 들어서였습니다."

"저런 나쁜 놈들을 보았나. 염려 마십시오. 지금 당장 우리가 천가놈을 만나 요절을 내겠습니다."

광은이 흥분하여 말했다. 여인은 놀라서 눈을 크게 떴다.

"천부당한 말씀이옵니다. 천가네는 무지막지한 작자들이니 괜한 일에 끼어들어 곤란을 당하는 일이 없도록 하십시오. 제가 이런 말씀을 드린 것은 가신 분의 억울한 사정을 알고 염불이라도 올려 넋을 위로해주십사는 뜻에서랍니다."

광은이 다시 무슨 말인가를 하려 하였지만 광정이 가로막고 나섰다.

"그 뜻은 충분히 알겠습니다. 정성껏 제를 올리겠습니다. 그런데 저희가 외지에서 온 터라 하룻밤 묵어갈 곳이 필요한데 빈방이 있을지 모르겠습니다."

"방은 많으니 염려하지 마십시오. 더구나 내일이면 내 것도 아닌데……"

여인은 말을 하다 말고 다시 설움이 복받쳤는지 눈물을 글썽였다.

집은 보기보다도 규모가 컸다. 여인은 그들 일행에게 각자 하나씩의 방을 배려해주었다. 광정 등은 그럴 필요가 없다고 말했지만 여인은 망자(亡者)에게 마지막으로 좋은 일을 시켜달라며 극구 우겼다. 뿐만 아니라 손수 저녁상을 준비하여 올리려 했다. 그러나 그 일은 광정이 단호히 거부하였다. 저녁은 이미 나성포구에서 먹었다. 게다가 예기찮은 불행을 당한 분께 그런 부담까지 줄 수는 없는 일이었다. 여인은 광정의 뜻이 굳은 것을 알자 저녁상은 양보하였다. 대신 방방에 작은 술상을 들여보내었다. 자리끼를 겸한 것이었으므로 광정은 그것마저 거부할 수는 없었다.

광정 등은 망자를 위하여 한 시진 가량 제를 올렸다. 목탁을 두드리며 염불을 외었다. 그리고 다음날의 계획을 논의하였다. 부정한 짓을 자행하는 자들인 만큼 정식으로 찾아가 꾸짖자는 데 의견의 일치를 보았다. 일단 그렇게 해보고, 그래도 마음을 고치지 않는다면 다른 방법을 강구하기로 하였다. 자시가 가까워서 그들은 각자의

방으로 흩어졌다.

신엽은 쉽게 잠을 이룰 수 없었다. 실로 오랜만에 혼자만의 밤을 맞아서 그런지 여러 가지 생각이 교차하였다. 고향에 두고 온 어머니 생각, 자혜 대사부에 관한 생각, 세상에는 몹쓸 인간들이 참 많구나 하는 생각, 그리고 옆방에서 잠을 청하고 있을 소운에 대한 생각 등등이었다.

그러던 그가 막 잠에 빠져들까 싶을 무렵이었다. 문득 방문 틈으로 무언가가 날아들었다. 그 물체는 신엽의 면전으로 똑바로 쏘아져 왔다. 깜짝 놀라 엉겹결에 받아들고 보니 그것은 한 장의 종이 쪽지였다.

나를 따라오세요.

쪽지에는 그런 글이 적혀 있었다. 글씨체가 단정하고 예뻤다. 신엽은 글씨의 주인이 누구인지를 짐작할 것 같았다.

살그머니 문을 열고 나갔더니 희미한 인영 하나가 담장을 넘어가는 게 보였다. 신엽은 인영을 따라 몸을 날렸다. 그들은 아주 빠르게 몇 개의 거리를 지나 인가가 없는 들판을 달렸다. 달빛이 거의 없는 밤이었다. 하늘에는 구름이 잔뜩 끼었는지 별빛조차 드문드문 찾아볼 수 있을 뿐이었다. 그런 어둠 속에서 그들은 야트막한 산으로 올라갔다. 무성한 숲을 지나 제법 널찍한 공터가 나타나자 인영은 달리기를 멈추었다. 이미 어둠이 눈에 익은지라 신엽은 그가 누구인지를 알 수 있었다.

"나를 잘도 속였더군."

짐작대로 소운이었다. 그녀는 신엽에게 등을 돌리고 선 채 그렇게 말했다. 신엽은 영문을 몰라 물었다.

"무슨 말씀이신지요?"

"아직도 꼬박꼬박 존대말을 쓸 참이야?"

"사저께는 경어를 쓰는 게 도리 아니겠습니까?"

"흥. 맘대로 해."

소운은 코방귀를 뀌었다.

"그땐 왜 무공을 모르는 척해서 나를 속였지?"

신엽은 그제야 그녀가 화내는 이유를 알 것 같았다.

"속인 것이 아닙니다. 그때 저는 무공을 전혀 몰랐습니다."

"무공을 전혀 몰랐다구?"

더는 참을 수 없었는지 소운이 몸을 돌렸다.

"누구를 바보로 아는 거야? 그건 불과 십 개월도 전의 일인데, 그때 무공을 몰랐던 사람이 어떻게 갑자기 이런 고수가 된다는 거야? 어서 말해봐. 왜 나를 속인 거지?"

"정말입니다. 전 그때 무공을 몰랐습니다. 사저를 속인 게 아닙니다. 지금도 결코 거짓말을 하는 게 아닙니다."

"좋아. 이유를 얘기하기 싫다는 거로군. 그럼 그 동안 무슨 일이 있었는지 얘기해봐. 어떻게 해서 무공을 배웠고, 어떤 이유로 길상사는 찾아오게 되었는지."

신엽은 소운의 분개를 이해할 수 있었다. 그녀에게 모든 것을 털어놓고 싶었다. 그러나 그럴 수는 없는 입장인지라 답답하기 그지없었다. 자연대사는 그에게 한 가지 금기사항을 내린 터였다. 그가 무공을 익힌 과정을 누구에게도 밝혀서는 안 된다는 것이었다. 특히 자혜대사로부터 백삼타전으로 공력을 전수받은 사실에 대해서는.

거기에는 몇 가지 이유가 있었다. 우선 자혜대사는 한창 시절 좋은 일들을 많이 했다. 나쁜 무리를 징계하고 선한 사람들을 구하는 일이었다. 그 일들로 그는 많은 사람들의 은인이 되었다. 그러나 동시에 많은 나쁜 사람들의 원수가 되기도 하였다. 자혜대사 앞에서는 감히 고개도 들지 못한 자들이었지만, 이제 만약 신엽이 그의 전수

자라는 소문이 퍼진다면 원수를 갚기 위해 눈알을 부라리며 몰려들 것이었다. 신엽의 무공은 아직 그런 일들을 감당하기에는 역부족이었다. 또 한 가지 이유는 자혜대사가 스스로에 관한 이야기를 금지시킨 까닭에 있었다. 자연대사는 아직 그 이유를 알지 못했다. 그러나 대사형이 그것을 금지시켰다면 거기에는 반드시 중요한 이유가 있을 것이라고 믿었다. 그러니 그 이유가 밝혀질 때까지는 더욱 조심할 필요가 있었던 것이다.

"죄송합니다만 지금은 말씀드릴 수가 없습니다."

신엽은 그렇게밖에 말할 수 없었다. 그리고 그 말은 소운의 인내력의 둑을 허물기에 충분했다.

"말을 하지 않겠다면 실력으로 입을 여는 수밖에."

소운은 신엽을 향해 몸을 날렸다. 두 손을 호조수(虎爪手) 모양으로 날카롭게 구부려 정면으로 덮쳐왔다. 적룡권 중의 분룡포사라는 초식이었다. 그러나 신엽의 면전에 이르러서는 문득 허리를 축으로 핑그르르 돌며 좌측 옆구리를 공격하였다. 대단히 민첩한 변화였다. 신엽은 그녀의 날렵함에 감탄하며 동북방위로 피했다. 소운은 재빨리 따라붙으며 다시 신엽의 왼쪽 허벅지와 발목을 공격하였다. 신엽은 허공으로 뛰어올라 재주를 넘었다. 그의 몸은 애초의 자리인 서남방위로 떨어졌다. 소운은 마치 예측하고 있었다는 듯 오른쪽 어깨를 움켜쥐어왔고, 신엽은 어깨를 흔들어 수평으로 누인 다음 아슬아슬하게 그녀의 왼팔 거드랑이 아래로 빠져나갔다. 순식간에 그들은 몇 초를 더 교환하였다.

"길상파의 제자인 것만은 틀림없군."

소운은 그렇게 말하고는 권법을 바꾸었다. 호조수를 풀어서 손바닥을 폈다. 신엽은 그녀의 자세가 어쩐지 낯익다는 느낌이 들었다. 다시 몇 초의 공격이 이어지면서 그는 그것이 화랑방의 절기라는 수심장과 유사함을 알 수 있었다. 그러나 그것은 그가 자혜대사로부터 배웠던 바와는 사뭇 달랐다. 겉으로 드러나는 움직임이 훨씬 더 화려하고 변화무쌍하였다.

소운이 전개한 것은 과연 수심장이 분명하였다. 그녀는 지난 가을과 겨울 동안 묘향산에서 신니로부터 수심장을 배운 터였다. 한꺼번에 모두 배울 수는 없어서 제팔장까지만을 배웠지만 그 위력은 대단한 것이었다. 마치 그녀의 몸 주위로는 예측할 수 없는 몇 줄기의 급류들이 소용돌이치며 흐르는 듯하였다. 그것이 신엽이 알고 있는 수심장과 같지 않은 것은 당연한 일이었다. 자혜대사는 신엽에게 모든 무공을 가르침에 있어서 근본 원리의 전달에만 주력하였다. 시간도 촉박하였을 뿐 아니라, 다른 어떤 이유로 좌정세(座定勢)로만 전수해야 한 까닭이었다. 그러니 각 무공들의 변화무쌍한 응용 품세들을 가르칠 도리가 없었다. 그런데 묘향신니는 그 모든 것들을 가르쳤을 뿐 아니라 자신이 더욱 실전적으로 개발한 응용세까지 전수해주었다. 가뜩이나 자질이 탁월했던 소운은 종이가 먹을 흡수하듯 가르침을 빨아들였고, 화랑방의 역대 어느 제자보다도 화려한 수심장을 펼치게 되었다.

순식간에 이십여 초가 지나갔다. 소운의 장법은 시간이 흐를수록 위력을 더해갔다. 신엽은 팔방으로 몸을 움직이며 피해다니기에 바빴다. 공격을 하지 않으리라 작정한 터였기에 위험한 순간도 몇 차례나 지나갔다. 그러나 공격이 더 길게 이어지면서 신엽은 소운이 움직이는 방식을 파악할 수 있게 되었다. 화려하고 변화무쌍하였지만 그것은 자신이 알고 있는 수심장이 분명하였다. 거기에 아주 약간의 변주가 있을 뿐이었다. 게다가 그는 그녀가 수심십육장을 모두 익히지 못하고 일장에서 팔장까지만을 반복하여 사용하고 있음도 알 수 있었다.

그같은 사실을 확인하자 신엽은 한결 느긋해졌다. 그녀를 제압할 수는 없었지만 적어도 얻어맞지 않을 자신은 생겼다. 그는 그녀의 움직임을 예측하여 따라 움직이다가 아슬아슬한 순간에 몸을 피하곤 했다. 그러면서 자신도 모르는 사이 묘향신니의 수심장을 익히고 있었다. 그것은 그의 무공 발전에 무척 큰 도움이 되었다. 석굴에서 자연대사와 보내었던 육 개월도 소중한 것이었지만 그 기간 동안 그와 자연대사는 『진표현경』의 무공만을 익혀야 했다. 그런데 이제 신엽은 소운을 통하여 적룡권에 버금가는 신묘한 장법 또하나를 반복 학습하고 있었던 것이다.

소운이 사용하는 수심장에는 모두 세 가지의 응용세가 있었다. 팔장까지를 세 가지로 응용하여 전개하니 모두 이십사장이 되는 셈이었다. 그것을 다시 세 차례쯤 반복하고 나니 신엽은 그 이치를 모두 꿰뚫을 수 있었다. 그러자 그는 슬그머니 그녀를 골려주고 싶은 마음이 들었다. 그는 몸을 날려 커다란 소나무 위로 올라갔다. 소운은 서슴없이 그의 뒤를 쫓아 올라왔다. 그리고는 계속해서 공격을 퍼부었다.

소운의 무공이라면 소나무 가지 위라고 해서 평지와 크게 달라질 것은 없었다. 그녀는 여전히 정확한 신법으로 가지와 가지들을 밟고 다니며 수심장을 전개했다. 그러나 신엽은 한 가닥 대나무 위에서 육 개월을 지낸 형편이었다. 때문에 그에게는 나뭇가지 위가 오히려 평지보다 익숙할 지경이었다. 그는 어떤 원숭이보다도 빠르고 날렵하게 가지 사이를 날아다녔다. 발끝으로 서서 몸을 수평으로 누이는가 하면 나뭇가지를 축으로 빙글빙글 돌기도 하였다. 마치 그가 어떻게 움직이든 나무가 그를 보호하기 위해 모든 편의를 제공하는 듯했다.

오랜 시간이 지나지 않아 소운은 신엽의 신법이 자기보다 한 수

위라는 사실을 깨달았다. 특히 나뭇가지 위에서는 도저히 따라잡을
도리가 없었다. 연자신법을 익힌 이후로 신법만큼은 누구에게도 뒤
지지 않으리라 자신하고 있었던 그녀는 몹시 자존심이 상했다. 애꿎
은 나뭇가지들에게 화가 치밀었다. 그녀는 허리의 연검을 뽑아들고
는 나뭇가지를 닥치는 대로 베어버렸다. 순식간에 소나무에는 십여
개의 가지들만이 듬성듬성 남게 되었다. 그제서야 그녀는 다시 연검
을 집어넣고 장법으로 신엽을 공격하였다. 이번에는 십 성의 공력을
모조리 끌어올려 매서운 살수를 펼쳤다.

"어이쿠!"

신엽은 그녀의 공격이 달라졌음을 깨달았다. 그리고 비로소 자신
이 실수를 저지르고 있음을 알았다. 가뜩이나 화가 나 있는 그녀를
또다시 이런 식으로 골려줄 필요는 없었던 것이다. 그는 그쯤에서
그녀의 분을 삭여줘야겠다고 마음먹었다. 한 가지 방법이 마침 머릿
속을 스쳐갔다. 소운의 공격을 피하면서 신엽은 발끝으로 자신이 서
있는 나뭇가지를 슬쩍 부러뜨렸다. 표시나지 않게, 그러나 그 위를
올라선다면 가지가 뚝 부러지도록 만들어두었다. 그리고는 옆의 가
지로 자리를 옮겼다. 소운도 따라서 몸을 날려서는 맹렬한 공격을
퍼부었다.

소나무 중심을 축으로 그들은 왼쪽으로 한 바퀴를 돌았다. 신엽은
그가 부러뜨려둔 가지 바로 앞에 이르렀다. 이제 소운이 일 장을 더
내지르면 신엽은 그 가지 위로 몸을 피할 작정이었다. 그러면 나뭇
가지는 부러질 테고, 그의 몸은 땅바닥으로 떨어질 것이었다. 그래
서 바보처럼 엉덩방아를 찧고 나면 소운의 기분도 한결 풀어지지
않겠는가.

소운은 두 손바닥을 나비처럼 너울거리며 좌측으로 밀었다. 수심
십육장의 제삼장인 수격좌안이었다. 신엽은 바로 지금이다 싶어 몸

을 날렸다. 그런데 그 순간, 미처 예상하지 못한 일이 벌어지고 말았다. 소운이 더욱 민첩하게 문제의 그 나뭇가지를 점령한 것이었다. 소운은 나름대로 신엽의 움직임을 주시하고 있다가 그가 내려설 자리를 선점하려 한 것이었다. 그러나 그것은 끔찍한 결과를 초래했다. 나뭇가지는 소리도 없이 부러졌고, 소운은 비명을 내지르며 떨어지고 말았다. 그리고는 보기 좋게 엉덩방아를 찧어버렸다.

뒤늦게 땅으로 내려선 신엽은 당황하여 어쩔 줄 몰라했다. 그는 소운을 부축하여 일으켜 세웠다.

"다치지 않았나요?"

소운은 그의 손을 뿌리치고는 한마디 말도 없이 가버렸다. 엉덩이에 묻은 흙도 떨어내지 않고서. 상심한 그녀의 뒷모습은 어둠 속으로 사라졌다. 신엽은 멍하게 바라보다가 걸음을 옮겼다. 가슴속에서는 수없는 후회들이 메아리치고 있었다. 하늘이 기회를 주어 그들에게 둘만의 시간을 만들어주었는데, 자기는 어처구니없는 장난질로 망쳐버리고 말았구나, 이제 다시 어떻게 그녀의 마음을 달랠 수 있단 말인가…….

낙담한 두 사람의 그림자가 멀리 어둠 속으로 지워진 다음 그 자리에는 놀랍게도 또하나의 그림자가 나타났다. 몰래 숨어서 두 사람의 대결을 지켜보았던 그림자였다. 그는 다름아닌 광정 이사형이었다. 광정은 소나무 아래에 이르러서 잘려나간 가지들을 살펴보았다. 그리고는 기다랗게 한숨을 내쉬었다. 두 사람의 무공이 이처럼 고강하였단 말인가.

광정은 저녁 무렵부터 이미 밤에 있을 일을 짐작하고 있었다. 소운의 행동거지가 평상시와는 많이 달랐다. 방을 배정할 때도 그녀는 각별히 신경을 쓰는 눈치였던 것이다. 짐작했던 대로 그녀는 신엽을 불러내었고, 광정은 멀찌감치서 그들의 뒤를 밟았다. 그들의 이야기를 그는 모두 알아들을 수는 없었지만 두 사람 사이에 과거 어떤 일이 있었음을 알 수 있었다.

소운의 공격이 시작되자 광정은 많이 놀랐다. 그녀는 화랑방의 수심장을 전개하고 있었다. 그것도 몇 가지 응용세까지 곁들여서 유연하게 펼쳤다. 광정도 수심장을 조금은 배웠지만 그녀가 전개하는 것과 비교하면 어설픈 것이었다. 옥소선녀의 이름이 결코 허명이 아니었구나, 그는 내심 고개를 끄덕였다. 안타까운 일은 그들로부터 일정한 거리를 유지해야 했으므로 세세한 동작들을 배울 수 없었다는 점이었다. 그런데 시간이 흐르면서 그는 더욱 놀라고 말았다. 소운의 공격도 매서웠지만 신엽의 몸놀림은 한층 더 민첩하였다. 그가 구사하는 적룡신법은 자신에 비해 결코 뒤떨어지지 않았다. 나무 위로 올라간 다음부터는 오히려 더 뛰어난 듯 보였다. 나뭇가지를 맴도는 수법이 적룡신법이 분명하였지만 자신이 예측할 수 없는 움직임들도 다수 나타나고 있었던 것이다. 공격하지 않고 피하기만 하면서도 저렇듯 여유로울 수 있다는 것은 공력이 이미 상당한 경지에 올랐음을 뜻하는 것이었다.

"일찍이 나는 나의 자질이 특별하다고 믿었었다. 동년배에서는 대사형만이 적수가 될 수 있다고 생각했었다. 그런데 뜻밖에도 나의 사형제들이 하나같이 특출난 자질을 지녔구나. 과연 언제쯤이면 내 뜻한 바를 이룰 수 있단 말인가……"

광정은 혼잣소리를 중얼거리며 한숨을 내쉬었다. 하늘에는 아직도 구름이 잔뜩 낀 모양이었다. 북두칠성도 북극성도 찾아지지 않았다. 그는 세번째로 낙담한 그림자가 되어 터덜터덜 걸음을 옮겼다.

두번째 이별

이튿날은 아침부터 화창한 날씨였다. 밤새 꾸무룩하던 구름 덩이는 비 한 방울 뿌리지 않고 길을 떠나고 없었다. 광정, 광은, 신엽 등은 일찌감치 자리에서 일어나 고인의 영정 앞에 예를 올렸다. 안주인은 부지런한 여인인지 밤새 관을 맞추고 병풍을 치고 제단의 격식을 모두 갖추어둔 터였다. 광정이 반 시진 동안 목탁을 두드리며 불경을 외웠다. 그런데 이상히게도 소운이 나오지 않았다. 진시가 되도록 기척이 없길래 광은이 문을 두드렸다. 역시 대답이 없어 들어가보니 그녀는 이미 그곳에 없었다. 하인들에게 물어보았지만 누구도 그녀를 보지 못했다 하였다.

사시가 지나도록 소운은 돌아오지 않았다. 안절부절못하던 신엽은 광정에게 사실대로 털어놓았다.

"간밤에 약간의 다툼이 있었습니다. 그 일로 삼사저의 심기가 불편해진 듯한데, 그래서 먼저 떠난 것이 아닌지 모르겠습니다."

광정은 그럴 가능성은 적다고 생각했다. 길상 문하생들은 서로에 대한 예의를 최대한 존중했다. 특히 소운은 공과 사를 엄격히 구분하는 편이었다. 비록 기분 상하는 일이 있었을지라도 한마디 말 없이 떠날 사람은 아니었다. 그러나 오시가 되도록 소식이 없으니 달리 도리가 없었다. 그는 먼저 신엽, 광은과 함께 천인상의 일을 처리하기로 하였다.

천인상의 집은 생각 이상으로 규모가 있었다. 얼핏 보기에도 서른 칸 기와집은 되어 보였다. 담장은 높고 견고하였으며, 대문은 수백 년 된 참나무를 통짜로 베어 만든 듯싶었다. 한갓 장주의 집이 그 정도라면 그가 관리하는 농장의 규모가 어느 정도일지는 짐작이 갔다.

대문을 들어서니 네 명의 하인들이 가로막고 눈을 내리깔았다. 광정은 천가를 만나러 왔노라고 말했다. 하인은 기가 막힌다는 듯 광정의 주위를 한 바퀴 돌았다. 그리고는 용무를 물었다. 광정은 계산할 일이 있노라고 대답했다. 하인은 대뜸 광정의 멱살을 틀어잡아 내던지려 했다. 그러나 오히려 자기 자신이 멀찌감치 나가떨어지고 말았다. 다른 하인들도 잇달아 내던져졌다. 광정은 내친 걸음에 중문을 지나 사랑채로 들어갔다. 그랬더니 십여 명의 건장한 사내들이 우르르 달려나와서는 광정 등을 에워쌌다. 그들은 이미 준비하고 있었던 성싶었다. 손에 손에 무기들을 들고 있었는데, 그 무기라는 게 보통 농갓집 머슴들이 사용하는 삽이나 괭이 따위가 아니었다. 봉(棒)이며 극(戟)이며 칼 등속이었다. 게다가 그 무기를 부여잡은 자세도 웬만큼은 무예의 겉멋을 익힌 듯 보였다.

"어떤 쥐새끼들이 감히 천장주택에 와서 소란을 부린단 말이냐."

뒤늦게 세 명의 남자들이 더 걸어나왔다. 한 사람당 적어도 열댓 마리의 황소는 때려잡았을 법한 덩치들이었다. 산적처럼 수염을 기른 한 남자는 무쇠로 만든 낭아봉(狼牙棒)을 메고 있었고, 다른 두 명은 각각 방천극(方天戟)과 쌍두쌍창(雙頭雙槍)을 들고 있었다. 쌍창을 든 남자가 그들 중에서는 그래도 날렵해 보였다.

"대단한 위세시로군요. 혹시 존함을 여쭈어도 실례가 되지 않을지요?"

광정은 짐짓 공손하게 낭아봉을 멘 사내에게 물었다. 사내는 광정이 그들의 위풍만으로도 기세를 잃은 것이라 생각했는지 껄껄 웃었다.

"사람들은 나를 봉두대협(棒頭大俠)이라 부른다."

"알고 보니 봉두대두(棒頭大頭) 봉사질 대협이셨군요. 그렇다면 왼쪽에 계신 분은 방자상패(放恣常敗) 김인문 대협이시고 오른쪽에 계신 분은 추명소창(追命笑槍) 마은종 대협이시겠군요."

그들 세 사람은 녹림에 속하는 무인들이었다. 아주 무명은 아니었지만 무예의 등급으로 따지자면 중하위권 정도에 자리매김할 수 있었다. 권문세가에서 부탁하는 여러 가지 잡일들로 재물을 모았으며, 일이 없을 때는 현상금이 걸린 산적을 쫓으며 소일하기도 하였다. 그들 스스로가 예전에는 산적이었다는 말도 있었다. 그런데 봉두대두라든가 방자상패, 추명소창 등은 그들이 가장 싫어하는 조롱이었다. 방자상패는 원래 자신을 방자물패(方子不敗)라 이름하였고, 추명소창은 추명호창(追命豪槍)이라 칭하였던 것이다.

"이놈이 살기가 싫어진 모양이구나."

봉두대두는 광정에게 소리질렀다. 그러나 그 소리는 이미 한풀 기가 꺾여 있었다. 면전에서 자신들을 그렇게 조롱할 수 있다면 얕잡아볼 위인은 아니라고 여긴 까닭이었다. 그는 먼저 침입자들의 실력

154

을 보아야겠다고 생각하고 부하들에게 공격을 명하였다.

"쳐라!"

명령이 떨어지기 무섭게 부하들은 광정 등에게 달려들었다. 신엽이 재빨리 세어보니 모두 열세 명이었다. 그는 자신이 왼쪽의 다섯 명을 맡아야겠다고 판단했다. 그러나 그는 그럴 필요가 없었다. 판단이 떨어졌을 때 이미 그들은 모두 바닥에 널브러져 있었다. 광정이 손바닥을 슬쩍 뒤집는가 싶었는데 열세 개의 염주알이 그들의 유문혈을 짚어버린 것이었다.

"사술을 쓰는 놈들이구나. 그렇다면 내 쌍창을 받아보아라."

추명소창 마은종이 앞으로 나섰다. 광정은 뻗어누운 사내 한 명을 일으켜 세워 주방으로 가서 젓가락을 가져오게 하였다. 사내는 나무 젓가락 한 모를 가져왔다. 그것을 광정은 양손의 검지와 중지 사이에 각각 한 짝씩을 끼고서 빙글빙글 돌렸다.

"추명소창의 쌍두쌍창법은 익히 들어왔습니다. 금일 빈승이 본문의 절기인 무두쌍저(無頭雙箸)로 한 수 배워볼까 합니다."

마은종은 화가 머리끝까지 치밀었다. 일찍이 누구로부터도 이런 모욕은 받아본 적이 없었던 것이다. 그는 시작부터 가장 매서운 초식을 전개하였다. 쌍계월장(雙鷄越牆)의 수법으로 허공에서 재주를 넘어 광정의 양 어깨 대혈 두 군데를 찔러갔다. 곁에서 보고 있던 봉사질과 김인문은 감탄사를 발했다.

"어허, 천하의 절창이로고."

그들은 새파랗게 어린 중놈의 무예가 아무리 뛰어나다 할지라도 나무젓가락 두 짝으로 예리한 쌍창을 막아낼 수는 없으리라 믿었다. 이제 곧 두 팔이 떨어져나가든지 아니면 최소한 치명적인 중상은 피할 수 없으리라. 그러나 결과는 그들의 예상과는 전혀 달랐다. 마은종의 쌍창은 문득 허공에서 멈춰버리고 말았다. 어느 틈엔지 광정의 젓가락들이 창신에 꽂혀 있었다. 가느다란 나무젓가락이 무쇠창을 뚫고 들어간 것이었다. 마은종은 깜짝 놀라 창을 회수하려 하였지만 요지부동이었다. 회수는커녕 버티고 서 있기에도 진땀이 나고 온몸이 부들부들 떨렸다. 광정은 손가락 사이에 젓가락을 낀 채 태연하게 서 있었다.

일이 이상하게 되어감을 느낀 봉사질은 낭아봉을 쳐들었다. 김인문도 방천극을 다져잡았다. 그들은 한 발 한 발 앞으로 다가오다가 벼락같이 달려들었다. 낭아봉은 광정의 정수리를 내려치고, 방천극은 대퇴부의 비관혈을 찍어왔다. 광정은 흥 콧소리를 내더니 두 손을 살짝 비틀었다. 마은종은 비명을 내지르며 쌍창을 놓치고 나뒹굴었다. 광정은 젓가락 끝에 매달린 쌍창을 휘둘러 두 사람의 공격을 막았다. 젓가락과 창의 미묘한 결합은 마치 또하나의 무기인 괴(拐)와 같이 움직였다.

봉과 극은 순식간에 삼사 초를 더 공격했다. 거대한 체구들이 휘둘러대는 거창한 무기들의 위력은 보는 이의 간담을 서늘하게 하였다. 그러나 광정은 태산같이 버티고 선 채 공격들을 해소하였다. 그러다가 문득 그가 짧은 기합 소리를 토했다. 그러자 두 개의 창이 허공을 날았다. 창들은 두 사람의 오른쪽 겨드랑이 아래 옷자락을 꿰뚫고 담장에 박혔다. 그와 함께 육중한 거구들이 담장에 붙박인 채 버둥거렸다. 신엽과 광은은 박수갈채를 보내지 않을 수 없었다. 광정이 실제로 누군가와 싸우는 광경은 광은으로서도 처음 보는 일이었다.

"이사형의 무예가 날로 발전하는 듯합니다."

광은의 말이었다.

광정 역시 내심 미소를 짓고 있었다. 그가 굳이 두 개의 나무젓가락을 사용하여 적들을 상대한 데는 한 가지 이유가 있었다. 신엽을 심리적으로 견제하자는 것이었다. 이사형인 자신의 솜씨가 결코 그보다 못하지 않음을 보여주고 싶었던 것이다. 그런 의미에서 광정은 충분히 인상적인 기억을 남겼으리라 믿었다. 그런데 그때 큰방의 문이 열리더니 또 한 사람이 박수를 치며 걸어나왔다.

"대단하십니다. 아직 젊으신 대사님의 무예가 정말이지 고절하십니다. 길상사의 위명이 결코 헛된 것이 아님을 소인 오늘 확인하였습니다."

남자는 광정 등을 향해 공손하게 읍하였다. 그 사람을 보고 신엽은 자칫 웃음을 터뜨릴 뻔하였다. 그의 모습은 영락없이 염소를 닮아 있었다. 눈꼬리는 귀까지 찢어져 있었고, 뾰족이 내려온 턱밑에는 염소수염이 소도록이 돋아 있었다. 나자빠져 있던 사내들은 서둘러 일어나 몸가짐을 바로 했다. 마은종과 몇 명의 사내들이 함께 창을 잡아당겨 붙박여 있던 두 거구들도 내려놓았다. 그들은 분을 참지 못하고 씩씩거렸지만 감히 다시 달려들 엄두는 내지 못하였다.

"귀하신 손님들께서 오셨는데 대접이 엉망이었던가 보군요. 제 불찰이니 부처님의 아량으로 용서해주시기 바랍니다."

"이 집 주인이신 천장주를 뵈러 왔습니다만."

광정이 말하였다.

"소인이 천모입니다. 주인이라니 당치 않습니다. 이 집의 주인은 개경에 계신 염재상 어른이십니다. 소인은 그저 잡초나 뜯고 문풍지나 바르면서 관리하는 사람에 불과하지요. 참, 내 정신 좀 보게나. 어서 방으로 오르시지요."

그가 강권하다시피 청하였으므로 광정 등은 그를 따라 사랑방으로 들어갔다. 천인상은 하인들에게 명하여 즉시 술상을 차리도록 하였다. 그리고 광정 일행을 상석에 앉히고 자신은 중간에, 봉사질과 김인문, 마은종은 말석에 자리하도록 하였다. 그는 봉사질 등을 광정에게 사과시키는 것도 잊지 않았다.

"이 세 분의 호걸들도 원래는 손님이시랍니다. 다른 일이 있어서 잠시 다니러 오셨다가 제게 나쁜 일이라도 생긴 줄 알고 나섰던 게지요. 성질이 조금 급해서 생긴 일이니 대사님께서는 너그러이 잊어주시기 바랍니다."

광정은 천인상이 듣던 대로 보통 위인이 아님을 알 수 있었다. 모든 일을 처리함에 있어 빈틈이 없었다. 숨어서 자신의 무공을 지켜보고 길상파임을 알아내었으며, 은근히 길상사를 들먹여 더이상의 시비를 봉쇄시켰다. 자기는 이 집의 관리인에 불과하다는 말도 기실은 자기 뒤에 재상 염홍석이 있음을 암시하는 것이었다. 그리고 이제는 봉사질 등이 자기와는 무관한 사람이라 잡아떼고 있었던 것이다. 더욱 놀라운 점은 그의 나이가 광정 자신보다 고작 대여섯 살 위로밖에 보이지 않는다는 점이었다. 서른이 채 못 된 나이를 감안한다면 그것은 대단한 침착함이었다. 광정은 이런 작자와 시시비비를 따지는 것이 결코 현명하지 못한 일이라 생각되어 말상대를 넘겨주기로 했다.

"천장주를 찾아뵌 것은 제 사사제가 한 가지 확인할 일이 있다고 해서입니다."

광정은 신엽을 바라보았다. 네가 우긴 일이니 네가 알아서 정리하라는 뜻이 담긴 눈길이었다. 신엽은 기꺼이 앞으로 나섰다. 세상물성에 소금반 너 눈이 밝았더라면 그도 천인상의 치밀한 안배와 광정의 발뺌을 알 수 있었을 것이었다.

신엽은 나성포에서의 일로부터 이야기를 시작했다. 당신의 부하라는 작자들이 포구의 상인들을 괴롭히고 있었다. 집기를 부수고, 사람을 폭행하고, 심지어는 갓난아기를 뺏어들어 이리저리 던지고, 차마 사람이 할 짓이 아니었다. 어찌 부하들이 그런 일을 하도록 내버려둘 수 있단 말인가. 이야기를 하는 동안 신엽은 다시 그 장면을 떠올리게 되었고, 한결 더 흥분하여 큰 소리로 꾸짖었다. 그는 또 공주에 도착하여 겪었던 일도 언급하였다. 우연히 박일룡이라는 양반의 집을 찾아들어 억울한 사정을 전해들었다. 미망인의 하소연에 따르자면 그 일의 배후에도 천장주가 있다고 하는데, 어찌된 일인지 해명해주기 바란다.

천인상은 조용히 듣고 있었다. 아무리 격앙된 꾸짖음에도 표정을 바꾸지 않았다. 신엽의 이야기가 끝나자 즉시 사랑방의 문을 열고 하인들을 모조리 대령시켰다. 그리고는 신엽에게 나성포에서 본 자들을 골라내도록 부탁했다. 신엽은 어렵지 않게 다섯 명을 가려낼 수 있었다. 그러자 천인상은 그 자리에서 즉시 장형의 벌을 내렸다. 스무 대씩의 중형이었다. 벌을 받은 자들은 모두 볼기짝이 터져 피를 쏟았다. 천인상은 그들에게 두 번 다시 그같은 짓을 저지르지 않도록 엄히 꾸중한 다음 방문을 닫았다.

"하인들의 잘못으로 심려를 끼쳐드려 죄송합니다. 이후로는 엄중히 단속하겠습니다. 하지만 박일룡의 일에 대해서는 먼저 보여드릴 것이 있습니다."

그렇게 말하며 천인상은 문갑 서랍에서 십여 장의 서류를 꺼내었다. 신엽이 받아들고 보니 그것은 박일룡이 천인상 앞으로 쓴 약속 어음과 차용증 따위였다. 약 이 년 전부터 시작된 것들인데, 그 액수가 제법 상당하였다. 수십 필의 비단과 수십 냥의 은을 차용한다는 증서도 여러 장 되었다. 천인상은 박일룡이 관직을 물러나 낙향한 후 도박에 빠져들었노라고 설명하였다. 허전함을 달래지 못한 까닭이었다. 그리고는 엄청난 액수의 재산을 잃었노라고 했다.

"부인께서는 모르셨을 겝니다. 일을 당하면 그때마다 제게로 달려와 고리를 놓으라고 떼를 썼으니까요. 저는 그만 손을 씻으라고 당부했지만 막무가내였죠. 그렇게 빌려간 돈이 좋은 땅 백 마지기를 사고도 남을 만큼 늘어나니 저로서도 어쩔 도리가 없었습니다. 때를 맞춰 채워넣지 않으면 재상께서는 제가 빼돌린 것으로 의심하실 테니 말씀입니다. 그래서 몇 차례 하인들을 보내어 빚 독촉을 했는데 박일룡 그 양반은 적반하장으로 저희 하인들을 매질하여 돌려보내곤 하더군요. 그러다가 어찌어찌하여 큰 시비가 붙었던 것입니다. 부인께서 이미 말씀하셨다면 아시겠지만, 그런 사정이 있지 않고서야 어찌 군수님까지도 박일룡을 꾸짖어 돌려보내셨겠습니까."

신엽은 할말이 없었다. 내용을 듣고 보니 천인상만을 나무랄 일도 아닌 듯했기 때문이었다. 천인상은 그의 표정이 누그러지는 것을 보며 한마디를 덧붙였다.

"이 빚을 모두 돌려받으려면 박일룡의 땅과 집을 모조리 차압해도 모자랄 것입니다. 그렇지만 길상사의 귀빈들께서 특별히 찾아주셨으니 저도 조금은 사정을 보아드리겠습니다. 박일룡의 부인이 살고 있는 집과 주변 몇 마지기의 땅은 남겨드리도록 하겠습니다."

"부족한 액수는 어떻게 채워넣으실 작정입니까?"

신엽은 이제 오히려 천을 걱정했다.

"방도를 찾아봐야지요. 다행히 염어르신의 농장이 제법 넓고 수확이 많아서 길이 아주 없지는 않을 것입니다."

신엽은 묵묵히 고개를 끄덕였다.

곁에서 보고 있던 광성은 내심 어처구니가 없었다. 자신의 사사제가 무척 똑똑한 친구인 줄 알았는데 그렇지도 않은가 보구나 싶었다. 천인상이 제시한 서류는 보나마나 수정목 공문이라는 조작품들이 분명할 것이었다. 그런데 신엽은 그 몇 장의 가짜 서류들에 뒤흔들려 이제는 되레 천인상에게 고마움마저 느끼고 있지 않은가. 자신의 사정이 복잡하지만 않았더라면 광성은 당장 나서서 일을 바로잡

았을 것이었다. 그러나 지금은 그 정도에서 끝내는 편이 낫겠다고
생각했다.

일이 싱겁게 끝나고 보니 그들은 더 머물 수가 없었다. 덕담이나
몇 마디 주고받다가 일 식경 후에는 그 집을 나섰다. 천인상은 대문
간까지 나와서 공손하게 전송하였다. 약간의 은자도 선물로 주었지
만 신엽은 한사코 받지 않았다.

신엽은 다시 박일룡의 집으로 가서 사정을 설명하려 하였지만 광
정은 반대였다. 고인의 미망인에게 굳이 나쁜 일을 알릴 필요가 있
겠느냐, 게다가 집과 약간의 전답을 구해주었으니 그 정도로 된 일
아니겠느냐는 것이었다. 신엽은 그 말이 그럴듯하여 따르기로 했다.
그들은 곧바로 포구로 나가 부여행 배에 올랐다.

공주에서 부여로 이어지는 뱃길은 수려하고 아름다웠다. 사마산,
건지산 등 몇 개의 소담한 산이 백마강 양쪽으로 늘어서서 뱃사람
들에게 예를 갖추는 듯했다. 특히 배가 부여에 다다를 즈음에는 강
안의 형상이 절경으로 변했다. 강을 따라 솟아오른 암벽들이 기이하
였으며, 물과 나무와 바위가 어우러져 빼어난 경치를 연출하였다.
그들은 배에서 내려 고란사를 둘러보고 낙화암에 올랐다. 낙화암에
서 내려다보는 백마강의 그림은 더욱 감탄을 자아내는 것이었다. 신
엽은 그 자리에 소운이 없는 것이 못내 아쉬웠다. 더구나 자신의 실
수로 일이 그 지경에 이른지라 더욱 그러했다. 그녀가 그 자리에 서
서 강을 따라 내려온 바람과 인사를 나눈다면 삼천궁녀의 넋도 조
금은 덜 서글퍼질 텐데 싶었다.

그날은 강경까지 가서 숙소를 얻어들었다.

이튿날도 일행은 아침부터 서둘러서 여기저기를 돌아보았다. 양
음영천(養陰靈泉)으로 유명한 채운산도 찾아보았고, 황산촌과 서시
포도 돌아보았다. 광은은 내친 김에 옥구까지 가볼 것을 주장했다.

옥구는 서해에 임한 곳으로 자천대라는 작은 언덕이 유명하였다. 바닷가로 곧장 뻗어들어간 그 언덕 위에는 신라 말 고운(孤雲) 최치원이 비밀 문서를 갈무리해둔 두 개의 돌농(籠)이 있다 하였다. 신엽은 그 얘기를 들으니 귀가 솔깃하였다. 그러나 광정은 말들이 너무 지쳤으니 금산사로 향해야 한다고 했다. 일행의 책임자로서 그는 자긍대사와 약속한 일정을 챙겨야 했다.

함열과 이리를 지나 일행이 김제에 도착한 것은 밤이 꽤 이슥한 시각이었다. 해시도 중반을 넘어설 즈음이었다. 그때까지 그들은 가는 곳마다 소운의 행방을 탐문하였지만 찾을 길이 없었다. 신엽은 그녀가 단단히 화가 난 모양이라고 생각되어 가슴이 아팠다.

김제에서 일행은 잠시 망설였다. 그대로 금산사로 직행할 것인가, 그렇잖으면 하룻밤을 보내고 밝은 날 산을 오를 것인가. 자긍대사와의 약속은 다음날이었으니 아직 시간은 있는 셈이었다. 야밤에는 말들이 발을 헛디뎌 다칠 수도 있다는 이유 때문에 그들은 이튿날 아침으로 산행을 미루기로 했다. 그런데 마을로 들어선 그들은 무언가가 잘못되었음을 알 수 있었다. 아무리 늦은 밤이라지만 그곳에는 죽음 같은 정적이 감돌고 있었다. 게다가 잡동사니들이 마구 어지럽게 흩어져 있었고, 길에는 수많은 말 발자국과 수레바퀴 자국들이 패어 있었다. 최소한 십여 대의 마차들이 지나간 듯싶었다. 광정은 각자 흩어져서 무슨 일이 있었는가를 알아보도록 지시했다.

신엽은 금산사 쪽 길을 따라 서늘러올라갔다. 마차가 지나간 자국은 그쪽으로부터 시작되고 있었던 것이다.

마을이 시작되는 지점쯤에 이르렀을 때 그는 사람의 신음 소리를 들었다. 여자 목소리였는데, 입이 가려진 상태에서 발버둥치는 듯한 느낌을 주었다. 신엽은 곧바로 소리의 현장을 덮쳤다. 놀랍게도 거기서는 세 명의 남자들이 한 여자를 뉘어두고 겁탈하고 있었다. 청색 옷을 입은 사내들이었는데, 두 명은 여자를 붙잡아 누르고 한 명은 한창 그 일에 열중이었다. 신엽은 분개하여 그들 속으로 뛰어들었다. 사내들은 깜짝 놀라 피했고, 여자는 다시 한번 비명을 내질렀다.

청의사내들은 기다란 창을 집어들고 신엽을 공격했다. 한마디 말도 없이 악랄한 수법으로 덤벼들었다. 단창에 요절을 내겠다는 심사들이었다. 그들로서는 당연한 노릇이었다. 모처럼 반반한 계집을 찾아 재미를 보려 하였는데 첫번째 주자도 채 끝내기 전에 방해꾼이 나타난 까닭이었다. 신엽은 몇 수를 가볍게 받아넘겼다. 그들의 실력이 대단찮음을 알고는 생각에 잠겼다. 이들을 어찌할 것인가. 백번 죽여 마땅한 자들이지만…….

신엽은 아직까지 실전 경험이 전무했다. 사람을 죽이기는커녕 다치게 한 일도 없었다. 그래서 그들에게 독수를 쓰지 못하고 시간만 끌었다. 순식간에 일백여 초를 나누었다. 그때 문득 허공에서 몇 개의 파공음이 들렸다. 청의사내들이 일제히 쓰러졌고, 광정이 내려섰다. 달려오며 들은 소리만으로도 일의 사정을 짐작할 수 있었던 광정은 돌멩이 세 개를 집어던져 사내들의 혈도를 짚어버린 것이었다.

그 수법을 보며 신엽은 고개를 끄덕였다.

참, 그렇구나. 이러기도 저러기도 곤란할 때엔 먼저 혈도를 짚어버리면 되겠구나.

"무슨 일이냐?"

광정이 물었다. 신엽은 간단히 사정을 설명하였다. 그리고는 여자에게 물어보면 좀더 자세한 내막을 알 수 있을 것이라고 말했다. 그러나 광정은 고개를 저었다.

"이 여자는 이미 아무런 말도 할 수 없어."

신엽이 놀라서 보니 여자는 이미 자결한 후였다. 신엽이 청의사내들과 다투는 사이 입에 물린 재갈을 빼어내고 스스로의 혀를 끊어버린 것이었다. 아직 앳되고 단정해 보이는 처녀였다. 분통이 터진 신엽은 한 청의인의 멱살을 잡아 일으켜 뺨을 갈겼다. 그런데 그 역시 이미 숨이 끊어져 있었다. 세 명이 모두 그러했다. 혈도를 찍히는 순간 그들은 잇새에 숨겨둔 독약을 깨물어 자진한 것이었다.

"관세음보살!"

뒤늦게 도착한 광은은 끔찍한 광경을 목도하고 두 손을 모았다.

"이러고 있을 때가 아닙니다. 마을 사람들이 모조리 죽거나 끌려간 모양입니다. 아무래도 금산사에 좋지 못한 일이 벌어진 느낌입니다."

"내 예감도 그래. 어서 가보자."

마을을 둘러보는 사이 광정은 왜구들의 만행이리라 짐작했다. 그리고 이제 신엽과 다투던 청의사내들을 보니 왜국 사무라이들이 분명했던 것이다. 그들은 지체없이 말을 달려 모악산으로 향했다.

가야금과 여인

김제에서 금산사까지는 낮시간에 말을 달려도 한 시진은 족히 걸
릴 거리였다. 그러나 신엽 등은 나는 듯이 달려 반 시진 만에 사찰
입구에 이르렀다. 도중에 몇 무리의 왜구들을 더 만났지만 시간을
지체할 수 없어서 그냥 달렸다.

금강문을 지나 보제루에 이르니 과연 그곳에서도 심상찮은 일이
벌어지고 있었다. 미륵전 앞뜰에는 십여 개의 햇불이 밝혀져 있었
다. 수십 명의 왜구 사무라이들이 한 대의 수레를 에워싸고 있었고,
자긍대사가 홀로 우뚝 서서 수레를 지키고 있었다. 그의 옷 여기저
기가 찢어진 것으로 보아 한바탕 격전이 벌어졌다가 잠시 소강 상
태에 접어든 듯했다. 주변에는 사오십여 구의 시신들이 나뒹굴고 있
었다. 그중에는 광정 등에게 낯익은 금산사의 승려들도 더러 섞여

있었다. 그리고 그 곁으로는 꽤 여러 권의 경서들이 찢어진 채 나뒹굴고 있었다. 사무라이들은 자긍대사에게 제법 혼이 났는지 선뜻 포위망을 좁히지 못하고 있었다.

"혜진 사형!"

광은이 문득 자긍대사 옆에 쓰러진 한 시신을 발견하고는 달려가 울먹였다. 그는 시신의 어깨를 마구 흔들었지만 시신은 이미 시신일 뿐이었다. 입가에서 한줄기 검은 피가 흘러나왔다. 자긍대사가 소리쳤다.

"피를 조심하거라."

검은 피는 혜진이 독에 의해 살해되었음을 뜻하는 것이었다.

혜진은 자휼대사가 가장 아끼던 애제자였다. 성품도 겸허하고 무공도 뛰어나 자연대사의 제자들과 깊은 교분을 나누던 사이였다. 더구나 자연, 자휼, 자긍 등은 그들의 제자들을 모두 사형제라 칭하도록 하였기에 정이 더욱 두터웠던 것이다.

광정과 신엽은 자긍대사에게 인사를 올렸다. 자신들이 늦어서 일이 이 모양이 되었으니 죽을 죄를 지었다고 말했다. 자긍대사는 한숨을 내쉴 뿐 달리 할말이 없었다. 그 역시 조금 전에야 도착하였고, 같은 죄책감을 느끼고 있었다. 간교한 왜구들을 믿는 게 아니었는데, 순진하게도 그들이 약속대로 정한 일자에 찾아오리라 생각하고 있었다니…….

일의 진밀은 이러하였다.

왜구들이 금산사에 보낸 경고장에는 그들의 방문 일자가 이틀 후로 되어 있었다. 광정 사형제는 그 일자를 믿고 며칠간 견문을 넓히다 오는 길이었다. 자긍대사는 또 그 시간을 이용해서 지리산을 돌아본 터였다. 자혜 대사형의 흔적이라도 찾아보려는 마음에서였다. 그런데 왜구들은 엉뚱하게도 이틀이나 먼저 금산사를 기습 공격한 것이었다.

 금산사에는 자휼대사의 제자들인 혜진과 혜정이 있었다. 그리고 그들 외에도 무공을 아는 승려들이 삼십여 명 있었다. 그중에는 제법 고수라 부를 만한 이들도 여럿 있었다. 그러나 예기찮은 상태에서 왜구와 사무라이들이 떼거지로 몰려드니 당해낼 도리가 없었다. 승려들 대다수는 왜구들의 활과 창에 목숨을 잃었다. 혜정은 물품창고를 지키다가 왜군 부총관 미도노와 그의 수하들에게 포위되어 쓰러지고 말았다.

 마지막까지 버틴 것은 혜진이었다. 그는 다른 두 명의 승려들과 함께 삼성각으로 들어가 문을 걸어 잠갔다. 삼성각은 경서를 보관하는 곳으로 금산사의 모든 불경과 각종 무공비급이 간직되어 있었다. 혜진은 사무라이들의 무공이 대단함을 보고 그들의 궁극적인 목적이 바로 삼성각에 있음을 간파한 것이었다. 만약 그들이 불을 지른다면 그 자리에서 경서들과 함께 타죽으리라 작정하였다.

 미도노는 몇 차례 공격을 시도하였지만 성공할 수 없었다. 오히려 부하들만 자꾸 희생되었다. 그는 일단 다른 물품들을 실어나르도록 지시했다. 식량과 비단, 금불상 등등이었다. 그리고 숨을 돌리면서 삼성각을 점령할 계획을 세웠다. 기실 그는 금산사의 완강한 저항에 놀라고 있었다. 이제까지 네댓 개의 사찰들을 노략질하였지만 이처럼 어려운 경우는 처음이었다. 이처럼 많은 수하들을 잃기도 처음이었다. 그가 만약 금산사의 내력을 알았더라면 감히 단독으로 공격하려는 생각은 갖지도 못했을 것이었다. 금산사는 길상문파가 시작된 요람과 같은 곳이었다. 육백여 년 전 진표율사가 망신참(亡身懺)의 고행을 통해 지장보살과 미륵보살을 친견하고 도를 얻었다는 곳이었다. 길상파는 언제나 장문인의 바로 다음 고승을 금산사의 주지로 임명하여 그 이름과 전통을 지켜왔던 것이다.

잔수에 밝은 미도노가 방법을 생각해내는 데는 많은 시간이 걸리지 않았다. 그는 부하들에게 마른 나뭇가지와 몇 개의 문짝들을 뜯어오게 하였다. 나뭇가지를 태우며 그 위에다 독을 함께 태웠다. 그리고는 문짝으로 바람을 일으켜 독연기를 삼성각으로 날려보냈다. 그 과정에서 몇 명의 자기 부하들이 쓰러졌지만 미도노는 개의치 않았다.

미도노의 독연기에는 원래 냄새나 색깔이 적었다. 더구나 나뭇가지가 타는 연기에 뒤섞여서 그것은 흔적 없이 스며들었다. 혜진은 그들이 화공을 쓰나 보다고만 생각했지 그 속에 독이 있으리라고는 짐작하지 못했다. 그렇게 반 시진이 지났을까. 두 명의 승려들이 문득 피를 토하며 쓰러졌다. 혜진은 그제서야 중독 사실을 깨달았지만 이미 늦은 후였다. 그는 경서들을 내주지 않기 위해 닥치는 대로 찢어버렸다. 그러나 그러기에도 힘이 부족했다. 몽롱해지는 의식 속에서 그는 마지막 방법을 생각했다. 삼성각을 불질러버리는 것이었다. 문 밖에 있을 불을 들고 들어와 온통 태워버리리라. 혜진은 문을 박차고 뛰쳐나가 불을 집어들었다. 그러나 그곳에서는 미도노가 만반의 준비를 갖추고 기다리고 있었다. 그는 비틀거리는 혜진의 대추혈을 내리쳐 일 장에 숨을 끊어버리고 말았다.

혜진을 제압한 미도노는 득의양양했다. 모든 장애물이 제거된 것으로 믿었다. 때문에 느긋하게 뒷일을 처리했다. 우선 삼성각의 독연기가 모두 빠져나가기를 기다린 다음 성서를 수레에 옮겨 실었다. 조심스럽게, 단 한 권의 책도 누락되지 않도록. 혜진이 찢어버린 것도 아주 망가지지만 않았다면 옮겨 싣도록 했다. 그 모든 일이 끝난 다음 그들은 떠날 차비를 했다. 그런데 바로 그때 자긍대사가 당도한 것이었다. 미도노는 대수롭지 않게 여겼지만 뜻밖에도 그 승려의 무공은 대단했다. 미도노 자신보다 최소한 반 수는 위일 성싶었다. 다행이라면 그의 성격이 불 같아서 다루기에 용이할 듯하다는 사실이었다.

미도노는 차륜(車輪)전법으로 자긍을 지치게 만들기로 했다.

미도노 휘하에는 여덟 명의 고수들이 있었다. 각각 네 명씩 두 개 조로 편성되어 있었다. 그는 그 두 개 조를 교대로 투입하여 자긍대사를 공격하게 하였다. 그렇게 십여 차례의 교체 공격이 계속되자 과연 자긍대사도 지치는 기색이 역력했다. 미도노는 틈을 보아 암산을 가하리라 작정하고 있었다. 그렇게 일이 끝나갈 무렵 또다시 광정, 신엽 등이 나타났다. 미도노는 그들이 무시 못 할 위인들임을 단박에 알 수 있었다.

제기랄. 오늘 밤엔 자꾸만 일이 꼬이는군. 또 몇 놈이나 더 나타나야 끝이란 말인가.

그런 생각을 하는 미도노 앞으로 광정이 뚜벅뚜벅 걸어갔다. 광정은 우선 예를 갖추었다.

"존성대명을 부탁드립니다."

미도노는 껄껄 웃었다.

"본인은 일본국 천황 휘하의 특별부대 부총관 미도노라 하오."

"미도노 부총관이셨군요. 소승은 법명을 광정이라 합니다. 금산사가 귀하에게 어떤 잘못이라도 범했는지요?"

"물론이오. 그렇지 않다면 본 부총관이 어찌 친히 왕림하여 그들을 엄벌하였겠소."

"자세한 가르침을 바랍니다."

"내 일찍이 서찰을 띄워 식량과 물자의 차용을 당부한 적이 있소. 그런데 금산사는 차용은커녕 일언반구 응답조차 하지 않았소. 일본국 천황에 대한 모독이 아니고 무엇이겠소."

"그랬군요. 김제 마을의 양민들은 또 귀하에게 어떤 죄를 지었는지요."

　"특별한 죄는 짓지 않았소. 금산사의 일로 울적하여 한바탕 기분 풀이를 한 것일 뿐이오."

　광정은 더이상의 대화가 불가능함을 깨달았다. 애당초 가능하리라고 기대한 바도 아니었지만, 왜구들의 철면피함은 가히 경악할 수준이었다. 그래서 다시 한번 예를 갖추었다.

　"한 수 가르침을 바랍니다."

　말을 마친 광정은 허리를 꺾어내려 온몸을 납작하게 움츠렸다. 그리고는 화살처럼 빠르게 앞으로 내달았다. 적룡권 중의 적룡잠행이라는 초식이었다. 이 초식은 제자리에 선 채 장으로만 공격할 수도 있었고, 지금처럼 신법과 더불어 전개할 수도 있었다. 특히 신법과 병행할 경우에는 기습의 효과가 뛰어났다. 미도노는 예상 밖의 공격에 깜짝 놀라 허공으로 몸을 날려 피했다. 그러나 적룡잠행에는 바로 이 피신 동작에 대한 마무리 공격까지 포함되어 있었다. 광정은 마치 예상하고 있었다는 듯 공격 방향을 상향 조정했다. 용의 발톱처럼 날카로운 그의 두 손이 매가 날아오르듯 지면을 박차고 올라 미도노의 양쪽 허벅지를 움켜잡았다. 그것은 지극히 빠른 변화였다. 미도노의 허벅지는 거의 붙잡히고 만 듯 보였다. 하지만 그의 반응도 혀를 내두를 만큼 재빠른 것이었다. 절체절명의 순간에서 그는 등뒤의 검을 뽑아들어 광정의 어깨를 내려친 것이었다. 광정은 아쉽지만 물러설 수밖에 없었다. 허벅지를 놓지 않는다면 미도노에게 치명상을 입힐 수는 있었다. 그러나 자신 역시 중상을 면치 못할 일이었다.

　"군자의 무공이 아니로군."

　미도노가 놀람을 감추며 말했다. 군자의 무공이 아니라는 말은 무공 자체가 아니라 광정의 기습 방식을 겨냥한 것이었다. 광정은 지지 않고 되받았다.

"도적질이나 일삼는 소인잡배에게 군자의 무공을 쓸 수는 없는 일이지요."

그들은 다시 어울려 십여 합을 겨루었다. 미도노의 검술이 뛰어났으므로 처음에는 광정이 불리한 듯싶었다. 그러나 광정 역시 항상 지니고 다니는 무기가 있었다. 수정알로 만든 염주였다. 하나하나의 구슬이 작은 호두알만한 그 염주는 매듭을 풀어서 펼치면 족히 넉 자 길이는 되었다. 바람을 타고 파도를 가르듯 굽이치면서 염주는 여러 가지 일을 하였다. 특히 상대의 무기를 휘감아 무력하게 만드는 기술이 뛰어났으므로 검을 상대하기에는 안성맞춤이었다. 광정이 그것을 꺼내어 응대하니 두 사람의 균형은 엇비슷이 맞춰지는 듯싶었다.

미도노는 내심 초조해지기 시작했다. 광정만으로는 문제될 게 없었다. 당장은 제압하기 어렵지만 삼사백 초를 나눈다면 승기를 잡을 자신이 있었다. 그러나 그곳에는 광정 이외에도 성질 급한 노대사가 한 명 있었다. 그의 실력은 이미 단단히 맛을 본 터였다. 게다가 아직 실력을 알 수 없는 두 명이 더 버티고 있었다. 미도노는 우선 그 두 명의 솜씨부터 보아야겠다고 생각했다.

"너희는 저 두 녀석들을 공격하거라."

미도노는 이조에게 소리쳤다. 이조의 네 사무라이는 재빨리 장창을 꼬나잡고 신엽과 광은을 에워쌌다. 창에 장치된 청색 일산을 펼쳤다 접었다 하며 그들은 신엽 등을 공격하였다. 그러나 네 명만으로 그들 두 사형제를 상대한다는 것은 불가능한 일이었다. 수초가 지나지 않아 네 사무라이는 수세에 몰렸으며, 다른 네 명의 일조 무사들이 거들고 나서지 않을 수 없었다. 그제서야 그들의 싸움은 대략적인 균형 상태를 이루게 되었다.

일이 그렇게 되니 미도노는 더욱 초조해졌다. 이 많은 고수들이 대관절 어디서 왔단 말인가. 고작 자그마한 사찰 하나를 공격하는데 이처럼 힘이 들 줄이야 누가 짐작이나 했단 말인가. 더구나 그가 일껏 지치게 만들어둔 노대사는 이제 기운을 회복하고 여유롭게 형세를 관망하고 있었다.

미도노는 야비하지만 독수를 쓰지 않을 수 없다고 판단했다. 그의 몸 여기저기에는 몇 가지의 은밀한 암기가 장착되어 있었다. 일본국은 원래 암기의 나라로 알려져 있었다. 약육강식의 전쟁이 끊임없이 이어졌으므로 무사들은 무공에 전념할 겨를이 없었다. 일단 승부에 이겨서 살아남는 것이 급선무였다. 때문에 그들은 갖가지 기발한 암기들을 고안하여 상대를 쓰러뜨렸다. 긴배화장노(緊背花裝弩)라든가 답노(踏弩), 수리검(袖裏劍) 등등은 기본에 속했다. 미도노가 애용하는 것은 침이었다. 특히 그는 발바닥에 장치하여 발차기를 하는 척하며 침을 발사하곤 했다. 그것은 흔히 척퇴비침(蹴腿飛鍼)이라 알려진 암기와 유사하였으나 빠르기와 정확성에 있어서는 월등히 뛰어났다. 뿐만 아니라 그의 침에는 견즉시독 아시겐지의 독사로부터 추출한 극독이 묻어 있어 살갗을 스치기만 하여도 생명을 구할 수 없게 되는 것이었다.

침을 발사하기에 앞서 미도노는 광정을 유인하였다. 짐짓 허를 보여 기선을 잡게 했다. 광정은 기회를 놓치지 않고 분룡포사의 초식을 전개하였다. 허공에서 봄을 일직선으로 날려 미도노의 인후를 공격하였다. 그 순간 미도노는 뒤로 쓰러지듯 드러누우며 오른발을 차올렸다. 너무 가까운 거리였으므로 광정은 피하지 않고 막기로 했다. 염주를 쥔 오른손의 공격은 늦추지 않은 채 왼손으로만 막으려했다. 그런데 그 순간 미도노는 발바닥에 감추어진 독침을 발사하였다. 광정은 경악했다. 너무 짧은 거리였다. 독침은 불과 두 자 남짓

의 거리에서 발사된 것이었다. 그는 다급히 허리를 비틀었지만 독침
은 이미 오른쪽 가슴 유근혈을 파고들려 하고 있었다. 남은 방법이
라면 독침을 움켜쥐는 것뿐이었다. 그런데 그때, 한줄기 빛이 날아
들어 독침을 밀쳐내었다.

쨍그랑.

광정의 생명을 구한 것은 자긍대사가 날린 비어자였다. 무심한 듯
보였지만 자긍대사는 광정과 미도노의 일전에 온 신경을 기울이고
있었다. 신엽과 광은은 여덟 사무라이를 상대로 충분히 여유 있는
형세를 유지하고 있었기 때문이었다. 그랬기에 그는 미도노가 짐짓
허를 보여 광정을 유도함을 알 수 있었고, 그가 발을 차올리는 순간
발끝에서 반짝이는 금속 조각을 포착할 수 있었던 것이다.

"물러서라!"

자긍은 광정과 미도노의 사이로 뛰어들며 소리쳤다. 광정은 공손
히 물러나며 사숙에게 상대를 양보하였다. 미도노는 공을 들인 암수
가 수포로 돌아가자 얼굴이 일그러졌다.

"흥. 늙은 중이 사는 일에 싫증이 난 모양이로군."

그는 대뜸 검을 휘둘러 독수를 전개하려 했다. 그때였다. 뜰을 밝
힌 횃불들이 일제히 바람에 흔들렸다. 부드럽고 향기로운 바람이었
다. 자긍대사는 왜구들이 또다시 독공이라도 쓰는 것이리라 짐작했
다. 그러나 그것은 새로이 그 자리에 당도한 인물들로부터 풍겨나온
향기였다. 대적광전 지붕 위로부터 허공을 타고 다섯 명의 소녀들이
내려선 것이었다. 그들은 각각 청색 홍색 황색 녹색, 그리고 백색의
다섯 가지 색깔의 옷을 입고 있었다. 한결같이 아름다운 모습이었지
만 특히 한가운데 백색 옷을 입은 소녀의 자색이 뛰어났다. 그녀는
아직 스무 살이 채 못 되었을 법한 앳된 얼굴이었다. 안타까운 점이
라면 그 얼굴에는 어울리지 않게 차가운 냉소가 머금어져 있다는

사실이었다.

그녀의 등장은 미도노의 얼굴에 화색을 뿌렸다.

"누이! 때맞춰 잘 와주었구먼."

백의소녀는 다름아닌 미도리였다. 그녀는 요다 훈게이의 양녀였으며 미도후사와 미도노의 여동생이었다. 물론 피로 맺어진 관계는 아니었다.

요다는 십여 년 전부터 여섯 명의 양자녀를 길러온 터였다. 각각 세 명씩 두 개 조로 나누어 친소관계를 형성하였으며, 그것을 그대로 전술적인 조직으로 운용하였다. 말하자면 그의 양자녀는 모두 전투 조직의 중간 지휘관에 해당하는 셈이었다. 미도후사와 미도노, 미도리가 그 한 축이었고, 다른 한 축에는 히야시와 히데유키, 히데코가 있었다. 이번에 대고려(對高麗) 작전을 전개하면서 요다는 그들 여섯 양자녀를 모두 투입하였다. 미도후사와 히야시를 총관으로, 나머지 네 사람을 각각 부총관으로 임명하여 지휘권을 맡겼다. 그가 이 일에 얼마나 큰 비중을 두고 있는가를 짐작할 수 있는 부분이었다.

미도노의 반색에 미도리는 냉담하게 반응하였다.

"뜻밖이군요. 반가워하리라곤 기대하지 않았어요."

"무슨 그런 소릴. 내 이제나 저제나 기다리고 있었지."

미도리는 왜국어로 말했다.

"우리 계획은 이틀 후였잖아요. 작은오빠가 혼자 공을 세운다고 아버님께서 더 큰 상이라도 내리실 줄 아나요?"

"그런 게 아니야. 미도리를 쉬게 하려고 혼자 일을 처리하려 했던 게지. 머나먼 객지생활에 잠시 휴식할 틈도 없었잖아."

"감동적이로군요. 그럼 어서 계속하세요. 저는 작은오빠의 배려를 받아들여서 이만 돌아가 쉬도록 하겠어요."

"그게, 미도리, 사정이 달라졌어. 뜻밖에도 만만찮은 고수들이 한 자리에 모였어. 미도리가 좀 수고해줘야겠어."

미도노는 다급해져서 매달렸다. 그는 자신의 여동생이 돌아가겠다고 선언하면 정말 돌아가버리는 성격임을 알고 있었던 것이다.

미도리는 방년 열아홉 살이었으니 미도노보다 세 살 어린 여동생이었다. 하지만 무공에 있어서는 오히려 한 수 위였다. 자질도 뛰어났지만 어려서부터 한눈 한 번 팔지 않고 무공에만 전념해온 덕분이었다. 그런 까닭에 사부이자 양부인 요다 훈게이는 그녀를 대단히 자랑스럽게 여겼다. 미도후사와 히야시를 제외하고는 그녀의 무공이 형제들 중에서 단연 으뜸이라고 칭찬하곤 했다.

반면에 미도노는 요령부리기와 한눈팔기의 대가라 할 수 있었다. 잔뼈가 굵기 시작하고부터는 틈만 나면 기생집을 들락거렸다. 무공 연마가 늦어진 것은 당연한 일이었다. 요다가 그를 내치지 않고 데리고 있은 것은 단지 한 가지, 그의 잔머리를 높이 평가해서였다. 무공으로는 대성할 희망이 없었지만 잔머리만큼은 언젠가 써먹을 곳이 있으리라 여긴 것이었다.

"내 이번 일이 끝나면 아버님께 특별 상신을 올리도록 하지. 사경에 처했는데 미도리 누이의 도움으로 일을 훌륭히 끝낼 수 있었다고 말이야."

미도노는 다시 한번 사탕발린 소리를 했다.

사무라이들을 제외하고 그 자리에서 왜국어를 알아들을 수 있는 사람은 자긍대사밖에 없었다. 자긍은 그들이 무슨 소리를 주고받나 듣고 있다가 코웃음을 쳤다.

"흥. 네 놈이 살아서 이 자리를 떠난다면 그 따위 헛소리를 지껄여도 내 상관하지 않겠다."

미도노는 자기네 말을 알아듣는 이가 있었다는 사실에 당황했다.

"늙은 중이 쥐새끼처럼 엿듣고 있었구나."

자긍대사는 새파랗게 젊은 미도노가 번번이 늙은 중 운운하는 것을 참을 수 없었다. 그래서 대뜸 쌍장을 휘두르며 미도노 앞으로 몸을 날렸다. 대단히 분개한 상태였으므로 그가 내친 장력은 강맹하기 짝이 없었다. 미도노는 감히 맞받을 생각을 못 하고 몸을 피하려 했다. 그런데 그때 한줄기 부드러운 장력이 밀려와 자긍대사의 장력과 충돌하였다. 자긍대사의 장력은 비스듬히 방향이 틀어져 허공으로 흘렀다. 그리고 그와 미도노의 중간으로 백의소녀 미도리가 날아들었다. 그녀는 부드러운 미소를 머금고 있었다.

"대사님께서는 젊은이의 버릇없음을 용서하소서."

자긍은 자신의 장력을 해소한 것이 그녀인가 싶어 놀랐다. 더구나 그녀의 미소는 그를 얼떨떨하게 만들었다. 조금 전까지만 해도 그녀는 얼음처럼 차가운 표정이었던 것이다.

"풍류의 나라 고려 땅에 와서 소녀가 서투른 솜씨나마 한 곡조 올릴까 하는데 대사님께서는 너그럽게 들어주실는지요."

자긍대사는 한층 더 어리둥절해졌다. 그러나 잠시 생각해보니 사정을 이해할 것 같았다. 요망한 것. 이 계집 역시 수단이 보통이 아니로구나. 자신의 음공(音功)을 한번 받아보겠느냐는 얘길 테지. 이렇듯 상냥하고 예절바른 청을 물리친다면 내 체면이 말이 아닐 테고. 그래 한번 해보아라. 내 길상사 청마루에 앉아 목탁만 두드린 지 삼십 년이 지났는데 네깟 어린 계집애의 곡조에 흔들리겠느냐.

마음을 그렇게 정리한 자긍대사는 고개를 끄덕였다.

"빈승이 오랫동안 귀를 씻지 못하여 아름다운 음악을 이해하지 못할까 두려울 따름입니다."

"지나친 겸손의 말씀이십니다."

미도리는 미륵전 앞 돌계단에 자리를 정하였다. 그러자 홍의의 소녀가 재빨리 움직여 홍색 비단을 깔았다. 미도리는 그 위에 좌정하였고, 녹의소녀가 등뒤에 메고 있던 커다란 비단 주머니를 갖다 바쳤다. 주머니를 열어 꺼낸 물건은 뜻밖에도 고려의 악기인 가야금이었다. 미도리는 잠시 소리를 고른 다음 연주를 시작하였다.

음악은 무척 감미롭게 시작되었다. 봄바람을 만난 나비가 무지갯빛 꽃밭을 누비고 다니는 듯한 느낌이었다. 그 느낌은 홍색 비단 위에 좌정한 미도리의 아름다운 모습과 어울려 탄식을 자아낼 지경이었다. 자긍대사는 질끈 두 눈을 감아버렸고, 광정과 광은은 차마 그러지 못하여 그녀에게 마음을 빼앗기고 있었다.

신엽의 반응은 조금 엉뚱하였다. 미도리가 나타난 순간부터 신엽은 어머니를 생각하기 시작했었다. 그녀는 어쩐지 어머니를 연상케 했던 것이다. 게다가 어머니 역시 가야금을 타며 곧잘 노래를 부르시곤 했었다. 잘은 모르지만 어머니는 예전에 전주 일대에서 이름난 기생이었다 했다. 어떤 인연으로 아버지를 만나 신엽을 낳았으나 아버지는 곧 돌아가셨고 혼자가 되셨다. 아버지는 용맹한 장수였는데 왜구와의 싸움중에 돌아가셨다는 말도 있었다. 어쨌든 어머니는 이따금 가야금을 타며 노래를 부르곤 하셨다. 돌아가신 아버지를 그리워하는 게 분명했다. 그런데 신엽은 미도리의 감미로운 음악 속에서 어머니를 느끼고 있었던 것이다. 그는 밤하늘을 보다가 그녀를 보다가 다시 땅을 내려다보았다. 뜨거운 기운이 눈시울로 몰렸다. 이번 일이 끝나는 대로 어머니를 찾아뵈어야지. 그는 그렇게 마음먹었다.

그러는 사이 음악이 달라졌다. 아름답기만 하던 것이 문득 처연해지고 숙연해졌다. 꽃을 시샘하는 찬바람이 일고, 빗방울이 듣기 시작하였다. 꽃잎은 흔적 없이 사라지고, 나비는 가련하게 빗속을 헤매었다. 광은은 안타까움을 가누지 못하여 제자리에서 빙글빙글 돌았다. 광정도 조금씩 어깨를 들썩이고 있었다. 그러자 미도리는 다시 음악을 바꾸어 유혹적인 가락을 연주하였다. 비에 젖은 나비가 어느새 성숙한 여인으로 변하여 하늘거렸다. 젖은 옷 위로는 뜨거운 수증기가 피어올랐다. 청홍황녹색 옷을 입은 네 명의 소녀들은 음악에 맞추어 너울너울 춤을 추었다. 허리를 비틀고, 어깨를 어루만지다가 둔부의 둥그런 곡선을 쓰다듬어내렸다. 사타구니 사이에 두 손을 찔러넣은 채 교성을 발하기도 했다. 그리고는 요염하게 가슴의 옷섶을 풀어헤쳤다. 세상 어떤 남자라 하더라도 그같은 유혹 앞에서는 견디기 어려울 것이었다. 광은의 걸음은 더욱 빨라졌으며, 광정도 이제는 걸음을 내딛고 있었다.

신엽은 그들이 같은 방향으로 걷고 있음을 알았다. 그리고 그것은 기운의 흐름과 역행하는 방향이었다. 자긍대사를 보니 두 눈을 굳게 감은 채 어깨를 부들부들 떨고 있었다. 그 역시 음악의 유혹에 맞서서 치열한 싸움을 벌이고 있는 게 분명했다. 신엽은 그제서야 자기 속에서도 예사롭지 않은 기운이 돌고 있음을 느낄 수 있었다. 그는 얼른 좌정하여 『진표현경』의 심법에 따라 운기하였다. 차 반 잔 마실 정도의 시간이 지나자 평정이 돌아왔다.

음악은 사람을 기쁘게도 할 수 있지만 한없이 슬프게도 만들 수 있단다.

신엽은 어머니의 말씀을 떠올렸다. 그러나 미도리의 음악은 그보다도 한층 지독한 것이었다. 그녀의 음악은 사람의 감정을 지배하기 위해 치밀하게 계산된 것이었다. 우선은 아름다움과 감미로움 따위 낭만적인 감정을 이용해 듣는 이의 관심을 샀다. 그런 다음 슬픔으로 유도하였고, 그리고는 욕정으로 끌어내렸다. 이같은 단계를 밟으면 아무리 굳건하게 버티려던 사람도 허물어지게 마련이었다. 저급한 감정이 지배하는 상태로 빠져드는 것이었다. 그 상태에서는 기운의 흐름이 막히거나 역행되어 치명적인 내상을 입을 수 있었다. 그

178

리고 그 일이 지금 광은과 광정 등에게 찾아오고 있었다.

신엽은 사태가 그처럼 심각하리라고는 짐작조차 못 했다. 그러나 어쨌든 좋은 일은 아닌 듯하여 중단시키기로 작정했다. 그는 작은 돌멩이 하나를 집어들어 손가락으로 퉁겼다.

띵!

가야금의 마지막 줄이 돌멩이에 맞아 끊어졌다. 그 자리에 있던 모든 사람들은 깜짝 놀라며 깨어났다. 그중에서도 가장 놀란 사람은 바로 미도리였다. 십여 년의 공을 들여 연성한 가야금 음공이 이처럼 간단히 깨어질 줄은 몰랐던 것이다. 그녀는 신엽을 아래위로 훑어보았다. 이목구비는 번듯했지만 특별한 내공을 지닌 인물로는 보이지 않았다. 그렇다면 아마도 다른 이유가 있으리라.

미도리는 가야금을 치우고 일어나 천천히 신엽에게로 다가갔다.

"제가 아끼는 악기를 망가뜨렸군요."

그녀는 생글생글 웃고 있었다. 신엽은 웃음의 뜻을 헤아릴 수 없어서 우두커니 서 있었다.

"왜 말씀이 없으세요. 망가뜨렸으면 보상을 해야 할 것 아녜요?"

"어떤 보상을 원하시나요?"

"이 줄은 아주 특별한 것이에요. 금을 주고도 구할 수가 없어요. 그러니 돌을 던진 댁의 손가락 두 개로 보상받겠어요."

그녀는 여전히 미소짓고 있었다. 신엽은 할말을 찾지 못했다. 자긍대사가 참지 못하고 끼어들었다.

"혹시나 하였더니 역시나로구나. 그러니까 유유상종이라는 말이 있는 것이겠지. 너는 저 악독한 계집의 수작에 대꾸할 필요도 없다."

"어떡하시겠어요? 직접 자르시겠어요, 아니면 제가 도와드릴까요?"

미도리는 자긍대사의 말에 개의치 않고 다시 신엽에게 물었다. 신엽은 잠시 생각하다가 말했다.

"이렇게 하죠. 망가진 줄을 제게 주신다면 사흘 이내로 반드시 구해드리겠습니다."

"굳이 제 도움을 원하시는군요. 일백 초 이내로 두 손가락을 자르지 못한다면 없었던 일로 하겠어요."

말을 마친 그녀는 다시 신엽에게로 다가왔다. 여전히 상냥한 표정이었다. 그러나 그녀가 다가옴에 따라 신엽은 몇 줄기의 한기가 밀려옴을 느꼈다. 살을 에일 듯 차가운 한기였다. 그는 깜짝 놀라 몸을 날려 그녀의 등뒤로 내려섰다. 미도리는 고개도 돌리지 않고 좌장을 뒤로 저어 신엽의 왼쪽 겨드랑이를 공격했다. 이번에도 마찬가지였다. 손이 오기도 전에 한기부터 싸늘하게 다가들었다. 신엽은 재빨리 공력을 끌어올려 쌍장으로 마주쳤다. 펑 하는 소리와 함께 그는 두 걸음을 물러서야 했다. 그러나 미도리는 어깨가 약간 움찔했을 뿐이었다.

"첫 초는 잘 피했군요."

미도리의 말이었다. 그녀는 천천히 몸을 돌리고는 신엽을 향해 걸어갔다. 그 모습은 어쩐지 살아 있는 사람이 아닌 듯한 느낌을 주었다. 그녀의 목소리조차 공격이 시작되기 전과는 판이하게 달라져 있었다. 그녀는 많이 움직이지도 않았지만 신엽이 움직일 수 있는 모든 방향을 장악하고 있었다. 이런 무공은 자긍대사에게도 낯선 것이었다.

"조심하거라. 상식으로 이해할 무공이 아니야."

자긍은 조바심으로 신엽에게 소리쳤다.

그가 놀란 것도 무리가 아니었다. 미도리가 선보인 것은 한설화공(寒雪花功)이었다. 요다 훈게이가 한빙장과 함께 연성한 것으로, 한빙장보다는 냉기가 약간 떨어지지만 그 운용의 묘미는 결코 뒤지지 않는 마공(魔功)의 일종이었다. 일단 시전되면 차가운 한기가 눈꽃 송이처럼 분분하게 흩어져 상대의 전신대혈을 노렸다. 정상적인 무공에서는 진기를 끌어올리려면 혈도를 먼저 데워야 하는데 그 혈도들에 냉기를 뿜어대니 상대방은 기운을 쓸 수 없게 되는 것이었다.

미도리는 잇달아서 오륙 초를 공격했다. 아주 느린 듯 보이는 공격이었지만 신엽에게는 호흡조차 힘든 압박감의 연속이었다. 장과 장이 마주칠수록 그는 점점 더 힘이 빠지는 느낌이었다.

아무리 어려운 상대를 만나도 당황하지 말아야 한다. 어떤 무공에도 약점은 있는 법이니 그것을 찾아내도록 노력해라.

신엽은 자연대사의 가르침을 떠올렸다. 그는 미도리의 움직임을 관찰하였고, 그녀의 보법이 비교적 단순함을 알게 되었다. 간결하고 능률적인 보법이었지만 두 발이 항상 지면과 수평으로 움직이고 있었던 것이다. 신엽은 그렇다면 다시 대나무 위에서 익혔던 적룡신법의 도움을 받아야겠다고 생각했다. 그는 훌쩍 몸을 날려 미륵전 지붕 위로 올라섰다. 미도리는 지체없이 그의 뒤를 따라 날아올랐다. 무릎을 거의 굽히지 않고 솟아오르는 모습이 그녀의 공력을 짐작케 했다.

미륵전 위에서도 미도리는 같은 공격을 계속하였다. 기왓장을 스치듯 움직이며 한기를 뿜어내는 그녀의 모습은 유령과 같았다. 그러나 평지가 아닌 곳에서는 신엽의 움직임이 한결 날렵해졌다. 그는 삼층으로 이루어진 미륵전 지붕을 자유롭게 오르내리며 미도리의 공격을 피했다. 뿐만 아니라 틈틈이 허를 찌르는 공격도 가했다.

사정이 이롭지 못함을 깨달은 미도리는 신엽을 평지로 떨어뜨리려고 애썼다. 지붕의 가장자리로 몰아붙인 다음 피하기 힘든 공격을 퍼부었다. 신엽은 단 한 장의 기와에 발을 붙인 채 아슬아슬하게 싸웠다. 그러나 그 한 장의 기와 위에서 그가 보여주는 신법은 갈채를 보낼 만한 것이었다. 마치 기왓장이 단단히 그를 붙잡기라도 하는 듯 자유자재로 누웠다 일어섰다 했다. 그러다가 그녀가 발을 공격하면 가볍게 날아올라 위층이나 아래층으로 피하는 것이었다.

미도리는 한설화공을 계속하는 것이 별무소용이라 판단했다. 게다가 그녀는 신엽의 적룡신법과 한바탕 어우러지고 싶은 충동이 일었다. 그래서 묘비월(猫飛月)의 경신술을 펼치기 시작했다. 고양이가 달을 희롱하는 재주였으니 그 변화는 가히 천변만화라 할 수 있었다. 그때부터 두 사람은 삼층의 미륵전을 빙글빙글 돌며 오르락내리락하여 보는 이의 눈을 어지럽혔다.

그렇게 칠십 초가 지나갔을 즈음 문득 미도리가 멈추어 섰다. 그녀는 신엽에게 물었다.

"실례가 아니라면 어느 문파의 누구인지를 물어봐도 될까요?"

신엽은 자긍대사를 바라보았다. 자긍은 고개를 끄덕여서 대답해도 좋다고 허락해주었다. 그는 내심 신엽의 성취도에 만족하고 있었다. 그의 성품에 대해서도 신뢰가 느껴졌다. 조금 전 미도리의 음공만 해도 그러했다. 그런 종류의 음공은 공력과 인품이 모두 뛰어나지 않으면 꼼짝없이 걸려들게 마련이었다. 신엽에게는 자혜대사의 공력이 내재되어 있었지만 만약 그의 인품이 그것을 뒷받침하지 못했다면 쓸모없는 일이었던 것이다.

"길상문하의 이신엽이라고 합니다."

신엽이 대답했다.

"길상사에는 고승이 많다고 들었습니다. 어느 분을 사부로 모시고 계신지요?"

"자연대사님이 사부님이십니다."

미도리는 이미 그가 길상파이리라 짐작하고 있었다. 스승 요다로부터 길상파의 무공과 계보에 대해 배운 바가 있었다. 그러나 길상문하에 이처럼 뛰어난 남자 속가제자가 있다는 얘기는 금시초문이 었기에 확인해본 것이었다.

"금산사와 길상파는 어떤 관계에 있기에 이렇게 많은 고수들이 몰려와서 돕는 것입니까?"

"금산사는 길상파의 한 부분입니다. 길상사와는 형제의 관계에 있 다 할 것입니다. 그러나 설사 아무런 관계가 없다 하더라도 마찬가 지로 도울 것입니다."

"그건 왜죠?"

"한민족의 어려움을 외면할 수는 없는 일이니까요."

"흥."

미도리는 코웃음을 쳤다. 그 말을 듣는 순간 그녀의 가슴속이 뜨 끔해졌기 때문이었다.

"쓸데없는 참견을 좋아한다는 얘기로군요. 오늘 그 대가가 무언 지를 가르쳐드리지요."

미도리는 다시 공격을 시작했다. 조금 전까지보다 한결 매서운 솜 씨였다.

칠십 초가 지난 다음 그녀가 잠시 손놀림을 멈춘 데는 이유가 있 었다. 그 시점까지 그녀는 신엽의 적룡신법을 대략 파악할 수 있었 다. 그래서 허점을 찾아낼 수 있었고, 그것을 공략할 방법을 강구하 기 위해 손을 멈춘 것이었다. 적룡신법이 최고의 경지까지 이른다면 허점을 파악하기란 그처럼 간단하지 않았다. 그러나 신엽은 아직 까 다로운 몇 가지 움직임을 완전히 터득하지 못한 터였다. 미도리가 간파한 것이 바로 그 부분들이었다.

다행이라면 신엽 역시 그 사이 몇 가지 사실을 정리했다는 것이 었다. 미도리의 경신술은 자신의 신법보다 결코 처지지 않았다. 오 히려 더 민첩하고 정확한 듯했다. 하지만 경신술을 쓰는 동안 그녀의 장력은 현저하게 떨어졌다. 손놀림은 더욱 현란하였지만 그 위력은 크게 감소하는 것이었다. 반면에 신엽의 장력은 신법을 쓰는 동안에도 위력이 떨어지지 않았다. 적룡신법과 적룡권은 처음부터 함께 사용하도록 고안된 무공인 까닭이었다. 따라서 신엽은 싸우는 방식을 처음과는 다르게 이끌었다. 피하기 위주가 아니라 맞받아치기 위주로 바꾸었다. 과연 그 방식은 적중했다. 그는 미도리와 연거푸 십여 장을 교환하였지만 크게 밀리지 않았다.

미도리는 내심 무척 놀랐다. 신엽의 솜씨는 한 초 한 초를 거듭할수록 발전하고 있었다. 처음 결투를 시작할 때는 삼십 초면 되리라 여겼었는데 지금은 다시 삼백 초를 싸운다 해도 장담할 수 없을 성싶었다. 물론 방법이 아주 없는 것은 아니었다. 신엽은 아직 경험이 부족했고, 정수만을 사용하고 있었다. 만약 그녀가 암수를 쓴다면 몇 초 만에 쓰러뜨릴 자신도 있었다. 미도리는 갈등에 빠졌다.

더 크게 될 싹이 분명한데, 지금 잘라버려야 하는가 아니면…….

그러는 사이 그들은 구십 초를 넘어섰다. 구십육 초, 구십칠 초가 지나갔다. 미도리는 신엽의 코앞으로 접근하여 허초를 휘둘렀다. 허리와 허벅지에 유도 공격을 가한 다음 문득 우장으로 신엽의 턱을 쳐올렸다. 신엽은 물러서지 않고 역시 우장으로 맞받아쳤다. 그 공격마저도 허초였음을 신엽은 곧바로 깨달았다. 그러나 그때는 이미 늦은 후였다. 그 순간 미도리의 오른쪽 팔소매에서 두 개의 독침이 발사된 것이었다.

독침들은 신엽의 가슴 양쪽 신장혈로 파고들었다. 신엽은 경악했다. 한 자 반도 채 안 될 가까운 거리였다. 더구나 그는 그런 식의 암수가 있다는 사실조차 몰랐던 것이다. 두 눈을 멀쩡하게 뜬 채 당할 수밖에 없었다.

독침들이 한 치 앞에 이르렀을 때, 정말 뜻밖의 일이 일어났다. 미도리가 손목을 떨치며 그것들을 거둬들인 것이었다.

독침이 발사되고 거둬들여진 사실을 아는 것은 그들 두 사람뿐이었다. 신엽은 더욱 멍해져서 미도리의 두 눈을 쳐다보았다. 미도리는 좌장으로 신엽의 가슴을 때리고 물러섰다. 신엽은 두 걸음을 밀렸지만 부상을 입을 정도는 아니었다.

"일백 초요!"

아래에서 광은이 소리쳤다.

"홍. 운이 좋았군요. 다음번에도 그렇지는 않을 거예요."

미도리는 손을 들어 허공에다 동그라미 하나를 그렸다. 그리고는 자긍대사를 향해 말했다.

"길상사의 차례도 멀지 않았어요. 내달 보름쯤으로 통보가 갈 거예요."

"왜구들의 약속 따위는 믿지 않는다."

"걱정 마세요. 길상사마저 감히 한두 마리의 여우가 기습할 수는 없을 테니까요."

그녀의 말은 작은오빠 미도노를 겨냥한 것이었다.

말을 마친 미도리는 몸을 날렸다. 공중에서 두 바퀴 구르는가 싶더니 미륵전 너머로 사라져버렸다. 그녀를 곱게 놓아보낼 생각이 없었던 자긍대사는 아차 했다. 그러나 이미 그녀와 함께 왔던 네 명의 소녀들도 사라지고 없었다. 허공에다 그린 동그라미가 작전을 종료하고 돌아간다는 신호였던 것이다. 멀찌감치 물러나 사태를 관망하던 미도노는 부하들과 함께 어둠 속으로 달아났다. 미도리가 떠났는데 남아 있을 이유가 없었다.

"왜 갑자기 모두들 떠난 것일까요?"

광은이 자긍대사에게 물었다. 자긍 역시 그 점을 의아해하던 중이었다. 미도노와 미도리가 전력을 다해 합공한다면 적어도 그들이 밀리지는 않을 상황이었다.

"내달 보름 길상사를 방문하는 일에 대단한 준비들을 하는 모양입니다. 그때 충분한 승산이 있으니 굳이 지금 모험할 필요가 없다고 여긴 것 아니겠습니까?"

광정의 말이었다. 자긍이 듣고 보니 그럴듯한 해석이었다.

"흥. 길고 짧은 것은 대봐야 알 테지."

"감히 어느 누구도 길상사를 얕보지는 못하게 만들겠습니다."

광은이 주먹을 불끈 쥐며 말했다. 자긍대사는 고개를 끄덕였다.

그들은 우선 그곳의 상황을 수습했다. 다친 승려들을 치료하고 시신은 모아서 한 곳에 정리했다. 몸을 피했던 몇 명의 승려들이 돌아와 일을 도왔다. 다행히 창고를 지키던 혜정은 아직 숨이 끊어지지 않은 상태였다. 응급치료를 하고 명문에 기운을 주입하니 의식이 돌아왔다. 몇 달간 정양하면 정상으로 회복할 수도 있을 것 같았다.

수습이 끝난 다음 신엽은 자긍대사에게 소운 사저에 대해서 물었다. 혹시 먼저 당도하지 않았느냐고. 자긍은 금시초문이었다. 혜정과 금산사의 다른 승려들에게 물었지만 그들 역시 알지 못했다. 자긍이 되물었다.

"너희 사형제와 줄곧 함께 행동하지 않았느냐?"

신엽은 그간의 일을 간략하게 설명했다. 자긍대사의 안색이 어두워졌다. 그가 그런 표정을 짓는 것은 드문 일이었다. 그만큼 소운을 아낀다는 이야기였다.

"아니야. 소운인 그런 애가 아니야. 그만한 일로 일언반구 없이 사라져버릴 애가 아니야. 무슨 일이 있는 게야."

"저도 그 점을 의심하고 있었습니다."

광정이 말했다.

"고작 그 며칠 동안 동생을 잃어버리다니. 도대체 언제쯤이면 사형 노릇을 제대로 하겠느냐?"

자긍대사는 애꿎은 광정에게 호통을 쳤다. 신엽은 모두에게 미안하여 몸 둘 바를 모를 지경이었다.

"저 때문에 일어난 일입니다. 이 길로 곧장 떠나가 소운 사저를 찾아보겠습니다."

"사형인 제게도 책임이 있습니다. 사사제와 함께 사매를 찾도록 하겠습니다."

광정이 동행을 자청하였다. 자긍대사도 그들 두 사형제를 보내리라 생각하던 터였다.

"내달 보름이면 스무 날이 남았을 뿐이야. 경거망동은 삼가되 한 시바삐 사매를 찾도록 하여라."

신엽과 광정은 그 자리에서 즉시 절을 올리고 금산사를 떠났다. 그들은 서로 상의할 필요도 없이 같은 곳을 목적지로 정하고 있었다. 바로 공주 박일룡의 집이었다. 그러나 그들의 속마음은 서로 같지 않았다. 신엽에게는 소운을 찾아야 한다는 일념뿐이었지만 광정은 이번 기회를 어떻게 활용할까에 대한 궁리로 가득 차 있었다. 그는 신엽의 무공이 일취월장하고 있음에 놀랐다. 뿐만 아니라 모든 사람이, 심지어는 까다롭기로 소문난 자긍대사마저도 신엽에게 호감을 보이는 데 당황하였다. 신엽의 존재가 그처럼 급부상한다면 광정으로서는 큰 문제가 아닐 수 없었다. 거기에는 물론 지극히 중요한 이유가 있었다.

내통

신엽과 광정은 쉬지 않고 말을 달렸다. 이튿날 늦은 저녁 공주에 도착할 수 있었다. 기억을 더듬어 박일룡의 집을 찾아가보니 그곳에는 등불들이 휘황찬란하게 밝혀져 있었다. 행여 천인상이 약속을 지키지 않아 허물어지지나 않았을까 걱정했던 그들에게는 뜻밖의 일이었다. 그들은 가장 시끌벅적한 사랑채의 지붕에 몸을 숨기고 동정을 살폈다.

사랑방에서는 한창 주연이 무르익고 있었다. 놀랍게도 주석에 자리한 사람은 바로 천인상이었다. 그 아래로는 봉사질, 김인문, 마은종 등이 앉아 있었고, 사이사이에 여자들이 끼어앉아 술시중을 들고 있었다.

저놈이 끝내 이 집을 차지하고 말았단 말인가.

신엽은 그렇게 생각하며 두 주먹을 불끈 쥐었다. 하지만 자세히 보니 사정은 더 미묘한 듯싶었다. 천인상의 옆자리에 앉아 생글생글 웃으며 술을 따르는 여자는 바로 박일룡의 처였던 것이다. 남편을 잃은 지 닷새밖에 되지 않은 여자가 상복은커녕 오색 치마저고리를 화사하게 차려입고 있었다. 신엽은 기가 막혀 광정을 돌아보았다.

"저럴 수도 있는 겁니까?"

"쉬."

광정은 손가락을 입술에 대었다. 그도 역시 같은 장면을 보고 있었다. 그러나 그의 머릿속에서는 다른 그림이 그려지고 있었다.

잠시 후 그가 신엽에게 말했다.

"속았어."

"네?"

"우리가 감쪽같이 속았어. 저 여자는 박일룡의 처가 아니야. 천가 놈의 소실이 분명해. 어쩐지 하녀들이 하나같이 미색이더라니."

그제서야 신엽도 사정을 알 것 같았다. 술시중을 드는 여자들은 지난번엔 박일룡 집 하녀 역을 맡았던 이들이었다. 그들은 천인상의 연극에 꼼짝없이 놀아난 것이었다.

분기가 머리끝까지 차오른 신엽은 우지끈 지붕을 부수며 아래로 내려갔다. 기왓장과 나무 조각들이 떨어져내리고, 여자들은 비명을 지르며 달아났다. 신엽은 술상을 뒤엎어버리고 천인상의 멱살을 틀어잡았다. 봉사질 등이 그를 공격했지만 뒤따라 내려온 광정에게 얻어맞고 가지런히 혈도를 제압당했다. 광정은 원래 이런 식으로 일할 생각이 아니었다. 천장에 숨어서 그들의 대화부터 엿들을 생각이었다. 그러나 신엽이 참지 못하고 먼저 저질렀으니 달리 도리가 없었다.

"소운 사저는 어디에 있느냐?"

신엽이 천인상에게 물었다. 천인상은 겁에 질린 표정으로 두 눈을 동그랗게 떴다.

"알고 보니 두 분 영웅님들이셨군요. 우선 한잔 받으시면서 천천히 말씀을 나누시지요."

신엽은 멱살을 더 세게 죄었다. 그러자 천인상은 캑캑거리며 숨이 막히는 시늉을 했다. 신엽이 힘을 풀자 한숨을 내쉬고는 모든 것을 털어놓겠노라고 했다. 그러나 이야기를 시작하고서도 한동안 그는 횡설수설 사설만을 늘어놓았다. 개경에 있는 재상 염홍석에 대한 이야기, 자신이 어떻게 그의 가노가 되었으며 그가 어떻게 고달프게 자신을 볶아대는가 등등. 신엽은 참지 못하고 술상 위의 과도를 집어들어 천인상의 목줄기에 갖다 대었다.

"그래서 어쨌다는 거냐? 염재상이 잡아가기라도 했다는 얘기냐?"

"그렇습니다. 아니, 그렇지는 않지만, 비슷한 얘기입니다."

"아무래도 살고 싶지 않은 모양이구나."

"아닙니다. 그러니까 제 말씀은 염어른께서 워낙 가무에 뛰어난 미희를 사랑하시어……."

신엽은 천인상의 따귀를 갈겼다. 소운에 대해 그런 식으로 표현하는 것을 들을 수 없었기 때문이었다. 그런데 바로 그때 부서진 방문으로 두 사람이 들어섰다. 앞이마가 말끔했고 눈빛이 대단히 날카로운 이들이었다. 고려인 옷을 입고 있었지만 광정은 곧 왜국 사무라이라는 것을 알 수 있었다. 천인상은 재빨리 신엽의 손을 뿌리치고 그들 뒤로 숨었다. 원래 그는 돼먹지 않은 소리를 횡설수설하며 그 두 사무라이들을 기다리고 있었던 것이다.

"저놈들을 죽이시오!"

천인상이 사무라이들에게 말했다. 그들은 등뒤에서 두 자루씩의 쌍검을 뽑아들었다. 검신이 기다랗게 휜 게 왜검이 분명했다. 각각

류사세(柳絲勢)와 과호쌍세(跨虎雙勢)를 취하는데 그 자세가 사뭇 단단하여 어지간한 고수임을 알 수 있었다. 그러나 그들의 상대는 길상파에서도 으뜸가는 장문인의 제자들이었다. 광정과 신엽은 시간을 오래 끌 수 없는 일이었기에 즉시 공격에 나섰다. 광정은 대뜸 왼쪽의 사내에게 다가들어 우장을 내밀었다. 장(掌)이 중간에서 권(拳)으로 바뀌는가 싶었는데 어느 틈에 그의 손에는 왜검 한 자루가 들려 있었다. 사내의 검을 뺏어든 것이었다. 길상파는 원래 백제 무예의 맥을 계승하는 까닭에 권법과 점혈수법이 타의 추종을 불허했다. 맨손으로 상대의 검을 뺏어드는 공수탈백인(空手奪百刃)은 그중에서도 기본적인 수법이라 할 수 있었다. 검을 빼앗긴 사무라이는 필사의 투지로 달려들었지만 사오 초 만에 제압당하고 말았다. 광정은 그의 나머지 검이 들린 팔을 베어버렸다.

한편 신엽은 광정의 공수탈백인 수법을 보고 깨달은 바가 있었다. 그는 우측 사내에게서 두 자루의 검을 한꺼번에 뺏어버렸다. 검을 뺏긴 사내는 당황했다. 믿을 수가 없는지 텅 빈 두 손을 내려다보았다. 그러다가 상대가 되지 않음을 깨닫고는 팔이 잘린 동료와 함께 달아나려 했다. 그러나 퇴로는 이미 광정이 차단한 뒤였다. 그러자 그들은 서슴없이 자리에 주저앉았다. 그리고는 함께 거꾸러졌다. 신엽이 뒤집어보니 그들의 입술에서는 검은 피가 흘러나오고 있었다. 역시 독약을 깨문 것이었다.

"천인상은 어디로 갔지?"

광정이 말했다. 그러고 보니 천인상의 모습이 보이지 않았다. 그 짧은 사이에 꼬리를 감춘 것이었다. 신엽과 광정이 근처를 한 바퀴 돌아보았지만 어디에서도 찾아지지 않았다. 광정은 혈도를 제압당한 채 누워 있는 봉사질 등을 심문하자고 했다.

"틀림없어. 그자들이 사매의 행방을 알고 있을 거야."

광정은 먼저 봉사질부터 심문했다. 제일 우직하게 오래 버틸 듯한 위인인 까닭이었다. 봉사질을 먼저 죽이면 김인문은 입을 열 것이다. 또 설사 김마저 입을 닫고 죽는다 할지라도 마은종은 반드시 자백할 것이다. 마은종은 어느 무엇도 목숨과 바꿀 만큼 우둔한 위인은 아니니까. 그러나 순서를 거꾸로 하면 봉사질은 결코 입을 열지 않을 것이다. 그게 광정의 짐작이었다.

과연 봉사질은 입을 열지 않았다. 몇 차례 다그치던 광정은 목을 베어버렸다. 눈앞에서 봉사질이 죽자 김인문은 안색이 달라졌다.

"얘기하면 목숨은 살려주나요?"

"물론이지."

"그 말을 어떻게 믿죠?"

"불자는 거짓말을 하지 않아."

광정은 그렇게 말하고 검을 방바닥에 꽂았다. 김인문은 조금은 마음이 놓이는지 숨을 가다듬었다. 그러나 여전히 불안이 가시지 않은 표정이었다.

"천인상은 큰일을 꾸미고 있었습니다."

"그게 어떤 일이지?"

"저도 잘은 모릅니다. 하지만 그는 왜놈들과 거래를 하는 것 같았어요. 아주 무예가 뛰어난 사무라이들이었죠. 그들 중 몇 명은 아마 두 분 못지않은 고수일 겁니다. 몇 달 전에 이곳에 기거한 적도 있었습니다. 두 분이 떠나간 후 천인상은 사람을 보내어 도움을 청했습니다. 언제고 다시 돌아와 사매의 행방을 추궁하리라 예상하고 말입니다. 두 분 일행의 무공이 그처럼 뛰어난 줄은 모르고 저지른 일이었거든요."

"사매 일은 어떻게 된 거지?"

"미약을 써서 정신을 잃게 했다고 들었습니다. 하지만 제가 한 일은 아닙니다. 정말입니다. 믿어주십시오."

"그래서 이 두 사람이 돕고자 온 건가?"

"그렇습니다."

"사매는 지금 어디 있나?"

김인문은 다시 두려운 표정이 되어 주위를 두리번거렸다. 이미 시체가 된 사무라이들을 흘끔거리기까지 했다.

"두 분 영웅님들의 사매는 개경으로 보내지지 않았습니다."

"그럼 어디로 갔지?"

"배를 타고 서주로 내려갔습니다."

"서주로? 서주 어디로?"

"서주 앞바다에……."

김인문의 말은 거기에서 끊어졌다. 날카로운 단검이 날아들어 그의 가슴에 박힌 까닭이었다. 광정은 아차 싶어 고개를 들었지만 이미 마은종의 가슴에도 단검이 깊숙이 박혀 있었다. 단검이 날아온 곳은 천장 위였다. 그때 신엽은 벌써 몸을 솟구쳐 지붕 위로 올라가고 있었다. 지붕에 서니 안채 쪽으로 달아나는 인영 하나가 어른거렸다. 어둠 속이었지만 그는 그것이 천인상임을 알 수 있었다. 화려한 비단옷이 달빛을 받아 반짝였던 것이다. 신엽은 그 반짝임을 향해 바람처럼 날아갔다. 그러나 천인상은 순식간에 사라져버렸다. 지상으로 내려서는가 싶었는데 종적이 없었다. 광정과 더불어 여기저기를 뒤졌지만 그의 옷자락도 찾을 수 없었다. 집은 애당초 술래잡기라도 하려고 만든 듯 복잡하기 그지없었다. 그런 집에서 주인이 숨기를 원한다면 객은 언제까지고 술래일 수밖에 없었다.

"그만두자. 벌써 십 리 밖으로 달아났을 거야. 그보다 사매를 찾는 일이 더 급해."

광정의 말에 신엽은 한숨을 내쉬었다. 조금만 주의했더라면 그물에서 고기를 놓아주는 어리석은 일은 없었을 텐데 싶었다. 그러나 광정은 다른 생각을 하고 있었다. 그는 천인상이라는 위인이 갈수록 마음에 걸렸다. 천인상은 무공 역시 얕잡아볼 상대가 아니었다. 적어도 봉사질 형제나 두 명의 사무라이들보다는 몇 수 위였다. 그런데도 무공을 전혀 모르는 서생인 양 시침을 떼고 있었다. 그런 그가 무공이 탄로 나는 일까지 감수하며 돌아와 김인문과 마은종을 죽여야 했다면 거기에는 더 큰 음모가 숨어 있다는 얘기 아니겠는가.

신엽과 광정은 그 길로 장기대나루로 나갔다. 인근 주막을 수소문하여 잠자는 사공 한 사람을 깨웠다. 그들이 탄 거룻배는 이틀날 동이 틀 무렵 서주 포구에 도착했다.

원래 서주는 규모가 작지 않은 도시였다. 금강 하구에 자리잡은 관문으로서 주변 각지로 통하는 하천과 바닷길의 중심지였던 것이다. 그러나 그들이 도착해보니 규모 있는 도시로서의 자태는 찾아볼 길이 없었다. 집들은 대부분 불에 타거나 허물어져 있었고, 사람들은 어두운 얼굴로 허름한 가건물에서 살고 있었다. 사공은 그것이 왜구들의 노략질 때문이라고 했다. 삼십여 년 전부터 왜구들의 약탈과 방화가 끊이지 않고 있다는 것이었다. 차라리 서주를 등질 수 있으면 좋으련만, 생계가 막막하니 그럴 수도 없고 해서 엉거주춤 가건물 생활을 하는 것이라 했다. 집에는 언제나 봇짐이 꾸려져 있다는 얘기까지 했다.

신엽과 광정은 이틀 동안 서주를 뒤졌다. 앞바다도 샅샅이 뒤졌다. 작은 배를 타고 나가서 개야도를 돌고 아래로 옥구까지 훑었지만 별다른 단서를 찾을 수 없었다. 김인문에게서 몇 마디만 더 들었더라도 방법이 있었을 텐데, 이미 지나간 일이니 어쩔 도리가 없었다.

이틀째 되던 날 밤 그들은 한 사찰의 폐허에서 잠을 청하기로 했다. 원래는 제법 웅장했을 법했지만 왜구들에게 난리를 당했는지 타다 남은 뼈대만 뎅그러니 선 사찰이었다. 광정은 천장과 지붕 사이에 안전한 잠자리를 만들었다.

벌써 며칠째 잠을 설쳤기에 그들은 몹시 지쳐 있었다. 신엽은 그러나 잠을 잘 수 없었다. 눈만 감으면 소운의 얼굴이 어른거렸다. 화가 나서 눈을 흘기는 얼굴이었다. 가장 반가웠던 사람이 오해를 품은 채 실종까지 되었으니 얼마나 답답한 일이란 말인가. 그는 그나마 광정 사형이 곁에서 도와주니 고마운 일이라고 생각했다. 이 며칠 함께 다니는 동안 그는 광정으로부터 많은 것을 배웠다. 침착하게 일을 풀어나가는 법, 사람들의 술책에 말려들지 않는 법 등등. 그것은 두고두고 도움이 될 배움이었다.

한편 광정은 신엽과는 전혀 다른 생각으로 잠을 설치고 있었다. 시간이 흐를수록 그는 신엽에 대한 판단이 혼란스러워지고 있었다. 여느 때의 신엽은 미련하고 우직스러워만 보였다. 겸손이나 정직함이 정도 이상의 고집과 맞물려 별다른 쓸모가 없어 보였다. 그러나 또 어떤 때는 전혀 다른 느낌을 주기도 했다. 인품과 무공의 자질이 모두 자신을 능가하는 듯도 보였다. 만약 그렇다면 큰 문제였다. 그래서는 안 될 일이었다. 광정에게는 한 가지 중요한 계획이 있었고, 신엽은 그 계획에 치명적인 장애물이 될 수도 있었던 것이다.

자시가 막 지났을까. 어렴풋이 잠에 빠져들던 신엽은 누군가가 사찰로 들어서는 소리를 들었다. 발걸음이 대단히 가벼운 것으로 보아 무공을 익힌 사람이 분명했다. 살그머니 내려다보니 놀랍게도 미도노였다. 금산사를 쑥밭으로 만들고 달아났던 그가 제 발로 이곳에 나타난 것이었다. 신엽은 당장 요절을 내려고 일어나려 했다. 그러나 다음 순간 생각이 바뀌었다. 미도노는 누군가를 기다리는 모습이었다. 이미 천인상의 집에서 성급한 행동으로 광정에게 야단을 맞았던 터라 신엽은 조용히 기다리기로 했다.

일 다경이 지나지 않아 다시 한 사람이 사찰로 들어섰다. 미도노는 반갑게 그를 맞았다.

"어서 오시오, 동생."

"누님께 자꾸 동생이라 그러면 아버님께 일러바칠 거예요."

두번째 사람은 여자였다. 목소리에 색기가 가득 담겨 있었다. 신엽은 혹시 미도리인가 살펴보았지만 그녀는 아니었다.

"그래요. 그럼 내 오늘만큼은 누님이라 불러드리지요. 이 동생이 누님을 얼마나 애타게 그리워했는지 아시오?"

"호호호, 세상 여자란 여자는 모조리 그리워하는 사람이 아니던가요?"

"그렇기는 하지만 누님을 그리워하는 데는 특별한 이유가 있지요."

"자혜의 행방이 어지간히도 궁금한가 보군요."

"내 마음을 어찌 그리도 몰라준단 말이오."

미도노는 슬그머니 여자에게 다가서며 수작을 부렸다. 그녀의 허리에 손을 올리고는 엉덩이 쪽으로 더듬어 내려갔다.

"궁금하지 않다는 뜻인가요? 그렇다면 그 얘긴 그만둬야겠군요."

"그런 건 아니오. 어서 얘기해보오."

"굳이 나를 생각해서 들을 필요는 없어요."

미도노는 손길을 더 능숙하게 움직였다. 여자의 호흡이 가빠졌다. 그의 손이 사타구니 사이로 깊숙이 들어가자 여자는 헉, 숨을 몰아쉬었다. 그 상태에서 미도노는 더이상 손을 움직이지 않았다. 그러자 여자가 뜨겁게 속삭였다.

"자혜는 찾지 못했어요. 히야시가 지리산을 이 잡듯 뒤졌지만 허탕이었어요. 기회는 아직 동생에게 있다구요."

그녀는 아주 작은 목소리로 속삭였지만 신엽은 분명히 알아들을
수 있었다. 히야시라는 이름을 듣자 문득 피가 끓어올랐다. 자혜대
사의 인자한 모습과 함께 동굴에서의 마지막 순간들이 떠오른 까닭
이었다. 그러나 한편으로 그는 의아한 생각도 들었다. 자혜대사가
아직 살아 계시단 말인가. 자연대사의 말에 의하면 대사부는 명백히
이 세상 사람이 아니지 않을까. 더구나 히야시는 자혜대사를 찾아서
수천 마리 뱀떼로 공격을 가했는데 어째서 아직 찾지 못했다고 말
하는 것일까. 기회가 아직 미도노에게 있다는 것은 또 무슨 얘기일
까. 신엽은 나중에 광정 이사형에게 물어봐야겠다고 생각했지만 다
시 생각해보니 그럴 일도 아니었다. 자혜대사에 대한 일은 자신과
세 명의 사부들만이 아는 비밀이었던 것이다.

그러는 사이 아래에서는 남녀간의 뜨거운 일이 벌어지고 있었다.
호흡 소리들이 높아지고, 이상한 신음 소리가 들렸다. 미도노는 히
데코라는 이름을 수없이 불렀는데 아마 그것이 여자의 이름인 듯싶
었다. 신엽은 민망스러워 내려다볼 수 없었다. 광정 쪽을 보니 그는
반듯이 드러누운 채 두 손을 가슴 앞에 합장하고 있었다. 입으로는
소리나지 않게 불경을 암송하고 있었다.

여자의 신음 소리가 한바탕 자지러지더니 뚝 끊어졌다. 움직임도
멈추었다. 잠시 침묵이 흐른 다음 미도노의 목소리가 들렸다.

"누이는 나날이 무르익는구먼."

"동생의 기운은 예전 같지 않아요. 하긴 주변에 예쁜 고려 계집들
이 널렸으니 어쩔 수 없는 일이겠죠."

"괜한 일로 나를 책망하는군요. 그 일은 아버님의 지시로 미도후
사가 진행하는 것이오."

"미도후사를 형이라고 부르는 법이 없군요."

"그러는 누이는 히야시를 오빠라고 칭하나요?"

히데코는 코웃음을 쳤다.

"히야시는 내 친오빠예요. 그러니 오빠라 부르든 안 부르든 달라질 게 없어요. 게다가 난 세상 남자들을 하나도 좋아하지 않아요."

"나도 마찬가지오. 세상 남자들을 하나도 좋아하지 않아요."

"미도노의 말은 한마디도 믿을 수 없지만 그 말만큼은 믿겠어요. 그런데 왜 갑자기 그런 지시가 떨어졌죠? 아버님은 여자를 가까이 하지 않는 것으로 들었는데?"

"하지 않는 게 아니라 할 수 없는 거겠죠."

"쉿. 그런 얘기는 어디에서도 않는 게 좋아요."

"나와 누이 외에 이 자리에 또 누가 있다고 그래요. 어쨌건 여자들 문제는 조정의 중신들 때문이오."

"중신들이 어쨌길래요?"

"그 작자들이 이번 계획을 어렴풋이 알게 된 모양이오. 그러니 자연 말들이 많아졌겠지요. 교토 막부와의 싸움도 힘겨운 판인데 또 이런 일을 벌이면 어떡하느냐구요. 밥 먹고 하는 일이라고는 말다툼과 걱정밖에 없는 작자들이니 당연한 일이지만. 그래서 아버님께서는 중신들에게 입이 헤벌어질 만한 선물을 안기기로 한 거죠."

"그게 고려의 계집들이군요."

"바른 말을 하자면 최고의 선물임에는 틀림없죠."

"덕분에 우리 일이 얼마나 지연되는지는 생각하지 않나요."

"서둘 일이 뭐 있겠소. 고려는 어차피 운이 다했어요. 다시 십 년을 내버려둔다 해도 달라지지 않을 거요. 우린 천천히 즐기기만 하면 된단 말이오."

"어머, 왜 또 이러는 거예요."

"누이를 안는 게 얼마 만의 일인데, 벌써 파장할 수야 없죠."

"백 명의 계집을 채우는 일은 언제 끝나죠?"

198

"이제 거의 다 되었어요. 자, 시시한 얘기는 그만하고 더 중요한 일을 의논해봅시다."

"아이, 급하기는……."

두 사람의 야릇한 숨소리가 다시 높아졌다. 그 소리는 처음보다도 훨씬 길게, 그리고 끈끈하게 이어졌다. 밥 한끼 지어먹을 시간은 족히 지나서야 막을 내렸다.

일이 끝나자 그들은 곧바로 옷을 입고 작별을 고했다. 히데코가 먼저 사찰을 떠났고, 잠시 후 미도노도 발길을 옮겼다. 신엽과 광정은 소리없이 미도노의 뒤를 밟았다.

미도노는 거리낌없이 큰 걸음으로 대로를 걸었다. 마치 자신의 성을 돌아보는 성주 같은 모습이었다. 늦은 밤이기도 했지만, 그 무렵 고려의 연안 지역은 왜구들의 점령지나 다름없었던 까닭이었다. 그러다가 그는 기분이라도 풀고 싶은지 경공술을 썼다. 한 마리의 거대한 올빼미처럼 솟아오르더니 지붕과 나뭇가지 따위를 밟으며 거침없이 달렸다. 그가 전개한 것은 효비옥천(梟飛獄天)의 신법이었다. 중국에 연쌍비(嚥雙飛)가 있고 고려에 길상파의 적룡신법이 있다면 왜국에서는 효비옥천이 대표적인 신법이라 할 수 있었다. 올빼미가 지옥의 하늘을 난다는 뜻으로, 민첩함과 날카로움을 겸비한 뛰어난 신법이었다.

미도노는 기분이 좋아서 마구 달린 것이었지만 그 뒤를 따르는 신엽과 광정은 한바탕 곤욕을 치러야 했다. 최상승 경공술을 전개하면서 미행을 발각당하지 않기란 몹시 어려운 일인 까닭이었다. 다행히 그것은 그리 길지 않았다. 마을을 지나 서쪽으로 이삼 리를 달리자니 언덕이 하나 나타났다. 미도노는 그 언덕 너머에서 걸음을 늦추었다. 뜻밖에도 그곳에는 거대한 기와집 한 채가 서 있었다. 바닷가로부터 불과 삼십여 장 떨어진 곳이었다. 신엽과 광정이 이틀 동안 서주를 샅샅이 훑었다고 자신했건만 그런 곳에 그런 집이 있을 줄은 미처 짐작조차 못 했다. 늦은 밤이었는데도 그 집은 대낮처럼 불이 밝혀져 있었다. 미도노는 그 집 안으로 사라졌다.

"왜놈들이 이젠 이 땅에 집을 짓고 살림까지 차렸구나."

광정이 탄식했다. 신엽은 그 집의 건축 양식이 낯설다고 여겼는데 광정의 말을 듣고 보니 왜국식임을 알 수 있었다. 자신도 모르게 두 주먹이 불끈 쥐어졌다. 소운만 아니라면 당장 불을 질러버리고 싶은 마음이었다.

두 사람은 흩어져서 집 안을 뒤지기로 했다. 신엽은 적룡신법으로 지붕 위를 돌아다니며 아래를 살폈다. 청의를 입은 사무라이들이 곳 곳에서 눈에 띄었다. 자물쇠가 채워진 한 방에는 잡혀온 고려 처녀 십여 명이 있었다. 손과 발이 모두 묶인 상태였다. 그러나 소운의 모 습은 어디에서도 찾을 수 없었다. 그가 지켜보는 사이에도 다시 두 명의 처녀들이 실려왔다. 미도노는 그들을 심사하고 고개를 끄덕이 고는 자신의 몸을 주무르게 하였다. 처녀들이 울며 거부하자 마구 손찌검을 가했다. 볼이며 볼기짝이며를 닥치는 대로 때렸다.

"이젠 어떻게 하죠?"

수색을 마친 신엽과 광정은 집 밖에서 다시 만났다. 신엽의 물음 에 광정이 대답했다.

"달리 방법이 없지. 호랑이굴로 들어갈 수밖에."

"호랑이굴이라뇨?"

"우연히 두 녀석이 하는 얘기를 들었어. 내일 오전까지 오차분 스 무 명을 채워야 한대. 오후에 배를 타고 나가서 인계한다는군."

"그럼 벌써 팔십 명이 인계되었다는 얘긴가요?"

"그럴 테지. 내일이 마지막인 거야. 잠이나 좀 자두지. 내일은 예 측할 수 없는 하루가 될 테니까."

광정은 나무 위로 올라가 잠자리를 만들었다.

신엽도 자신의 잠자리를 찾았다. 기와집 안이 내려다보이는 높다란 느티나무 위였다. 귓전으로는 잔잔한 파도 소리가 밀려들었다. 그러나 그는 좀체 잠을 청할 수 없었다. 잡혀온 여자들이 어떤 취급을 당하는가를 직접 본 마당에 두 다리를 뻗고 쉴 수는 없었던 것이다. 소운이 납치된 지도 벌써 팔 일이 지났는데…… 한참을 뒤채다가 그는 나무를 내려와 조용한 곳으로 갔다. 그곳에서 무공이나 연마하기로 했다. 소운의 움직임을 기억해가며 수심장을 연습했다.

소운과의 일전이 있은 이후 그는 매일 밤 혼자서 수심장을 연습했다. 덕분에 제법 익숙하게 수심십육장을 전개할 수 있었다. 묘향신니가 고안한 세 가지 응용세도 비슷하게 흉내낼 수 있었다. 제팔장까지는 소운을 통해 배운 것이었고, 그 이후로는 자신이 짐작하여 만든 동작이었다. 어설픈 구석이 없지 않았지만 대강은 그럴듯한 모양이 나왔다. 워낙 자혜대사로부터 전수받은 기초가 튼튼한 덕분이었다. 그 동작들을 수십 차례 반복하여 연습했더니 저절로 군더더기가 빠져나갔다. 동작의 연결도 매끄러워졌다. 그렇게 땀을 뻘뻘 흘리다가 신엽은 새벽을 맞았다. 밝아오는 여명 속에서 그는 오심향천세(五心向天勢)로 앉아 운기조식을 했다. 반 시진 후에는 입 안 가득 단침이 고이고 정신이 맑아졌다. 피로함도 말끔히 가셨다.

설사 내 목숨을 버리는 한이 있어도 소운 사저를 구해내리라.

맑은 아침 하늘에 대고 신엽은 그렇게 다짐했다.

왜국식 기와집은 오전 내내 바빴다. 많은 사람들이 분주하게 오가며 무슨 일인가를 준비하는 것이었다. 두 차례에 걸쳐서 처녀들도 몇 명 더 잡혀들어왔다. 이젠 스무 명이 다 찬 모양이었다. 신엽과 광정은 높은 나무 위에 숨어서 그 광경을 지켜보았다. 그러다가 신엽은 뜻밖의 인물을 발견했다. 바로 천인상이었다. 그는 미도노와 마주 앉아 시시덕거리며 여자들을 손가락질하기도 했다. 미도노는 흡족한 듯 연신 고개를 끄덕이다가 천인상에게 술을 부어주었다. 사시가 끝날 무렵 천인상은 인사를 하고 일어섰다. 미도노는 그를 마당까지 내려와 배웅했다. 신엽은 천인상의 뒤를 쫓아가 실컷 두들겨 패고 싶은 충동을 가까스로 눌렀다.

해가 정중천에 떠올랐을 때 한 척의 배가 들어왔다. 크지도 작지도 않은 중선급 배였다. 미도노는 그 배로 여자들을 옮겨 싣게 했다. 그 밖에도 몇 가지 물건들을 날랐다. 몹시 조심스럽게 옮기는 것으로 보아 사찰이나 관아에서 약탈한 귀중품들임이 분명했다. 신엽과 광정은 기회를 보아 배로 숨어들었다. 잠시 후 배는 다시 바다로 나아갔다.

한 시진 남짓을 항해한 배가 도착한 곳은 선유도라는 섬이었다. 선유도는 서주에서 뱃길로 일백오십여 리 떨어진 거리에 있었다. 야미도, 무녀도 등 몇 개의 다른 섬들과 함께 군도를 이루고 있었지만 흔히 선유도라는 이름으로 알려져 있었다. 그런데 그 선유도의 선착장에는 거대한 왜구 선박 한 척이 정박해 있었다. 보통의 대선(大船)보다 두 배는 클 성싶은, 그야말로 거대한 선박이었다. 배의 한가운데는 단청을 입힌 사층 누각이 자리하고 있었고, 온갖 색깔의 깃발들이 화려하게 갑판을 뒤덮고 있었다. 바람에 나부끼는 그 울긋불긋한 깃발들은 보는 이의 간담을 서늘하게 만들었다. 주변에는 중선급과 소선급의 배 몇 척이 더 있었지만 큰 배의 그늘에 가려 보이지도 않을 지경이었다. 미도노는 중선에 실었던 물건과 여자들을 다시 큰 배로 옮겨 싣게 했다.

미도노 일행이 모두 큰 배로 옮겨간 후에도 광정과 신엽은 중선에 남아 있었다. 시간이 지나 주변이 조용해진 다음에야 그들은 조심스럽게 큰 배로 올라갔다. 갑판 한가운데 커다란 청색 일산이 펼쳐져 있었고, 미도노와 또다른 세 명의 남자들이 둥그런 탁자 앞에 둘러앉아 있었다. 세 사람 중 두 명은 중년에 이르렀을 나이였고, 다른 한 명은 청색 모자를 쓰고 있었는데 미도노보다 서너 살 위로 보였다. 신엽 등은 누각의 이층 지붕 틈새에 몸을 숨기고 그들의 대화를 엿들을 수 있는 거리로 접근했다.

"아무튼 이번에 수고가 많았다."

청색 모자의 남자가 미도노를 치하하고 있었다.

"형님 덕분에 순조롭게 마칠 수 있었습니다."

"아니다. 네 안목이 아니었다면 이렇듯 쉽게 일백 명의 미녀들을 고를 수 있었겠느냐."

청색 모자는 미도노에게 술을 한 잔 부어주었다.

광정은 청색 모자의 남자가 바로 미도후사일 것이라고 짐작했다. 지난 밤 사찰의 폐허에서 미도노와 히데코가 나누었던 밀담을 통해서 그는 사무라이들의 조직을 대강 짐작하고 있었다. 미도후사와 미도노와 미도리가 한 조이고 히야시와 히데코가 또다른 조를 이루고 있으리라. 그 짐작은 그들의 옷색깔과도 유관했으며, 지난해 여름 봉변을 당할 뻔했다던 소운의 진술과도 일치했다.

과연 그의 짐작은 틀리지 않아서 청색 모자를 쓴 사내는 미도후사가 분명했다. 그리고 중년의 두 남자는 규슈의 이악(二惡)이라 불리는 사파의 고수들이었다. 그들은 형제였는데, 스스로를 각각 천악(天惡)과 지악(地惡)으로 칭하였기에 천지이악이라 불리기도 했다. 두 사람은 히야시가 청사떼로 규슈를 휩쓸고 간 다음 스스로 요다에게 투항한 터였다. 그들의 무공이나 자존심을 고려한다면 그것은 대단히 예외적인 일이었다.

천악이 미도후사에게 무슨 말인가를 했다. 천지이악은 왜국말을 썼기에 광정과 신엽은 알아들을 수 없었다. 미도후사와 미도노는 서로간에도 반드시 고려 말을 사용하였다. 그들의 부하들도 마찬가지였다. 이미 오래 전부터 고려를 정벌할 계획을 꾸몄던 요다 훈게이는 양자녀와 부하들을 철저하게 훈련시켰던 것이다.

천악의 말을 들은 미도후사는 박장대소를 했다.

"그것 참 좋은 생각이로군요."

미도노는 더욱 신이 나서 싱글벙글했다.

천악이 미도후사에게 한 얘기는 무엇이었을까. 신엽은 무척 궁금했다. 그러나 궁금증은 오래 가지 않아 저절로 풀어졌다. 미도후사가 청의의 부하들을 불러 무언가를 지시했고, 그 지시사항은 곧바로 눈앞에서 펼쳐졌기 때문이었다. 갑판 위로 무대처럼 붉은 비단이 깔렸다. 한쪽 곁으로는 세 명의 악사들이 자리하고 앉아 왜국의 음악을 연주하였다.

잠시 후 붉은 비단 위로 열 명의 처녀들이 걸어나왔다. 음악과 어울리는 모습은 아니었다. 손과 발에 쇠사슬이 묶인 딱한 처지들이었다. 신엽은 숨을 쉴 수 없을 정도로 분노했다. 음악이 연주되고 있지 않았다면 그는 금세라도 발각되었을 것이었다. 미도후사 들은 무어라 숙덕거리더니 두 명의 처녀들을 가리켰다. 청의사내들이 그들 두 명을 남기고 다른 여덟 명을 갑판 아래로 돌려보냈다.

두 처녀는 가련하게 떨고 있었다. 그런데 그들에게 뜻밖의 명령이 떨어졌다. 옷을 모두 벗으라는 것이었다. 두 사람은 거부하였지만 소용없는 일이었다. 몇 명의 청의인들이 달려들어 옷을 갈기갈기 찢어버리고 말았다. 마지막 속옷 한 조각까지.

"고려가 이토록 어지러운 건 아마 경국지색이 많기 때문일 겁니다. 그런데 고려 계집들은 쓸데없는 옷을 참 많이도 입었더군요."

미도노의 말에 모두들 왁자하게 웃었다.

청의사내들은 두 처녀의 혈도를 찍어 움직일 수 없도록 한 다음

멋대로 자세를 만들었다. 일산 아래 앉은 네 사람에게 몸매가 잘 보일 자세였다. 네 사람은 다시 한바탕 쑥덕공론을 갖더니 결론을 내렸다.

"부총관의 눈매가 역시 날카롭구나. 혼자 왼쪽을 지목했는데, 벗겨보니 역시 왼쪽 계집이 빼어나."

미도후사의 말이었다. 미도노 앞으로 세 사람이 술을 한 잔씩 따라주었다. 미도노는 그 술을 기분좋게 들이켰다. 다른 사람들은 술을 마시고 싶어도 입맛만 다실 따름이었다.

천악이 미도후사에게 제의한 것은 일종의 미인 대회였다. 무료함도 달랠 겸 천황 폐하께 바칠 열 명의 계집도 따로 가릴 겸 그 자리에서 심사를 하면 어떻겠는가. 미도후사와 미도노는 즉시 찬성했다. 거기에다 미도노는 한술 더 떴다. 백 명을 열 명 단위로 심사하되 매번 두 명씩을 가려내어 내기를 한다. 옷을 입은 상태에서 알몸을 상상하여 내기하는 것이다. 어느 쪽이 더 미끈한 몸매를 갖고 있을지. 내기에서 이긴 사람이 술을 한 잔 받고, 진 사람은 술을 마실 수 없다. 가려낸 스무 명 중에서 다시 폐하께 바칠 열 명을 선발하고 나면 나머지 열 명은 신나게 데리고 놀 수 있을 것이다. 다른 세 사람은 대찬성이었고, 일은 그렇게 진행되고 있었던 것이다.

두번째 세번째로 열 명씩의 처녀들이 올라왔다. 똑같은 일이 반복되었다. 두 명이 선택되고, 옷이 찢어지고, 일산 아래서는 박수 소리가 터졌다. 술잔이 채워지고, 축하와 질시의 소리들이 오갔다. 신엽은 그 모든 것을 지켜보고 있었지만 그가 볼 수 있는 것은 혈도가 찍힌 여자들의 눈에서 하염없이 흘러내리는 눈물뿐이었다. 그는 가슴이 미어터질 듯해서 고개를 돌렸다.

네번째 처녀들이 올라왔을 때, 광정이 신엽의 어깨를 찔렀다. 신엽이 보니 거기에는 과연 소운이 끼어 있었다. 지난 구 일 동안 얼마나 고초를 겪었는지 초췌하기 짝이 없는 모습이었다. 손과 발에는 쇠사슬이 채워져 있었고, 눈빛에는 초점이 없었다. 화사하던 진달래 빛 옷도 그 싱그러움을 잃고 있었다. 더구나 그녀의 얼굴에는 전에 없던 검은 반점까지 여러 개 돋아나 있었다. 신엽은 왈칵 눈물이 흘러 달려나가려 했다. 광정이 미리 눈치채고 붙잡지 않았더라면 분명히 뛰쳐나갔을 것이다.

"참고 기다려야 해. 기회는 반드시 있을 테니까."

광정이 신엽의 귓전에 속삭였다.

신엽은 소운이 지목되지 않을 가능성을 기대해보았다. 초췌함과 검은 반점들이 그녀를 원래보다 평범하게 보이도록 만들고 있었기 때문이었다. 그러나 결과는 기대 밖이었다. 그녀는 결국 두 명 중의 한 명으로 지목되었다. 감색 옷을 입은 처녀와 함께였다. 옷을 벗으라는 명령이 떨어졌다. 두 처녀는 들은 척도 하지 않았다. 세 명의 청의인들이 달려들어 먼저 소운을 에워쌌다.

청의사내들이 그녀의 옷을 거머쥘 순간이었다. 누각 이층 지붕으로부터 미풍처럼 그림자가 날아내렸다. 그림자는 황색 빛을 반짝이며 세 청의사내들을 베었다. 그의 움직임은 실로 신속하였다. 청의사내들이 사정을 알아차렸을 때는 이미 그들의 숨이 끊어진 다음이었다. 그들을 죽인 것은 바로 신엽이었다. 그는 난생 처음으로 사람을 죽인 것이었다.

그물에 걸린 미녀들

신엽의 손에 들린 황색 빛은 바로 월정검이었다. 그는 그 검으로 소운의 손과 발에 채워진 쇠사슬을 끊으려 했다. 소운은 침착하게 손을 내밀어 그를 도왔다. 그러나 그 순간 몇 개의 암기가 날아들었다. 소운은 쌍장으로 가볍게 신엽의 가슴을 밀치고는 자신도 두 걸음 물러났다. 뒤이어 미도노의 음성이 따라붙었다.

"반가운 손님이 오셨구먼. 그럼 먼저 주인과 인사를 나누어야지."

미도노는 손가락을 날카롭게 세워 신엽의 오른쪽 어깨를 움켜쥐었다. 신엽은 검끝으로 천간 을(乙)자를 그리며 그의 손목을 그었다. 뒤도 돌아보지 않고 전개한 이 일 식은 상대의 의표를 찔렀다. 미도노는 적어도 그가 몸을 돌리거나 피하리라고 생각했던 것이다. 그러나 미도노의 임기응변도 뛰어나 수직으로 몸을 떨어뜨리며 신엽의 왼쪽 발목을 후려쳤다. 신엽은 어쩔 수 없이 오른쪽으로 피하였다. 그러자 미도노가 재빨리 신엽과 소운 사이의 공간으로 파고들어왔다.

소운의 쇠사슬을 자르는 일에 온 마음이 가 있었던 신엽은 조급해졌다. 그는 길상검법의 절초를 펼쳤다. 운룡칠현(雲龍七現)이라는 초식으로, 단순한 듯 보이는 속에 연환칠검(連環七劍)의 변화가 숨겨진 것이었다. 일 검 일 검의 운용이 다른 여섯 검식과 달라 일시에 상대방을 제압하기에 가장 적합한 초식이었다. 미도노는 당황하여 세 걸음을 잇달아 물러섰다. 시작부터 이처럼 놀라운 절초가 전개되리라고는 예상치 못한 까닭이었다. 신엽의 심지가 모질었다면 그 순간 미도노에게 치명상을 입힐 수도 있었을 것이다. 그러나 그의 마음은 아직 손솜씨만큼 매섭지가 못했다. 미도노는 곧 그 점을 간파하였다. 그 틈을 이용하여 재빨리 쓰러진 청의인의 장검을 집어들었다. 그러자 잠시 만에 국면은 균형 상태로 접어들었다. 일 초 일 초가 서로의 생명을 빼앗을 수도 있을 매서운 노림이었지만 그들은 그것을 뛰어난 절기와 임기응변으로 막거나 피하거나 하며 공격을 교환했다.

순식간에 오십여 초가 지나갔다.

시간이 흐를수록 신엽의 조바심은 더해갔다. 일산 아래에선 미도후사 등이 그들의 싸움을 안주 삼아 술잔을 기울이고 있었고, 소운은 아직도 쇠사슬에 결박당해 있었다. 더구나 그가 한 발짝이라도 소운에게 다가가려 하면 미도노의 칼부림은 더욱 맹렬해지곤 했다. 신엽은 어떻게든 먼저 그녀의 결박을 풀어야 한다는 마음뿐이었다.

신엽은 다시 한 걸음을 소운 쪽으로 옮겼다. 그러자 미도노의 장검이 오른쪽 옆구리를 베어왔다. 신엽은 그 공격을 기다리고 있었다. 몸을 일직선으로 허공에 띄우며 검으로는 취룡탐화의 일식을 전개하였다. 이 동작은 적룡권법 중의 분룡포사와 길상검법의 취룡탐화 두 초식을 동시에 사용한 것으로 신엽의 임기응변이었다. 원래 길상파의 외문무공은 신법과 권법, 검법 등으로 나뉘어 있었다. 그러나 무공이 원숙한 경지에 이르면 각각의 분야가 경계를 뛰어넘어 다른 분야의 무공과 배합될 수 있었다. 신엽의 무공으로 논하자면 아직 그것을 자유롭게 구사할 단계는 아니었지만, 워낙 다급한 상황에서 자신도 모르게 그런 배합이 이루어진 것이었다.

신엽의 검법을 어느 정도는 파악했다고 믿고 있었던 미도노는 경악하였다. 납작하게 몸을 움츠리고는 장검을 좌우로 열두 번씩 휘둘러 검망을 형성하였다. 그러나 신엽의 목적은 그를 상하는 데 있는 것이 아니었다. 기회가 만들어지자 그는 소운에게로 월정검을 던졌다. 검은 그녀를 향해 일직선으로 날아갔다. 소운은 날아드는 검을 향해 가볍게 뛰어올라 손과 발을 묶은 쇠사슬을 함께 끊어버렸다. 다음 순간 그녀의 손에는 월정검이 들려 있었다. 신엽은 그녀의 몸놀림이 아직 날렵한 것을 보고 안도했다.

소운은 먼저 벌거벗은 처녀들의 혈도를 풀어주고 쓰러진 청의인들의 옷을 던져주었다. 그리고는 곧바로 미도노를 공격했다. 여자의 분노가 맺힌 매서운 공격이었다.

영리하고 아름다운 소운이 이런 처지에 떨어지게 된 데는 그럴 만한 이유가 있었다. 그날 밤 공주에서 신엽과 일전을 치른 다음 그녀는 씩씩거리며 숙소로 돌아왔다. 그러나 돌아오며 생각하니 그것은 분개할 일이 전혀 아니었다. 가슴 한구석을 늘 차지하고 있었던 신엽이 살아서 나타났으며 더구나 놀라운 무공까지 지녔음을 알게 되었는데 기분 나쁠 이유란 없었던 것이다. 그때 그녀는 박일룡의 처라는 여자가 넣어둔 작은 술상을 보았다. 소운은 신엽과의 재회를 자축하는 의미로 한 잔 술을 마시기로 했다. 안주가 담긴 그릇을 비

워 커다란 술잔 두 개를 만들고는 자기 앞과 반대쪽에 각각 한 잔
씩 술을 따랐다. 반대쪽 자리는 물론 신엽의 것이었다. 다시 만나 반
갑다는 말을 건네며 그녀는 자신의 잔을 단숨에 비웠다. 그런데 그
술은 기실 천인상이 보낸 것이었고, 소운은 의식을 잃고 만 것이었
다.

 정신이 들었을 때 그녀는 이미 배에 실려 어딘가로 내려가고 있
었다. 수족은 모두 친친 동여매어져 있었다. 한나절이 꼬박 걸린 뱃
길 끝에 그녀가 도착한 곳은 서주 바닷가의 기와집이었다. 바로 미
도노 등의 근거지였다. 미도노는 첫눈에 그녀에게 욕심을 품게 되었
다. 그러나 다행히도 그는 그때 마침 금산사 기습길에 오르려던 참
이었다. 조금 전에 도착한 한 처녀의 몸을 취한 다음이기도 했다. 아
쉽지만 후일을 기약하며 미도노는 소운을 다른 열아홉 명의 처녀들
과 함께 선유도로 보내었다. 그녀의 얼굴에 약간의 장난질을 쳐두는
것은 잊지 않았다. 미도후사가 그녀를 먼저 취할 것을 방비하기 위
해서였다.

 선유도의 배에서 지내는 동안 소운은 늘 죽음을 각오하고 있었다.
조금이라도 치욕스런 순간이 온다면 바다로 뛰어들어 고기밥이 되
리라. 그러는 한편 사형제들이 자신을 구하러 올지 모른다는 가능성
도 생각하고 있었다. 그래서 항상 두드러지는 행동을 삼가고 조용히
지냈다. 청의인들이 옷을 벗기기 위해 그녀에게 다가왔을 때 소운은
마지막 순간이 왔다고 생각했다. 그들의 손이 몸에 닿는 순간 세 사
람을 걷어차고 바다로 뛰어들리라 결심했다. 그런데 바로 그때 신엽
이 황색 검기와 함께 나타났던 것이다. 그녀는 그가 자신을 잊지 않
고 찾아와주었다는 사실만으로도 감격스럽기 그지없었다. 조금 전
까지의 치욕이나 절망 따윈 간 곳 없이 사라지고 힘이 솟았다. 소운
의 성격은 그러했다. 조금이라도 기쁜 일을 찾을 수 있는 한 슬픈

일 부정적인 일들은 언제든지 말끔히 잊어버릴 수 있었다. 탈출에 성공할 수 있느냐 없느냐는 그 다음의 문제였다.

분노와 용기가 어우러진 소운의 검은 날카롭게 미도노를 파고들었다. 신엽의 박자에 익숙해져 있었던 미도노는 다시 한번 힘겨운 적응기를 맞았다.

신엽은 소운이 한바탕 분을 풀도록 옆으로 비켜섰다. 그러나 한가롭게 쉴 겨를은 아니었다. 두 명의 적이 어느 틈에 지척으로 다가서 있었던 것이다. 그들은 바로 천악과 지악 두 형제였다.

"소영웅의 무공이 뛰어나니 우리 두 형제가 한 수 가르침을 받겠소."

지악이 말했다. 그러나 그는 왜국말을 사용하였고, 신엽은 무슨 얘기인지 알 수 없었다. 다만 두 사람의 매서운 공격이 이미 시작되었음을 알 뿐이었다.

천악과 지악이 사용하는 무기는 유별난 데가 있었다. 먼저 천악의 무기는 양두창괴(兩頭創拐)라 일컬었는데, 손잡이가 달린 괴 모양의 봉이었지만 양쪽 끝에 날카로운 창날이 장착된 것이었다. 왜국은 물론 다른 어디에서도 같은 무기는 찾아보기 힘들었다. 반면에 지악이 사용하는 무기는 길이가 이 장에 달하는 십이절편(十二節鞭)이었다. 열두 개의 마디가 모두 서로 다른 재질로 만들어져 있었다. 남방의 고무와 가죽으로 만든 부분도 있었고, 백금을 날카로운 칼날처럼 만든 부분도 있었다. 어떤 마디에는 식별하기 힘든 자잘한 낚싯바늘들이 삼백예순 개나 붙어 있기도 했다. 열두 개 마디마다 여섯 가지씩의 노림수가 숨어 있었으니 그것들이 만들어내는 변화는 가히 무비무쌍이라 할 수 있었다.

공격이 시작되자 신엽은 자신이 특별한 강적을 만났음을 깨달았다. 그들은 아직 그가 한 번도 겪어본 적이 없는 무공을 구사하고 있었다. 천악은 양두창괴를 빙글빙글 돌리며 신엽의 머리 위를 날아다녔다. 지악은 또 뱀처럼 갑판 바닥으로 엉겨붙으며 십이절편을 휘저었다. 그런데 십이절편의 움직임은 도무지 종잡을 수가 없었다. 원을 그리는가 하면 타원을 그렸고, 그러다가는 일직선으로 신엽의 발목을 휘감아왔다. 신엽이 그 움직임을 세심히 관찰하려 하면 어느 틈에 허공에서는 천악의 창괴가 파고들었다. 신엽은 재빨리 청의인의 장검 한 자루를 집어들고 방어에 나섰지만 등골에서는 식은땀이 흘렀다.

천지이악의 무서운 점은 바로 여기에 있었다. 그들은 어떤 적을 만나는 경우에도 두 사람이 함께 대응했다. 천악의 천문(天門)과 지악의 지당(地躺)이 동시에 협공하는 것이었다. 지난 이십여 년 동안 그들의 공격에서 일백 초를 버텨낸 사람은 다섯손가락도 채우기 힘들 것이었다.

당난제(當難題) 성자심(省自深).

어려운 문제를 만날수록 스스로의 내면으로 돌아가라.

신엽은 『진표현경』의 요결 한 구절을 떠올렸다. 심법과 권법을 두루 일관하는 요결이었다. 어려운 문제를 만날수록 내면으로 돌아가라니. 어떻게 하라는 것일까…… 그는 움직임을 가능한 한 적게 하며 마음을 맑게 하려 애썼다. 그러나 여전히 천악과 지악의 공격은 맹렬하게 날아들고 있었다.

한편 소운과 미도노의 대결에서는 미도노가 차츰 우위를 점하고 있었다. 처음에는 소운의 검법이 변화무쌍하여 미도노가 수세에 몰리는 듯했다. 하지만 미도노는 사무라이의 나라 왜국에서 검과 더불어 잔뼈가 굵은 위인이었다. 비록 그의 자질이 떨어진다고는 하나 특별히 천부적인 미도후사나 미도리 등과 비교하여 하는 말이었고, 일반적인 관점에서 보자면 그 역시 뛰어난 자질의 소유자였다. 그는 소운의 검법이 화려하지만 아직 충분히 숙달되지 못했음을 간파했다. 따라서 하나하나의 초식이 전개되어 위력을 발휘하기까지는 시간이 걸린다는 것도 알았다. 그렇다면 그런 검법을 상대하는 것은 어려운 일이 아니었다. 초식이 완전히 전개되기 전에 차단한다면 어떤 화려함과 변화무쌍함도 힘을 쓰지 못하게 마련이었다.

과연 미도노의 예상은 적중했다. 그가 차단 일변도로 작전을 바꾸자 소운은 차츰 힘을 잃어갔다. 그녀는 당황하여 다음 초식으로 넘어가기에 급급한 형편이 되었다. 그녀의 검법에는 커다란 틈이 생겼고, 미도노는 그 틈새를 여유롭게 공략하였다.

상황이 좀더 좋았더라면 소운이 그처럼 쉽게 몰리지는 않았을 것이었다. 그녀 역시 많은 경험과 지혜의 소유자였기에 어떻게든 미도노의 약점을 찾아냈을 것이었다. 그러나 그때 그녀는 조급해져 있었다. 곁에서는 신엽이 천지이악의 공격망에 사로잡혀 생사도 확인할 수 없는 지경에 빠져들고 있었던 것이다. 소운은 비상수단을 써야겠다고 마음먹었다. 자신의 몸을 돌보지 않고 상대를 공격하는 것이었다. 그녀는 수비를 포기한 채 공격 일변도로 검법을 전개했다.

"흥. 그런다고 사정이 달라질까?"

이미 승세를 굳힌 미도노는 슬쩍슬쩍 몸을 피하며 틈새 공격을 계속했다. 그러다가 문득 그가 소리쳤다.

"검을 놓으시지!"

소운은 그때 몸과 검을 공처럼 둥글게 말아 미도노의 허리를 베어가고 있었다. 길상검법 중의 미룡화주(美龍化珠)라는 초식이었다. 그러나 마음이 산란한 그녀는 이 일식을 제대로 전개하지 못하여 완전히 둥근 구슬을 만들지 못한 상태였다. 미도노는 그것을 알아채고 피하는 척 몸을 틀었다가 아래로 빙그르르 돌았다. 그리고는 오히려 뒤쪽에서 소운의 검을 올려친 것이었다.

소운은 이미 그 일격을 피할 수 없는 상황이었다.

치욕스럽게 당하는구나.

그녀는 그렇게 생각하며 두 눈을 질끈 감았다. 그런데 바로 그 순간 또하나의 검이 그들 사이를 파고들었다. 그 검은 미도노의 검과 맞부딪쳐 소운을 구해주었다. 소운이 자세를 정돈하고 보니 뜻밖에도 감색 옷의 소녀가 검을 들고 서 있는 게 아닌가. 그녀와 함께 열 명 중의 두 명으로 지목되어 남았던 처녀였다. 처녀라기보다는 어여쁜 소녀 쪽에 더 가까웠을까. 어찌되었든 미도노의 검과 부딪쳐 그 것을 제지하였을 정도라면 그녀의 검법도 상당한 경지에 올랐음을 알 수 있었다. 뜻하지 않은 원군의 출현에 소운은 기운을 얻었다. 그녀는 소녀와 힘을 합쳐 미도노를 공격했다. 그러자 사정은 다시 일변하여 미도노가 수비에만 급급한 형편이 되었다.

"아미타불!"

마침내 광정이 격전에 가담하였다. 그는 천지이악의 공격권으로 다가가더니 서슴없이 그 속으로 들어갔다.

신엽과 천지이악의 결전이 시작된 직후부터 광정은 천악과 지악이 형성한 공격망을 세심히 관찰하였다. 그래서 적어도 어디부터 공격해야 하는가는 판단을 내린 상태였다. 그러나 그는 선뜻 모습을 드러내지 못하고 있었다. 소운과 신엽이 너무 열세였고, 자신이 가담한다 하더라도 승산이 적다고 여긴 까닭이었다. 게다가 상대 쪽에는 아직 미도후사와 수십 명의 사무라이들이 버티고 있었다.

괜히 나섰다가 모두 함께 개죽음을 당한다면 누가 그 억울함을 알릴 것인가. 다행히 사사제는 우직하고 고집스러우니 내가 함께 왔음은 발설하지 않을 것이다. 조용히 숨어 있다가 후일을 기약하는 편이 현명할 것이다.

그렇게 생각하는 한편 그는 불안스럽기도 했다. 신엽과 소운을 제압한 다음이면 영악한 왜구들이 필히 잔당을 수색할 텐데, 이 작은 배 속에서 얼마나 숨어 있을 수 있겠는가, 하는 불안이었다. 그때가 되면 혼자 힘으로는 발버둥도 칠 수 없을 것이었다. 그렇다면 차라리 지금 함께 나서서 힘껏 싸워보는 게 유감없는 일 아니겠는가.

그런 고민으로 마음을 잡지 못하고 있을 때 광정은 감색 옷의 소녀가 검을 집어드는 것을 보았다. 뜻밖에도 그녀는 침착하고 날렵했다. 검을 쓰는 솜씨도 소운 사매에 비하여 떨어지지 않았다. 고작 열예닐곱 살밖에 안 돼 보이는 여자아이가 그런 무공을 익혔으리라고는 짐작하기 힘들 정도였다. 그녀의 출현은 광정의 마음을 결정지었다. 이제는 한번 붙어볼 만하다는 판단이 선 것이었다.

천지이악의 공격망 속으로 들어선 광정은 잇달아 두 번 놀랐다.

첫째는 그들의 공격이 밖에서 볼 때와는 비교할 수 없을 만큼 매섭다는 것이었다. 지악의 십이절편은 사방사위를 빈틈없이 에워싼 채 뱀처럼 혀를 날름거리고 있었다. 어떤 작은 틈새라도 놓치지 않을 기세였다. 게다가 하늘에서는 괴이한 양두창괴가 빙글빙글 날고 있었다. 두번째 놀람은 신엽의 모습 때문이었다. 그처럼 어지러운 공격망 속에서 신엽은 두 눈을 감은 채 가부좌를 틀고 앉아 있었다. 온몸은 팥죽 단지에라도 빠진 사람처럼 땀범벅이 되어 있었다.

사사제가 탈진하여 이제 포기하려던 참이었구나.

광정은 그렇게 생각했다. 그러나 몇 차례 눈을 깜박이던 그는 사정이 다름을 깨달았다. 땀범벅은 되었지만 신엽의 얼굴에는 탈진한 기색이 없었다. 오히려 조용한 미소가 감돌고 있었다. 게다가 천악과 지악의 공격은 주변만을 맴돌 뿐 범접을 못하고 있었던 것이다. 그때 문득 천지이악이 공격을 시도했다. 십이절편 중 백금 칼날 부분이 신엽의 등뒤 명문혈을 찔러왔고, 천악의 양두창괴는 허공에서 떨어지는 번개처럼 신엽의 왼쪽 어깨 견정혈을 내려찍었다. 바라보기만 해도 무서운 공격이었다. 그러나 신엽은 여전히 두 눈을 감은 채 미소를 잃지 않았다. 그들의 공격이 반 자 앞으로 다가왔을 때야 살짝 허리를 틀더니 오른쪽 앞으로 몸을 숙였다. 오른손에 들려 있던 그의 장검은 어느 틈에 등뒤로 돌아가 이악의 공격을 동시에 막아버렸다. 손잡이는 지악의 절편을 때렸고, 칼끝은 천악의 창날과 정확하게 맞부딪쳤다. 그러자 이악은 다시 주변을 맴도는 자리로 물러서야 했다. 신엽은 아무 일도 없었다는 듯 조금 전의 좌정세로 돌아갔다.

광정은 고개를 끄덕였다. 그는 사사제가 미련하고 우직하기만 한 것은 결코 아니라는 사실을 다시 확인하였다. 천지이악의 공격세는 워낙 매섭고 현란하였다. 쳐다보기만 해도 기가 질릴 정도였다. 그러나 현란한 것일수록 그 속에는 진초(眞招)보다 가초(假招)가 많게 마련이었다. 신엽은 그것을 알고 있었으므로 조용히 눈을 감고 소리에 집중함으로써 진초와 가초를 구분해내었던 것이다. 광정은 설사 자신이 끼어들지 않았다 할지라도 신엽이 쉽게 패하지는 않았을 것임을 알 수 있었다.

신엽을 흉내내어 광정은 신엽의 등뒤에 곧게 섰다. 신엽의 자세가 좌정세라면 그의 자세는 입정세였다. 말하자면 서서 명상에 들어가는 자세였다. 그리고는 두 눈을 감고 호흡을 고르니 십이절편과 양두창괴의 소리를 구분할 수 있었다. 진초와 가초의 소리도 구분할 수 있었다. 신엽과 광정은 마음으로 상대를 분담했다. 신엽은 지악의 십이절편을 상대하고, 광정은 천악의 양두창괴를 담당하였다.

사정이 이렇게 되니 이제는 천지이악이 절대적으로 불리한 입장이 되고 말았다. 원래 그들의 무공은 속전속결을 원칙으로 했다. 움직임이 많은 수법들이었으므로 빠른 시간 내에 상대를 현혹하여 죽이지 못한다면 오히려 자신들이 지칠 수밖에 없었다. 그런데 지금 상대는 명상의 상태로 들어가 가초들은 말끔히 무시하고 있었다. 맥이 풀리고 진이 빠지지 않을 수 없었던 것이다.

미도후사는 그 모든 것을 놓치지 않고 지켜보고 있었다. 그는 천지이악의 공격이 차츰 둔해지는 것을 여실히 느꼈다. 이미 승리의 신은 그들을 떠난 후였다. 그대로 내버려둔다면 이악은 스스로 탈진하여 모든 공력을 소실할 형편이었다. 미도노 역시 어렵기는 마찬가지였다.

미도후사는 불청객들의 무공이 예상외로 고강함에 놀라 머리를 굴렸다. 자신이 직접 나설 것인가, 아니면 다른 방법을 강구할 것인가. 자신이 나선다면 승세는 잡을 수 있을 것이다. 그러나 만약 또다른 적이 숨어서 기다리고 있다면, 그때는 정말 어려워질 것이다. 그는 재빨리 판단을 내렸다. 그리고는 낭랑한 목소리로 외쳤다.

"모두들 손을 멈추시오!"

한빙공이 실린 미도후사의 목소리에는 음산한 냉기가 서려 있었다. 사람들은 저도 모르게 손을 멈추고 몇 걸음씩 뒤로 물러섰다. 미도후사는 빙그레 미소지으며 두 손을 모아 신엽 등에게 예를 차렸다.

"고려의 선남선녀 고수들께서 친히 왕림해주신 데 대해 깊이 감사드립니다. 대접이 소홀했음을 용서해주십시오."

"우리는 사람을 찾으러 왔을 뿐이오."

광정의 말이었다.

"이유야 어찌되었든 일본국의 무사들이 어찌 무례할 수 있겠습니까? 자, 우선 이쪽으로 자리하시지요."

미도후사는 일산 아래를 가리켰다. 부하들에게 명하여 몇 개의 의자를 더 준비하도록 했다. 그러나 광정은 긴 얘기를 나누는 것이 현명하지 못하다고 판단하여 움직이지 않았다.

"빈승 등은 이 자리가 더 편안합니다. 무슨 가르침이라도 있으신지요?"

"스님께선 조금 전까지는 인내심이 대단하시더니 갑자기 바빠지셨군요. 부처님의 긴급한 부름이라도 받으셨습니까?"

미도후사의 말은 광정이 신엽 등이 위태로울 때도 모습을 드러내지 않았음을 비꼬는 것이었다. 신엽을 제외하고는 그 자리에 있는 대부분의 사람들이 그런 사실을 알고 있었다. 광정은 얼굴이 붉어지려는 것을 가까스로 누르며 큰 소리로 말했다.

"특별한 가르침이 없다면 우리는 그만 돌아가겠소."

"그럴 수야 있나요. 어렵고 귀한 자리가 만들어졌는데. 저렇게 많은 우리 무사들이 좋은 구경거리를 기대하고 있잖습니까?"

미도후사가 손을 들어 주변을 가리켰다. 어느 틈에 갑판 주변으로는 수십 명의 청의인들이 둘러서 있었다. 어림잡아 칠팔십 명은 족히 될 성싶었다. 시위 효과를 위해서 미도후사가 은밀히 지시한 것이었다.

"점잖은 분들과 주먹다짐을 할 수도 없는 일, 스님께선 어떻게 하셨으면 좋겠습니까?"

"가르침을 기다린다고 하지 않았소."

광정은 퉁명스럽게 대답했다. 그는 지금 여러 가지로 복잡한 심정이었다. 신엽이라는 존재에 자꾸 눌리는 느낌, 미도후사의 비아냥, 소운의 두 눈에 선연한 실망감, 그리고 과연 이 자리를 살아서 빠져나갈 수 있을까 하는 조바심 등등이 그를 괴롭히고 있었다. 그렇지 않았다면 칼자루를 쉽사리 미도후사에게 넘겨주지는 않았을 것이었다.

"그렇다면 제가 한 가지 제안을 하겠습니다."

미도후사는 두 눈을 깜박이며 말을 이었다.

"양쪽에서 대표를 한 명씩 선발합니다. 그들에게 세 가지 문제를 줍니다. 그래서 이기는 쪽이 오늘의 대결을 이긴 것으로 하는 것입니다."

"문제는 누가 정하는 거죠?"

소운의 질문이었다. 미도후사는 주위를 한 바퀴 둘러보았다.

"여기 계신 다른 분들은 모두 격전을 치른 터라 사감에 빠지기 쉬울 것입니다. 그래서 부족하지만 제가 출제할까 합니다."

"북과 장구를 모두 치겠다는 얘기로군요."

"주인으로서의 도리를 다하자니 어쩔 수 없습니다. 물론 내기가 싫으시다면 기권도 가능합니다."

미도후사의 말은 일종의 협박과 같았다. 내 배에 너희가 올라 있으니 내 말을 들을 수밖에 없지 않느냐는 강권이었다. 소운이나 광정은 일단 그가 하자는 대로 해볼 도리밖에 없다고 생각했다. 일이 틀어진다면 나중에 다시 방법을 강구하리라. 그때 문득 신엽이 앞으로 나섰다.

"승자와 패자에게는 어떤 상벌이 돌아가는 것입니까?"

"그렇군요. 그걸 정해야겠죠. 그쪽에서 이긴다면 네 분을 모두 무사히 육지로 돌려보내드리겠습니다. 하지만 만약 진다면 저와 함께 긴 항해의 손님이 되셔야겠습니다."

"우리 네 사람이 오고 가는 것은 우리가 정할 일이지 당신 뜻대로 되는 것이 아니오."

신엽의 이의 제기에 미도후사는 의외라는 듯 눈살을 찌푸렸다. 그는 네 사람을 보내주겠다는 조건이 충분히 매력적인 제안이라 여긴 까닭이었다. 물론 어떤 경우에도 그런 일은 일어나지 않을 터이지만.

"소영웅의 존성대명을 알고 싶군요."

"이신엽이라고 하오."

"바로 이대협이셨군요. 이렇게 만나뵈어서 반갑습니다."

미도후사는 금산사에서의 일로 신엽의 존재를 보고받고 있었다. 듣던 대로 껄끄러운 인물이라 여겨졌다.

“그래 이대협께서는 다른 제안이라도 있으신지요?”

“우리가 이길 경우에는 이 배에 잡혀온 모든 고려인들을 우리와 함께 돌아가게 해주시오.”

신엽은 당당하게 요구했다.

신엽의 성격에는 독특한 면이 있었다. 평상시 보통 사람들을 대할 때의 그는 겸손하고 예의바른 젊은이였다. 하지만 누군가가 자신을 윽박지르기 시작하면 막무가내 외곬의 기질이 튀어나왔다. 그건 어린 시절부터 맺힌 한의 분출이었다. 몸은 형편없는 약골인데 자존심은 대단했던 소년이 성장기와 사춘기를 보내면서 어쩔 수 없이 갖게 된 자기 보호 방식이었던 것이다. 자혜대사와 자연대사에게 무공을 배우는 과정에서 상당 부분 부드러워졌지만 아직 그 본질은 달라지지 않고 있었다.

“고려 처녀들을 모두 데려가겠다는 얘기로군요.”

미도후사는 묘한 미소를 지었다. 그러나 그것은 그가 당혹스러움을 감추어야 할 때 떠올리는 어색한 미소였다. 신엽이 퉁명스럽게 말했다.

“자신이 없다면 내기 따위는 없었던 얘기로 하시오.”

이제는 미도후사가 곤란한 입장에 빠졌다. 물론 그는 내기에서 이길 자신이 있었다. 이미 문제들까지도 내정한 상태였던 것이다. 하지만 만에 하나라도 진다면 지난 두 달간의 노력은 수포로 돌아갈 것이었다. 고려 땅을 샅샅이 뒤지며 잡아들인 백 명의 미녀들은 허공으로 날아갈 것이었다. 사부 요다는 그에게 어떤 끔찍한 질책을 내릴 것인가…… 미도후사가 망설이자 광정은 신엽을 원망했다. 자기가 무슨 영웅호걸이라고 백 명의 여자들을 모두 저울대에 올려놓는 것인가. 미도후사가 결코 용납하지 않을 일이 분명한데.

“좋습니다. 일본의 무사가 오늘 이대협과 호쾌한 내기를 한번 벌이겠습니다."

미도후사가 기분좋게 말했다. 입가의 미소가 이미 여유롭게 바뀐 것으로 보아 나름대로 계산을 마친 듯싶었다.

양쪽은 먼저 대표를 선발했다. 왜국측은 미도노가 정해졌다. 미도후사의 명에 따른 것이었다. 고려 쪽은 광정의 권유에 따라 신엽이 나섰다. 광정은 나중에라도 그런 큰일에 대해 책임지고 싶은 생각이 없었다. 게다가 신엽에게 네가 큰소리를 쳤으니 네 힘으로 잘해보라는 심보가 작용하고 있었다. 소운은 경험과 지모가 풍부한 광정이 나서주었으면 했지만 아무 말도 입 밖에 내지 않았다.

미도후사가 첫번째 문제를 출제했다. 그는 먼저 진정한 무(武)의 시작은 문(文)이며 문과 무가 어우러질 때 참된 무학이 이루어진다는 장광설을 늘어놓은 다음 가슴속에서 책 한 권을 꺼내어들었다. 소운이 보니 그것은 뜻밖에도 『균여전(均如傳)』이었다. 삼백여 년 전 혁련정(赫連挺)이 고려 초의 고승 균여의 일생을 정리하여 묶은 전기였다. 저런 책을 꺼내들 줄 알았더라면 역시 광정 이사형을 대표로 내세웠어야 하는 건데 하는 아쉬움이 일었다.

"이번에 고려 땅을 밟으면서 저는 놀라운 책을 한 권 발견했습니다. 바로 이것입니다. 특히 이 책 제팔권의 「역가현덕분(譯歌現德分)」에는 아름답고 의미있는 노래들이 다수 수록되어 있어 마음을 끌었습니다. 그래서 오늘의 첫번째 문제는 그 노래들 중 하나를 암송하여 돛에다 쓰는 것으로 하겠습니다. 고려국의 책이니까 어느 누구도 저의 공정성을 의심할 수 없을 것입니다. 마침 우리 배는 이틀 전에 흰 돛 두 폭을 새로 만들고 어떤 장식을 넣을까 고민하던 참이었답니다."

미도후사는 부하들에게 지시하여 돛을 올리도록 하였다. 배의 앞과 뒤에는 거대한 돛대가 세워져 있었는데 그 높이가 족히 여섯 장은 될 성싶었다. 그 두 개의 돛대 위로 흔들흔들 흰 돛이 올라가기 시작했다.

돛이 올라가는 동안 미도후사는 문제의 노래를 읊었다.

"자종무시겁초중(自從無始劫初中) 삼독성래죄기중(三毒成來罪幾重) 약차연연원유상(若此緣緣元有相) 진제공계불능용(盡諸空界不能容)……."

이 노래는 「참회업장송(懺悔業障頌)」이라고 했다. 균여가 지은 「보현십원가(普賢十願歌)」 중의 네번째 노래였다. 균여는 원래 이두문으로 지었었는데 혁련정 당시의 이름난 한학자였던 최행귀(崔行歸)가 한시 형식으로 옮겨 「역가현덕분」에 실어둔 것이었다. 그러나 미도후사가 『균여전』을 고려 땅에 건너와서 발견하였다고 한 말은 새빨간 거짓이었다. 미도후사의 형제들은 어려서부터 『균여전』을 교본삼아 고려 말을 배운 터였다. 그중에서도 「보현십원가」는 이두문과 한문 두 가지 형식으로 씌어 있었으므로 고려 언어의 구조를 이해하는 데 중요한 공부거리가 되었던 것이다. 요다는 그들에게 열한 개의 노래를 잠결에도 암송할 수 있도록 외게 하였다. 게다가 미도노에게는 「참회업장송」이 더욱 특별한 사연을 갖고 있었다. 술과 여자를 쫓아다니느라 사부의 규칙을 어길 때가 많았으므로 그는 이 참회의 노래를 수백 번씩 정서해야 했던 것이었다.

미도후사의 삼독(三讀)이 끝났을 때 두 개의 돛은 돛대에 반듯하게 매달려 있었다. 높이가 여섯 장이요, 폭이 세 장에 달하는 거대한 돛들이었다. 그 아래에는 각각 한 통씩의 먹물과 커다란 붓이 준비되어 있었다.

"삼독이면 이제 모두 암송하셨겠지요. 각자 돛대로 올라가서 돛폭에 글을 써주시기 바랍니다."

미도후사의 말이 떨어졌다. 신엽과 미도노는 앞뒤의 돛대로 각각

나아갔다.

　신엽은 밧줄 뭉치 하나와 먹물통을 어깨에 짊어지고 돛대를 올라 갔다. 한쪽 손과 두 발만을 이용했지만 순식간에 꼭대기에 도달했 다. 소운은 아래에서 쳐다보기만 해도 현기증이 일었다. 돛대를 가 로지른 활대에 밧줄을 묶고 신엽은 그 줄을 아래로 늘어뜨렸다. 오 른손엔 붓을 들고, 왼손에는 먹물통과 밧줄을 잡고, 아래로 내려가 며 글을 쓰기 시작했다.

　「참회업장송」은 칠언율시였으므로 모두 쉰여섯 글자로 이루어져 있었다. 신엽은 종으로 한 줄에 두 구, 열네 글자씩을 적어내려갔다. 「보현십원가」는 그도 예전에 몇 차례 읽은 글이었고, 다시 미도후사 의 삼독을 들었으므로 어느 만큼은 기억해낼 수 있었다. 한두 군데 기억이 막히는 곳에서는 뜻을 풀어 역으로 글자를 찾아내었다. 그의 필체는 웅장하고 힘이 있었다. 무공을 배우기 전에도 부족한 글씨는 아니었는데, 이제 상승내공을 익힌 터라 붓끝으로 기운이 살아 뻗치 고 있었다.

　소운, 광정 등은 신엽의 거침없는 필력을 보며 안도했다. 저 정도 면 누구에게도 지지 않을 성싶었다. 그러나 반대쪽 미도노의 돛으로 눈길을 돌린 그들은 아연실색하고 말았다. 미도노 역시 거침없이 적 어내려가는 중이었다. 그런데 그는 똑바로가 아니라 거꾸로 매달린 채 글을 쓰는 것이었다. 왼쪽 발 하나로 밧줄에 몸을 지탱한 것이 마치 꼬리로 나무에 매달린 원숭이와 같았다. 그렇다고 글씨마저 거 꾸로인 것은 아니었다. 몸은 뒤집혔으되 글씨는 위아래가 더없이 반 듯했다.

　"참으로 놀라운 재주로구나!"

　광정은 저도 모르게 탄식했다.

　두 사람의 작업은 거의 동시에 끝났다. 소운과 광정은 이미 첫번째 내기에 졌음을 알고 있었다. 거꾸로 써내려온 재주도 재주였지만 미도노의 글에는 한 자도 틀린 것이 없었다. 반면에 신엽의 글에는 한 글자가 잘못되어 있었다. 진제공계불능용(盡諸空界不能容)의 능(能)자가 가(可)자로 적혀 있었다. 기억이 막혀 뜻을 풀어쓴 것이 다른 글자가 된 것이었다. 미도후사는 그 점을 지적했고, 광정 등은 순순히 시인했다.

"그렇다고 기죽을 필욘 없어요."

소운이 신엽을 귀엣말로 격려했다.

"신엽사제는 실력으로 했지만 저들은 술책으로 한 거니까요. 마지막까지 최선을 다해보는 것뿐이에요."

실의에 빠질 뻔했던 신엽은 다시 힘이 솟았다. 그녀의 따뜻한 말 한마디는 천군만마의 응원보다도 더 큰 기운을 주었던 것이다.

"두번째 문제는 암기수법을 겨루는 것으로 하겠습니다."

미도후사가 두번째 내기에 대해서 설명했다. 그는 반경이 삼 장에 달하는 커다란 원을 그린 다음 그 원 한가운데 과녁이 들어설 것이라고 말했다. 그리고 두 사람이 각각 공격과 방어를 맡아서 시합을 벌이게 된다고 했다. 한 사람은 과녁을 공격할 것이며 다른 사람은 그 공격을 막아야 하는 것이다. 각자에게는 다섯 개씩의 성형표가 주어질 것이다. 다만 누구든 한 발짝이라도 원 안으로 들어가게 되면 자동적으로 지게 된다.

설명을 마친 미도후사는 신엽에게 먼저 역할을 고를 기회를 주었다. 공격이냐 방어냐를. 손님에 대한 예우 차원이라 하였다. 신엽은 방어보다는 공격이 쉬우리라 생각했다. 똑같은 공력의 두 사람이 공격과 방어만을 분담하여 싸운다면 공격 쪽이 용이한 것은 자명한 이치였던 것이다. 더구나 암기전처럼 은밀한 싸움에서는 더더욱 그러했다.

신엽은 공격을 선택하겠노라고 말하려 했다. 그런데 그때 뜻밖의 일이 벌어졌다. 미도후사의 지시를 받은 청의인들이 커다란 원을 그리고는 그 원 속으로 고려인 처녀 한 명을 데리고 들어가는 것이었다. 그들은 그녀를 똑바로 세우고 혈도를 눌러 움직이지 못하게 만들었다. 처녀는 불안한 눈만을 둥그렇게 뜬 채 신엽을 바라보았다. 금세라도 눈물이 쏟아질 듯한 얼굴이었다. 미도후사는 냉랭한 목소리로 설명을 이었다.

"과녁이 작지 않은 관계로 표적을 몇 군데 대혈로 제한하겠습니다. 정면에서는 천돌 단중 중완 기해혈로 할 것이며, 후면에서는 대추 영대 명문 장강혈 네 곳으로 정하겠습니다. 이대협께서는 선택을 마치셨는지요?"

미도후사가 말한 여덟 곳은 모두 인체의 치명적인 대혈이었다. 아주 작은 상처로도 목숨을 잃거나 평생 불구자가 될 수 있는 요혈들이었다. 신엽이 감히 동족 처녀의 그같은 요혈들을 향해서 암기를 날릴 수는 없는 일이었다. 그는 나직이 한숨을 내쉬었다.

"방어를 택하겠습니다."

"고려국 길상파의 비어자는 익히 위명을 들었습니다. 오늘 직접 구경하게 되어 기쁘기 짝이 없습니다."

미도후사는 빙그레 웃으며 그렇게 말했다.

다섯 개씩의 성형표가 주어졌다. 신엽과 미도노는 처녀를 사이에 두고 마주 섰다. 미도노의 눈매가 날카롭게 신엽을 살폈다. 그러더니 그가 문득 오른쪽으로 움직였다. 신엽과 처녀와 일직선이 되는 위치를 차지하여 신엽의 시야에서 벗어나기 위해서였다. 신엽도 오른쪽으로 움직여야 했다. 두 사람은 원을 그리며 빙글빙글 돌았다.

어느 순간 미도노는 방향을 틀어 왼쪽으로 달렸다. 신엽도 방향을 바꾸려는 순간, 미도노는 다시 오른쪽으로 한 발 내디디며 첫번째 성형표를 날렸다. 처녀의 등뒤 영대혈을 향해서였다. 신엽은 재빨리 두 걸음을 뛰어 위치를 확보하며 표를 던졌다. 그것은 화살보다 빠르게 날아 미도노의 표 가장자리를 쳤다. 미도노의 표는 아슬아슬하게 처녀의 우측 어깨를 빗나갔다. 그러나 그때는 이미 미도노의 두번째 표가 날아들고 있었다. 미도노는 우측으로 재주를 넘으며 처녀의 장강혈을 겨냥한 것이었다. 신엽은 순간적으로 그 표의 움직임이 수상쩍다고 느꼈다. 이동 속도가 대단히 느렸고, 무척 많은 회전이 걸린 듯 보였다. 그렇다면 장강혈은 눈속임일 가능성이 컸다. 신엽은 끈기 있게 기다렸다. 과연 그의 예상은 적중하였다. 성형표는 처녀와 다섯 자쯤 떨어진 곳까지 접근하더니 방향을 틀어 명문혈을 향해 솟아올랐다. 신엽은 재빨리 표를 날렸고, 처녀의 명문 앞 세 치 거리에서 미도노의 표를 격추시킬 수 있었다.

"훙!"

가벼운 코웃음과 함께 미도노는 다시 달리기 시작했다. 신엽도 따라 달려야 했다. 이런 식의 암기전에서 방어자는 공격자와 일정한 각도를 유지할 필요가 있었다. 공격자가 과녁에 가려 사라지는 것도 문제였지만 너무 가까이 붙는 것도 금기였다. 각도가 좁아들면 표적을 향해서 나란히 서는 꼴이 되며, 그래서는 효과적인 방어가 불가능한 까닭이었다.

왼쪽으로 오른쪽으로, 다시 왼쪽으로 오른쪽으로, 그들은 제법 긴 날음박질을 했다. 그러나가 미도노가 세번째 성형표를 날렸다. 가슴 위 천돌혈을 향해서였다. 두번째 표보다 더욱 느린 속도였다. 계속하여 그는 오른쪽으로 달리며 네번째 다섯번째 성형표를 쏘았다. 각각 중완과 기해혈을 겨냥하고 있었다. 신엽은 온 정신을 모았다. 자칫하다간 방어표를 날릴 기회조차 잃을 형편이었다. 네번째 표는 세번째 표보다 빨랐으며, 다섯번째 표는 빛살처럼 빨랐다. 따라서 세 개의

226

표는 거의 동시에 표적에 다다르고 있었다. 신엽은 동물적인 감각으로 그들의 최종 목적지를 추적했다. 다섯번째 표는 명백히 기해혈이 목표였다. 네번째 표는 중완이 아니라 단중으로 휘어질 태세였다. 세번째 표의 회전은 더욱 강력하여 두 단계 아래인 중완을 겨냥하는 듯싶었다. 신엽은 더 망설이지 못하고 세 개의 방어표를 날렸다.

띵, 띵, 띵!

다행히 추적은 적중했다. 미도노의 표들은 모두 방어표에 부딪혀 떨어져내렸다. 신엽은 안도했고, 소운과 광정은 더 긴 한숨을 내쉬었다. 그들은 내심 갈채를 보내고 있었다. 그러나 그때 미도노는 교활한 웃음을 흘렸다.

"아직 승부는 끝나지 않았어요."

그의 손에는 세 개의 표가 더 들려 있었다.

"다섯 개로 한정하지 않았나요?"

소운이 따졌다.

"물론 다섯 개지요. 하지만 바닥을 잘 살펴보십시오."

소운 등은 바닥을 둘러보고 놀라지 않을 수 없었다. 떨어진 성형표들 중 세 개는 온전한 것이 아니라 반 도막짜리들이었다. 간교한 미도노가 어느 틈에 세 개의 표를 부러뜨려 반쪽씩만을 사용한 것이었다. 그의 손에 들린 것은 그 세 개의 나머지 반쪽들이었다.

"자고로 싸움은 힘으로만 하는 게 아니라더군요. 그럼 이제 승부를 결정짓겠습니다."

미도노는 한껏 유쾌해하며 세 개의 표를 한꺼번에 날렸다. 멋을 잔뜩 부린 동작이었다. 표들은 각각 과녁의 천돌 단중 중완혈을 향해서 날아갔다. 그러나 그는 너무 기분이 좋은 나머지 신엽이 슬금슬금 바로 옆까지 다가오는 것을 알지 못했다. 그가 알아차렸을 때는 이미 신엽의 몸이 허공으로 솟구쳐오르고 있었다.

　　허공에서 살짝 몸을 비튼 신엽은 날아가는 표 위로 내려섰다. 놀라운 신법이었다.

　　"적룡음풍(赤龍吟風)!"

　　광정이 감탄사를 발했다. 과연 그의 말대로 그것은 적룡음풍이라는 신법이었다. 적룡이 바람을 노래한다는 뜻으로, 스칠 듯 말 듯 바람을 차며 허공을 나는 경신술이었다. 연자답풍과도 일맥상통하는 바가 있었으나 한 단계 더 위의 무공이라 할 수 있었다. 연자답풍은 최고로 연성해도 한두 단계의 비약이 가능할 뿐이었지만 적룡음풍은 적룡이 굽이치듯 몇 차례고 바람을 차오를 수 있었던 것이다. 길상파에서도 그 신법을 제대로 구사할 수 있는 사람은 자긍대사 정도일 것이었다.

　　신엽은 허공에서 잇달아 세 걸음을 걸었다. 얼핏 보기에는 그저 허공을 걷는 듯했지만 기실 그는 세 개의 표를 밟고 있었다. 표들은 쇠붙이가 자석에 붙듯 그의 발에 달라붙었고, 신엽은 그 힘을 이용하여 다시 훌쩍 몸을 솟구쳤다. 그리고는 원의 반대편으로 내려섰다. 미도노는 믿을 수 없다는 듯 멍하게 바라보았다. 다 이긴 승부를 이런 식으로 놓쳐버리다니. 그러나 그는 곧 마음을 정하고 고개를 저었다.

　　"놀라운 신법이로군요. 하지만 이번 내기는 경신술이 아니라 암기수법에 관한 것이었습니다."

　　승복힐 수 없다는 얘기였다. 그때 그의 등뒤에서 누군가가 박수를 쳤다. 바로 미도후사였다. 덩달아 천지이악도 박수갈채를 아끼지 않았다. 미도후사가 말했다.

　　"두번째 내기는 고려 무사의 승리입니다. 실력에서도 기지에서도 이겼습니다. 갈수록 흥미로워지는군요. 그럼 이제 마지막 내기로 넘어가겠습니다."

미도노는 더이상 토를 달지 않았다. 그러나 그의 표정에는 여전히 불복하는 기색이 역력했다. 미도후사는 청의인 두 명을 불러 무언가를 지시했는데 그 지시를 들은 연후에야 미도노의 안색이 다소 풀렸다.

잠시 후 청의인들은 두 덩이의 얼음을 들고 나타났다. 각각 양푼에 담긴 그 얼음들은 크기가 어린아이 머리통만했다. 미도후사는 뜻밖의 설명을 했다. 세번째 시합은 엉뚱한 것을 택했다. 열기도 가라앉힐 겸, 얼음 먹기 내기를 하는 것이다. 어떤 식으로든 이 얼음을 몽땅 먼저 뱃속으로 넣는 사람이 내기를 이긴다.

얼핏 들으면 이 내기는 무공과 전혀 무관한 듯도 싶었다. 그러나 사실은 그렇지 않았다. 무공을 익히는 사람이 가장 조심해야 할 음식 중 한 가지가 바로 얼음이었다. 한꺼번에 너무 많은 양을 먹으면 단전이 싸늘하게 식어 운기가 어려워지는 것이었다.

처음에 미도후사는 두 번의 시합만으로 내기를 끝내려 했었다. 암기전에서도 미도노의 항의를 받아들여 신엽의 패배를 선언할 수도 있었다. 그러나 신엽의 무공을 지켜보는 사이 생각이 달라졌다. 이제 고작 열일고여덟 살의 소년이 저렇듯 놀라운 경지에 올라섰다니. 다시 몇 년이 흐른 후에는 어떨 것인가. 그는 일찌감치 싹을 밟아버려야겠다고 마음먹었다. 그래서 급히 세번째 내기를 준비한 것이었다.

두 개의 얼음은 겉모습은 같았다. 그러나 그 내용은 달랐다. 미도노 앞으로 놓인 것은 보통의 얼음이었다. 미도노라면 일 다경 내에 먹어치울 수 있을 정도였다. 그리고 그것은 미도노에겐 일상적인 일이었다. 아직 한빙장은 전수받지 못했지만 요다 훈게이의 무공은 대체로 한음지공(寒陰之功) 계열에 속했고, 연공 과정에서 곧잘 얼음의 냉기를 흡수하곤 했던 것이다. 반면에 신엽 앞으로 놓인 얼음은 성격이 달랐다. 그것은 미도후사의 방에서 나온 것으로, 그가 한빙장을 연성할 때 쓰는 대상이었다. 녹았다가 다시 얼기를 수십 차례 되풀이했으며 그 과정에서 미도후사의 한빙공이 속속들이 배인 얼음이었다. 한마디로 그것은 한독(寒毒) 덩어리였던 것이다.

"그럼 지금부터 시작하겠습니다."

미도후사의 선언에 따라 미도노와 신엽은 얼음 앞으로 다가섰다.

미도노는 장검을 뽑아들어 얼음을 조각내었다. 가로 치고 세로 치고, 몇 번을 휘두르니 얼음은 가지런히 먹기 좋은 크기들로 잘라졌다. 인절미 정도의 크기들이었다. 그는 그것을 한 입에 두세 개씩 집어넣어 우물거렸다. 대단히 빠른 속도였다.

한편 신엽은 얼음을 앞에 두고 어찌해야 할지 알 수 없었다. 미도노의 방법이 효과적으로 보였지만 그가 이미 시작했으니 늦은 셈이었다. 같은 방법으로 따라가서는 승산이 없었던 것이다. 그때 한 가지 생각이 문득 떠올랐다. 신엽은 소운으로부터 월정검을 돌려받아서는 검을 얼음 한가운데 수직으로 꽂았다. 그리고는 눈을 감고 우두커니 서 있었다. 사람들은 모두 의아스러웠다. 눈 깜박이는 시간도 바쁠 때인데, 대관절 무슨 생각을 하는 것일까.

그러나 그렇게 잠시가 지나자 재미있는 일이 벌어졌다. 얼음 덩이에 금이 가기 시작했다. 미세하고 자잘한 금들이 구석구석까지 뻗쳤다. 그리고 다시 약간의 시간이 지나자 얼음덩이는 모래알처럼 부스러져내리는 것이었다. 얼음덩이가 모두 부스러졌을 때 그것은 이미 물 반 얼음모래 반의 액체 상태가 되어 있었다. 얼음 조가 인절미를 사분의 삼쯤 먹어치우고 있었던 미도노는 다급하게 서둘렀다. 하지만 이미 승부는 자명해진 터였다. 신엽은 양푼을 집어들고 액체로 변한 얼음을 벌컥벌컥 들이켰다. 그가 양푼을 내려놓았을 때 미도노 앞에는 아직 네 조각의 얼음이 남아 있었다. 입 안이 온통 얼음으로 가득 차 있었음은 말할 것도 없었고.

미도후사는 신엽의 깨끗한 승리를 선언했다.

"허허. 오늘은 일본국 무사의 위신이 땅에 떨어지는 날이로군요. 하지만 좋습니다. 주인이 손님을 이기면 그것 또한 명예로운 일은 못 될 테니까요."

"운이 좋았을 뿐입니다."

신엽이 겸양의 말을 했다.

미도노는 입 안 가득한 얼음 조각들을 뱉어버리고 누각 속의 내실로 사라졌다. 잔뜩 기분이 상한 모습이었다.

미도후사는 패장답게 시원시원하게 일을 진행했다. 부하들을 불러 중선 한 척을 준비하도록 명했다. 또 승선한 고려인의 명단을 가져오도록 한 다음 배 안의 모든 고려인들을 불러모아 대조시켰다. 소운과 감색 옷의 소녀가 그 작업을 확인했다. 처녀들뿐 아니라 건장한 남자들도 백여 명이 있었다. 왜국으로 끌려가 노예로 팔릴 뻔한 사람들이었다.

한 시진이 못 걸려 모든 준비는 끝났다.

중선으로 옮겨가기에 앞서 미도후사가 한 가지 부탁을 했다. 육지에 닿을 때까지만 고려인들의 팔을 묶어달라는 것이었다.

"아시다시피 그들은 강제로 끌려온 사람들입니다. 우리 일본인과 함께 지내는 동안 불편한 점들이 많았을 것입니다. 이제 그들이 자유의 몸이 된 것을 안다면 일본인 선부들의 신변이 위태로워지지 않겠습니까."

광정은 그의 말에 이유가 있다고 여겼다. 육지에 당도할 때까지는 왜선의 신세를 져야 하는 입장이니 불필요한 문제는 피하는 편이 좋겠다고 생각했다. 그는 부탁을 받아들였고, 고려인들은 기다란 밧줄에 사오십 명씩 묶였다. 처녀들의 경우는 소운과 감색 옷의 소녀를 제외한 아흔여덟 명이 모두 한 줄에 묶였다. 그리고 그들은 준비된 중선으로 옮겨 실어졌다. 중선의 수송 책임자는 미도노였다. 그 아래로 이십여 명의 청의인들이 배를 돌보고 있었다.

　미도후사는 중선의 갑판까지 직접 따라와 신엽 일행을 배웅하였다. 그는 고려의 무공을 한 수 가르쳐준 것에 대단히 감사한다는 등 치사의 말을 한바탕 늘어놓고 자신의 배로 돌아갔다.

괴노파의 충고

배는 육지를 향해 조용히 출발했다. 왜인들은 왜인끼리, 고려인들은 고려인끼리 조용한 시간을 보냈다. 바람이 없어 배가 느린 것이 흠이라면 흠이었다. 미도노는 몇 가지 음식과 술을 내놓았지만 광정들은 일절 입에 대지 않았다. 미도노는 마지막 순간까지 안심할 수 없는 위인이었다. 게다가 광정은 내심 몹시 의아스러워하고 있었다. 내기에서 이기기는 했지만 이렇게까지 순조로울 줄은 생각지 못한 까닭이었다. 미도후사가 과연 그만큼 큰 인물이었단 말인가. 그럴 리가 없을 텐데. 무슨 곡절이 숨어 있을지 단단히 대비해야지.

한편 신엽과 소운은 결전의 밤 이후 처음으로 둘만의 시간을 갖게 되었다. 그들은 선미의 조용한 곳에서 멀어지는 선유도를 바라보며 서 있었다. 소운은 신엽에게 큰 고마움을 느꼈다. 그것을 표현하려 했지만 쉽게 되지 않아서 그냥 앞만 바라보고 서 있었다. 그러나 신엽은 내심 불편하기 짝이 없었다. 소운의 얼굴을 마주 볼 수가 없었다. 몇 개의 흉한 점들이 그를 가슴 아프게 한 까닭이었다.

"하루하루 무공이 증진하는 모양이야."

이윽고 소운이 말문을 열었다. 그녀가 가장 편하게 할 수 있는 말은 무공에 대해서뿐이었다. 신엽은 한숨을 내쉬었다.

"아직 멀었어요. 아무리 노력해도 되지 않는 부분들이 너무 많아요."

"그렇지 않아. 어느 누구보다도 빠르게 올라가고 있어. 지난 반 년 동안 난 묘향신니의 가르침을 받았어. 그런데도……."

소운은 신엽을 어떻게 불러야 할지 몰라 잠시 망설였다.

"그쪽보다 뒤지는걸."

신엽은 그쪽이라는 말에 실린 미묘한 느낌을 알지 못했다.

"묘향신니는 어떤 분인가요?"

"묘향신니가 어떤 분이냐고? 일신 이선 사비에 대해서는 들어봤어?"

"아뇨."

"도대체 사사제는 누구에게 무공을 배웠지?"

소운은 몇 마디를 나누면서 편안해졌다. 그래서 다시 신엽을 사사제라 칭할 수 있었다. 그러나 신엽은 그 질문에 대해서는 언제나처럼 침묵했다. 소운은 고개를 빌링빌링 지었다.

"일신 이선 사비는 지난 수십 년간 우리나라에서 최고의 경지에 오른 무예고수들이야. 우리나라뿐 아니라 가히 천하에서 최고라 할 수 있는 분들이지. 근래에는 조용한 곳에 은둔하며 별다른 활동을 하지 않지만. 묘향신니는 원래 옥소선녀라고, 이선 중의 한 분이셨어."

"그렇군요. 언젠가 얼핏 얘기 들은 적이 있어요. 이십 년 전에 묘항산에서 비구니가 되셨다고요."

신엽은 오사제 광은에게서 그 이야기를 들었었다. 대청호에서 소운이 길상문하가 된 내력을 얘기하면서였다. 그러나 그때 신엽은 소운에게만 마음이 가 있어서 일신이니 이선 사비 등에 대해서는 별 주의를 기울이지 않았다. 한 귀로 듣고 한 귀로 흘려버렸던 것이다. 이제 그녀로부터 다시 설명을 들으니 기억이 되살아났다.

소운은 묘향신니를 생각하자 가슴 한구석이 아려와 아득한 점으로 멀어지는 선유도를 한동안 말없이 바라보았다.

"좋은 분이야. 지독할 정도로 스스로를 외롭게 만들고, 그래서 사람들은 괴팍하다고들 얘기하지만……"

소운은 말꼬리를 흐렸다. 그런데 그때 그녀는 한 가지 이상한 점을 알게 되었다. 신엽이 도무지 자신을 쳐다보지 않는다는 사실이었다. 시종 고개를 떨어뜨린 채 그녀 쪽으로는 눈길 한 번 주지 않았다. 그녀는 그의 눈을 마주 보고 싶었는데, 그는 그녀를 구하려고 달려온 것이 아니었단 말인가.

"그날 밤엔 미안했어요."

신엽이 무뚝뚝하게 말했다. 소운은 그가 아직 그때의 일을 가슴에 품고 있었음을 알고 기뻤다. 하지만 짐짓 그를 골려주리라 마음먹었다.

"무슨 얘기야?"

"그날 밤 말예요. 나무 위에서 싸우다가……"

"아, 그거. 그게 왜 미안하다는 거지?"

"그러니까 그게, 전……"

그때였다. 누군가가 쿵쿵거리며 그들이 있는 곳으로 달려왔다. 바로 감색 옷의 소녀 소향이었다. 그녀는 올해 열여섯 살이 된 용띠 아가씨였다. 왜구에게 잡혀 있는 동안 소운과 마음이 통하여 친구처럼 되었다. 이름까지 같은 자를 쓰는 것을 알고는 언니 동생이 된 사이였다.

"언니. 혹시 우리 할머니 못 봤어요?"

"할머니? 글쎄, 못 봤어요?"

소운은 고개를 갸웃했다. 그러고 보니 배에 오른 직후부터 할머니가 보이지 않은 듯했다. 그녀는 미도후사의 배에 있었던 고려인 중 유일한 노령자였다. 소향이 붙잡혀올 때 할머니를 함께 데려가지 않는다면 당장 혀를 깨물겠다고 협박하여 왜구들도 손을 들었다고 했다. 그런데 어디로 간 것일까. 소향은 발을 동동 굴렸다.

"무슨 말썽이나 저지르지 않으시는지 모르겠네요."

"배 안 어딘가에 계실 테지."

"그래요. 다시 찾아봐야겠어요."

소향은 가려다 말고 고개를 돌려 소운을 보았다.

"그런데 언니, 이제 보기 싫은 얼룩은 지워버려요. 기다리던 분도 오셨는데."

소운은 발끈한 표정을 지었다. 소향은 혀를 내밀며 곁눈질로 흘끔 신엽을 훔쳐보고는 달아났다. 소운은 소향과 붙잡혀 있는 동안 많은 이야기를 나눈 터였다. 앞일이 어찌될지 모르는 형편이었으므로 가슴 깊이 담아온 지난 일들을 서로에게 털어놓았던 것이다. 그런 까닭에 소향은 소운이 신엽에 대해 품고 있는 애틋한 마음을 잘 알고 있었다. 그러나 신엽은 소향의 농담 속에 담긴 진의를 알아차리지 못했다.

소운은 그제서야 얼굴의 반점들에 생각이 미쳤다. 밧줄 끝에 바가지를 매달아 바닷물을 퍼올려 얼굴을 씻었다.

원래 그 반점은 미도노가 그린 것이었다. 금산사 기습길에 오르기 직전 소운을 본 미도노는 아쉬움을 금할 수 없었다. 자신은 갈 길이 바빴고, 소운은 당장 미도후사의 배로 보내어야 할 상황이었던 것이다. 생각 끝에 그는 소운을 조금만 흉하게 꾸며두기로 했다. 그래야 미도후사가 건드릴 생각을 않겠지 싶었다. 그래서 소운의 얼굴에는 흉터처럼 흉한 검은 점들이 그려졌다. 소운은 내심 그 얼룩이 고마웠다. 그것 덕분에 그녀는 사람들의 특별한 주목을 피할 수 있었기 때문이었다.

반점들이 사라지자 소운은 예전과 다름없는 모습으로 돌아왔다. 오히려 예전보다 더 예쁘고 더 싱그러워진 느낌이었다. 신엽은 그제야 소운을 똑바로 쳐다보았다.

"반점이 모두 가짜였군요!"

그의 눈은 기쁨으로 반짝였다. 소운은 흥, 코웃음을 쳤다.

"얼굴이 못생겨져서 쳐다보지도 않은 것이었군."

"그런 게 아니에요…… 너무 오래 고생시킨 게 미안해서 가슴이 아팠어요."

"그 동안 늘 내 생각을 하고 있었다는 거야?"

"네."

"어떤 생각을 했어?"

신엽은 대답을 못 하고 머뭇거렸다. 그녀를 생각한 것은 사실이었지만 어떤 생각을 했는지는 자신도 잘 알 수 없었다.

"그것 봐. 거짓말을 하고 있잖아."

"거짓말이 아니에요."

신엽의 귀밑이 빨갛게 물들었다. 그런 모습을 보고 있자니 소운은 가슴이 따뜻해졌다. 그가 자신을 생각했다는 게 결코 거짓은 아니리라 믿어졌다. 그녀는 그에게 더 중요한 것들을 물어보고 싶었다. 자기를 어떻게 생각하느냐고. 자기가 정말 보고 싶었느냐고. 그리고 자기를, 그러니까, 자기를 좋아하느냐고. 그런데 그 말들은 쉽게 입 밖으로 나오지 않았다. 어른인 척 으스대었지만 소운 역시 이런 일에는 신엽과 다름없는 초보자였던 것이다.

마침내 소운은 마음을 다잡고 입을 열었다.

"넌 내가……."

그때였다. 소향이 또다시 쿵쾅거리며 그들에게로 달려왔다.

"큰일났어요! 큰일이 났다구요!" 그녀는 다급하게 소리쳤다.

"그러고 있을 때가 아니에요. 왜구들이 모두 달아났어요."

"무슨 얘기야? 좀 차근차근 설명해봐."

소운이 물었다.

"설명할 것도 없어요. 저길 좀 보세요."

소향은 왼쪽 바다를 가리켰다. 그곳에는 커다란 뗏목이 떠 있었고, 십여 명의 청의인들이 타고 있었다. 미도노 역시 그들 속에 있었다. 배를 조종하던 수부들이 모조리 배를 버리고 빠져나간 것이었다. 소운이 깜짝 놀라 둘러보았지만 이미 배 위에는 왜인이라고는 없었다.

소란을 듣고 갑판으로 나온 광정도 당황했다. 광정은 원래 출항 직후부터 갑판 앞자리를 지키고 있었다. 그런데 미도노가 긴히 할 얘기가 있다면서 내실로 불러들였다. 광정은 단단히 경계하였지만 그를 따라 들어갔다. 그가 확인한 바로 배에는 미도노 이외의 고수가 없었기에 약간은 마음을 놓고 있었다. 그런데 그들이 마주 앉자마자 한 청의인이 들어와 미도노에게 무슨 보고인기를 했다. 미도노는 광정에게 지극히 송구스런 표정을 지으며 잠시만 기다려달라 하고는 청의인을 따라 나갔다. 그리고 겨우 차 반 잔 마실 시간이 지났을 때 광정은 소향 등이 떠들어대는 소리를 들은 것이었다.

그 짧은 시간 동안의 연극으로 왜인들이 모조리 배를 떠날 줄이야 누가 짐작이나 하였을까. 소운과 신엽은 선미에서 밀린 얘기에 빠져들고 있었고, 소향은 할머니를 찾아 동분서주하고 있었으니 아무도 그런 사실을 눈치챌 수 없었던 것이다.

"할 수 없지. 우리가 배를 몰아야지. 당황하지 말고 역할들을 나누도록 해."

광정은 일행을 다독거렸다. 다행히 돛은 고스란히 남아 있었기에 절망할 필요는 없다고 생각했다. 게다가 그는 길상사에 들어오기 전 바닷가에서 소년 시절을 보낸 까닭에 물의 성질을 어느 만큼 알고 있었다. 그러나 잠시 후 갑판 아래에 있던 사람들이 술렁거렸다. 누군가가 물이 들어온다고 소리쳤다. 광정 등이 내려가보니 배 밑창의 나무가 몇 조각 뜯어져나가고 없었다. 그리고 그 구멍으로 물이 들어오고 있었다. 다른 나무를 가져다가 막아보려 했지만 들어오는 물살이 워낙 거세어 뜻대로 되지 않았다.

광정은 우선 갑판 아래 있던 사람들을 모두 위로 올라가게 했다. 밧줄에 묶여 있던 터라 사람들은 움직임이 쉽지 않았다. 서로 부딪히며 욕지거리들을 했다. 처녀들은 비명을 질렀다. 소운은 밧줄을 풀어줄까도 생각했지만 그랬다가는 오히려 혼란이 더할 것 같아 묶인 채로 줄줄이 갑판 위로 올려보냈다.

광정과 신엽은 구멍을 막기 위해 계속 노력했다. 나뭇조각들을 닥치는 대로 가져와 구멍을 막았다. 애쓴 보람이 있어 구멍은 어느 정도 막아졌다. 유입되는 물의 양은 물통으로 퍼낼 수도 있을 만큼 적어졌다. 광정은 신엽에게 그곳을 지켜보게 하고 올라가려 했다. 돛을 더 효과적으로 조작하여 배를 빨리 몰기 위해서였다. 잘만 하면 배가 가라앉기 전에 육지에 다다를 수 있으리라.

그러나 바로 그 순간 또다시 두 곳의 밑창이 터지며 물이 솟아올랐다. 왜구들은 떠나기 전에 치밀하게 배를 망가뜨려둔 것이었다. 물은 순식간에 허벅지까지 차올랐다. 더이상의 방법이 없어 보였다.

그들은 갑판 아래를 포기하고 위로 올라왔다.

"밧줄을 풀어주시오!"

"어서 밧줄이나 풀어주시오!"

사람들은 아우성쳤다. 물에 빠지더라도 허우적거려보기나 하겠다는 것이었다. 하지만 그것조차 마음대로 되지 않았다. 배는 급속도로 침몰하고 있었고, 게다가 파도에 떠밀려 기우뚱거리고 있었다. 사람들은 서로서로 밧줄에 뒤엉킨 채 휩쓸렸다. 미도노의 뗏목은 배로부터 이십여 장의 거리를 유지하며 그런 모습을 구경하고 있었다. 그때 누군가가 소리쳤다.

"배가 온다!"

과연 멀찌감치서 배 한 척이 다가오는 게 보였다. 그런데 그 배는 선유도 쪽에서 오는 왜선이었다. 미도후사는 모든 계획을 치밀하게 세워두고 있었다. 앞서간 배가 침몰할 시간에 맞춰 두번째 배를 내보낸 것이었다.

이제는 끝이로구나…….

신엽의 머릿속으로는 그런 생각이 스쳐갔다. 이렇듯 치밀하게 준비된 함정이라면 빠져나가는 것이 쉽지 않은 까닭이었다.

그러나 한편으로는 어쩌면 저 배가 희망일지도 모른다는 생각이 들었다. 저 배를 뺏어 탈 수만 있다면 사정은 전혀 달라지지 않겠는가. 소운도 같은 생각을 했는지 눈을 반짝였다.

배는 빠른 속도로 다가왔다. 난파된 배의 갑판 위로 물살이 넘실거릴 즈음 그 배는 이미 지척으로 다가와 있었다. 그러나 곧바로 난파선으로 다가오지는 않고 머뭇거렸다. 시간을 끌어 고려인들을 모조리 녹초로 만들 심산이었을까.

갑판은 물살로 뒤덮이고, 사람들은 살려달라고 아우성을 쳤다. 개중에는 벌써 물을 먹어 토악질을 하는 사람도 있었다. 소운과 소향

등도 진이 빠질 지경이었다. 신엽은 그런 와중에도 선체의 나무판자들을 뜯어내어 사람들에게 나눠주었다.

배는 한 바퀴 원을 그리더니 난파선과 미도노의 뗏목 사이로 들어왔다. 십여 명의 청의인들이 배의 앞머리에 정렬해 있었다. 그들은 모두 활을 들고 있었다. 활시위를 잔뜩 당겨서는 난파선의 갑판 위를 조준했다. 사람들이 비명을 지르며 반대쪽으로 몰렸다. 가뜩이나 침몰하던 배가 다시 요란하게 흔들렸다. 신엽과 소운 등은 칼을 빼어들고 몇 개의 화살이라도 막아보려 했다. 그러나 다음 순간 청의인들은 방향을 틀어 미도노의 뗏목 위로 화살 세례를 퍼부었다. 미도노 등은 경악하여 바닷물 속으로 숨어들었다. 더러는 화살을 맞았고, 더러는 뗏목 아래로 피해서 위기를 모면했다. 미도노는 배 위를 향해 고래고래 소리쳤다.

"이 미친놈들아, 적군과 아군도 구별 못 한단 말이냐! 내가 배로 올라가면 네 놈들 목을 모두 날려버리겠다!"

그러나 청의인들은 아랑곳않고 계속하여 수십 개씩의 화살을 쏘아대었다.

미도노는 참을 수 없었는지 배를 향해 몸을 날렸다. 그의 무공은 확실히 대단했다. 물 속에서 뗏목을 잡고 있었는데, 그 손에 한 번 힘을 주어 누르자 거대한 새처럼 솟구쳐오르는 것이었다. 더구나 뗏목은 조금의 미동도 없이 잔잔하게 떠 있었다.

미도노가 배를 향해 날아오자 청의인들은 당황했다. 재빨리 십여 개의 화살을 더 쏘았다. 미도노는 허공에서 칼을 휘둘러 화살들을 모조리 쳐내었다. 그러나 그 화살들 덕분에 미도노는 단번에 갑판 위로 뛰어오를 수 없었다. 갑판 바로 아래의 나무판에 잠시 몸을 붙였다가 다시 뛰어오르려 했다. 그런데 그때, 갑판 위로부터 밧줄 한 가닥이 미도노를 공격해왔다. 수부들이 배를 묶을 때 사용하는 평범

한 밧줄이었다. 그러나 그 줄은 마치 살아 있는 뱀처럼 날카롭게 움직였다. 눈 깜짝할 사이에 미도노의 등뒤 백호 신당 혼문 삼초수 등 네 곳 대혈을 찔러왔다.

미도노는 감히 등진 상태로 상대할 수 없는 적임을 깨달았다. 왼손과 왼발을 가볍게 밀어 몸을 뒤집었다. 벽호공세(壁虎功勢)가 도마공세(倒摩功勢)로 바뀌면서 그는 자연스럽게 밧줄 끝의 공격권을 벗어났다. 그러나 밧줄은 그림자처럼 그의 몸을 따라붙었다. 이번에는 가슴 앞의 천지 신장 석관혈 등 세 곳 혈도를 파고들었다. 미도노는 다급히 칼을 휘둘러 몸을 보호할 수 있었지만 주르륵 미끄러져 바닷물 속으로 떨어지고 말았다. 배의 측판은 수직보다 가파르게 기울어졌을 뿐 아니라 파도에 닳아 윤이 날 정도였던 것이다.

미도노는 다시 한번 승선을 시도했지만 결과는 마찬가지였다. 밧줄의 공격은 매섭기 그지없었다. 그것을 부리는 사람은 그가 고려 땅에 건너와서 겪었던 어느 누구보다도 고강한 무공의 소유자였다. 한 번만 더 객기를 부렸다가는 목숨을 부지할 수 없을 성싶었다.

미도노가 포기하고 뗏목으로 돌아가자 배 위에서는 비웃음소리가 울렸다. 큰 소리가 아니었음에도 낭랑하고 청아한 것이 내공의 깊이를 짐작하게 했다. 그리고는 두 사람이 바다로 내던져졌다. 손발이 꽁꽁 묶인 채였는데, 미도노의 부하들이 급히 잠수하여 건져올리고 보니 다름아닌 천지이악이었다. 그들은 그 배에 지휘관 격으로 탑승한 터였나. 천시이악은 한참 동안 구억실을 해서 벽은 물을 보해낸 다음 배 위를 향해 소리질렀다. 왜국어로 바락바락 악을 쓰는데, 누군가를 욕하는 게 분명했다. 갑판 위에서는 웬 노파 한 명이 모습을 드러내었다. 은빛 머리카락이 바람에 나부꼈다. 욕지거리가 들리는지 안 들리는지, 그녀는 빙그레 미소를 머금고 있었다.

"아, 할머니다. 할머니! 어서 구해주세요!"

소향이 반갑게 소리쳤다. 갑판 위에서 천지이악을 내던진 사람은 다름아닌 소향의 할머니였던 것이다.

노파는 그러나 선뜻 난파된 사람들을 구하려 들지 않았다. 배를 몰아 난파선 주위를 다시 한번 느릿느릿 돌았다. 그러더니 큰 소리로 소향을 꾸짖었다.

"내가 뭐라 그랬냐. 경박하게 굴면 안 된다고 몇 번이나 이르지 않았더냐."

"그것 때문에 화가 났군요. 하지만 어쩔 수 없었어요. 할머니라도 똑같이 할 수밖에 없었을걸요."

"지금 그걸 말이라고 하는 게냐?"

"우선 사람들부터 구해주세요."

"흥. 뉘우치는 기색이라곤 전혀 없구나. 그럼 난 그만 가보겠다."

노파는 정말로 떠나갈 기세였다. 난파선의 사람들은 이미 가슴까지 물에 빠져들고 있었다. 그나마 밧줄로 함께 묶여 있지 않았다면 오래 전에 파도에 휩쓸려버렸을 것이었다. 소운이 다급히 소리쳤다.

"이 사람들은요? 모두 물고기 밥이 되란 말씀인가요?"

"그 사람들이야 길상사의 젊은 영웅패가 알아서 하도록 해라. 애당초 바다로 몰고 나온 것도 그들 아니었더냐?"

노파는 청의인들에게 배를 돌릴 것을 지시했다. 소운이 다시 무슨 말인가를 하려 하자 소향이 얼른 만류했다. 그녀는 할머니의 성격이 괴팍하여 다른 사람과 잘잘못을 따지기를 몹시 싫어함을 알고 있었던 것이다.

"할머니, 할머니, 제가 잘못했어요. 두 번 다시 할머니 말씀을 어기지 않겠어요. 한 번만 용서해주세요. 네?"

"그 말을 어떻게 믿느냐?"

"다시 한번 뜻을 거역하면 은행나무에 거꾸로 매달려 발바닥을 맞겠어요.”

“그건 못 믿겠다. 넌 늘 그렇게 말했지만 한 번도 스스로 매달린 적이 없었어.”

“그럼 이렇게 하죠. 육지로 나가는 대로 제가 주먹만한 취옥(翠玉)을 보여드리겠어요. 크기도 크기지만 일곱 가지 빛깔이 무지개처럼 띠를 두른 채 쳐다만 봐도 눈물이 흐를 거예요.”

“그런 게 어디 있다더냐?”

노파는 그제서야 마음이 동하는지 말투가 변했다.

“언제 제가 보석 갖고 거짓말하는 것 봤어요? 그랬다간 할머니께 맞아 죽게요. 얼마 전 임금님이 숙비 최씨를 맞으면서 중국에서 사들인 거라구요.”

“그렇다면 육지에 닿는 대로 왕궁으로 가야겠구나.”

“약속드렸잖아요.”

노파는 마음을 정한 모양이었다. 청의인들에게 닻을 내리도록 명했다. 배에서는 밧줄 사다리들이 내려왔고, 난파선 위의 사람들은 줄줄이 그 배로 올라갔다. 그야말로 마지막 일각에서의 구출이었다. 노파는 칠색 취옥 하나로 그처럼 많은 사람들의 생명을 구하는 것이 계산이 맞지 않는 거래라고 생각했는지 눈살을 찌푸렸다. 그러나 다른 말은 하지 않았다. 미도노와 천지이악 등을 뒤로 한 채 배는 육지를 향해 떠났다.

“후배 광정이 내신배님께 삼히 인사를 올립니다.”

노파에게 가장 먼저 예를 올린 것은 광정이었다. 그는 그녀가 누군지는 알 수 없었지만 틀림없이 대단한 인물이리라 짐작한 것이었다. 그렇지 않고서야 그처럼 간단히 천지이악을 바닷물에 내던질 수 있었겠는가. 밧줄 하나로 미도노를 제압할 수 있었겠는가. 광정의 뒤를 이어 소운과 신엽도 분분히 인사를 올렸다. 그러나 노파는 그

244

들에게 눈길도 주지 않았다. 대신 소향만을 다시 한번 야단쳤다.

"계집애야. 또다시 내 말을 어긴다면 그땐 정말 아는 척도 하지 않겠다. 상어 밥이 되건 독수리 밥이 되건 말이다."

소향은 혀를 낼름 내밀고는 말했다.

"제가 없어지면 제일 아쉬울 사람이 누군데 그래요."

"누가 아쉬워한다는 게냐?"

"그런데 할머니, 왜구 일당의 계략을 어떻게 아셨어요?"

"그놈들 하는 짓이야 맨날 그게 그거지. 그 정도도 모르고서야 어찌 네 할미라 할 수 있겠느냐."

노파는 목을 세웠다. 소향은 존경스럽다는 듯 두 손을 마주 잡았다.

"어쩜. 할머니는 그런 말씀을 하실 때가 제일 멋있어요. 하지만 좀 자세히 가르쳐주세요. 그래야 저도 배울 것 아녜요."

"고작 취옥 한 덩이로 그것까지 배우겠다는 게냐?"

"그것뿐이 아녜요. 대리국에서 가져온 강옥(鋼玉)도 있고, 거북 모양의 금강석도 있어요. 행여 다른 비빈들이 숙비 최씨를 질시할까 봐 임금님이 선물한 것들이죠."

"흥. 누가 그런 것들에 목이라도 맨다더냐. 내가 보석탐을 내지 않는 건 세상이 다 아는 일이다."

말은 그렇게 하면서도 노파는 입맛을 쩝쩝 다셨다.

"난 처음부터 그놈들이 순순히 보내주지 않을 걸 알고 있었다. 다만 어떤 유치한 방법을 쓰는가가 문제였지. 그런데 작은 배로 옮겨 타기 직전에 미도후사가 하는 얘길 들으니 대충 짐작이 가더구나."

"미도후사가 무슨 얘길 했길래요?"

광정과 신엽, 소운 등은 끼어들진 못했지만 열심히 귀를 기울이고 있었다. 노파의 말에 따라 기억을 더듬어보았다. 그러나 미도후사가 어떤 특별한 말을 했는지는 기억할 수 없었다. 노파는 그러는 그들을 뻔히 안다는 눈길로 돌아보았다.

"고려인들을 모두 밧줄로 묶어두라 하지 않았더냐?"

"그래서요?"

노파는 혀를 끌끌 찼다.

"모자라는 계집애야, 몇 년을 더 배워야 할미 발꿈치라도 따라오겠니. 그건 바다에 빠뜨린 다음 줄줄이 엮어 올리겠다는 얘기가 아니겠니?"

"아, 그렇군요! 그랬었군요. 역시 할머닌 총명하세요. 그래서 어떻게 하셨어요?"

"슬그머니 빠져나와 주위를 둘러보았다. 내 짐작이 맞는다면 어딘가에서 또 한 척의 배가 출항 준비를 하고 있을 터. 과연 반대쪽에서 다른 중선 한 척이 차비를 갖추고 있었어. 그래서 난 그 배로 들어가 낮잠이나 한숨 자기로 했지. 잠에서 깨니 배가 한창 바다를 달리고 있더라. 멀찌감치 네 배가 곤두박질치는 모습도 보이고."

노파는 거기서 말을 맺었다. 더이상은 입을 열지 않을 기색이었다. 칠색 취옥과 거북 금강석이 생각나는지 입맛만 다셨다. 광정, 소운 등은 기실 거기서부터가 더 궁금했다. 잠에서 깨어난 그녀가 어떻게 천지이악을 제압했는지, 배를 모는 청의인들은 또 왜 그녀의 말에 꼼짝없이 따르게 되었는지. 소운은 소향이 나머지 부분도 질문해주길 바랐지만 소향은 그럴 뜻이 없어 보였다. 소향으로서는 궁금할 일도 없었다. 그녀로서는 굳이 묻지 않아도 충분히 짐작할 수 있는 일인 까닭이었다.

마침내 소운이 참지 못하고 노파에게 말했다. 그러나 그녀는 직선적인 방법 대신 넌지시 말머리를 돌려 노파가 입을 열지 않을 수 없게끔 만들었다.

"대단하세요. 아무리 기습이었다지만 천지이악을 단번에 제압하셨으니 말예요."

"흥. 누가 그들을 기습했다더냐?"

"자명한 일 아니겠어요? 천지이악의 무공이 결코 얕지 않은데?"

"이악 아니라 이십악이 한꺼번에 달려든대도 노부는 눈 하나 깜짝하지 않아. 그런 녀석들에게 설마 하니 기습을 가했겠느냐?"

소운은 믿어지지 않았지만 노파가 거짓 허세를 부리는 것은 아닌 성싶었다. 또 설사 기습을 했다 해도 천지이악처럼 세파에 익은 위인들이 무작정 당했을 리는 없었을 것이다. 그렇다면 그녀의 무공이 그처럼 뛰어나단 말인가. 그녀는 도대체 누구란 말인가.

"저 사람들은 어떻게 된 거죠?"

소운은 배를 모는 청의인들을 가리키며 물었다. 노파는 일일이 설명하기 귀찮다는 듯 소향에게 말했다.

"네가 대신 대답해주어라."

소향이 빙그레 웃었다.

"할머니께는 특별한 점혈수법이 있으세요. 일단 제압당하면 온몸의 삼백육십다섯 개 혈도에서 지네가 꿈틀거리는 듯 끔찍한 통증을 느끼죠. 통증은 반 다경이면 사라지지만 한 시진에 한 번씩 다시 짚어주지 않으면 되살아나요. 누구라도 그 통증을 경험한 사람이라면 차라리 죽을지언정 두 번 다시 겪고 싶진 않을 거예요."

소향의 설명은 정확했다. 노파는 청의인들의 혈도를 짚어 고통으로 협박했다. 그 배를 모는 청의인들은 규슈에서 발탁된 이들이었으므로 미도후사 등에 대한 충성심은 특별하지 않았다. 때문에 또다시 그런 고통을 당하느니 미도노에게 화살을 돌리는 쪽을 선택한 것이었다.

노파는 고개를 끄덕였다.

"이제 이해가 되었느냐?"

"되기도 하고 안 되기도 해요."

소운의 말이었다.

"그게 무슨 소리냐?"

"설명한 부분은 이해되었지만 다른 의문이 생겼다는 얘기예요. 할머님의 무공이 경지에 오르셨는데 왜 하찮은 왜구들에게 붙잡혀 계셨지요?"

"말같잖은 소리. 누구도 날 붙잡아둘 수는 없어."

"그렇지만 붙잡혀 계셨잖아요. 설마 하니 소향 누이가 그런 수모를 당하고 있었던 것을 모르지는 않으셨겠죠."

"소향인 세상 공부를 하고 있었던 게야. 나는 또 나대로 이유가 있어서 그 배에 올라 있었던 게고."

"그럼 그 배에 오른 게 계획적이었다는 말씀이세요?"

"물론이지."

"믿을 수 없어요."

소운은 짐짓 놀란 표정을 지으며 그렇게 말했다. 물론 그녀는 처음부터 그러리라고 짐작하고 있었다. 다만 노파의 말을 줄줄 끄집어내기 위해 연극을 하고 있을 뿐이었다. 노파는 사뭇 불쾌한 기색을 보이더니 다시 소향에게 분부했다. 자신들이 그 배에 올랐던 이유를 설명해주라고. 가뜩이나 입이 간질간질했던 소향은 재빨리 조잘조잘 이유를 읊었다.

"할머니와 저는 요다 훈게이를 죽이러 가는 길이었어요. 못된 청의인들이 처녀들을 잡아들인다는 소문을 듣고 혼을 내주려 했는데 뜻밖에도 그들이 요다의 명령을 이행중이라는 것을 알았죠. 그래서 제가 잡혀가는 척하고 할머니는 제 몸종 행세를 하며 끌려가 요다에게 접근하려 했어요. 요다는 십일 년 전에 할머니의 친구분께 나쁜 짓을 저질러서 할머니가 벼르던 터였거든요."

"나쁜 일이라니?"

"요다가 십일 년 전에 고려에 건너왔었다는 얘긴가요?"

소운과 광정이 동시에 물었다. 소향이 대답하려 했지만 노파가 헛기침으로 그녀의 입을 막았다.

"사사로운 얘기는 떠벌릴 필요가 없는 법이다."

소향은 얼른 말머리를 돌렸다.

"아무튼 그렇게 되었어요. 그래서 미도후사의 배에 타고 있었는데 두 분이 나타나서 협객행을 벌이신 거예요."

"흥. 협객행은 무슨 얼어죽을 협객행이냐. 무모한 난동을 벌인 거지. 네가 돕지 않았다면 벌써 모두 물고기 밥이 되었을 게다."

"할머닌 제가 참지 못하고 나서서 싸움에 끼어든 걸 탓하시는 거예요. 일이 거의 다 된 판이었는데 말예요."

소향의 설명은 거기서 일단락되었다. 그러자 광정이 한 발 앞으로 나섰다.

"두 분의 계획에 차질을 드려서 대단히 죄송합니다. 그 점 백배사죄드리겠습니다. 하지만 설사 왜국으로 건너갔다 해도 기회를 잡기는 쉽지 않았을 겁니다."

"그건 왜죠?"

소향이 물었다.

"여기 잡혀온 미녀들은 모두 왜국 요시노의 천황과 대신들에게 바쳐질 예정입니다. 요다 훈게이는 이미 오래 전부터 여자를 가까이 하지 않는다고 합니다."

"누가 그런 뚱딴지같은 소릴 하던가? 십일 년 전만 해도 짐승 같은 색마였는데."

노파의 말이었다. 광정은 공손히 대답했다.

"왜구 사무라이들끼리 하는 이야기를 들었습니다. 자세히는 알 수 없지만 특별한 이유가 있는 듯싶었습니다."

"특별한 이유라니요?"

소향이 다시 물었지만 광정은 고개를 저었다.

"더이상은 저도 알 수 없습니다. 무공과 관계된 일이 아닐까 짐작해볼 뿐입니다."

노파는 한동안 말이 없었다. 무언가를 골똘히 생각하는 듯했다. 아마도 요다가 변한 이유를 나름대로 생각해보는 모양이었다. 그러다가 문득 고개를 들더니 신엽을 불렀다.

"자네 말이야."

신엽은 알아듣지 못했다. 한쪽 구석에 서서 조용히 듣고 있기만 하던 터라 노파가 자신을 부른 줄은 미처 알지 못한 까닭이었다. 그녀가 다시 한번 그를 부르자 그제야 신엽은 겨우 대답했다.

"네, 부르셨습니까?"

"그래. 자네 말이야. 자네는 누구 밑에서 무공을 배웠나?"

신엽은 자신이 길상사의 다른 사형제들과 똑같은 무공을 사용한다고 믿고 있었다. 그러나 보다 정교한 눈으로 보자면 그의 무공에는 상식적으로 이해할 수 없는 측면이 더러 있었다. 그의 평균적인 실력보다 월등히 뛰어난 초식들이 불쑥불쑥 튀어나오곤 했던 것이다.

"제 사부님은 자연대사님이십니다."

"그럴 리기 없이. 깊이 날 속일 수 있다고는 생각하시 말아. 자네가 정 얘기하기 싫다면 어쩔 수 없는 일이지만…… 그나저나 젊은 친구가 안됐구먼."

노파는 그렇게 말하고 입을 다물었다. 그런데 그녀의 눈빛에는 정말 측은해하는 기색이 역력했다. 광정을 볼 때와는 전혀 다른 연민의 정 같은 게 있었다. 소운은 그것을 그냥 지나칠 수 없었다.

"왜 그런 말씀을 하시는 거죠?"

"아가씨는 이 젊은이와 어떤 사이지? 장래를 약속하기라도 했나?"

"그는, 제 사제일 뿐이에요."

소운은 갑작스런 질문에 당황했다. 대답 소리는 점점 작아졌으며 얼굴색은 복숭앗빛으로 물들었다. 노파는 그것만으로도 충분한 대답이 되었다는 듯 고개를 끄덕였다. 가볍게 한숨을 내쉬더니 신엽에게 손짓했다.

"이리 가까이 와보거라."

신엽은 노파에게 다가갔다. 노파는 문득 손을 떨치는가 싶더니 신엽의 손목을 움켜쥐고 있었다. 소운은 깜짝 놀라 한 발 앞으로 다가섰다.

"무슨 짓이에요? 까마득한 후배에게 암수를 쓰려는 건 아니시겠죠?"

"지금 이 녀석을 죽이는 것은 어린아이라도 할 수 있는 일이야."

노파는 그렇게 말하고는 신엽을 진맥했다. 그녀는 두 눈을 감고 조용히 집중했는데 표정이 몇 차례에 걸쳐서 변했다. 처음에는 안타까운 기색이었으나 차츰 의아해하는 표정이 되었다. 나중에는 경악스런 표정으로 변해서 눈을 떴다. 그리고는 신엽의 얼굴을 뚫어져라 바라보았다. 신엽은 손목의 내관혈을 통해서 한줄기 기운이 흘러들어옴을 느꼈다. 그것이 가슴을 통해 아랫배로 이르자 차가운 통증이 느껴졌다. 신엽은 자신도 모르게 얼굴을 찡그렸다. 노파는 그제서야 신엽을 놓아주었다.

"뜻밖이구나. 그렇지만 다행스런 일이야."

"무엇이 뜻밖이고 무엇이 다행이라는 말인가요?"

소운이 물었다.

"너의 이 사제는 원래 왜놈들의 독에 중독되어 있었다. 세번째 내기에서 벌컥벌컥 들이켠 얼음물에는 한빙장의 독이 깊게 배어 있었던 거야. 어지간한 고수라 해도 그런 독을 마시면 세 시진 내에 내장 기관이 얼어터져 죽게 되지."

노파는 결코 허튼소리를 하는 모습이 아니었다. 소운은 가슴이 쿵 내려앉았다. 자기 때문에 겨룬 내기에서 신엽이 그런 독물을 마셔야 했다니. 그녀는 당장 수부들에게 명하여 배를 돌리려 했다. 미도후사가 있는 선유도 쪽으로. 그러나 노파가 다행이라 말한 이유를 듣지 못했음을 기억하고는 다시 물었다.

"그렇다면 이제 제 사제의 목숨은 한 시진밖에 남지 않은 셈인가요?"

"원래는 그렇지. 하지만 네 사제의 몸 속에는 특별한 공력이 숨어 있어."

"특별한 공력이라뇨?"

"너의 사제라면서, 그걸 지금 나한테 묻는 거냐? 어찌되었건 그 공력이 스스로 나서서 한독과 싸우는 중이로구나."

노파는 표정을 엄숙하게 하고는 신엽을 보았다.

"내가 무슨 말을 하는지 너는 아마 알 것이다. 그러나 너는 스스로 나서서 내부의 공력을 도와야 한다. 매일 조석으로 기운을 돌릴 것이며, 향후 칠 일간은 결코 누구와도 싸우는 일이 없도록 하여라. 내 말을 어긴다면 그 길로 분귀의 몸이 될 것이다."

"그러면 한독이 해소된다는 말씀이세요?"

소운이 반갑게 물었다. 노파는 고개를 끄덕였다.

"뿐만 아니라 공력이 더 증진될 수도 있어. 하지만 아무래도, 내가 한 가지 조언을 더 해야 할 것 같구나."

"말씀하세요."

다시 소운의 말이었다. 신엽은 마치 자신과는 무관한 일에 대한 얘기가 이어지는 듯 별 반응을 보이지 않았다. 그러나 노파의 한마디 한마디가 모두 정곡을 찌르고 있었으므로 내심 새겨들었다. 노파는 번번이 말을 대신하는 소운을 빤히 쳐다보다가 입을 열었다.

"이 이야기는 네게 해두는 편이 낫겠구나. 이리 가까이 오너라."

소운은 노파에게 다가가 귀를 빌려주었다. 노파는 작은 소리로 속삭였다.

"네 사형이라는 저 돌중을 조심하거라."

그때 광정은 온몸의 공력을 끌어올려 귀를 기울였지만 노파의 말소리를 알아들을 수 없었다. 노파가 이미 그것을 예측하고 소운에게만 음성을 보낸 까닭이었다.

소운은 깜짝 놀라 물었다.

"왜죠? 그는……."

그녀는 그가 자신의 진짜 사형이라는 말을 하려 했다. 그러나 거기서 말을 흐렸다. 광정이 곁에서 듣고 있음을 의식하고서였다.

노파는 더이상 그에 대한 이야기를 하지 않았다. 어느 누구와도 얘기를 나누지 않았다. 잠시 후 배는 서주 해안에 도착하였고, 노파와 소항은 소운 등과 작별을 고했다. 개경으로 올라가 보석을 구경하기 위해서 길을 서둘렀다. 노파는 아예 왕궁에서 며칠을 살아야겠다고 중얼거렸다. 헤어지기에 앞서 소항은 소운에게 자신이 끼고 있던 옥비녀를 선물하였다. 머리 부분에 보랏빛 진달래가 새겨진 예쁜 비녀였다. 기실 그녀는 소운 등과 헤어지고 싶지 않았다. 아직 젊은 처녀인지라 역시 젊은 사람들과 어울리고 싶은 마음이 간절했던 것이다. 그러나 할머니와의 약속이 있었으므로 어쩔 도리가 없었다. 소운은 소항을 깊게 끌어안으며 몸조심을 당부했다. 머지않은 장래에 길상사로 찾아와줄 것도 당부했다.

음모는 꼬리를 물고

　소향과 이별한 신엽 일행은 먼저 고려인들을 풀어주었다. 고향이 비슷한 사람들끼리 짝을 지워 길을 따나게 하고, 여비도 조금씩 융통해주었다. 그들은 이마가 땅에 닿도록 절을 하며 떠나갔다. 왜구 수부들은 모조리 청의를 벗어던지고 달아났다. 이미 반역죄를 저질렀으니 돌아가봐야 죽음뿐임을 아는 까닭이었다. 그들 중에는 고려인들과 일행이 되어 떠나며 농사를 짓겠노라는 이들도 있었다.

　신엽 등은 다시 배를 타고 금강을 거슬러오르기로 했다. 빠르기로 말한다면 말을 달려 속리산으로 직행하는 편이 나았겠지만 그들은 정상적인 상태가 아니었다. 소운은 열흘간의 포로생활로 심신이 지쳐 있었다. 신엽은 또 한빙장에 중독되었다 하니 조심하지 않을 수 없었다. 물론 노파의 말을 전적으로 믿는 것은 아니었지만 사부를

254

만나 정확한 진단을 받기 전까지는 각별히 조심할 필요가 있었던
것이다.

배는 내려올 때처럼 빠르지는 못했지만 그럭저럭 머뭇거리지 않
고 강을 올라갔다. 세 시진이 지난 후에는 강경에 도착하였으며 다
시 두 시진이 지난 후에는 부여까지 다다를 수 있었다. 그러나 부여
에서는 잠시 쉬어가야 했다. 날이 이미 저물고 있었고, 사공들도 기
운이 빠져서 더는 못 가겠다고 버틴 것이었다.

"아무리 길이 바빠도 억지를 쓸 수는 없지. 오늘 밤은 여기서 쉬
어 가도록 하자."

광정이 말했다. 소운은 사공을 바꾸어서라도 밤을 새워 가고 싶었
으나 이사형의 결정이니 어쩔 수 없었다. 그들은 사공들에게 품삯을
넉넉히 주어 하룻밤을 쉬게 했다. 이튿날 새벽에 다시 길을 떠날 것
도 약속했다. 그리고 그들은 요기도 하고 잠도 청할 만한 곳을 찾기
위해 나루에 내려섰다.

소운과 신엽이 주변을 두리번거리는 사이 광정은 나루터의 나무
기둥에 은밀한 표식 하나를 남겼다. 동그라미를 그리고 그 속에 점
하나를 찍었다. 그것은 그가 속한 집단의 사람을 부르는 신호였다.
이미 서주를 떠날 무렵부터 그는 같은 표식을 남겨오고 있었다. 서
주, 강경 등 배가 닿는 곳마다. 그의 머릿속에서는 한 가지 조급한
계획이 진행되고 있었던 것이다.

그들이 나루터를 떠나려는 순간이었다. 누군가가 커다란 소리로
소운을 불러세웠다.

"이봐요, 아가씨."

소운이 돌아보니 한 사람이 조각배에서 뛰어내리고 있었다. 쉰 살
쯤 된 남자였는데 키도 작고 옷차림도 괴상했다. 초록 저고리에 검
은 바지를 입고 있었으며 머리에는 해도 가리기 힘들 듯한 작은 삿

갓을 쓰고 있었다. 그러나 소운은 단번에 그가 대단한 내공을 지녔음을 알았다. 그가 뛰어내린 곳은 그들로부터 제법 떨어진 곳이었음에도 그의 목소리는 귀밑에서처럼 쟁쟁하게 울렸다. 게다가 그의 발걸음은 더없이 가벼워서 진흙뻘 위를 걷는데도 아무런 흔적을 남기지 않았다. 소운은 그가 나쁜 일로 자신을 부른 것이 아니기를 간절히 바랐다. 그것은 오직 신엽에 대한 걱정 때문이었다.

남자는 잠깐 사이에 그들 일행 앞으로 다가왔다. 그는 만면에 싱글벙글 미소를 띠며 말했다.

"찾았구나. 마침내 찾았어."

"무얼 찾았다는 말씀이세요?"

소운이 묻자 남자는 소운의 머리 뒤쪽을 가리켰다.

"머리를 이쪽으로 돌려봐요. 그래, 그렇지. 그것 보라구. 틀림없어."

"도대체 뭐가 틀림없다는 말씀이세요?"

"날 속이면 안 돼. 어서 그 옥비녀를 내놔요. 그리고 그 비녀의 주인이 지금 어디 있는지 가르쳐줘요."

소운은 그제서야 자신의 머리 뒤에 옥비녀가 찔러져 있음을 깨달았다. 서주에서 소향이 이별의 선물로 준 것이었다. 소운은 그것만큼은 선뜻 누구에게도 내주고 싶지 않았다. 게다가 남자의 정체도 모르면서 소향의 행선지를 알려줄 수는 없는 일이었다.

"안 돼요. 이건 제게 무척 소중한 분이 주신 선물이에요."

"아가씨한테 얼마나 소중한지 모르겠지만 내게도 중요한 물건이야. 내 이것들을 만나면 당장 요절을 내버려야지."

남자는 생김새만큼이나 장난스럽게 험한 말을 했다. 소운은 그에게 소향의 행방을 알려서는 안 된다고 생각했다. 그렇다고 그와 맞설 수도 없었다. 신엽이 가까이 있는 한 누구와도 싸워서는 안 될 일인 까닭이었다. 그녀는 갑자기 눈물을 흘리기 시작했다. 눈물은 점점 굵어져서 순식간에 통곡으로 변했다. 남자는 어리둥절해서 사정을 물었다.

"아가씨를 요절내겠다는 게 아니야. 그런데 왜 눈물을 쏟는 거지?"

"이 옥비녀는 어머니의 마지막 선물이에요. 어머닌 어제 저녁에 세상을 뜨셨구요. 그런데 아저씨는 누구를 어떻게 요절내겠다는 말씀이세요."

소운은 울먹이며 말했다. 그리고는 통곡을 계속했다. 그 말을 들은 남자는 고개를 갸웃거렸다. 소운의 울음이 워낙 그럴듯했으므로 자신의 눈을 의심하게 된 것이었다.

"옥비녀를 어머니께 받았단 말이지? 그럼 어머니는 그걸 언제부터 갖고 계셨지?"

"언제부터였냐고요? 아저씬 정말 생각이 없으시군요. 여자가 일생 동안 이런 귀한 비녀를 얻을 기회가 몇 번이나 있다고 생각하세요?"

"그야…… 한 번이지. 결혼식 때 예물 정도가 고작 아니겠어?"

"그래요. 아시는군요. 제 어머니도 결혼예물로 받아서는 줄곧 간직하셨던 거예요. 그런데 왜 자꾸 돌아가신 분을 험담하는 거죠?"

"험담은 누가 험담을 한다고 그러나……."

남자는 머리를 긁적거렸다. 작고 괴상하게 생긴 남자가 난처한 듯 머리를 긁어대는 모습은 참으로 가관이었다. 소운은 하마터면 웃음을 터뜨릴 뻔했다. 잠시 후 남자는 불쑥 광정에게 물었다.

"자네는 누군가? 이 아가씨가 지금 한 말이 틀림없는 사실이라고 확인할 수 있는가?"

그러나 그는 광정이 입을 열기도 전에 손을 내저었다.

"아니, 안 되지. 중들은 거짓말을 잘해. 자네가 대답해보게."

"틀림없는 사실입니다."

신엽은 생각도 해보지 않고 대답했다. 소운이 그렇게 말했다면 이유가 있겠지 싶었다. 신엽의 당당한 태도에 남자는 더이상 할말이 없었는지 고개만 갸웃거렸다.

"참 이상하다. 내가 벌써 이렇게 나이를 먹었단 말인가. 저건 분명히 내 손으로 훔쳤던 물건인데."

"세상에는 비슷한 물건이 많은 법이에요. 단지 겉모양이 비슷하다고 모두 자기 것이라고 우긴다면 분란이 끊이지 않을 거예요."

남자가 어정쩡해진 틈을 타서 소운은 매섭게 쏘아붙였다. 그는 마침내 두 손을 들고 말았다.

"그래, 그래. 아가씨 말이 맞아. 아마 내가 실수를 저지른 모양이군. 제기랄. 그렇다고 그렇게까지 쏘아붙일 건 없잖아."

겸연쩍어진 남자는 몸을 돌려 성큼성큼 걸어가버렸다. 별로 서두르지도 않았는데 바람처럼 빠르게 멀어졌다. 혼잣소리로 중얼거리는 몇 마디도 함께 멀어졌다. 여자들은 무서워. 조심해야지. 그럼……

그가 보이지 않게 되자 소운은 한숨을 내쉬었다. 다행히 위기를 잘 넘긴 것이었다. 그 괴상한 남자의 정체가 무엇인지 궁금하긴 했지만 지금은 그런 것을 따질 때가 아니었다.

소운은 번화한 곳으로 가지 말고 강변에서 숙소를 정하자고 했다. 광정과 신엽은 이의가 없었다. 주위를 수소문하여 조용하고 깨끗한 집을 찾았다. 저녁 요기를 한 다음 광정은 시내를 한 바퀴 돌아보겠노라고 말했다. 약재상에 가서 좋은 인삼도 몇 뿌리 사오겠노라고. 한독에 중독된 신엽에게는 인삼보다 좋은 약이 없을 것이라고. 신엽은 감동하여 만류했지만 광정은 굳이 사오겠다며 나섰다.

시내의 번화가로 나간 광정은 먼저 약재상에 들러 인삼 몇 뿌리를 구했다. 그리고는 부여에서 가장 유명한 객점을 수소문했다. 부여는 큰 도시가 아니었으므로 갈 만한 곳이 뻔했다. 가장 번듯한 객점으로 들어간 그는 청주 한 병과 닭요리를 주문했다. 닭요리는 시간이 제법 걸렸지만, 가장 고급스럽고 향기가 좋은 것으로 부탁했다. 그러나 음식이 나오자 그는 닭은 손대지 않고 청주만을 홀짝홀짝 마셨다.

그렇게 반식경이 지났을까. 과연 광정이 기다렸던 사람이 그곳으로 들어섰다. 바로 나루터에서 시비를 걸었던 괴상한 남자였다. 남자는 처음에 광정을 보지 못하고 다른 식탁으로 앉았다. 그러나 잠시 후 코를 벌름거리더니 광정을 알아보았다. 닭요리의 냄새가 그의 시선을 이끈 것이었다. 그는 곧바로 광정의 식탁으로 옮겨 앉더니 닭다리를 뜯었다.

"어린 중놈이 제법 입맛은 아는구나. 이런 요리를 주문하다니. 하지만 이걸 먹으려면 우선 승복부터 벗어야지."

남자는 그런 소리를 주절거리며 정신없이 먹었다. 푸짐하던 닭고기는 순식간에 뼈무덤으로 변했다. 광정은 그가 음식을 삼키는 속도만으로도 공력을 짐작할 수 있었다.

"어르신의 존함을 여쭤봐도 되는지요."

광정의 물음에 남자는 허허 웃었다.

"하늘을 지붕 삼아 나도는 늙은이한테 무슨 존함이 있을려고."

그는 마지막으로 남은 닭모가지를 집어들고 쪽쪽 소리가 나도록 빨았다. 입술을 대고 살짝 빨았을 뿐인데 뼈를 제외한 모든 부분이 그의 입 속으로 빨려들어갔다. 그것을 우적우적 씹어 삼키고는 자신의 손가락에 묻은 기름까지 말끔히 빨아먹었다. 손가락은 씻을 필요도 없을 만큼 깨끗해졌다. 기분이 좋아진 남자는 청주병을 집어들어 꿀꺽꿀꺽 서너 모금 삼켰다. 그리고는 크게 트림을 했다.

"자네는 보기보다 괜찮은 돌중이로군."

"식사가 모자라신다면 다른 걸 더 주문해도 괜찮습니다."

"아니야. 누굴 거지로 아는가. 그런데 무슨 용건으로 날 기다리고 있었지?"

광정은 속으로 뜨끔했다. 일부러 그를 기다린 듯한 인상은 주고 싶지 않았던 것이다.

"전 다른 친구를 기다리고 있었습니다. 하지만 어르신을 뵈니 한 가지 생각나는 일이 있군요."

"돌리지 말고 어서 말해봐."

"어르신께서 찾는 사람이 혹시 열예닐곱 살 가량의 여자아이가 아닌지요?"

남자의 눈이 동그랗게 커졌다. 그 눈은 그러나 곧 모든 것을 알았다는 표정으로 바뀌었다.

"허허, 내가 그 계집의 잔꾀에 속았구먼. 그 옥비녀는 내가 소향이에게 준 것이 분명했는데. 그래 소향인 지금 어디 있나?"

"그건 저도 알지 못합니다."

"이제 자네까지 날 놀리자는 건가?"

남자는 언성을 높였다. 광정은 두려운 표정을 지었다.

"감히 그럴 수가 있겠습니까? 저는 모르지만 그 젊은이는 알고 있습니다. 나루터에서 보신 젊은이 말씀입니다. 옥비녀도 그 젊은이가 준 것이라고 들었습니다."

"괘씸한 것들. 감히 내 물건을 가지고 저희끼리 주고받고 하다니."

남자는 자리를 박차고 일어나더니 뛰쳐나갔다. 그러나 잠시 만에 다시 돌아와 광정에게 물었다.

"자네는 어째서 그리 멍청한가?"

"무슨 말씀이신지요?"

"그 연놈들이 어디 있는지도 가르쳐주지 않고 나를 보내면 어쩌겠다는 게야."

광정은 기가 막혔지만 실소를 삼켰다.

"만약 제가 귀띔해드린 것이 알려지면 앞으로 제 입장이 무척 난처해집니다."

"알았어. 내 자네는 못 본 걸로 해두지."

"나루터에서 동북쪽으로 일 리만 가시면 기역자로 된 기와집이 있습니다."

말이 채 끝나기도 전에 남자는 사라지고 없었다. 광정은 회심의 미소를 머금었다. 그는 청주 한 병과 버섯요리를 다시 주문하고는 천천히 술잔을 기울였다.

광정이라는 위인의 내력은 복잡했다. 그의 본은 계림 지방이었으며 그가 처음 무술 공부를 시작한 것은 화랑방에서였다. 그것은 지금으로부터 십육 년 전이었고 그의 나이가 일곱 살 되던 해였다. 당시 화랑방은 길상파와 더불어 고려 무림의 양대 산맥을 형성하고 있었다. 그러나 불과 오 년 후 방주가 의문의 죽음을 당하면서 화랑방은 그 세가 급격히 몰락하게 되었다.

열두 살 소년이었던 광정은 화랑방에서의 수업 전력을 숨긴 채 다시 길상파로 입문하였다. 당장 본원인 길상사로 온 것은 아니었고, 대구의 팔공산 동화사 문을 두드렸다. 그런데 그것은 광정 개인의 의지에 의한 일이 아니었다. 그 배후에는 화랑방의 계획이 숨어 있었다. 방주의 죽음에는 여러 가지 의문점이 있었고 원로들이 검토한 결과 길상파 초고수의 소행이라는 결론에 도달한 것이었다. 그것은 끔찍한 결론이었다. 심지어는 원로회의에서조차 격렬한 논란이 일었다. 틀림없다는 쪽과 그럴 리가 없다는 쪽이 팽팽히 맞섰다. 그러다가 그들은 사정을 보다 정확히 조사하기로 결정했다. 명백히 밝혀질 때까지는 모든 것을 비밀에 붙이기로 했다. 그리고 조사관으로 광정을 선정하였다. 말하자면 모종의 첩자로 파견된 셈이었다. 열두 살 소년에게는 힘든 일이었지만 길상사의 의심을 피하는 데는 가장 적합한 인물이었다.

자질이 남달랐던 광정은 길상파에서도 주목받는 존재가 되었다. 입문 일 년 만에 길상사로 불려올라가 장문인 자연대사의 제자가 되었다. 그 이후로 그는 열심히 이곳저곳을 기웃거렸지만 화랑 방주의 죽음과 관계된 비밀은 찾아낼 수 없었다.

한편 그러는 사이 화랑방은 쇠락을 거듭하였다. 몇몇 충직한 위인들을 제외하고는 대부분이 방을 떠났다.

그 쇠락은 어쩌면 십여 년 전 이선이 방을 떠나면서 예고된 일이었는지도 몰랐다. 일신 사비와 더불어 최고 무인의 반열에 올라선 이선은 원래 화랑방 출신들이었다. 운중선 구장격과 옥소선녀 윤지림은 화랑 방주의 사제들이었던 것이다. 그러나 가장 무공이 떨어졌던 사형은 방주가 되자 여러 가지 억지로 두 사제를 괴롭혔고 결국 사제들이 화랑방과 결별을 선언하게 만들고 말았다. 그것은 화랑방을 위해서는 대단히 뼈아픈 손실이었다. 그날 이후로 이미 화랑방의 격은 많이 떨어지게 되었다. 방주의 죽음은 그 쇠락을 한층 가속시킨 마지막 일격이었다고 할 수 있었다.

사정이 그렇게 되자 남아 있던 몇몇 사람들은 조급해졌다. 이제 그들 중에는 무공을 제대로 익힌 사람이 없었다. 십여 권의 화랑무공 비급이 있었지만 아무 쓸모가 없었다. 비급을 통해서 스스로 상승무공을 터득하려면 최소한 길상사의 자연, 자휼, 자긍대사 정도에 해당하는 공력이 필요했던 것이다. 덕분에 광정은 새로운 짐을 지게 되었다. 가능한 빨리 무공을 익히고 공력을 쌓아야 한다는 짐이었다.

그럴 무렵 묘향신니가 길상사를 찾아왔다. 그녀는 장문인 자연대

사에게 한 가지 부탁을 하였다. 길상사의 뒷산에서만 자생하는 만홍
초라는 약초를 나누어달라는 것이었다. 백향옥로환(百香玉露丸)이라
는 환약을 제조하기 위해서였다. 만독을 해소할 수 있는 그 영약에
는 만홍초가 반드시 필요했던 것이다. 좋은 일에 쓰려는 것이었으므
로 자연대사는 선선히 응락했다. 그러자 묘향신니는 보답으로 한 가
지 제의를 했다. 백향옥로환이 완성되는 시점에서 자신이 길상사의
남자 제자 한 명에게 상승무공을 가르치겠다고 했다. 그것은 대략
십 년 후가 될 것이라고 했다.

　자연대사는 장로회의를 열어 찬반을 물었다. 자휼과 자긍은 이구
동성으로 찬성했다. 비록 길상사의 자존심이 강하기는 하지만 묘향
신니의 무공은 커다란 도움이 될 것이다. 더구나 대사형 자혜마저
실종된 지금은 자존심보다 내실을 기해야 할 때인 것이다. 자연대사
도 같은 생각을 하던 터였으므로 묘향신니의 제의는 받아들여졌다.

　묘향신니는 기실 길상사에 만홍초를 부탁할 필요가 없었다. 그 약
초는 야산에 자생하고 있었고, 그녀의 무공이라면 바람처럼 흔적
없이 필요한 양을 캐어갈 수 있었다. 그러나 그녀가 굳이 길상사에
부탁한 것은 바로 이 제의를 하기 위해서였다. 사람들은 몰랐지만
자혜대사의 실종에는 묘향신니가 깊숙이 관계되어 있었다. 그녀의
어떤 잘못이 간접적인 원인이라고 할 수 있었다. 때문에 그녀는 마
음속에 무거운 부채의식을 갖고 있었다. 그 부채를 갚기 위해서 길
상사의 특출난 남자 제자에게 상승내공을 전수해주리라 작정한 것
이었다.

　그같은 사정을 알게 되자 광정은 날아갈 듯 기뻤다. 묘향신니의
무공을 배울 수만 있다면 그 이상 좋은 일이 있겠는가. 더구나 그녀
의 무공은 화랑방에 뿌리하고 있으니 쇠락한 방을 재건하기 위해서
도 최선의 방법이 아니겠는가.

그때부터 광정은 무공 연마에 더욱 혼신의 노력을 기울였다. 방주의 죽음과 관계된 비밀을 푸는 일도 뒷전으로 미루었다. 그의 최고의 경쟁 대상은 대사형 광한이었다. 그러나 다시 몇 년이 지난 어느 날 대사형은 대상에서 멀어졌다. 장문인의 심부름으로 만홍초를 묘향산에 가져갔는데, 거기서 모종의 일이 있은 모양이었다. 묘향신니의 수제자인 낭연과 야릇한 눈길이라도 교환한 것이었을까. 신니는 광한에게 묘향산 출입 금지령을 내렸다. 그 이후로는 소운만이 묘향산을 오가고 있었다.

광정은 이제 일이 다 된 것이라고 기대했다. 묘향신니는 틀림없이 자신을 선택할 것이다. 달리 누가 그녀를 흡족하게 만들겠는가. 그런데 어느 날 예상치 못한 사태가 발생했다. 이신엽이라는 인물이 끼어든 것이었다. 시간이 흐를수록 광정은 자신감을 잃어갔다. 아무리 잘나 보이려고 노력해도 신엽 옆에만 서면 작아지는 느낌을 떨칠 수 없었다.

선유도를 다녀오면서 광정은 그 느낌을 다시 한번 확인했다. 중요한 순간 중요한 역할은 언제나 신엽에게 돌아갔다. 사람들은 항상 그를 주목하였고, 그를 두려워하거나 칭찬하였다. 까다롭기 그지없던 소향의 노파까지도 신엽에게만은 부드러운 눈길을 주었다. 광정은 그 이유가 자신의 잘못에 있다고는 생각하지 않았다. 그것은 사명감의 차이일 것이다. 신엽은 홀홀단신이니 두려울 게 없을 테고, 자신은 화령빙의 새낀이라는 짐을 지고 있으니 몸을 사릴 수밖에 없지 않겠는가.

광정은 신엽의 제거가 불가피하다고 결정했다. 그때부터 그는 묘안을 짜내기 위해 고심했다. 그런데 뜻밖의 사실을 알게 되었다. 신엽이 한빙장에 중독되었다는 것이었다. 칠 일 이내에 누군가와 다투기만 해도 목숨을 잃게 된다니 얼마나 고마운 기회란 말인가. 광정

264

은 즉시 화랑방 사람들에게 신호를 보냈다. 긴급히 도움을 청하는 신호였다. 그들이 도착하는 대로 그는 자신들을 공격하도록 부탁할 계획이었다. 그러면 모든 일은 다시 그의 뜻대로 되는 것이었다.

그런데 일은 그의 계획보다도 빨리 처리될 모양이었다. 부여에 도착하여 괴상한 남자를 만난 광정은 굳이 동료들을 기다릴 필요가 없다고 판단했다. 남자를 자극하여 소운과 신엽을 공격하게 한다면 더욱 손쉬운 일이 아니겠는가. 화랑방을 끌어들이지 않아도 되니 뒤탈의 염려도 없지 않겠는가.

그런 계산이 서자 광정은 홀로 나와 남자가 갈 만한 곳을 예상하여 찾아갔다. 남자는 이제 막 부여에 도착했으니 주변을 샅샅이 훑어본 다음 객점을 찾아들 것이라 예상했다. 짐작이 틀리지 않아 광정은 쉽게 남자를 만났고, 그를 들쑤셔 신엽에게 보내는 데 성공했다. 그를 보낸 후 광정은 오랜만에 흡족한 기분이 되어 홀짝홀짝 청주 맛을 음미하였다.

반 병의 청주를 비운 광정은 버섯 몇 점을 집어넣고 우물거렸다. 냄새를 씻어내기 위해서였다.

그가 음식값을 지불하고 막 자리를 뜨려 할 때였다. 세 명의 남자들이 객점으로 들어섰다. 광정은 놀랍고 반가웠다. 그들은 다름아닌 화랑방의 선배 동료들이었던 것이다. 그들 중 한 명은 광정의 사형인 낭경이었다. 지난번 신엽이 길상사로 잡혀왔던 날 길상사 대웅전까지 광정을 찾아들어왔다가 자긍대사 등에게 쫓겨난 바 있는 인물이었다. 그런데 어쩐지 그들은 낭패를 당한 모습이었다.

광정은 그들과 등지고 앉아 안부를 물었다.

"사형과 사숙들께서는 모두 안녕하신지요?"

"다행히 별고는 없다네. 자네는 어떤가?"

낭경이 말을 받았다.

"일은 잘 진행되고 있습니다. 그런데 사형께서는 형색이 여느 때
와 달라 보입니다."

낭경은 나직이 한숨을 내쉬고는 사정을 설명했다.

그들은 강경에서부터 광정을 뒤따르던 길이었다. 광정의 주변에
는 언제나 화랑방의 눈이 있었기에 표식을 남기자마자 미행이 시작
되었던 것이다. 부여에 도착해서 광정 일행의 숙소를 확인한 그들은
은밀히 광정과 접촉하려 했다. 그런데 소운이 그들을 발견하고 말았
다. 신엽의 안위 문제로 신경이 곤두서 있었던 소운은 그들을 추궁
했고, 그들은 그들대로 광정이 걱정되어 실력 행사에 나섰다. 처음
에 낭경이 소운과 싸웠다. 그러나 그는 그녀의 적수가 못 되었다. 한
사람이 더 끼어들었고, 결국에는 세 사람이 모두 합세해서야 우위
를 차지할 수 있었다.

그녀를 거의 제압할 무렵 그런데 엉뚱한 사람이 끼어들었다. 검정
색 바지와 초록색 저고리를 입고 머리에는 손바닥만한 삿갓을 쓴
남자였다. 남자의 무공은 그들의 경악조차 넘어서는 것이었다. 두어
차례 손을 휘저었을 뿐인데 낭경 등은 삼사 장 밖으로 나가떨어졌
다. 다행히 그가 살수를 쓸 생각은 없었기에 그들은 목숨을 부지하
여 달아날 수 있었다.

이야기를 마친 낭경은 다시 한숨을 내쉬었다. 명색이 방주의 직계
제자였는데, 화랑방의 무공이 이처럼 초라해진 신세를 한탄하는 한
숨이었다. 그 한숨은 광정의 가슴을 에이게 만들었고, 신엽을 제거
해야 한다는 결심을 다시 한번 굳혀주었다. 그런데 신엽은 어떻게
된 것일까. 제발 싸움에 나섰어야 할 텐데.

"이신엽은 싸움에 끼어들지 않았나요?"

광정이 질문했다. 낭경은 얼른 대답하지 못했다. 그는 소운과의
싸움에만 몰입해 있었던 것이다. 다른 한 사람이 더듬거리며 당시

266

정황을 기억했다.

"그 사람도 아마 거들었던 것 같아요."

"같아요라니요? 싸움에 끼고 안 끼고가 그렇게 애매한 일입니까?"

광정의 재차 질문에는 조바심이 섞여 있었다. 그에게는 대단히 중요한 질문인 까닭이었다.

"글쎄요. 아마도…… 그가 몇 수를 거들려고 했지만 별로 기회가 없었을 겁니다. 곧바로 그 괴상한 남자가 끼어들었거든요."

"그래서 신엽은 전혀 싸우지 않았다는 얘긴가요?"

"그런 건 아니고, 한두 수, 아니 서너 수 정도는 거들었겠죠."

"도대체 누가 그 친구와 싸운 겁니까? 이건 중요한 얘기니까 명확히 해야 합니다."

"글쎄요. 그게 생각처럼 간단하지 않아서……."

광정은 자리에서 벌떡 일어섰다. 생각 같아서는 대충 얼버무리는 작자의 멱살을 쥐어틀고 싶었지만 모두 그에게 사형뻘 되는 이들이라 그럴 수도 없었다. 현장으로 달려가보는 것이 가장 빠른 방법이라는 생각이 들었다. 그는 낭경 사형에게 작별을 고했다.

"지금 곧 돌아가봐야겠습니다. 자세한 얘기는 나중에 서편으로 올리겠습니다."

광정은 그 길로 강변의 숙소를 향해 달려갔다. 제발 신엽이 싸움에 가담했었기를 간절히 바라면서.

저녁 식사 후 인삼을 사오겠다며 광정이 나간 다음 신엽과 소운은 대청에서 지난 얘기로 꽃을 피우고 있었다. 소운은 왜구들에게 붙잡힌 사정이며 그들에게 당한 수모 등을 이야기했다. 그녀는 자신이 겪었던 일들을 더 애절하게 포장하여 신엽의 동정을 구했다. 그러나 신엽이 지나치게 분개하여 공력이 손상될까 봐 조심하기도 했

다. 신엽은 또 광정과 함께 그녀를 찾으러 돌아다녔던 일들을 이야
기해주었다. 그런데 이야기를 하면서 신엽의 시선은 자꾸 소운의 얼
굴로 향했다. 저녁 어스름 속에서 반짝이는 그녀의 두 눈이 너무 아
름다웠기 때문이었다.

소운은 그 눈길의 뜻을 알 것 같았으므로 기쁘기 그지없었다. 하
지만 다른 한편으로는 마음이 쓰이기도 했다. 지난 십여 일 동안의
고생으로 그녀의 옷은 형편없이 더러워져 있었던 것이다. 마음 같아
서는 당장 시내로 들어가 새옷을 사입고 싶었지만 신엽의 안위가
걱정되어 그러지도 못하고 있었다.

"내 옷을 자꾸 흉보면 들어가버릴래."

소운의 투정에 신엽은 당황했다.

"아니에요. 옷을 흉보는 게 아니에요."

"그럼 왜 나를 빤히 쳐다보는 거지?"

신엽은 대답할 말을 찾을 수 없었다. 감히 사저에게 눈이 너무 아
름다워서라는 말은 할 수 없었던 것이다. 그러자 소운이 다시 말했
다.

"그것 봐. 옷을 흉보고 있었던 거야. 난 그만 들어가서 잘래."

소운은 그렇게 말하고는 정말 일어나서 들어가버리는 시늉을 했
다. 다급해진 신엽이 말했다.

"그런 게 아니라, 사저가 너무 예뻐서……."

"뭐라고? 내가 어떻다고?"

소운은 신엽의 말을 다시 듣고 싶어 짓궂게 물었다. 신엽은 난감
해서 어쩔 줄을 몰랐다.

"화내지 마세요. 사저가 예뻐서 자꾸 보게 돼요. 하지만 이제 다
시는 쳐다보지 않겠어요."

"그게 무슨 말이야. 내가 예뻐서 자꾸 보는 거라면서, 이제 다시는

보지 않겠다니. 그럼 그새 내가 못생겨졌다는 거야?"

신엽은 말문이 막혀버렸다. 어떤 말로도 소운의 공격을 벗어날 수 없었던 것이다. 그는 두 눈을 아래로 내려깔고 멀뚱거릴 따름이었다. 그러는 신엽을 보며 소운은 내심 미소짓고 있었다. 그녀는 길상사로 돌아가는 대로 사부에게 청하여 신엽과의 서열을 바꿀 작정이었다. 원래 신엽의 생일은 그녀보다 오 개월 빨랐다. 무공도 뒤처지지 않았고, 더구나 이번에 그녀의 생명을 구해주기까지 했으니 사형으로 대하는 게 당연하다고 여긴 것이었다. 단지 사형제의 서열을 바꾸는 것이 전례가 없는 일인지라 문제이긴 하겠지만, 어쨌든 그녀는 그렇게 우길 작정이었다.

"사저에게 보여줄 게 있어요."

신엽이 다시 말문을 열었을 때도 소운은 여전히 그 생각에 잠겨 있었다. 사저 노릇을 계속하는 건 따분한 일이야. 그가 나의 사형이 된다면 얼마나 좋을까. 마구 엉겨붙어 떼를 쓸 수도 있고, 투정도 부리고, 골탕도 먹이고, 애교도 부리고…… 그런 생각만으로도 그녀는 행복하기 그지없었다.

"사저!"

"응?"

신엽이 두 번씩이나 불러서야 그녀는 겨우 현실로 돌아왔다.

신엽은 가슴속에서 두루마리 족자 하나를 꺼내었다. 소운이 펼쳐 들고 보니 그것은 한 폭의 미인도였다. 두 팔을 치켜들고 춤을 추는 여인의 모습이 더없이 아름다웠다.

"흥. 이 여잔 누구지?"

"저도 몰라요. 이 그림은 저의 첫번째 사부님께서 주신 거예요."

첫번째 사부라는 말에 소운은 자세를 고쳤다. 신엽이 자신에게 무공을 가르친 사람을 언급하기는 처음이었던 것이다.

"왜 내게 보여주는 거야?"

신엽은 한숨을 내쉬었다.

"사부님은 제게 한 가지 부탁이 있다고 하셨어요. 그리고는 이 그림을 주셨는데, 우둔한 제자의 머리로는 도무지 사정을 깨달을 수 없군요."

"그러니까 이 그림 속에 사부님의 부탁이 담겨 있다는 거야?"

"그럴 거라고 믿어요."

소운은 그림을 찬찬히 살펴보았다. 아스라하게 바랜 채색이 적어도 수백 년의 세월을 짐작하게 했다. 그런데 왼쪽 상단에 쓰인 글씨는 비교적 최근 것으로 보였다.

차국유일진화(此國有一眞花) 금시봉일진화(今時逢一眞禍).

글씨의 필체는 단아하고 힘이 있었다. 소운은 그것이 대단히 중요한 사연을 담고 있으리라 생각했다. 필체로 보아 글씨를 쓴 사람은 신중하고 사려 깊은 인물임이 틀림없었다. 수백 년 묵은 고화(古畵)에 새로 붓질을 하는 일이 그림을 망쳐버리는 일이라는 것 정도는 분명히 알았을 인물이었다. 그럼에도 불구하고 그가 굳이 글귀를 적어넣었다면 거기에는 지극히 중요한 이유가 있지 않았겠는가.

"그림을 주시면서 아무 말씀이 없으셨어?"

"길게 얘기할 형편이 아니었습니다."

"지금이라도, 그러니까 독상을 치료한 다음에 다시 찾아뵙고 여쭤보면 되잖아?"

"사부님께서는 이미 유명을 달리하셨습니다."

신엽은 힘겹게 대답했다. 그림을 꺼내면서부터 이미 그는 비통한 심정이 되어 있었다. 동굴 속에서 수천 마리의 청사 홍사떼와 싸우

270

며 최후를 맞으신 자혜대사의 모습이 어른거렸기 때문이었다.

소운은 신엽의 두 눈에 맺히는 이슬을 보고 다시 사부의 이야기를 꺼내지 않았다. 그녀는 단지 그림에 대한 자신의 의견을 이야기했다.

"내 생각에 이 그림은 지도가 아닌가 싶어."

"지도라구요?"

신엽은 뜻밖의 해석에 놀랐다. 소운은 족자를 신엽 쪽으로 돌려세웠다.

"물론 아닐 수도 있어. 하지만 이걸 한번 봐. 저고리의 붉은색을 노을진 하늘이라고 한다면 초록색 치마는 산과 땅이 되겠지. 저고리 틈새에서 삼각형으로 벌어진 모습이 꼭 산 같지 않아? 그 위로 흘러내린 옷고름은 역시 노을에 물든 강이 될 테고."

소운의 설명을 듣고 보니 그 그림은 과연 한 폭의 풍경화 같기도 했다. 커다란 산 너머로는 두 개의 작은 산이 숨어 있었다. 그리고 그 어딘가로부터 노을에 물든 강이 내려오고 있었다.

"그렇다면 이 금빛 연꽃은 무얼 가리키는 걸까요?"

"이 꽃이 바로 글귀에서 말하는 '차국유일진화'라는 것이겠지. 여기에 진짜 보배가 있으니 참화를 당하지 않도록 힘써달라는 얘기 아니겠어?"

신엽은 그제서야 눈앞이 훤히 트이는 느낌이었다. 그는 경탄의 눈길로 소운을 쳐다보았다.

"사저는 참으로 총명하군요."

소운은 신엽의 가식 없는 눈길이 좋았다. 사람들은 언제나 곁눈질로만 그녀를 볼 뿐 솔직하게 속마음을 표시하지 않았던 것이다.

"하지만 내 짐작이 틀릴 수도 있어. 난 여태껏 수없이 많은 산들을 구경다녔지만 이렇게 생긴 산은 본 적이 없는걸."

거기까지 말한 소운은 문득 목소리를 내리깔았다.

"무슨 일이 있어도 나서서는 안 돼. 알겠어?"

"네."

신엽이 나직이 대답했다. 그도 이미 인기척을 느끼고 있었다.

"누구냐!"

소리와 동시에 소운은 지붕 위로 솟아올랐다. 그녀는 한 마리 새처럼 아름답게 날아올랐다. 연자신법을 이용하여 공중에서 두 바퀴를 회전하였는데 그것은 그녀가 할 수 있는 최상의 경공술이었다. 신엽이 지켜보고 있었기에 그녀는 더욱 아름답게 보이고 싶었던 것이다.

그때 지붕 위로는 세 명의 복면인들이 막 도착하고 있었다. 바로 낭경 등 화랑방의 제자들이었다. 그들은 소운과 마주치자 깜짝 놀라 마당으로 뛰어내렸다. 소운은 그들을 뒤따라 마당으로 내려섰다.

"신분을 밝혀라."

소운이 거듭 물었지만 그들은 입을 열지 않았다. 대신 검을 뽑아 들었다. 낭경이 먼저 앞으로 나서서 소운을 공격했다. 그는 검을 비스듬히 내려그으며 소운의 왼쪽 어깨 거골혈을 베어왔다.

몇 차례 그의 검을 피하던 소운은 어리둥절해졌다. 그가 구사한 것이 화랑검법인 까닭이었다. 화랑방과 길상사 간에 언제 불미스런 일이 있었단 말인가. 그녀는 다시 한번 정체를 밝힐 것을 요구했지만 그는 그녀의 요구를 무시했다. 화가 난 소운은 일단 그들을 제압하고 보리라 결심했다.

소운이 허리춤의 연검을 뽑아들자 낭경은 연거푸 두 걸음을 물러서야 했다. 그리고 잠깐 만에 삼십여 초가 교환되었다. 그 사이 승부는 윤곽을 드러내었다. 낭경은 소운의 날카로운 쾌검 앞에서 기운을 잃었다. 원래 낭경의 무공은 소운에게 많이 처지는 편이 아니었다.

그는 죽은 화랑 방주의 제자였고, 소운보다 십여 년 먼저 무공을 시작한 것이었다. 그러나 소운은 다른 누구도 아닌 묘향신니의 제자였다. 따라서 그녀는 낭경이 자랑하는 화랑검법을 속속들이 알고 있었다. 그러니 낭경은 결코 그녀를 당할 수가 없었던 것이다.

낭경의 패색이 확연해지자 두 복면인이 더 가세했다. 두 사람의 무공은 낭경에 비하여 약간의 차이가 있을 뿐이었다. 그들의 가세로 소운은 공세에서 수세로 바뀌었다. 세 사람의 검끝이 소운의 상중하 단전을 차례로 공략하며 파고들었다. 소운의 콧등에 땀방울이 맺히기 시작했다.

소운을 더 힘들게 하는 것은 신엽에 대한 걱정이었다. 행여라도 그가 참지 못하고 나서지나 않을까 하는 걱정이었다. 때문에 그녀는 애써 여유 있는 모습을 연출해야 했고, 그것이 싸움을 더 힘들게 만들고 있었다. 그녀는 힘이 부치면 말로라도 그들을 제압해야겠다고 생각했다. 그래서 그들이 듣게끔 신엽에게 소리쳤다.

"사제는 이자들의 뒷길이나 감시해. 복면을 뒤집어쓴 작자들은 하나같이 꽁무니를 빼는 데 일가견이 있거든."

그녀의 말은 복면인들에게 이쯤에서 도망가는 게 어떻겠느냐고 타이르는 것과 같았다. 사제가 출수하기 전에 돌아간다면 목숨만은 살려주겠노라고. 낭경 등도 사실은 그러고 싶었다. 여자 한 명으로도 쩔쩔매는 중인데 만약 신엽이 가세한다면 형편이 어떻게 되겠는가. 그러나 그들은 그럴 수가 없었다. 그들을 부른 광정의 행방이 묘연한 까닭이었다.

싸움은 이래저래 계속되었고, 소운의 힘겨움은 점점 더해갔다. 이제는 콧잔등만이 아니라 얼굴 전체에서 땀이 흘러내리고 있었다. 그녀의 조바심도 자꾸 더해져서 소운은 수시로 힐끗힐끗 신엽 쪽을 쳐다보았다. 행여라도 그가 나설까 봐서였다.

그런데 그때 난데없이 한 남자의 목소리가 들려왔다.

"히히, 내가 뭐랬어. 여자는 무섭다고 하지 않았어. 세상 남자들은 모조리 개울물에 코를 박고 죽어야 해. 건달 세 명이 가냘픈 여자 하나를 몰아대며 으스대는 꼴이라니……."

나루터에서 만났던 괴상한 옷차림의 남자였다. 그는 지붕 끝에 쪼그리고 앉아 신나게 구경하던 중이었다. 그는 또 신엽을 비웃는 말도 아끼지 않았다.

"저놈은 또 뭘 하는 거야. 여자가 땀을 뻘뻘 흘리며 싸우는데도 팔짱만 끼고 구경하고 있으니, 쯧쯧, 말세로구나, 말세야."

소운은 깜짝 놀랐다. 그 남자의 무공은 깊이를 짐작할 수 없을 성싶었다. 그녀는 아무런 인기척도 느끼지 못했는데 어느새 그는 지붕 위에서 발을 흔들며 구경하고 있었던 것이다.

남자의 말은 가뜩이나 안타까웠던 신엽을 더욱 가슴 아프게 했다. 그러나 그는 선뜻 끼어들 수도 없었다. 이미 소운의 엄명이 있었던 까닭이었다. 그러자 복면인들 중 한 명이 수상쩍은 낌새를 알아차렸다. 그는 신엽의 표정을 보고 문제가 있음을 짐작했다. 그렇다면 아무것도 두려워할 일이 없었다. 그는 사실을 확인하기 위해 신엽을 공격했다.

신엽은 한 복면인이 불쑥 검끝을 자신에게로 돌리자 놀랐다. 반사적으로 두 손을 들어 일장을 격출하려 했다. 그러나 소운의 다급한 목소리가 맘공기를 씻었다.

"안 돼!"

신엽의 손은 그때 거의 복면인의 가슴에 다다라 있었다. 그러나 그는 그녀를 위해서 다시 한번 참기로 했다. 재빨리 손을 물리고는 두 걸음 왼쪽으로 피했다. 소운이 몸을 날려 그 앞을 가로막았다.

"비겁한 놈 같으니. 화랑 무리는 싸울 뜻이 없는 사람에게도 마구 칼을 휘두르느냐?"

"흥. 누가 화랑이라 하더냐?"

복면인은 냉소만 짓고는 재차 검을 찔렀다. 그런데 그 검은 소운이 아니라 신엽을 노리고 있었다. 사정이 이렇게 되자 소운은 더욱 조급해졌다. 적이 이미 그들의 약점을 간파한 것이었다. 그녀는 한시바삐 승부를 결정지어야겠다고 마음먹었다. 연검과 함께 가볍게 날아오르며 좌우로 잇달아 세 차례씩 검화를 뿌렸다. 그러자 지붕 위의 남자가 탄사를 발했다.

"옳거니. 길상검법의 절초인 취룡탐화가 나오는구나. 제법 검기가 무르익었는걸."

무공 시합이 벌어졌을 때 가장 중요한 일은 상대에게 자신의 초식을 모르도록 하는 것이었다. 아무리 뛰어난 초식을 전개한다 할지라도 적이 이미 알고 있다면 그 위력은 절반 이하로 줄어들고 만다. 소운이 전개한 취룡탐화는 진초와 가초가 신묘하게 배합된 일식이었다. 그 한 수로 최소한 두 명의 복면인들에게 부상을 입힐 수 있었을 상황이었다. 그러나 남자의 한마디가 그들에게 피할 길을 열어 주었다. 화랑방에서 잔뼈가 굵은 복면인들은 취룡탐화의 위명 정도는 들어 알고 있었고, 재빨리 일 장 밖으로 물러남으로써 소운의 일초가 무위로 돌아가게 한 것이었다.

그때부터 복면인들은 치고빠지기 작전으로 일관했다. 슬그머니 들어와서는 신엽을 노렸고, 소운이 검날을 세우기만 하면 일 장 밖으로 달아나버렸다. 세 사람이 교대로 이쪽저쪽을 드나드니 소운으로서는 당할 길이 없었다. 호흡이 가빠지고, 검의 움직임은 갈수록 느려졌다. 나중에 복면인들이 광정에게 신엽에 대한 이야기를 얼버무린 것은 자신들의 졸렬했던 싸움을 설명할 수 없었기 때문이었다.

지붕 위의 남자는 그 형국이 재미있어서 박수를 쳤다.

"세 마리 고양이가 생선을 훔치려고 난리로구나. 그런데 상한 생선은 훔쳐다가 무엇에 쓸꼬."

신엽의 인내력은 이미 한계에 다다르고 있었다. 남자가 다시 그를 상한 생선에 비유하자 더는 참을 수 없었다. 그는 은밀히 공력을 돋우어 양장을 끌어올렸다. 그 자리의 사람들 중 그런 사실을 알아차린 이는 지붕 위의 남자 한 사람뿐이었다. 그러나 남자는 일이 더 재미있어질 것 같아 모르는 척했다.

소운의 기운이 어지간히 빠졌음을 눈치챈 복면인들은 더 힘이 올랐다. 그들은 빙글빙글 주위를 돌며 마지막 일격을 준비했다. 오른쪽으로 왼쪽으로 어지럽게 돌다가 문득 낭경이 소운을 정면으로 공격해 들어왔다. 검끝이 나비처럼 부드럽게 날갯짓했다. 화랑방의 절기인 태극검법 중 일석무극(一析無極)이라는 초식이었다. 이 일식은 원래 대단한 위력을 갖고 있었다. 한 자루의 검이 부드럽게 풀어지면서 종국에는 형체마저 사라지고 무한한 검기로 변하여 상대의 전신대혈을 공격하는 것이다. 만약 낭경의 공력이 절정에 오른 상태에서 이 일식을 전개했다면 소운으로서는 피할 길이 없었을 것이다. 다행히 낭경은 아직 일석무극의 묘미를 충분히 발휘하지 못했고, 소운은 그 허점을 찾아내어 몸을 피할 수 있었다. 그러나 그 틈을 이용하여 다른 두 복면인이 신엽을 공격했다. 이미 그를 보호할 기회를 놓쳐버린 소운은 나급하게 소리쳤다.

"멈춰라!"

그들이 그 말을 들을 리 없었다. 두 자루의 검은 각각 신엽의 위중혈과 명문혈을 베어갔다. 자신만만한 두 검이 두 곳의 대혈에 닿으려는 순간 그러나 뜻밖의 일이 벌어졌다. 나무 토막처럼 우두커니 서 있던 신엽이 그들의 시야에서 사라진 것이었다. 신엽은 가볍게 허리를 꺾어 검을 피하며 양장을 뻗었다. 두 복면인은 동시에 가슴의 유문혈을 얻어맞고 멀리 나가떨어졌다.

"적룡권법과 신법이 제대로 배합된 일 장이로군."

지붕 위의 남자가 고개를 끄덕였다. 신엽은 남자의 안목에 경의를 표했다. 그러나 다음 순간 신엽은 가슴을 움켜쥐었다. 차가운 것이 목구멍을 타고 올라왔다. 그는 그것을 누르려고 노력했지만 결국 검붉은 피 한 덩이를 내뱉고 말았다. 그러자 온몸의 기운이 역류하기 시작했다. 신엽은 의식이 아스라해짐을 느꼈다. 소운의 울먹임이 들렸지만 그것도 곧 아득해졌다. 그리고는 한없이 추운 얼음 속으로 빨려들어갔다.

신엽이 쓰러지자 지붕 위의 남자가 놀라서 뛰어내려왔다.

"어찌된 일이지? 독상인가?"

남자는 신엽을 진맥하고는 더욱 놀랐다. 순식간에 온몸의 피가 얼음처럼 차가워지고 있었던 까닭이었다.

"맙소사. 한빙장을 맞았군."

그는 재빨리 신엽의 여섯 곳 혈도를 찍어 중독의 진행을 막았다.

남자의 확인에 소운은 더욱 크게 울음을 터뜨렸다.

세 명의 복면인들은 살금살금 소운에게 다가갔다. 방심한 틈을 타서 그녀를 제압하려 한 것이었다. 그 꼴을 본 괴상한 남자는 화가 치밀어올랐다. 그는 세 사람을 한 손에 집어들어 삼사 장 밖으로 던져버렸다. 그렇게 내던져진 복면인들은 감히 다시 접근할 생각을 못하고 달아나고 말았다.

"이제 어떡할 거죠? 사람을 죽게 만들었으니?"

잠시 울음을 멈추고 소운이 남자에게 따져물었다. 남자는 곤란한 표정을 지었다.

"누가 사람을 죽게 만들었다는 거야. 이 친구는 처음부터 한빙장에 당한 상태였는데. 게다가 난 줄곧 지붕 위에서 꼼짝도 하지 않았다구."

"사사제는 내공으로 한독을 풀고 있었어요. 아저씨가 싸움질을 부추기지만 않았어도 이런 문제는 없었을 거란 말예요."

"설마 하니 그가 내공으로 한독을 풀 수 있을라구."

"조금 전까지 그의 안색을 보셨죠? 그게 어디 중독당한 사람의 얼굴이던가요?"

소운이 따지자 남자는 대꾸하지 못했다. 그녀의 말은 틀리지 않았다. 요리조리 도망만 다니는 신엽을 남자는 유심히 관찰했었지만 중독이나 내상의 흔적은 찾지 못했던 것이다.

"어서 얘기해보세요. 어쩔 거예요?"

소운이 다시 다그쳤다. 남자는 삿갓 위로 머리를 긁적였다. 대나무 위를 손가락이 긁어대는 모양은 소운을 더욱 분통 터지게 만들었다. 그녀는 자신의 머리 뒤에 꽂힌 옥비녀를 뽑아들었다.

"당장 사사제를 살려내지 않으면 이 옥비녀의 주인을 없애버리겠어요."

소운의 협박에 남자는 두 눈을 동그랗게 떴다.

"소향이 그럼 아가씨에게 잡혀 있단 말인가?"

"그렇잖으면 제가 왜 이걸 갖고 있겠어요?"

"사부라는 여자가 함께 있지 않았어?"

사부라는 밀에 소운은 짐짓 의아해졌다. 그러나 곧 사정을 짐작했다.

"웬 할망구가 함께 있더군요. 그래서 같이 잡아버렸죠."

남자는 믿을 수 없다는 듯 물었다.

"그 여잔 보통내기가 아닌데?"

"지금 말씨름이나 하고 있을 때가 아니에요. 사사제를 살릴 수 있

278

겠어요?"

"살릴 수야 있지만, 아무래도 아가씨 말은 믿을 수 없어. 아가씨가
그들을 붙잡아두었다는 건……"

남자는 말꼬리를 흐렸다. 소운은 그 말을 듣자 내심 날아갈 듯 기
뺐다. 그녀는 애당초 남자가 신엽을 구할 수 있으리라고는 기대하지
않았다. 다만 그의 무공이 고절하고 한눈에 한빙장을 알아내는 것을
보고 행여 하는 생각에 몰아붙인 것이었다. 그런데 남자의 입에서
살릴 수야 있다는 얘기를 들으니 온몸의 맥박이 다시 살아나는 기
분이었다. 하지만 그녀는 그 기쁨을 드러내지 않았다.

"흥. 그 노파의 실력이 대단하긴 하더군요. 하지만 싸움이란 건
무공만으로 하는 게 아니에요."

"그럼 또 뭐로 싸움을 하지?"

"아저씨는 묘향이화진이란 말을 들어보셨나요?"

남자는 소운의 말에 깜짝 놀랐다.

"아니 그럼 그들이 묘향산에 잡혀 있단 말이야?"

"묘향이화진은 꼭 묘향산에만 있는 건 아니에요. 필요한 곳이라
면 어디에서나 만들어질 수 있죠."

"설마 하니 아가씨가 그걸 설치했다는 건 아닐 테지."

남자가 선뜻 믿지 않으리란 걸 알았기에 소운은 신형을 날려 대
문 밖으로 나갔다. 잠깐 사이에 그녀는 두 가지 꽃을 각각 여섯 송
이씩 꺾어들고 돌아왔다. 묘향이화진(妙香二花陣)이란 것은 묘향신
니가 묘향산에 은거한 이후로 연구하여 만들어낸 독보적인 진식(陣
式)이었다. 원래부터 역학(易學)과 약학(藥學)에 관심이 많았던 그
녀는 은거를 기회로 그런 공부들에 더 깊이 들어가고 있었던 것이
다.

이화진(二花陣)이라는 이름이 붙은 까닭은 그 진식이 두 종류의

꽃을 이용하기 때문이었다. 물론 묘향산에 설치된 것은 변화가 훨씬 복잡했지만, 기본 원리만 안다면 어디에서나 두 가지 꽃을 이용하여 진식을 펼칠 수가 있었다.

소운은 오행과 팔괘를 따라 마당을 이리저리 걸으며 열두 송이의 꽃을 꽂았다. 남자의 눈엔 어린 계집아이가 장난질하는 것으로밖에 보이지 않았다. 소운은 그 한가운데 있는 꽃을 가리키며 말했다.

"용기가 있으면 저 꽃을 꺾어와보시죠."

남자는 코웃음을 치고는 성큼 꽃가지 속으로 들어갔다. 고작 열두 송이의 꽃으로 무슨 대단한 짓이야 하겠느냐는 생각에서였다. 그는 일직선으로 걸어 가운데 꽃을 향해 다가갔다. 그런데 이상한 일이었다. 그가 들어선 곳에서 꽃까지의 거리는 불과 예닐곱 걸음으로 보였는데 걸어도 걸어도 가까워지지 않는 것이었다. 무슨 조화속일까 투덜거리며 그는 왼쪽으로 걸음을 돌렸다. 곧바로 갈 수 없다면 돌아가면 될 테지. 그러나 한 번 왼쪽으로 방향을 틀자 그는 줄곧 왼쪽으로 돌 수밖에 없었다. 빙글빙글빙글. 그런데도 가운데 꽃과의 거리는 조금도 가까워지지 않았다. 이번에는 오른쪽으로 방향을 틀었더니 그는 꽃가지 밖으로 밀려나오고 말았다.

화가 난 남자는 몸을 날렸다. 허공에서 곧바로 가운데 꽃 위로 내려가리라 마음먹은 것이었다. 그러나 첫번째 꽃을 지나자마자 그는 기묘한 어지럼증을 느꼈다. 발 아래서 꽃들이 소용돌이처럼 돌고 있었다. 어림짐작으로 한가운데를 향해 뛰어내렸는데 그는 고작 첫번째 꽃과 두번째 꽃 사이로 떨어졌을 뿐이었다. 결국 남자는 두손들고 물러나올 수밖에 없었다.

자고로 진법의 요점은 공간을 휘게 하는 데 있었다. 오행과 팔괘의 이치에 따라 몇 가지 물건을 요처에 배치하면 공간은 전후좌우로 굽어질 수 있었다. 짧은 거리가 늘어날 수도 있었고 먼 거리가 가까워질 수도 있었다. 그 원리를 모르는 사람은 언제까지고 진 속에서 맴돌 수밖에 없었다. 그것은 사람이 세상을 사는 이치와 다르지 않았다.

"경공술이 놀라우시군요."

남자는 내심 가슴을 쓸어내렸다. 그녀가 단지 그를 놀래주려는 마음에서 열두 송이의 꽃으로 만들었길래 망정이지 그렇지 않았다면 더 큰 망신을 당할 뻔했던 것이다.

"아가씨의 재주가 노인을 놀라게 하는군."

"노인이라는 건 어울리지 않아요. 아직 한창으로 보이시는데."

한창이라는 말에 남자는 미소지었다. 그는 고작 오십을 전후한 나이로 보였다. 그러나 실제로는 이미 일흔이 가까운 형편이었다. 오랜 동안 정파의 내공 수련에 정진했기에 실제 나이보다 훨씬 더 젊어 보일 따름이었다.

"옥소선녀가 아가씨의 스승인가?"

"약간의 가르침은 있었지만 스승이라고까지는 말할 수 없어요."

"그게 무슨 말이지?"

"그게 그런 말이지 무슨 말이겠어요. 남의 집안 사정을 너무 캐물으려 하지 마세요."

남자는 한숨을 내쉬었다. 약간을 가르쳤다는 사람이 이 정도니 옥소선녀의 재주는 또 얼마나 대단할까 하는 생각에서였다. 소운은 그런 속마음이야 알지 못했지만 자신의 계획이 먹혀들고 있음은 알 수 있었다. 남자는 이제 소운이 소향과 노파를 잡아두었음을 믿는 게 분명했다. 소운은 기회를 놓치지 않고 다그쳤다.

"어때요? 지금 당장 사사제를 살려낼 수 있겠어요?"

"살릴 수는 있지만 당장은 안 돼. 시간이 걸리지."

소운은 조급해졌다. 신엽의 안색은 매순간 빛을 잃어가고 있었다.

남자가 앞에 없었다면 그녀는 신엽을 붙들고 엉엉 울어버렸을 것이다.

"자신이 없으면 그만두세요. 시간이 흐르면 사사제는 저절로 죽을 테니 아저씨의 실력이 부족해서 못 살렸다는 말은 듣지 않을 테죠."

"그렇게까지 많은 시간이 걸린다는 건 아니야. 한빙장이 극악무도하긴 하지만 이…… 노인네 앞에서야 노리개일 뿐이지."

"자신의 신분도 떳떳이 밝히지 못하는 사람이 큰소리치는 걸 어떻게 믿죠?"

남자는 소운이 계속해서 몰아붙이자 화가 났다. 그는 얼굴이 빨갛게 상기되어서는 말했다.

"아가씨는 혹시 도월희천(盜月嬉天)이라는 네 글자를 들어봤나?"

소운은 도월희천이라는 이름에 내심 깜짝 놀랐다. 그랬었구나. 그가 바로 도월희천이었구나. 어째서 그일 것이라는 생각을 못 했을까. 그러고 보니 남자의 행색은 그녀가 여러 차례 얘기 들어온 도월희천의 그것이 분명했다.

무림에는 예로부터 일신 이선 사비가 있다고 하였다. 일신은 길상사의 자혜대사였고, 이선은 화랑방 출신으로 선무(仙武)의 일가를 이룬 옥소선녀와 운중선을 가리켰다. 그들은 각각 백제와 신라 무예의 맥을 잇는다고 말할 수 있었다. 마지막으로 남은 사비는 고구려 무예의 전통을 이어받고 있었다. 고구려의 무사 집단이었던 조의선인(皁衣仙人)처럼 항시 검은 옷을 입었으며 행동거지가 신비로워 조의사비라 불렸던 것이다. 도월희천은 바로 그 조의사비의 두번째 위인이었다. 무공이 고절한 바는 말할 것도 없거니와 하는 일이 워낙 장난스럽고 괴팍하여 달을 훔치고 하늘을 희롱하는 자라는 별호까지 붙어 있었다. 그들은 이미 오래 전부터 강호에 출현하는 일이 드물어졌기에 소운 같은 후배들은 직접 대할 기회가 없었다.

소운은 내친 김에 갈 데까지 가보기로 했다.

"도월희천 척항무(拓恒無)를 모르는 사람이 있을라고요. 설마 아저씨가 그분이라는 말씀을 하시려는 건 아니겠죠?"

남자는 답답해서 가슴을 쳤다.

"그래. 난 아니야. 난 그 사람을 알지도 못해."

"하지만 만약 아저씨가 사사제를 살려주신다면 저만은 도월희천이라고 불러드릴 수도 있어요."

소운은 살짝 웃으면서 그렇게 말했다. 남자는 더이상 그녀와의 말다툼을 당해낼 자신이 없어 신엽을 옆구리에 꼈다.

"사흘 후 내 다시 이곳으로 찾아오지. 그때까지 소향과 할망구에겐 아무 일도 없겠지?"

"물론이죠."

그녀의 대답이 끝났을 때 남자의 모습은 이미 사라지고 없었다. 신엽을 그렇게 떠나보내는 것이 안타까웠지만 소운으로서는 그럴 수밖에 없었다. 신엽을 치료하기 위해서는 은밀하고 조용한 장소가 필요할 터였다.

그들이 떠나고 얼마 지나지 않아 광정이 돌아왔다.

소운은 먼저 한참 동안 광정을 타박했다. 인삼인지 뭔지를 사러 간 사이에 신엽 사사제의 독상이 덧난 것을 탓했다. 그리고는 그 사이 있었던 일들을 일러주었다. 광정은 그 남자가 바로 도월희천이며 그가 신엽을 치료하겠노라 장담하고 데려갔다는 사실을 알고 내심 후회스럽기 그지없었다. 도월희천 정도의 기인이라면 능히 한빙장을 치료할 수도 있을 것 같았기 때문이었다. 자신이 굳이 그를 신엽에게로 보내지 않았더라면 신엽의 목숨은 이미 끊어진 지 오래일 텐데. 광정은 깊고깊은 한숨을 내쉬었다. 소운은 그런 그의 모습을

보며 자신이 잠시라도 이사형을 오해한 것이라고 생각했다. 그가 사
사제의 일로 그처럼 절실히 스스로를 책망할 줄은 몰랐던 것이다.

소운은 광정에게 먼저 길상사로 돌아가 그간의 사정을 보고하라
고 했다. 광정은 함께 남아서 신엽의 치유 여부를 확인하고 싶었지
만 사부에게 보고하는 것도 급한 일이었으므로 그렇게 하기로 했다.

생강훈제인육

척항무는 신엽을 옆구리에 낀 채 바람처럼 달렸다. 그는 시간이 많지 않음을 느낄 수 있었다. 신엽의 몸이 점점 차가워지고 있었기 때문이었다. 제기랄. 어쩌다가 이런 일에 말려들게 되었을까. 투덜거리면서도 그는 걸음을 늦추지 않았다.

소운과의 거래가 없었어도 그는 원래 신엽을 치료해줄 작정이었다. 지붕 위에서 급히 내려온 것도 그래서였던 것이다. 그러나 소운이 묘향신니의 제자이며 또 자신의 사매와 사질까지 붙잡아두었다는 것을 알고서는 마음이 달라졌다. 그는 좋은 일을 하고 싶은 생각이 없어졌다. 만약 사매 등의 안위를 걱정하지 않았더라면 결코 이 일을 자청하지 않았을 것이었다.

반 시진을 달려 그가 도착한 곳은 법보종찰 해인사가 있는 가야산이었다. 가야산은 남도 일대에서는 몇 안 되는 화산(火山) 중 하나였다. 불꽃 모양의 거대한 바위들이 줄줄이 하늘로 솟아오르는 것이 수려하기 그지없었다. 그리고 그곳에는 다른 어느 산에서도 쉽게 접할 수 없는 강한 화기(火氣)가 있었다. 도월희천이 굳이 그 산으로 신엽을 데려온 것은 바로 그 때문이었다. 한빙장의 한독을 치료하기 위해서는 거대하고 강력한 화기가 필요했던 것이다.

불꽃 모양의 바위들 중 가장 장대한 바위 아래에 작은 동굴이 있었다. 그것은 십일 년 전 척항무와 그의 사매인 묘묘(妙妙)가 힘을 합쳐 뚫은 것이었다. 척항무는 그 동굴 속에다 신엽을 내려놓았다. 오는 길에 몇몇 농가에서 빌려온 물건들도 내려놓았다. 커다란 가마솥 하나와 고기잡이 투망, 그리고 일백여 근에 달하는 생강이었다. 그의 경신술과 손재주는 최상승의 경지에 올라 있었기에 신엽을 끼고 달리면서도 걸음을 늦추지 않고 그 모든 것들을 챙겨온 것이었다.

그는 먼저 주변의 나뭇가지를 모아 불을 지피고 그 위에 가마솥을 올렸다. 가마솥에는 생강만을 가득 채우고 물은 한 방울도 넣지 않았다. 그리고는 다시 밖으로 나가 소나무잎을 투망 가득 채워왔다. 그는 그것을 둥글게 말고 그 속에다 신엽을 집어넣었다. 신엽은 오래 전부터 혼수 상태였으므로 무슨 일이 벌어지고 있는지를 알지 못했다. 소나무잎이 그의 몸 곳곳을 찔렀지만 꿈쩍도 하지 않았다. 척항무는 신엽과 솔잎이 뒤엉긴 투망 뭉치를 가마솥 위 세 자 높이에 매달았다. 그즈음에는 이미 가마솥의 생강들이 끓기 시작하여 매운 김을 뿜어올리고 있었다.

모든 장치를 마친 척항무는 동굴 밖으로 나가 술병을 꺼내 말끔히 비우고는 드르렁드르렁 코를 골기 시작했다. 그는 그렇게 한참을 자다가 일어나서는 동굴 안의 사정을 확인하였다. 그러고는 마을로

286

내려가 술을 구해 와서는 다시 실컷 마시고 잠을 청하곤 하였다.

투망에 갇힌 신엽은 처음에는 아무 감각이 없었다. 의식도 없었고 통증도 없었다. 그러나 반나절쯤 생강김를 쏘이자 의식이 돌아오기 시작했다. 그는 자신이 매캐한 연기 속에서 부들부들 떨고 있음을 느낄 수 있었다. 그러다가 다시 혼수 상태로 빠져들었다. 그리고 다시 반나절이 지나자 그의 의식은 보다 명료하게 돌아왔다. 그는 빈 틈없이 자신을 에워싼 소나무잎을 느낄 수 있었고, 매운 생강연기를 맡을 수 있었다. 그리고 자신이 어딘가에 매달려 있음도 알 수 있었다. 몸을 한 번씩 뒤챌 때마다 허공에서 그네처럼 흔들림이 느껴진 것이었다.

의식이 명료해질수록 그러나 사정은 나빠졌다. 생강 연기는 더욱 뜨겁게 느껴졌고, 모든 것이 뜨겁고 답답하여 숨을 쉴 수 없었다. 몸을 움직이면 솔잎들이 따갑게 온몸을 찔러대었다. 그는 움직이지 말아야 한다고 생각했지만 그의 몸은 생각대로 따라주지 않았다. 오히려 더 자꾸자꾸 움직였고, 그럴수록 뜨거움과 따가움은 도를 더 하기만 했다.

한참을 허우적거린 끝에 신엽은 솔잎을 헤치고 투망 가장자리로 얼굴을 내밀 수 있었다. 자신의 처지를 파악한 신엽은 기가 막혔다. 도대체 누가 그에게 이처럼 모진 고문을 가하는 것일까. 세 복면인들이 소운을 제압하고 자신을 납치한 것일까. 그렇다면 소운은 어떻게 된 것일까. 신엽은 투망을 끊고 내려가고 싶었지만 몸에는 기운이 하나도 없었다. 힘을 쓰려고 애쓸 때마다 오히려 온몸으로 격렬한 통증과 오한이 찾아왔다. 몇 차례 기운을 모으려다가 그는 다시 의식을 잃고 말았다.

신엽이 세번째로 정신을 차린 것은 누군가의 발자국 소리를 듣고서였다. 눈을 떠보니 거기에는 한 남자가 서 있었다. 소운이 복면인들과 싸울 때 지붕 위에서 발을 구르며 구경하던 남자였다. 신엽은 그가 복면인들과 한패였구나 생각했다.

"소운 사저는 어떻게 했느냐?"

신엽은 소리를 지르려 했지만 목소리는 힘없이 떨려나왔다. 척항 무는 그때 생강을 바꾸러 들어온 길이었다. 하루를 꼬박 태우면 생 강은 재가 되기에 새것으로 바꾸어야 했다. 이제 벌써 이틀이 지나 서 그는 마지막 생강을 가마솥에 붓고 있었던 것이다. 이 생강마저 다 탈 즈음이면 신엽 몸 속의 한독은 오장육부 중 한 가지 장기 속 으로 움츠러들게 되어 있었다. 척항무는 그것을 찾아내어 내공으로 뽑아낼 작정이었다.

"꼬마 녀석아, 잠시라도 더 살고 싶으면 기운을 아끼거라."

척항무는 기분이 나빠져서 그렇게 대답했다. 신엽이 대뜸 반말지 거리를 해댄 것이 불쾌했던 것이다. 자기는 목숨을 구해주기 위해 애쓰는데 눈을 뜨자마자 어른에게 반말이라니, 길상파의 어린 놈들 은 모두 이렇게 버르장머리들이 없단 말인가. 척항무는 신엽이 지금 악을 쓸 수밖에 없는 형편임은 생각지도 않고 있었다.

"나를 죽이려거든 어서 손을 써라."

"간단히 죽일 녀석에게 내가 왜 복잡한 짓을 했겠느냐. 잠자코 생 강 연기나 마시거라."

"도대체 내게서 무얼 알고 싶은 거냐?"

무엇을 알고 싶은 기냐는 신엽의 질문에 척항무는 잠시 생각했다. 광정은 그에게 신엽이 소향의 소재를 알고 있노라고 말했었던 것이 다. 그렇다면 시간 끌 필요 없이 신엽에게 묻는 편이 현명한 것일까. 그러나 그는 곧 고개를 저었다. 이미 소운과 약속한 터이니 어차피 약속은 지켜야 했다. 그의 침묵이 이어지자 신엽이 다시 물었다.

"지금 나를 요리하려는 것이냐?"

그 질문은 문득 척항무의 장난기를 발동시켰다. 신엽을 실컷 골려줄 생각이 든 것이었다.

"알긴 아는구나. 그래 네가 보기에 너는 지금 무슨 요리가 되려는 것 같으냐?"

"소운 사저는 어떻게 했느냐?"

"요리 이름을 맞힌다면 가르쳐주마."

신엽은 분통이 터졌다. 그러자 다시 온몸의 오한이 되살아났다. 그러나 그는 이를 앙다물고 소리쳤다.

"내 이곳을 내려가기만 하면 한 칼에 너를 쳐죽일 것이다."

"너무 흥분하지 않도록 해라. 악을 쓰면 고기맛이 떨어지니까."

"소운 사저는 어디에 있느냐?"

"요리 이름부터 맞히라니까."

신엽은 기가 막혀 되는 대로 말했다.

"생강훈제육이다."

척항무는 갈수록 재미있었다. 그래서 이미 그녀를 먹어치웠다고 말해주고 싶었다. 그러나 신엽이 조금만 더 흥분한다면 지난 이틀 동안의 생강 연기 요법이 수포로 돌아갈 듯해 생각을 바꾸었다.

"좀더 정확하게 말하자면 생강훈제인육이지. 그 계집은 운이 좋아 달아났다. 하지만 다음번엔 어림없어. 다시 그년을 만나면 그때는 회를 뜰 참이다."

소운이 안전하다는 소식에 신엽은 안도했다. 마음이 가라앉자 오한도 한결 줄어들었다. 은밀히 기운을 돌려보니 극심한 통증은 느껴지지 않았다. 신엽은 기회를 보아 탈출하기로 마음먹고 입을 다물었다. 척항무는 그가 조용해지자 기운이 다 된 것으로 생각하고 밖으로 나갔다. 다시 술을 마시고는 동굴 입구의 커다란 바위에 드러누워 잠을 청했다.

신엽이 단전으로 약간의 기운을 모으는 데는 한 시진이 넘게 걸렸다. 그리고 다시 반 시진에 걸쳐서 월정검으로 투망을 끊었다. 바닥에 내려서서 자신의 모습을 보니 한심하기 그지없었다. 옷은 생강 연기에 찌들어 너덜너덜했고, 피부는 구석구석까지 솔잎에 찔려 피멍투성이였다. 원래 그 솔잎의 상처들은 한빙독을 치유하는 데 필요한 것이었다. 가능한 한 많은 상처를 피부에 만들어서 그곳으로 생강 연기를 주입해야 치료가 효과적이었다. 그러나 신엽이 그런 점을 알 리가 없었다. 그는 다만 척항무가 지독히 나쁜 사람이라고만 거듭 생각할 뿐이었다.

신엽은 살금살금 기어서 동굴 밖으로 빠져나왔다. 척항무는 코를 골며 단잠에 빠져 있었다. 그는 신엽의 회복이 이처럼 빠르리라고는 짐작하지 못했다. 어지간한 고수라도 사흘은 지나야 몸을 움직일 수 있었던 것이다. 그러나 신엽에게는 자혜대사의 공력이 있었기에 사정이 달랐다.

신엽은 멈추지 않고 기었다. 바위틈을 구르고 뒹굴며 악을 써서 기었다. 신음 소리를 내지 않으려고 이를 앙다무니 아랫입술이 터져 피가 줄줄 흘렀다. 그래도 그는 쉬지 않고 기었다. 척항무의 코고는 소리가 차츰 멀어지더니 이윽고는 들리지 않게 되었다. 그리고 잠시 후 그는 작은 샛길을 만났다. 두 사람이 어깨를 나란히 하면 간신히 걸어갈 듯한 길이었다. 그런데 그 길에 말 한 마리가 서 있었다. 엉덩이가 하얀 백마였다. 등에는 훌륭한 안장까지 얹힌 것이 예삿일이 아닌 성싶었다. 이것저것 가릴 사정이 아니었던지라 신엽은 그 말을 타기로 했다. 남은 기운을 모두 모아 안장 위로 몸을 던졌다. 고삐를 움켜쥐며 간신히 가슴을 안장 위에 얹었다. 그러자 놀란 말은 달음박질을 시작했다. 안장은 심하게 요동쳤고, 신엽은 금세라도 말에서 떨어질 것 같았다. 그는 온힘을 다하여 고삐를 움켜쥐었지만 의식은 차츰 가물가물해졌다. 바위를 기어내리고 말 등으로 뛰어오르느라 기운을 다 써버린 것이었다. 그러자 다시 오한과 통증이 전신을 들쑤셔대었다.

그렇게 얼마큼을 달렸을까. 이미 의식이 흩어지고 있던 신엽은 기다란 휘파람 소리를 들었다. 그 소리에 백마는 우뚝 멈추어 섰다. 신엽의 몸은 허공을 이삼 장쯤 날아 흙바닥에 팽개쳐졌다. 그는 그렇게 의식을 잃고 말았다.

휘파람 소리로 백마를 세운 것은 말의 주인이었다. 그 주인은 미도리였다. 미도후사와 미도노의 여동생이며 지난번 모악산 금산사에서 신엽과 일전을 치른 바 있는 바로 그 미도리였다. 그녀는 요다의 지시에 따라 해인사를 정탐하기 위해 가야산을 찾은 길이었다.

말에서 떨어진 사람을 확인한 미도리는 깜짝 놀랐다. 첫째는 그가 신엽이라는 사실에 놀랐고, 둘째는 그의 형편없는 몰골에 놀랐다. 그리고 그녀는 그를 사경에 빠뜨린 것이 한빙장이라는 사실에 더욱 놀랐다. 생각할 겨를도 없이 그녀는 신엽의 몇 군데 혈을 짚었다. 독상의 진행을 늦추기 위해서였다. 품속에서 온혈환(溫血丸)을 꺼내어 잘게 씹은 다음 신엽의 입 속으로 넣어주었다. 온혈환은 원래 한빙독의 해독약은 아니었다. 한빙장은 그 한기가 워낙 지독하여 여간한 약으로는 치유되기 힘들었다. 그것을 시전한 사람의 공력만이 온전한 해약이라 할 수 있었다. 대신 미도리가 신엽에게 복용시킨 온혈환은 한설화공을 위해 만든 해약으로서, 한빙장의 한독을 얼마 동안 완화시키는 효과가 있었다.

신엽의 증세가 더이상 악화되지 않음을 확인한 미도리는 그를 다시 말 등에 실었다. 그녀는 그를 근처의 한 암자로 데리고 갔다. 해인사의 노스님이 공부하던 곳이었지만 미도리가 잠시 빌려 정탐 근거지로 쓰는 중이었다.

미도리는 암자에 신엽을 엎드려 누이고 내력을 주입하여 혈도를 돌렸다. 옥침혈로 기운을 넣어 신당 혼문혈을 푼 다음 기문혈과 대횡혈로 내려보냈다. 족태양방광경과 음유맥을 함께 돌리는 것이었다. 이것은 한설화공을 연마하는 길이었는데, 미도리는 예전에 한빙장도 큰 줄기는 비슷하다고 들은 기억이 있었다. 다만 세부적인 순서에 약간의 차이가 있어서 완전한 해독은 기대하기 어려울 것이었다.

몇 차례 계속하여 내공을 운용하였더니 신엽의 몸이 따뜻해지기 시작했다. 이제 두어 차례만 더 돌리면 의식은 돌아올 것 같았다. 그런데 그때 미도리는 나뭇잎이 일렁이는 소리를 들었다. 그녀는 재빨리 내공 주입을 중단하고 돌아앉았다. 그와 동시에 암자로 들어선 사람은 바로 미도노였다.

"이게 누구야. 반가운 사람을 잡아두고 있었구먼."

미도노는 단번에 신엽을 알아보았다. 그것은 당연한 일이었다. 선유도 선상의 내기에서 참패를 당한 일로 그는 큰 수모를 느끼고 있었다. 다시 만나기만 한다면 통째로 갈아 마시리라 다짐하고 있었던 것이다.

"명이 꽤 질긴 놈인걸. 한빙장에 중독되고도 아직 숨이 붙어 있으니."

"큰오빠도 함께 왔나요?"

미도리는 미도후사의 행방을 물었다. 그녀는 금신사에서 헤어진 이후로 미도후사와 미도노, 신엽 등의 사이에서 무슨 일이 있었는지를 알지 못했다. 신엽이 한빙장에 당한 연유도 알지 못했고, 단지 당연히 미도후사가 가까이 있으리라고만 여긴 것이었다.

"미도후사가 함부로 땅을 밟겠어? 고고하게 선장질이나 하고 있지."

"그럼 이 사람은 어떻게 된 거죠?"

"사흘 전에 이 친구는 미도후사의 배에 있었어. 길상사의 패거리가 숨어들었던 거야. 우여곡절 끝에 모두 달아났지만 이 친구는 혼자서 잘난 척하다가 한빙장에 당했지."

미도리는 깜짝 놀랐다.

"사흘 전이라구요? 그런데도 아직 숨이 붙어 있단 말인가요?"

"그러니까 내가 명이 긴 놈이라 하지 않았어. 하지만 이젠 소용없지. 미도노 님의 손에 다시 걸려들었으니."

"착각하지 말아요. 이 사람을 잡은 건 나예요. 찾아온 용건이나 얘기하세요."

"그건 급할 게 없어. 우선 이놈부터 처치하고 보자구."

말이 채 끝나기도 전에 미도노는 좌장을 뻗었다. 손바닥을 칼날처럼 세워 신엽의 대추혈을 내려쳤다. 미도리의 말투로 보아 선뜻 그를 죽일 뜻이 없음을 눈치챈 그는 재빨리 암수를 가한 것이었다. 의식불명 상태였던 신엽은 그의 손이 닿기만 해도 숨이 끊어질 형편이었다. 그러나 미도리는 이미 충분히 대비하고 있었다. 그녀는 손가락 두 개를 부드럽게 내밀었다. 급하지도 빠르지도 않은 움직임이었다. 하지만 손가락은 미도노 손날의 완골 후계 두 곳 혈도를 정확하게 찔러갔다. 만약 손을 멈추지 않는다면 미도노는 신엽의 목숨은 앗을 수 있겠지만 그 자신 역시 왼쪽 팔은 영영 쓸 수 없게 될 것이었다. 미도노는 팔을 슬쩍 비틀어 거둬들이고는 냉소했다.

"흥. 손가락 끝에 눈이 없으니 피아를 구분하지 못하는군."

"그래요. 그러니 조심하는 게 좋아요."

"왜 이자를 살려두려는 거지?"

"아직 이용가치가 많은 적이에요. 길상파 장문인의 제자이니 많은 중요한 정보들을 캐낼 수 있단 말예요."

"정보에 대해서는 걱정하지 않아도 돼. 착한 친구 천인상이 대일본국 사무라이들을 위해서 고려 땅의 무예 지도를 작성하는 중이니까."

"정보원은 많을수록 좋은 거예요. 용건을 말할 생각이 없다면 그만 돌아가세요."

미도리는 미도노 앞에서 결코 저자세를 보이지 않았다. 어린 시절부터 그랬다. 그것은 그녀가 미도노라는 인간을 너무 잘 알기 때문이었다. 단 한 번이라도 약한 모습을 보인다면 그는 그녀의 모든 것을 갉아먹을 위인이었다.

첫 기습이 실패로 돌아가자 미도노는 일단 손쓰기를 포기했다. 나중에 다시 기회를 노리기로 하고 그녀를 찾아온 이유를 꺼냈다.

"계획이 바뀌었어. 길상사 공격은 이삼 개월 연기되었어."

"왜죠?"

미도리가 물었다. 원래 계획에 그들은 보름 후에 길상사를 치기로 되어 있었던 것이다.

"약간의 차질이 생겼어. 사부님께 보낼 계집 백 명을 모두 채웠는데 바로 이 녀석이 나타나 일을 망쳐버린 거야."

"그것 때문에 길상사 공격이 연기되었단 말인가요?"

미도리는 이해가 안 된다는 표정을 지었다. 그러자 미도노는 더 솔직한 이유를 털어놓았다.

"미도후사가 겁을 먹었어. 길상사의 무공이 예상보나 상하다고 판단한 거야. 섣불리 덤벼들었다가 실패하면 큰일이니 겁을 먹을 만도 하지. 어쨌든 그래서 본국에서 지원팀을 부르기로 했어."

"히야시 조가 합세해도 어렵단 얘긴가요?"

"그렇게 여기나 봐. 예상 못 한 일도 있었어. 대단한 고수가 은밀히 길상사를 돕는 것 같아."

미도노는 소향의 할머니를 염두에 두고 하는 말이었다.

"그건 또 무슨 얘기죠?"

"확실히는 몰라. 그냥 그런 것 같아."

"그래서 본국에다 누구를 요청할 거죠?"

"아시겐지."

"아시겐지!"

미도리는 깜짝 놀랐다. 아시겐지는 요다 대사부의 의동생이었다. 그녀의 사숙이었으며 히야시에게 독공을 가르친 스승이기도 했다. 사람들은 그의 독을 끔찍이도 두려워하여 견즉시독이라는 별호를 붙여주었다. 그런 그를 청하기로 결정했다면 그건 여간한 일이 아니었던 것이다.

미도리가 놀란 틈을 타서 미도노는 다시 은밀히 손을 내밀었다. 신엽에게 암수를 가하기 위해서였다. 그런데 그때 밖에서 여자의 목소리가 들려왔다.

"누구냐! 걸음을 멈추어라!"

미도노는 제풀에 놀라 손을 거두었다.

목소리의 주인은 미도리의 네 시녀들 중 한 명이었다. 그들은 미도리의 주위를 그림자처럼 따르며 지키고 있었다. 곧이어 암자 밖에서는 바람을 가르는 날카로운 소리들이 들려왔다. 미도리가 들어보니 청홍황록 네 시녀들이 모두 칼을 뽑아든 듯했다. 그러나 문제의 인물은 여전히 맨손으로 피하기만 할 뿐 무기는 사용하지 않고 있었다. 그런데도 그의 움직임은 여유롭기 그지없었다.

"대단한 꼬리를 붙이고 오셨군요."

미도리는 미도노를 힐책했다. 궁금증이 일었던 미도노는 자리를 일어섰다.

"재밌는 구경거리겠는걸."

그렇게 말하며 그는 밖으로 나갔다. 그러나 모습이 사라지는 순간 그는 등뒤로 보이지 않게 왼쪽 손을 튕겼다. 세 개의 독침이 신엽의 백회 후정 옥침혈을 향해 빛살처럼 쏘아졌다. 침입자에게만 주의를 기울이고 있었던 미도리는 뒤늦게야 그것을 발견했다. 독침들이 겨우 반 자 앞으로 다가들었을 때였다. 깜짝 놀란 그녀는 앉은 채로 몸을 날렸다. 독침들이 신엽의 피부로 파고들기 직전 다행히 그녀는 그것들을 받아낼 수 있었다. 신엽의 머리를 지나 빙글 돌며 다시 바닥에 내려앉았다. 그러나 그 과정에서 그녀의 옷자락이 신엽의 얼굴을 스쳤고, 신엽은 부르르 몸을 떨더니 눈을 떴다.

신엽은 한참 만에야 미도리를 알아보았다. 그리고는 억지로 몸을 일으키려 했다. 미도리는 그러는 그를 붙잡아 진정시켰다. 신엽이 물었다.

"여기는 어딥니까?"

"지옥은 아니에요. 우선 안정을 취하세요."

미도리는 무뚝뚝하게 대꾸했다. 속마음과는 전혀 어울리지 않는 말투였다.

"식인귀는 어디로 갔습니까? 저를 쫓아오지 않았습니까?"

"식인귀라구요?"

"그래요. 괴상하게 생긴 남잡니다. 초록색 저고리와 검은 바지를 입었습니다. 아마 무공이 대단할 겁니다."

미도리는 문득 마음에 짚이는 것이 있었다. 암사 밖에서 시녀들을 희롱하는 게 바로 그 작자가 아닐까. 밖에서는 여전히 사 대 일의 싸움이 계속되고 있었다. 미도리는 선명하게 들을 수 있었지만 신엽은 오한과 통증으로 아무런 소리도 듣지 못하고 있었다.

"그런 자는 오지 않았어요. 지금은 휴식을 취하는 게 가장 중요해요. 운기를 해서는 절대 안 돼요."

신엽은 그녀가 왜 자신에게 친절한지 이해할 수 없었다. 혹시 다른 계책이 있는 것은 아닐까 의심해보았지만 그녀의 표정은 도무지 읽어낼 수 없었다.

"왜 저를 살려준 겁니까?"

"아직 살려주지 못했어요. 잠시 고통을 연장해준 것뿐이죠."

"그렇군요. 이건 정말 고통스럽습니다. 어서 편안하게 눈을 감을 수 있었으면……."

말을 하다 말고 신엽은 입술을 깨물었다. 지독한 통증이 온몸을 찢어댄 것이었다. 내장 기관들이 갈가리 찢기고 뼈와 근육들이 낱낱이 뒤틀리는 느낌이었다. 미도리는 재빨리 그의 혼문혈로 기운을 주입했다. 아주 조금이지만 통증은 누그러졌다. 신엽은 숨을 몰아쉬었다.

"감사합니다."

"쉿. 말을 하지 마세요."

미도리는 그렇게 앉아서 신엽을 치료하고 싶었다. 그러나 암자 밖의 결투는 점점 다급해지고 있었다. 그녀의 시녀들은 침입자를 당해내지 못하고 흐트러지고 있었다. 게다가 미도노는 팔짱을 낀 채 구경만 하는 모양이었다. 미도리는 신엽의 귓가에다 속삭였다.

"한빙장에 당하고서 이렇게 오래 버틴 사람은 당신이 처음이에요. 그러니 아마 결국 이겨낼 수 있을 거예요. 잠시 후에 돌아올 테니 꼼짝 말고 누워 있어요."

그러고는 밖으로 나갔다.

암자 밖의 정경은 미도리가 예측했던 대로였다. 소청, 소홍, 소황, 소록 등 네 명의 시녀들은 기운이 다할 지경에 이르러 있었다. 그녀들의 상대는 신엽이 얘기했던 괴상한 남자였다. 초록색 저고리와 검정색 바지를 입고 있었으며 머리에는 손바닥만한 삿갓을 쓰고 있었

다. 키는 네 명의 시녀들보다도 작아서 마치 그녀들 속에 묻힌 듯
보였다. 그러나 그는 시녀들과 달리 조금도 지친 모습이 아니었다.
오히려 그는 지루해 보이기까지 했다. 미도리는 즉시 나서서 싸우고
싶었지만 곁에서 구경하는 미도노가 마음에 걸렸다. 기회를 주면 즉
시 뛰어들어가 신엽을 해칠 것이 뻔했기 때문이었다.

"물러서거라."

미도리는 일단 싸움을 멈추게 했다. 소청 등은 칼을 받쳐들고 뒤
로 물러섰다. 미도리의 명령이 없었더라면 그들은 곧 탈진하여 주저
앉았을 것이었다.

"산 속의 조용한 암자에서 어쩐 시비이신지요?"

미도리가 남자에게 물었다.

척항무는 여자들과 시비를 가리는 일이 질색이었다. 특히 젊고 예
쁜 여자들과는 더욱 그러했다. 신엽의 일만 아니었다면 일찌감치 손
을 털고 자리를 떴을 것이었다.

"아마 이곳에 다 죽어가는 젊은이가 숨어들었을 것이오. 그 친구
만 넘겨주면 노부는 조용히 자리를 뜨겠소."

"어째서 그가 이곳에 있다고 단정하시죠?"

"노부는 이틀 동안 그를 생강김으로 쪘소. 그 냄새가 하늘을 찌를
듯한데 어찌 그가 여기 없다고 하겠소."

미도리는 눈살을 찌푸렸다. 과연 생강 냄새는 코를 찌르고 있었
다. 시침을 떼기는 어려운 형편이었다.

"그가 잠시 머문 것은 사실이에요. 하지만 곧 떠나갔어요. 그러니
노선배께서는 시간 낭비 하지 말고 다른 곳을 찾아보도록 하세요."

"나는 우선 암자부터 조사해야겠소."

"예의범절을 모르시는군요. 어찌 외간남자가 아녀자의 내실을 조
사하겠다 하십니까?"

척항무는 웃음을 터뜨렸다.

"아가씨가 이런 산 속 암자에서 기거한다면 나 같은 늙은이는 부처님의 사촌동생이라 해야겠구려."

"좋은 말을 외면하신다면 매로 대접할 수밖에요."

"좋은 얘기요. 아가씨는 이 네 명의 색동저고리들처럼 지루하진 않겠지요?"

말을 마친 척항무는 다리를 툭툭 털었다. 이제 본격적으로 놀아볼까 하는 태도였다. 미도리는 아직 망설이고 있었다. 미도노를 견제할 방법이 없어서였다. 그런데 뜻밖에도 척항무는 첫 일격을 미도노에게로 내쳤다.

"쥐새끼처럼 사리지 말고 어서 이리 나오너라."

척항무는 여자들과 계속 시시비비하는 것이 내키지 않았다. 게다가 미도노가 그녀들과 한패임이 분명한데도 한구석에 숨어서 수수방관하는 것이 맘에 들지 않았다. 그래서 대뜸 일 장을 그에게로 때린 것이었다.

신엽을 제거할 기회만 엿보고 있었던 미도노는 깜짝 놀라 몸을 솟구쳤다. 그는 이 장 높이의 잣나무로 오른 다음 다시 맞은편 바위 위로 몸을 날렸다. 아예 격전지를 멀찌감치 벗어날 생각에서였다. 그러나 바위 위로 내려서려던 그는 경악하고 말았다. 척항무는 그보다 먼저 그 자리에 도착하여 기다리고 있는 게 아닌가. 게다가 바위 위에는 척항무가 서 있는 쪽을 제외하고는 발 디딜 만한 곳도 마땅찮았다. 그 너머에는 가파른 낭떠러지가 버티고 있었다.

미도노는 허공에서 몸을 돌려 처음의 자리로 돌아오고 말았다..

"자네는 몸을 풀 때 새처럼 한 바퀴를 도는 모양이지?"

척항무는 싱글벙글 웃으며 뒤따라 내려섰다. 체면이 잔뜩 구겨진 미도노는 그를 향해 두 손을 모았다.

"신법은 모든 외문무공의 기본이라 할 수 있지요. 후배가 한 수를 배우겠습니다."

"총명한 젊은이로군. 그럼 이제 실전에 들어가지."

그의 말이 끝나기도 전에 이미 미도노는 공격을 전개하고 있었다. 그는 두 팔과 다리를 원숭이처럼 커다랗게 벌리고는 좌우로 복잡한 보법을 밟기 시작했다. 그것은 무후권(舞猴拳)이라는 것으로서 일류의 상승무공이라고는 할 수 없는 것이었다. 그러나 움직임이 괴상하고 보법이 어지러워 일시적으로 적을 현혹시키는 효과는 있었다. 이미 척항무가 미도리의 시녀들과 겨루는 실력을 본 터라 미도노는 그를 쉽게 제압할 수 없음을 알고 있었다. 그래서 요사스럽게 주의를 빼앗은 다음 암수를 가하리라 작정한 것이었다.

한편 척항무는 내심 조바심을 내는 형편이었다. 신엽을 찾는 시간이 늦어지면 지난 이틀의 노고가 무위로 돌아갈 수 있었다. 어쩌면 아예 그의 생명을 구할 수 없게 될지도 몰랐다. 여자들과의 싸움에서는 그녀들의 공력이 일천함을 알고 또 차마 살수를 쓸 수 없어 지치기를 기다렸지만 미도노와는 사정이 달랐다. 그는 서둘러 싸움을 끝내려 하였다. 그런데 미도노가 전개하는 무공이 유별난 것을 보자 문득 의심이 일었다. 그것은 결코 고려의 무공이 아니었던 것이다.

"너는 대관절 어디서 날아든 원숭이뼈다귀냐?"

미도노는 대꾸하지 않고 발만 부지런히 움직였다. 척항무는 그 발의 움직임을 열심히 보았지만 도무지 어느 파의 무공인지 짐작할 수 없었다. 그가 다시 한번 미도노의 정체를 물으려는 순간, 문득 몇 개의 미세한 파공음이 들렸다. 머리카락처럼 가느다란 은침 네 개가 그의 안면 대혈들을 향해 날아들고 있었다. 발견이 조금만 늦었더라도 깨끗이 당했을 상황이었다. 척항무는 몹시 놀랐다. 미도노의 움직임을 유심히 관찰하고 있었는데 어째서 은침 투척을 알지 못했을까.

다급해진 그는 머리 위의 삿갓을 끌어내려 은침들을 받아내었다. 은침이 꽂힌 자리는 금세 시꺼멓게 물들고 말았다. 극독이 묻은 게 분명했다.

무후권은 원래 암기를 쏘기 위해 치밀하게 고안된 동작들이었다. 보법을 복잡하게 밟는 것은 적의 시선을 끌기 위함이요, 두 손을 높이 치켜든 것은 손을 발에서 가능한 한 멀리 떨어뜨리기 위함이었다. 그러면 발의 움직임에 시선이 붙잡힌 상대는 손의 암수를 간과하게 되는 것이었다. 손끝에 미리 독침을 숨겨두었던 미도노는 척항무의 시선이 발로 모여들자 가볍게 손가락을 튕겨 독침을 발사했다. 알고 보면 간단한 속임수였지만 실전에서는 백발백중 성공하는 독수였다.

"오독은침(五毒銀針)! 네 놈은 왜국의 첩자로구나!"

은침으로 인해 척항무는 미도노의 정체를 알게 되었다. 십일 년 전 그는 똑같은 은침을 본 적이 있었다. 요다와 아시겐지가 은밀히 고려 땅을 밟았을 때였다. 우연히도 조의사비는 그들과 일전을 벌이게 되었고, 그때 척항무는 아시겐지의 오독은침에 목숨을 잃을 뻔도 하였던 것이다.

"너무 많은 것을 아시는군. 오늘 이곳에 뼈를 묻더라도 후배를 원망하지는 마십시오."

미도노는 자신만만하게 말했다.

미도노의 그 말은 척항무에게 한 것이었지만 사실은 미도리가 들으라고 한 말이었다. 적이 우리의 정체를 알았으니 합세하여 제거해야 한다는 얘기였다. 그녀가 나설 것이 명백한 이상 그는 두려워할 일이 없었고, 그래서 갑자기 자신만만한 태도가 된 것이었다.

"이 땅은 원래 고려인의 땅인데 설사 뼈를 묻더라도 누구를 원망하겠느냐."

척항무는 냉소하고는 미도노를 향해 걸음을 옮겼다. 그는 아주 작은 체구였지만 그 순간만큼은 세상 어느 누구보다도 거대해 보였다. 미도노는 그 위세에 눌려 장검을 뽑아들었다. 척항무가 그에게 소리쳤다.

"칼을 버려라!"

외침과 함께 척항무는 미도노의 왼쪽 어깨 거골혈로 일 장을 내뻗었다. 미도노는 원래 왼손잡이였으므로 장검도 왼손에 들고 있었다. 그는 다급히 검신을 세워 그 일 장을 봉쇄했다. 그의 수법은 정확하고 신속하여 척항무의 일 장을 분명하게 해소한 듯싶었다. 그러나 다음 순간 미도노는 장검이 부르르 떨리며 왼쪽 팔이 어깨까지 마비됨을 느꼈다. 하마터면 그는 검을 떨어뜨릴 뻔했다. 척항무의 일 장은 겉보기와 달리 지극히 무거운 힘을 싣고 있었던 것이다. 미도노는 재빨리 뒤로 일 장을 물러남으로써 그 힘을 해소할 수 있었다. 하지만 척항무는 틈을 주지 않았다. 그림자처럼 따라붙으며 다시 공격했다. 이번에는 쌍장을 비스듬히 엇갈려서 내밀었는데 두 개의 힘이 각각 미도노의 어깨 거골혈과 팔꿈치 소해혈을 노리며 다가들었다. 그 장력은 느린 듯하면서도 쏜살같았으며 부드러운 듯하면서도 날카로운 살기를 담고 있었다. 미도노는 뻔히 보면서도 대응책을 생각해낼 수 없었다. 일단 신형을 피하기로 하고 왼발을 축으로 핑글 몸을 돌렸다. 그런데 그 순간 소해혈이 시큰거리더니 장검은 땅으로 떨어지고 말았다. 미도노의 얼굴에서는 핏기가 가셨다. 스승 요다를 제외하고는 일찍이 이처럼 놀라운 고수를 만난 적이 없었기 때문이었다. 그는 공손하게 두 손을 모으고 물었다.

"존함을 가르쳐주시겠습니까?"

"저승사자에게 물어보는 편이 빠를 것이다."

척항무는 그렇게 대답하고는 재차 공격을 개시했다. 미도노는 감히 맞받을 생각을 못 한 채 달아나기만 했다. 다행히 그의 효비옥천의 신법은 형제들 중에서는 가장 뛰어난 편이었다. 아슬아슬하게 위기를 모면하며 그는 사방으로 몸을 피했다.

곁에서 지켜보던 미도리 역시 미도노 못지않게 놀랐다. 이 괴상한 남자의 무공이 뛰어나리라고 짐작은 했지만 이렇듯 대단할 줄은 몰랐던 것이다. 그녀는 즉시 소청, 소홍 등에게 오색사진(五色絲陣)을 펼칠 것을 지시했다. 남자는 이미 실수를 전개하고 있었고, 그대로 내버려둔다면 미도노는 십 초를 견디지 못해 쓰러질 것이었다.

진이 형성되자 미도리는 즉시 미도노를 향해 몸을 날렸다. 원래는 척항무를 공격해야 하는 것이었지만 미도노가 곧 다시 달아날 테고 그러면 그 자리에 척항무가 서 있으리라 예상하여 미도노를 공격한 것이었다. 과연 예상은 적중하여 그녀가 그 자리에 이르렀을 때 그곳에는 척항무가 버티고 서 있었다. 그녀는 기다란 백색 비단으로 재빨리 그를 휘감으며 지나갔다.

척항무가 어리둥절하여 서 있는 사이 미도리는 몇 차례 주변을 스치며 날았다. 그때마다 그녀의 꼬리에는 청홍황록의 기다란 비단들이 흩날리고 있었다. 척항무의 작은 체구는 그 비단 더미 속에 묻혀 보이지 않게 되었다. 그러자 척항무는 허공을 나는 것이 누구인지도 알 수 없었다. 미도리가 계속 나는 것인지, 아니면 그녀의 시녀들이 오가는 것인지. 다만 오색 비단의 어지러운 회전 너머로 누군가가 분주하게 오가는 소리만 들릴 따름이었다.

물론 척항무가 그 비단 뭉치를 뚫고 나오기란 과히 어려운 일이 아니었다. 산전수전을 다 겪은 백전노장에게 그같은 눈속임은 장난질에 불과했다. 그러나 척항무는 오색 천의 향연 속에서 문득 유쾌해졌다. 그의 최대의 약점은 바로 장난질을 좋아한다는 것이었다. 그리고 그는 일찍이 이렇게 재미있는 싸움을 해본 적이 없었던 것이다. 그는 비단 더미 속에 우두커니 서서 기다리기로 했다. 그 다음엔 과연 어떤 순서가 이어지는지.

그가 움직이지 않자 오히려 당황한 쪽은 미도리였다. 오색사진이 가동되면 대다수의 상대는 우선 그것을 뚫고 나오려고 발버둥쳤다. 천을 찢으려 들든가 아니면 뛰쳐나오든가. 진법은 상대의 그같은 움직임을 예상하여 펼쳐지도록 되어 있었던 것이다. 미도리는 잠시 망설이다가 다음 순서를 전개했다. 네 명의 시녀들은 그녀의 지시에 따라 좌우로 엇갈리며 움직였다. 오색 비단은 서로서로 맞물려서 꼬이며 좁혀들었다. 어지간한 공력의 소유자가 아니라면 그 공격만으로도 몸을 친친 감아 사로잡을 수 있었다. 그러나 비단은 일정 정도 이내로 좁혀들지 못했다. 척항무가 자신의 주변 반 장 정도를 강기로 막고 있었기 때문이었다. 그렇게 되자 힘들어진 쪽은 미도리의 시녀들이었다. 천이 꼬인 힘을 몽땅 그녀들이 감당하게 되었다.

"참을성이 대단하시군요."

미도리는 그렇게 말하며 작전 변경 신호를 보내었다. 시녀들은 꼬인 비단을 풀고 분주하게 움직이기 시작했다. 각자 두 폭의 천을 손에 든 채 정해진 방위를 밟아대었다. 그러자 다섯 폭의 비단들은 척항무의 시야를 가리며 어지럽게 날았다. 그때 문득 미도리의 목소리가 낭랑하게 울려퍼졌다.

"백사개천(白絲蓋天)!"

말소리가 끝나기도 전에 한 폭의 백색 비단이 허공을 덮었다. 비단의 곳곳에는 은방울이 달려 있어서 요란스레 딸랑거렸다. 그것은 일산처럼 둥그런 원을 그리며 척항무의 머리 위 한가운데로 좁혀들었다. 그러자 과연 하늘은 말끔히 덮여버렸다. 척항무는 그 백색 비단 뒤에 어떤 노림수가 있을지 기대하며 지켜보았다. 그런데 그 순간 무릎 아래쪽으로 차가운 기운이 접근함이 느껴졌다. 그는 내려다보지 않고서도 알 수 있었다. 백색 비단은 그의 주의를 끌기 위한 허초이리라. 진짜 노림수는 발 아래의 공격이리라. 그는 재빨리 가위 모양으로 뛰며 전후좌우의 물체를 걷어찼다. 그를 공격한 것은 여덟 자루의 단검이었다. 단검들은 원주인에게로 돌아갔다. 네 시녀들은 이미 예측하고 있었다는 듯 가볍게 뛰어 단검을 피했다. 그러나 오색사진의 묘미는 허초와 진초가 꼬리를 물고 이어진다는 데 있었다. 척항무가 허초라고 판단한 백색 비단 위에는 어느 사이 미도리가 올라앉아 있었고, 그녀는 그의 머리 위로 기다란 창을 내려꽂은 것이었다. 그가 미처 지상으로 내려서기도 전이었다. 잇달은 두 번의 가위차기로 몸을 피할 여유가 없었던 척항무는 내심 깜짝 놀랐다. 적을 너무 가볍게 보았구나.

그러나 그의 임기응변도 경탄을 자아냈다. 그는 허공에 뜬 상태로 양손을 뻗었다. 우측의 홍색 비단과 좌측의 청색 비단을 끌어당겨 가볍게 비틀었다. 미도리의 창은 비단막에 가로막혀 더이상 내려오지 못했다. 자세히 보니 그것은 창이 아니라 설편(雪鞭)이었다. 부드러운 연편에 내공이 실려 창처럼 뻣뻣해진 것이었다. 미도리는 즉시 설편을 끌어올렸다. 그러자 척항무는 그 끝을 뒤쫓아 솟아올랐다. 그는 백색 비단 위, 미도리가 앉아 있을 곳을 향해 일 장을 격출했다. 매서운 장력이 뻗어나가 비단을 찢었다. 직경 한 자 가량의 구멍이 만들어졌다. 그러나 미도리는 이미 그곳을 벗어나고 없었다.

척항무는 구멍을 뚫고 올라가 사방을 둘러보았다. 오색 비단폭들만이 어지럽게 흩날릴 뿐 미도리의 모습은 보이지 않았다. 그는 흡족한 미소를 머금었다. 모처럼 재미있는 상대를 만났구나 하는 미소였다. 그런데 그때 오른쪽 소나무 아래 할 일 없이 서 있는 미도노의 모습이 보였다. 척항무는 즉시 그쪽으로 몸을 날렸다.

"네 놈은 꽤나 한가한 모양이구나."

척항무는 그를 끌어들인다면 한결 더 재미있어지리라 여긴 것이었다. 미도노는 겨우 한숨을 돌리는가 싶었는데 다시 척항무가 공격해오자 화가 났다. 대뜸 쌍장을 뻗어 무후격암(舞猴擊巖)의 일 장을 갈겼다. 그 위세가 자못 강맹함을 보고 척항무는 고개를 끄덕였다.

"재주가 아주 없지는 않구나."

그리고는 좌장을 뻗어 미도노의 쌍장과 마주쳤다. 가볍게 밀친 것이었지만 그 힘은 미도노의 공격을 제압하기에 충분했다. 원래 척항무의 공력이 갑절은 중후한데다 날아가는 기세가 더해진 까닭이었다. 두 힘이 마주치자 미도노는 두 걸음을 물러서야 했다. 척항무는 왼쪽 어깨만 슬쩍 흔들렸을 뿐 가볍게 지상으로 내려섰다. 그가 내려섰을 때 오색 비단은 이미 다시 그의 주위를 에워싸고 있었다. 미도노는 자연스레 포위망의 중심에서 척항무와 대결하는 양상이 되었다. 두 사람은 순식간에 십여 초를 교환했다. 미도리가 미도노를 도왔기에 그는 근근이 버텨낼 수 있었다. 척항무가 당장 승부를 결정지으려 들지 않은 것도 다행스런 일이었다.

척항무는 갈수록 재미가 있었다. 지난 몇 년간 그는 싸움다운 싸움을 해본 적이 없었다. 몸이 잔뜩 굳어 있었는데 오늘은 일진이 좋아 전신근육을 풀어줄 일을 만난 것이었다. 그는 팔다리를 골고루 움직여보았다. 오랫동안 쓰지 않아 기억이 가물가물한 초식들도 되는 대로 시전해보았다. 몸이 서서히 풀어지는 게 유쾌하기 그지없었다.

반면에 미도노는 죽을 경우를 당하고 있었다. 척항무는 재미 삼아 툭툭 던지는 공격이었지만 미도노에게는 생사가 엇갈리는 순간들의 연속이었다. 그는 검을 단단히 움켜쥐고 혼신의 힘을 기울여 일 장

일 장을 막아내었다. 그리고 번번이 아슬아슬하게 위기를 벗어나곤 했다.

미도리는 그 모든 것을 선명히 보고 있었다. 그녀는 척항무의 무공이 갈수록 부드러워지는 데 놀랐다. 그가 아직 전력을 기울이지 않을 때 그를 제압해야 한다고 판단했다. 그녀는 허공에다 두 개의 원을 그렸다.

"만사풍차(萬絲風車)!"

네 명의 시녀들은 두 명씩 서로 엇갈리는 방향으로 원을 그리기 시작했다. 오색 비단도 덩달아 원을 그렸다. 그런데 그녀들이 만드는 원의 높이는 서로 같지 않았다. 두 사람은 땅을 밟으며 돌았지만 다른 두 사람은 그 두 사람의 어깨를 밟으며 돌고 있었다. 엇갈리는 두 회전에 의해 회오리바람이 일기 시작했다. 모래와 자갈이 사방으로 날았다. 미도노는 눈을 제대로 뜰 수 없었다.

심사가 어지럽기는 척항무도 마찬가지였다. 아무리 무공이 뛰어난 자라도 적의 진법 속에 갇혀서는 힘을 쓸 수 없는 법이었다. 그는 잠시 숨을 돌리기로 하고 몸을 솟구쳤다. 신응출운(神鷹出雲)의 신법으로 포위망을 벗어났다. 비단폭의 회오리바람이 강력하긴 했으나 척항무를 가둬둘 수는 없는 일이었다. 미도리는 한숨을 내쉬었다. 막 살수를 전개하려는 찰나 척항무가 연기처럼 빠져나가버리자 맥이 풀린 것이었다.

오색사진을 벗어난 척항무는 까맣게 잊고 있었던 사람을 보았다. 바로 신엽이었다. 그는 안간힘을 써서 암자 옆의 바위 위로 올라앉고 있었다. 조금 전 미도노가 달아나려다가 척항무의 선점에 막혀 돌아서야 했던 그 바위였다.

"이놈아, 아직 괜찮으냐?"

척항무는 신엽을 데려가는 일이 시급한 일임을 깨달았다. 그러나 다시 한번 살펴보니 신엽은 그럭저럭 견딜 만해 보였다. 잠시를 더 놀더라도 문제 없을 성싶었다. 하기야 그 정도 공력이니 이틀 만에 어망을 뚫고 달아난 것이겠지. 그렇다면 앞으로의 치료는 반나절도 걸리지 않겠구나. 그렇게 판단하자 척항무는 마음이 편해졌다.

한편 미도노는 후회스럽기 그지없었다. 조금 전 미도리의 오색사진이 전개되었을 때 그에게는 약간의 시간이 있었다. 그때 암자로 들어가서 신엽을 죽일 수도 있었는데 그만 깜박 잊어버린 것이었다. 그를 죽이고 달아났더라면 이처럼 곤란한 싸움도 없지 않았겠는가.

"당신은 제 걱정을 할 필요가 없습니다."

신엽이 척항무에게 말했다.

"너는 내 음식인데 어떻게 걱정을 안 하겠느냐."

"제 몸은 극독에 중독되었어요. 설사 저를 잡더라도 먹을 수는 없습니다."

척항무는 껄껄 웃었다.

"그 점은 걱정하지 말아라. 노부는 한빙독 따위를 조금도 두려워하지 않는다."

"그렇다면 마음대로 하십시오."

신엽은 눈살을 찌푸리며 말했다.

미도리는 신엽에 대한 걱정으로 가슴이 조마조마했다. 아무렇지도 않은 표정을 짓고 있었지만 지금 그가 어떤 고통에 시달리고 있을지를 누구보다 잘 아는 까닭이었다. 일찍이 그녀는 어느 누구를 위해서 이런 조바심을 가져본 적이 없었다. 그녀 자신을 위해서도 마찬가지였다. 그래서 그녀는 자신이 이미 세상 모든 일에 무관심해졌노라고 믿고 있었다. 그러나 그것은 사실이 아닌 모양이었다.

미도리는 은밀히 진을 옮겨 다시 척항무와 미도노를 에워쌌다. 척항무는 그것을 알았지만 모르는 척하며 신엽에게 말했다.

"잠깐만 기다리거라. 내 우선 이 아이들과 놀음을 끝내야겠다."

"그러실 것 없습니다. 선배 영웅께서 저 친구를 드시고 싶다면 기꺼이 드리겠습니다. 그럼 저희는 여기서 작별을 고하겠습니다."

그렇게 말한 것은 미도노였다. 그는 척항무가 신엽을 잡아먹고 싶어하는 것이라면 굳이 막을 필요가 없다고 생각한 것이었다. 그러나 척항무는 미도노를 보며 빙그레 웃었다.

"저 녀석은 독을 빼내어야 하니 시간이 걸린다. 나는 우선 네 놈부터 먹어야겠다."

말을 마친 그는 손가락을 독수리 발톱처럼 구부려 미도노의 엉덩이를 움켜잡았다. 미도노는 기겁을 하며 뒤로 두 바퀴 재주를 넘어 피했다. 척항무는 그림자처럼 따라붙으며 두 손으로 미도노의 갈빗살을 찍었다.

"너는 몸이 나긋나긋하니 고기도 부드럽겠구나. 어느 부위가 가장 맛있을지 맛부터 보자."

"이 영감이 실성을 했구나. 사매! 사매! 어서 나를 구해줘!"

미도노는 정신없이 달아나며 소리쳤다.

그가 소리치지 않더라도 미도리는 손을 쓸 생각이었다. 그가 아니라 신엽을 구하기 위해서였다. 그녀는 다시 한번 만사풍차의 진법을 펼쳤다. 회오리바람이 일고, 흙과 먼지가 분분히 날리기 시작했다. 그런데 그때 문득 척항무가 두 손을 높이 쳐들었다.

"잠깐만!"

미도리는 어처구니가 없어 손을 멈추었다. 사력을 다한 싸움판에서 잠깐만이라고 소리치는 사람도 있었던가. 그러나 척항무는 이미 한 곳으로 부리나케 달려가고 있었다. 신엽이 앉아 있던 바위 쪽이었다. 그런데 그곳에는 신엽의 모습이 보이지 않았다. 잠깐 사이에 척항무는 바위를 넘어갔다. 미도리도 깜짝 놀라 그의 뒤를 따랐다.

잠깐만이라고 소리쳤을 때 척항무는 신엽의 뒷머리가 바위 너머로 사라지는 것을 보고 있었다. 저 녀석이 어디를 가는 것일까 궁금했는데 바위 너머가 낭떠러지라는 사실에 생각이 미쳤던 것이다. 그래서 신엽이 자살하려는 줄로 짐작하고 달려간 것이었다. 그러나 그것은 우스운 사건이었다. 신엽은 이미 오래 전부터 삶과 죽음에 무관심해져 있었다. 운수가 사나워 계속 험한 일들을 당하고 있었지만 그저 그러려니 했을 뿐 자살 따위는 염두에도 두지 않았다. 그가 바위를 넘어간 것은 소변을 보기 위해서였다. 애당초 암자를 나온 것부터가 소변 볼 곳을 찾기 위해서였다. 사방에 처녀들이 깔린 것을 보고 당황한 그는 바위 너머를 최적지로 판단했다. 그 너머는 낭떠러지이긴 했으나 조심스레 발을 디딜 만한 곳은 있었다. 그래서 살그머니 넘어간 것인데 척항무가 호들갑을 떨며 달려든 것이었다.

바지춤을 끄르던 신엽은 척항무의 기습에 놀라 그를 움켜잡았다. 척항무는 또 척항무대로 다급하게 신엽을 끌어안았다. 두 사람은 심하게 부딪쳐 중심을 잃고 낭떠러지로 떨어졌다. 떨어지면서 척항무가 신엽을 나무랐다.

"이놈아, 할 짓이 없어서 자살 따위를 하느냐!"

"자살이라뇨?"

신엽은 두 눈을 동그랗게 떴다.

낭떠러지는 경사가 몹시 급했다. 끝이 보이지 않는 절벽이 거의 수직으로 떨어져내리고 있었다. 군데군데 튀어나온 바위와 몇 그루의 나무들이 있을 뿐이었다. 한 손으로 신엽을 안은 채 척항무는 바위며 나무 따위를 쳐서 추락 속도를 줄였다. 그러나 간간이 바위에 부딪쳐 비명을 내지르기도 했다.

한참을 떨어지다가 척항무는 계곡 바닥을 보았다. 바닥은 온통 암반투성이였다. 그곳으로 떨어졌다가는 뼈도 추리기 힘들 것 같았다.

그런데 그 한쪽으로 지름이 십여 장쯤 되는 물웅덩이가 보였다. 그곳이 유일한 활로였다. 척항무는 신엽을 반대쪽으로 밀치며 그 반탄력으로 자신은 웅덩이를 향해 날았다. 그러나 신엽의 한쪽 다리는 붙잡은 상태여서 곧 다시 자기 쪽으로 끌어당겼다. 그리고 같은 동작을 반복했다. 그렇게 네댓 번을 되풀이한 끝에 마침내 그들은 웅덩이 속으로 떨어질 수 있었다.

웅덩이는 얕지 않아서 두 사람은 큰 부상을 피할 수 있었다.

그나마 물이 있어 다행이야, 척항무는 그렇게 생각했다. 그러나 다음 순간 그는 기겁을 하며 물 밖으로 뛰쳐나왔다. 그냥 웅덩이로만 알았던 그 물은 뜨겁디뜨거운 온천수였던 것이다. 그의 피부는 잠깐 만에 복숭아처럼 익어 있었다.

한편 신엽은 온천수 속에서 더없이 편안한 시간을 맞고 있었다. 한빙장의 발작이 시작된 이후로 그는 언제나 오한에 떨던 터였다. 몸은 얼음처럼 차가워 금방이라도 으깨어질 듯했다. 그러나 뜨거운 온천수에 들어오니 마치 얼음이 녹듯 몸이 풀어지는 것이었다. 그는 팔과 다리를 평화롭게 뻗고 물 속에다 몸을 묻었다. 그러자 졸음이 왔다.

"어서 나오지 않고 무엇 하는 게냐, 정말로 삶은 고기가 되고 싶으냐?"

척항무가 소리쳤지만 신엽의 귀에는 들리지 않았다.

척항무는 조급해졌다. 신엽의 몸이 커다란 원을 그리며 멀어진 까닭이었다. 그는 어느 괴상하게 생긴 바위 아래로 향하고 있었다. 내버려두면 그 바위 속으로 빨려들어가버릴 것만 같았다.

"어서 나오라니까!"

다시 한번 소리질렀지만 신엽은 반응이 없었다. 이미 신엽은 잠에 떨어져 있었으니 당연한 일이었다. 척항무는 어쩔 수 없이 물 속으로 뛰어들었다. 하지만 그것은 최악의 선택이었다. 그는 물질이 뛰어난 편이 아니었다. 게다가 온천수는 숨이 막힐 정도로 뜨거웠다. 그 화롯불 속에서는 내공이건 외공이건 아무런 쓸모가 없었다. 사력을 다해 허우적거려 가까스로 신엽의 발목을 잡았지만 그는 이미 탈진해 있었다. 눈앞이 아득해지는가 싶더니 척항무도 의식을 잃고 말았다. 신엽과 함께 바위 아래로 빨려들어간 것이었다.

미도리와 미도노가 계곡으로 내려왔을 때 그곳에는 이미 아무런 흔적도 남아 있지 않았다. 물웅덩이 위로는 작은 물결이 흩어지고 있었지만 미도리는 그 물결의 의미를 알지 못했다. 다만 신엽이 척항무와 함께 사라졌으니 목숨을 부지할 수 없으리라고 짐작할 따름이었다.

미도노가 기분 나쁜 미소를 머금었다.

"내 말을 들었으면 이런 일은 없었지."

"무슨 얘기예요?"

"곱게 죽였으면 식인귀에게 끌려가는 일은 없었을 것 아냐."

미도리는 대꾸하지 않았다. 가느다랗게 한숨만 내쉬었다.

월광검법의 비밀

바위 아래로는 기다란 통로가 연결되어 있었다. 좁고 어둡고 뜨거운 통로였다. 천장이 수면으로부터 불과 한 자 정도 거리였으니 사람이 지나갈 수 있는 통로는 아닌 셈이었다. 그 길을 신엽은 하염없이 떠내려갔다. 만약 의식을 잃지 않았다면 그것은 더욱 끔찍한 경험이었으리라.

얼마만큼의 시간이 흘렀을까.

신엽은 머리가 무언가에 부딪히는 느낌으로 눈을 떴다. 그는 자신이 어두운 동굴 속에 있음을 깨달았다. 울퉁불퉁한 바위들이 둥그런 천장을 이루고 있었다. 몸을 일으키려던 그는 자신의 몸이 한결 가벼워졌음을 느꼈다. 아직 기운은 단전으로 모이지 않았지만 오한이나 통증 따위는 느껴지지 않았다.

그런데 여기는 어디일까. 무엇이 나를 이곳으로 데려온 것일까.

신엽은 천천히 주위를 둘러보았다. 그곳은 동굴이라기보다 커다란 지하 석실에 가까운 형상이었다. 둥그런 모양의 방이었는데 한쪽 모퉁이에서 온천수가 흘러들어와 양쪽 가장자리를 돌아 반대쪽 모퉁이로 빠져나가고 있었다. 물의 안쪽으로는 비교적 평평한 바위가 솟아 있었다. 신엽이 머리를 부딪히고 깨어난 곳은 바로 그 바위였다. 그런데 바위 한가운데에는 놀랍게도 한 그루의 나무가 자라고 있었다. 반 장이 조금 넘을까 싶은 작은 키의 나무였다. 그리고 그 나무에는 여섯 개의 붉은 열매가 매달려 있었다.

열매를 보자 신엽은 배가 고파졌다. 벌써 사흘 가까이 아무것도 먹지 못하였다. 독이 있을지 모른다는 생각도 들었지만 개의치 않기로 했다. 이미 한빙독에 중독되어 어딘지도 모르는 지하 석실에 갇혔는데 무엇을 더 두려워한단 말인가. 죽기 전에 배라도 채우리라.

신엽은 망설이지 않고 나무로 다가갔다. 그때 발 밑에서 야릇한 쉿소리가 들렸다. 신엽이 내려다보니 거기에는 파르스름한 뱀 한 마리가 혀를 날름거리고 있었다. 깜짝 놀란 그는 세 걸음 뒤로 물러섰다.

뱀은 그다지 크지 않았다. 길이가 겨우 세 자나 될까 싶었고, 몸체는 투명함에 가까운 푸른빛을 띠고 있었다. 그런데 혀를 내밀 때마다 그 작은 몸에서는 소름 끼치도록 찬 기운이 뿜어져나왔다. 그 뱀은 신엽을 똑바로 노려보며 쫓아왔다. 신엽은 저렇한 생각에 한숨이 나왔다.

무공만 쓸 수 있다면 아무 문제 없을 텐데, 사흘을 굶어서 열매 하나 따먹고 죽자는데도 네가 난리로구나.

다급한 김에 신엽은 석실을 빙글빙글 돌며 달아났다. 진기는 모이지 않았지만 신법을 시늉만 내어 이리저리 피했다. 몇 차례 위험한 고비가 지나갔다. 그렇게 십여 바퀴를 돌았을까. 신엽은 힘이 빠졌다. 그는 바깥쪽 원을 돌았고 뱀은 안쪽에서 방향만 바꾸며 쫓아왔으니 더 힘이 빠질 법도 했다. 그러다가 마침내 신엽은 다리가 꼬여 쓰러지고 말았다. 뱀은 기회가 왔다는 듯 그의 다리를 휘감고 올라왔다. 신엽은 두려움보다 분노가 치밀었다. 이미 죽음은 기정사실인 터라 불쑥 오른손을 내밀어 뱀의 목을 틀어쥐었다.

아무리 네가 주인이라지만 손님에게 이처럼 무례할 수가 있느냐.

신엽은 뱀의 목을 힘껏 죄었다. 뱀은 온몸으로 신엽의 팔뚝을 죄며 대항했다. 연신 쉿소리를 내며 차가운 기운을 뿜어대었다. 그런데 그 팔을 죄는 힘이 워낙 대단하여 신엽은 당해낼 수가 없었다. 차 반 잔 마실 시간도 못 되어 팔뚝의 핏줄이 터질 것 같았다. 그는 내심 쓸쓸한 미소를 머금었다. 갖가지 곡절 끝에 결국은 여기서 네 놈에게 물려 죽는가 보구나.

신엽의 머릿속으로는 수많은 사람들이 스쳐지나갔다. 마지막 순간의 반추 같은 것이었다. 가장 최근의 인물인 척항무로부터 미도리, 미도노, 소운, 광정 등을 거쳐 거슬러올라갔다. 길상사 석굴의 폐관이 스쳐갔고, 자혜대사와 그의 사제들인 자연, 자휼, 자긍대사 등도 생각났다. 그러자 문득 그는 자혜대사의 간곡한 당부가 떠올랐다. 그리고 자신의 몸에는 월정검이 있다는 사실도 생각났다. 어찌 가볍게 목숨을 포기할 수 있단 말인가. 그는 스스로를 꾸짖으며 마지막 한 방울의 힘을 모았다. 왼손으로 가슴을 더듬어 월정검을 뽑아들었다. 그때 이미 그의 오른팔은 한계점에 다다르고 있었다. 그런데 월정검이 나타나자 뱀은 문득 기운을 잃었다. 팔을 죄는 힘이 현저히 줄어들더니 바닥으로 툭 떨어져버리는 것이었다. 신엽은 재빨리 뱀의 머리에 검을 꽂았다. 월정검이 얼마나 날카로웠는지 뱀의 머리를 뚫고 바위에 꽂혀버렸다. 뱀은 두어 차례 꼬리를 비틀더니 조용해졌다.

뱀은 원래 한기의 정화였다. 이 투명한 푸른 뱀은 더욱 그러했다. 그 한기가 월정검의 온기를 만나니 상극이 되어 힘을 잃고 만 것이었다.

한참 동안 숨을 몰아쉬고서야 신엽은 정신을 되찾을 수 있었다. 그는 이제 배고픔도 느껴지지 않았다. 그러나 기운을 얻기 위해서는 억지로라도 먹어야 한다고 생각하며 여섯 개의 열매를 모두 먹어버렸다. 빈 속에 먹는 과일이라 그런지 어느 무엇과도 비교할 수 없을 만큼 달콤했다.

열매를 먹고 일 다경이 지났을까. 신엽은 아랫배가 달아오르는 것을 느꼈다. 열기는 점점 뜨거워져서 불덩이가 되었다. 지독한 통증이 뒤따랐다. 입에서는 헛구역질이 나왔고, 그 구역질을 따라 불길이 뿜어져나오는 듯했다. 신엽은 배를 움켜잡고 데굴데굴 굴렀다. 그렇게 한참이 지나자 이상한 현상이 일어났다. 몸 속 어딘가에서 서늘한 기운이 뻗쳐오르더니 뜨거운 열기와 어우러지는 것이었다. 두 기운은 장난스런 두 마리의 다람쥐처럼 몸 속 사방을 헤집고 돌아다녔다. 그 기운들이 지나간 자리는 그런데 거짓말처럼 시원해졌다. 열기와 통증은 물론 한빙장에 중독되어 시달렸던 오한도 말끔히 지워져버렸다.

그의 몸 구석구석을 샅샅이 훑어낸 두 기운은 마침내 단전으로 돌아왔다. 그들은 음양의 태극 무늬처럼 서로의 꼬리를 물고 빙글빙글 돌았다. 신엽은 한빙독이 치유되고 공력이 회복되었음을 느낄 수 있었다. 내심 크게 기뻐하며 그는 오심향천세(五心向天勢)의 자세로 단정히 앉아 호흡을 시작했다. 천천히 천천히, 아랫배 단전으로 온 우주가 들어오고 나가는 것을 느끼며 무아지경에 들어갔다. 그리고는 아주 긴 평화에 젖어들었다.

그렇게 오랜 시간이 지나서였다. 어딘가에서 울음소리가 들려왔다. 멀지 않은 곳에서 남자가 울고 있었다. 무척 슬픈 울음이었다. 그 울음소리를 들으며 신엽은 서서히 깨어났다. 그러나 눈을 떠보니 울음소리는 더이상 들려오지 않았다. 사방을 뒤져보았지만 바위와 뜨거운 온천수밖에는 아무것도 없었다. 신엽은 몽환중에 엉뚱한 소리를 들은 모양이라고 여겼다. 그러다가 그는 바위벽에 새겨진 작은 그림들을 보았다. 그림은 아마도 무공 동작을 묘사한 것 같았다. 한 남자가 검을 들고 이런저런 자세를 취하고 있었는데, 이어지는 동작들의 그림이 석실 전체를 두르고 있었다. 검은 짧았지만 남자의 기운은 놀라우리만치 정교하게 검끝으로 모여들고 있었다. 게다가 검은 중간중간 흔적 없이 사라지기도 했다. 그가 아직 한 번도 본 적이 없는 검법이었다.

선배 고인께서 무공을 연마하던 곳이었나 보구나.

그렇게 생각하며 그림을 따라가던 신엽은 문득 놀라서 눈을 감았다. 허락 없이 무공을 훔쳐 배우는 것은 무림인의 엄격한 금기임을 상기한 까닭이었다. 그는 그 자리에서 그림을 향해 넓죽넓죽 재배를 올렸다. 곤란을 당하여 무심코 실례를 범했으니 선배께서는 너그러이 용서해주시기 바랍니다. 그는 그렇게 사죄를 드린 다음에야 공손히 돌아섰다.

그나저나 이젠 어떡한담. 출구를 찾아서 여기에서 벗어나야 할 텐데. 공력을 회복한 것도 쓸모없는 일이 될지 모르겠구나.

신엽은 다시 한번 사방 구석구석을 살폈지만 출구 비슷한 것도 찾을 수 없었다. 길이라고는 물이 들어오는 구멍과 나가는 구멍뿐이었다. 그러나 그것은 너무 작은 구멍이어서 감히 몸을 집어넣을 엄두가 나지 않았다. 그런데 그때 다시 어디에선가 남자의 울음소리가 들려오기 시작했다. 이번 것은 슬픈 울음이 아니라 넋두리 같은 울

음이었다. 하소연 같기도 하고 투정 같기도 했다. 몽환이라 하기에
는 소리가 너무 선명하였으므로 신엽은 깜짝 놀랐다. 그는 소리나는
곳을 향해 소리쳤다.

"누구십니까?"

그러자 그쪽에서도 똑같은 소리가 울려왔다.

"누구십니까?"

신엽은 자기 말소리의 메아리인지 다른 사람의 소리인지 알 수
없어 다시 한번 외쳤다.

"누구냐?"

그러자 그 소리도 똑같이 외쳤다.

"누구냐?"

신엽은 쌍장으로 소리나는 쪽의 바위를 내리쳤다. 다른 곳보다는
조금 반반한 바위였다. 장력에 맞은 바위는 육중한 굉음을 석실 전
체에 울렸다. 그러자 반대쪽에서도 일 장을 격출했다. 그 일 장의 굉
음 역시 신엽의 장력 못지않았다. 그들은 서로 세 번씩 장력을 주고
받았다.

신엽이 네번째 장력을 격출하려 했을 때 돌연 암벽은 기묘한 소
리를 내기 시작했다.

기기기기기!

잠시 후 암벽에는 사각형의 구멍이 뚫렸다. 그리고 그 너머에는
뜻밖에도 척항무가 서 있었다. 원래 그 암벽에는 석문을 여는 기관
장치가 있었는데 그들은 그것을 알지 못하고 장력을 퍼붓다가 요행
히 기관을 작동시킨 것이었다.

"이놈, 아직 살아 있었구나."

척항무는 신엽이 반가운지 대뜸 건너와 끌어안았다. 깜짝 놀란 신
엽은 그를 밀쳤다. 그가 그처럼 반가워하는 것이 배가 고파서일 것

이라고 의심한 까닭이었다. 척항무는 두 걸음을 밀려나서는 두 눈을
둥그렇게 떴다.

"공력을 회복하였느냐?"

"그래요. 그러니 날 잡아먹으려는 생각은 이제 버리세요."

척항무는 믿을 수가 없었다. 겨우 잠깐 헤어진 사이에 어떻게 신
엽이 독상을 치료하고 공력을 회복할 수 있었을까. 그는 금나수(擒
拿手)로 신엽의 팔목을 움켜쥐었다. 갑작스러운 공격이었다. 그러나
이미 준비하고 있었던 신엽은 가볍게 팔을 비틀어 그의 손을 벗어
났다. 척항무는 다시 몇 번을 시도해보았지만 그때마다 신엽은 어렵
지 않게 빠져나갔다. 척항무는 놀라지 않을 수 없었다. 이 녀석이 정
말 무공을 되찾은 것이란 말인가. 물론 자신이 사용한 것은 삼 할의
공력에 불과했지만 그것으로도 어지간한 고수의 팔목은 틀어잡을
수 있었던 것이다.

척항무는 마지막으로 신엽에게 일 장을 내질렀다. 이번에는 오 할
의 공력을 사용한 것이었다. 신엽은 쌍장으로 그 일 장을 맞받았는
데 어깨를 으쓱 흔들었을 뿐 밀려나지는 않았다. 척항무는 신엽의
무공이 회복되었음을 믿지 않을 수 없었다.

"여기는 무척 덥구나. 우선 저쪽으로 건너가자."

과연 척항무는 땀을 비 오듯 흘리고 있었다. 그는 석문을 지나 자
신이 있었던 석실로 돌아갔다. 신엽은 잠시 망설였다. 종잡을 수 없
는 척항무를 따라 두번째 석실로 건너갈 것인가. 신엽에게는 자신이
있던 석실이 그다지 덥지 않았다. 이미 냉기와 열기를 마음대로 조
절할 수 있게 된 그는 외부의 온도에 큰 영향을 받지 않았던 것이
다. 그러나 두번째 석실에 혹시 출구가 있을지도 몰라 건너가보기로
했다.

신엽은 조심스럽게 석문을 넘어갔다. 조금이라도 이상한 낌새가

보이면 즉시 자신의 석실로 돌아올 생각이었다.

두번째 석실은 조금 더 시원했다. 역시 온천수가 흐르고 있었지만 첫 석실처럼 찌는 열기는 느껴지지 않았다. 그런데 그 석실 한가운데에는 초로의 한 남자가 단정하게 앉아 있었다. 신엽은 깜짝 놀라 물러섰다.

"이리 와서 조의일비 월하고검(月下孤劍) 석준경(石俊耿) 어른께 인사 올리거라."

척항무의 목소리는 촉촉이 젖어 있었다. 장난기로 가득하던 평상시 목소리와는 달랐다. 신엽이 자세히 보니 남자는 이미 오래 전에 숨을 거둔 듯싶었다.

원래 척항무는 신엽의 발목을 잡고 함께 흘러들어왔었다. 석실 부근에서 물길은 두 갈래로 나누어졌는데 신엽이 첫번째 석실로 들어서자 그는 두번째 석실로 밀려든 것이었다. 한빙장에 중독된 신엽은 열기가 오히려 도움이 되었다. 그래서 잠시 만에 깨어났던 반면 척항무는 오랜 시간이 지나서야 의식을 회복할 수 있었다. 만약 공력이 깊지 않았다면 그는 영영 깨어날 수도 없었을 것이었다.

의식을 되찾은 척항무는 가장 먼저 대사형의 시신을 보았다. 단정하게 가부좌를 튼 채 유명을 달리한 모습이었다. 월하고검 석준경은 십일 년 전 요다, 아시겐지 등과 일전을 치르고 얼마 지나지 않아 행방을 감추었었다. 그런데 뜻밖에도 그곳에서 삶을 마친 것이었다. 척항무는 대사형의 시신 앞에서 한참을 울었다. 신엽을 께이니게 힌 첫번째 울음이 그것이었다. 그런 다음 척항무는 자세를 고쳐앉아 그간의 일들을 고했다. 지난 십일 년 동안 나머지 세 사형제가 어떤 일을 했으며 어떻게 대사형을 찾아 헤매었던가를 낱낱이 알렸다. 긴 긴 이야기를 늘어놓다가 그는 또다시 큰 소리로 울먹이고 말았다. 그것이 바로 두번째 울음이었다.

　남자는 앉음새뿐 아니라 표정과 이목구비가 모두 단정했다. 월하고검이라는 별호가 참으로 어울리는 모습이었다. 신엽은 저절로 존경하는 마음이 우러나왔다. 그래서 그의 앞에 무릎 꿇고 이배를 올렸다. 그러자 도월희천 척항무는 다시 통곡을 터뜨렸다.

　"어째서 너는 울지 않는 게냐?"

　한참을 울다가 척항무가 물었다. 신엽은 쓸쓸히 대답했다.

　"삶과 죽음이 모두 한치 앞에 있는데 눈물은 흘려 무엇하겠습니까?"

　그의 대답에 척항무는 고개를 끄덕였다.

　"그래. 네 말이 맞다. 눈물은 흘려 무엇하겠느냐. 그런데 이상한 걸."

　"무엇이 말입니까?"

　"너는 땀을 조금도 흘리지 않는구나. 여기가 덥지 않느냐?"

　"잘 모르겠습니다."

　"그렇지. 먼저 공력을 회복한 일부터 얘기해보아라."

　신엽은 얼핏 생각이 나지 않았다. 그러나 기억을 더듬어보니 여섯 알의 나무 열매와 관계된 일이 아닐까 싶었다. 그래서 그 이야기를 해주었다. 전말을 들은 척항무는 눈이 동그래져서 물었다.

　"사과와 복숭아를 닮은 붉은빛의 열매라 하였느냐?"

　"그렇습니다."

　"그걸 먹었더니 속에서 불길이 치솟더란 말이지?"

　"네."

　"그런데 어떻게 여태 살아 있느냐? 그것은 현양과라 하는 것으로 한 알만 먹어도 내장 기관이 타서 재가 되는 법인데."

　현양과라는 말을 듣자 신엽에게도 생각나는 바가 있었다. 일찍이 지리산에서 자혜대사로부터 백타삼전을 받았을 적에 그는 흑수리가 물어다준 과일을 먹은 적이 있었다. 자혜대사는 그것을 현음과라 하였었다. 그것을 먹자 신엽은 온몸이 편안해졌으며 일백삼 일 동안의 매맞기도 견딜 만한 것이 되었었다. 자혜대사는 신엽이 장차 현양과의 기연까지 얻으리라고는 생각지 못했기에 세세한 설명을 생략했었는데 그는 마침내 그것까지 복용하게 된 것이었다.

신엽이 현음과를 먹은 사실을 얘기하자 척항무는 무릎을 쳤다.

"그래서 영약은 임자가 있다는가 보구나."

그의 말을 듣고도 신엽은 자신이 얼마나 귀한 영약을 먹은 것인지 헤아리지 못했다.

"그런데 월하고검 선배께서는 어찌하여 이곳에서 타계하신 것입니까?"

"이유를 알고 싶으냐?"

"그렇습니다. 그러나 곤란한 일이라면 말씀하지 않으셔도 됩니다."

신엽은 척항무라는 위인이 갈수록 기묘하다고 생각했다. 처음에 신엽은 그가 한갓 식인귀에 불과하다고 생각했지만 이제 보니 그는 조의사비 중 한 명인 듯싶었다. 그리고 장난스러운 중에도 가끔은 깊이가 느껴지는 것이었다.

한편 척항무는 그 사이 그때까지의 정황을 종합해보고 있었다. 대강의 사연은 짐작할 것 같았다. 대사형이 어떻게 이곳에서 세상을 뜨게 되었는지. 그러자 그 일을 신엽에게 가르쳐주어야 할지 어떨지를 알 수 없었다. 김시의 고민 끝에 그는 고개를 끄덕였다. 자신과 신엽은 지금 모두 사지에 갇혀 있었다. 살아나갈 길은 희박해 보였다. 그러나 만약 그들 중 한 사람만이 살아서 나간다면 그것은 신엽이 될 것이었다. 자신은 이미 비지땀을 흘리며 숨을 헉헉대고 있었지만 현음과와 현양과를 모두 복용한 신엽은 용암과 온천수의 열기 속에서도 문제 없이 버티고 있었던 것이다.

"아니다. 내 너에게 내막을 알려주도록 하마. 이리 앉도록 하여
라."

척항무는 간추린 지난 이야기를 시작하였다.

그러니까 그것은 십일 년 전의 팔월 한가위날이었다. 조의사비는
계림의 한 객점에서 자리를 함께하게 되었다. 며칠 후인 대사형 석
준경의 환갑생신도 축하할 겸 오랜만에 회동키로 한 것이었다. 언제
나 능장대장이었던 이비 척항무는 그날만큼은 모두를 놀래켜주려고
일찌감치 객점으로 갔다. 가장 큰 방을 정하여 술과 음식을 주문하
고 사형제를 기다렸다. 잠시 후 그는 두 사람의 발소리를 들었다. 걸
음 소리만으로도 그는 그들의 무공이 상승지경에 올랐음을 알 수
있었다. 사형제들의 무공이 또 진일보하였구나. 내심 그는 그렇게
생각하였다. 그런데 뜻밖에도 그들은 조의사비가 아니었다. 멀지 않
은 곳에 자리한 그들은 왜국어로 담소를 나누기 시작했다. 잡기에
능한 척항무는 왜국어도 웬만큼 꿰고 있었기에 그 내용을 알아들을
수 있었다. 놀랍게도 그들은 누군가를 살해하고 온 길이었다. 그것
도 대단한 인물을 죽인 성싶었다. 그들은 그를 아래위로 움켜쥐고
비틀어 죽였는데, 그로 인해 다른 누군가에게 누명을 뒤집어씌울 수
있으리라 얘기했다. 그리고는 자화자찬의 축하주를 나누었다.

척항무는 슬그머니 부아가 났다. 그리고 장난기도 동했다. 감히
왜국 사무라이들이 고려 땅에 와서 사람을 죽이고 축하주를 나누다
니. 그는 그들이 건배를 나누는 순간을 노려 문틈으로 밥알 두 개를
날렸다. 잔이 맞부딪히는 순간 밥알이 술잔을 때려 술을 모두 쏟아
버렸다. 두 사람은 깜짝 놀랐다. 그러나 그들은 곧 밥알이 날아온 방
향을 알아내었다. 그들 중 한 사람이 방문 앞으로 와서 말했다.

일본국 무사가 대협을 뵙겠습니다.

준비한 술과 음식을 상하게 하고 싶지 않아 척항무는 밖으로 나

갔다. 그리고 그들 사이에서는 싸움이 시작되었다. 초식이 교환될수록 척항무는 놀랐다. 쉽게 이길 수 있는 상대가 아닌 것이었다. 더구나 한 초수 한 초수가 매섭고 악독하기 그지없었다. 다행히 척항무는 임기응변이 뛰어났으므로 위기를 공격으로 메우며 대등한 싸움을 벌여나갔다.

그렇게 오백여 초를 싸웠을 때 대사형 석준경이 나타났다. 석준경은 우선 싸움을 말렸다. 왜국 무사는 석준경이 예사로운 인물이 아님을 느꼈는지 순순히 손을 멈추었다. 그들은 일단 인사를 나누었다. 척항무와 싸운 이는 아시겐지라 하였고, 또 한 명의 왜국인은 요다 훈게이라 하였다. 그 무렵 조의사비는 아직 그들이 어떤 위인들인지를 알지 못했다. 요다는 석준경에게 간단한 사정을 설명했다. 척항무가 그들의 술잔을 엎어서 시비가 시작된 것이라고. 평소 이비의 장난기를 잘 알고 있었던 석준경은 또 그가 장난 삼아 분란을 일으킨 것인 줄 알고 사과했다. 그러자 요다가 말했다.

술로 인해 일어난 일이니 술로 풀도록 합시다.

그래서 석준경이 그들에게 술을 한 잔씩 건넸다. 요다는 그 잔에 다시 술을 부어 돌려주었다. 척항무는 불쾌하여 받지 않았지만 석준경은 척항무의 잔까지 모두 마셔버렸다. 그런데 그 짧은 순간에 요다는 술잔에 한빙독을 주입한 터였다. 일 다경이 지나지 않아 석준경의 오장육부가 차가워지기 시작했다.

"칩 니쁜 놈들이었고요."

신엽이 주먹을 불끈 쥐며 말했다. 척항무는 한숨을 내쉬었다.

"나도 바보였어. 악랄한 자들인 줄 알면서도 대사형의 술잔을 막지 않았으니 말이야."

"뻔히 보는 앞에서 그런 암수를 쓰리라고 짐작이나 했겠어요?"

"그러니 바보지."

"그래서 어떻게 되었나요?"

"대사형에게 오한이 시작되자 놈들은 본색을 드러내었어. 다시 시비를 걸어온 거야. 내가 대사형을 보호하며 두 놈과 싸워야 했지. 그런데 때마침 묘묘가 도착했어."

"묘묘라니요?"

"묘묘는 삼비 진자영(陳泚渶)의 별호야. 원래는 월월묘묘(月月妙妙)인데 그냥 줄여서 묘묘라고들 부르지."

"월월묘묘라. 정말 기묘한 이름이로군요."

"사람은 더 그래. 세월이 흐를수록 더욱 기묘해진다 해서 그런 이름이 붙은 거야."

"한번 만나뵐 기회가 있으면 좋겠습니다."

"너도 이미 봤을걸. 소향이라는 계집의 사부인데."

"아, 그…… 할머니 말씀인가요."

신엽은 원래 괴팍한 할머니라 말하려 했었다. 그러나 좋은 말은 아니겠기에 수식어를 생략했다. 척항무는 묘묘가 아직 할머니 소리를 들을 모습은 아니라고 생각했지만 토를 달지 않았다. 워낙 젊은 아이의 눈에는 묘묘 정도도 할머니로 보일 수 있겠지. 그런데 묘묘의 이름이 거론되자 그는 문득 그녀의 안위가 걱정되었다. 사흘의 약속을 지킬 수 없게 되었으니 소운이라는 계집이 무슨 짓을 할지 알 수 없는 일이었다.

"묘묘는 지금 어디 있느냐? 어쩌다가 그 계집에게 당하고 말았느냐?"

신엽은 척항무의 갑작스런 질문을 이해할 수 없었다.

"그 계집이라니요?"

"너와 함께 다니던 계집 말이다. 소운이라고 했더냐?"

"묘묘 할머니가 소운 사저에게 당했다구요? 그럴 리 없습니다. 서주에서 헤어진 이후로 만나지도 못한걸요.”

“서주에서 헤어졌다고?”

척항무는 그제서야 아차 싶었다. 그 깜찍한 계집에게 당한 것은
바로 자신이었다.

“자세히 얘기해보아라. 어디서 어떻게 묘묘를 만났고 무슨 일들이
있었는지.”

신엽은 선유도행에서 있었던 일들을 간단하게 설명해주었다. 일
백 명의 처녀들을 구해 오다가 배가 난파되어 위기에 처했는데 묘
묘 할머니의 도움으로 살아날 수 있었다고. 그리고 그들은 서주에
서 헤어져 개경으로 올라갔노라고. 척항무는 큰 안도의 한숨을 내
쉬었다.

기실 척항무가 걱정한 것은 소운의 이화진이 아니라 묘묘 자신의
급한 성격이었다. 그녀는 대체로 차분한 편이었지만 한 가지 결정을
내리면 물불을 가리지 않는 면이 있었다. 이번 일만 해도 그랬다. 요
다의 부하들이 고려 땅에서 활동을 시작했음을 알게 된 묘묘는 불
같이 진노했다. 그녀는 당장 왜국으로 건너가 요다를 요절낼 계획을
세웠다. 대사형 석준경의 원한을 갚기 위해서였다. 그녀는 척항무에
게 동행을 요구했다. 그러나 척항무는 보다 조심스러웠다. 그는 그
왜국행이 얼마나 위험한 일인가를 잘 알고 있었다. 그렇다면 먼저
대책을 세울 필요가 있었다. 자신의 목숨 하나야 아까울 게 없었지
만 수백 년간 선해져온 사비의 무공을 사멸시킬 수는 없었던 것이
다. 그는 우선 묘묘에게 넷째와 회동하여 신중히 논의하자고 말했
다. 그리고 소향은 남겨두고 가야 한다고도 말했다. 묘묘는 척항무
의 그런 조심성에 발끈하여 사라지고 말았다. 혼자서 요다를 해치우
겠노라는 선언을 남기고.

그런데 이제 신엽의 사정 설명을 듣고 보니 묘묘의 첫번째 계획

은 어긋난 모양이었다. 불 같은 성격도 일단은 한 물결이 지난 듯싶었다. 그래서 척항무는 다시 처음의 이야기로 돌아갔다.

"묘묘가 도착해서 다시 대등한 형국이 되었다. 하지만 여전히 우리 쪽이 불리했어. 우리는 대사형을 보호해야 했으니까. 게다가 솔직히 말하자면 그쪽의 독수가 조금 강한 편이었어. 그놈들은 갖은 악랄한 수를 다 쓰더군. 다행히 우리는 넷째가 오리라는 것을 알고 있었으니 희망을 갖고 싸웠지. 그러다가 드디어 넷째가 나타났어. 그때 그놈들의 낭패한 얼굴이라니. 너는 조의사비의 넷째에 대해서 들어본 적이 있냐. 넷째는 사람들이 운상대객(雲上大客)이라고 부를 만큼 거대한 체구를 가졌어. 키는 팔 척이요 덩치는 웬만한 황소보다 크지. 그가 사용하는 장검의 무게도 팔십 근이 넘는다구."

"왜국인들이 깜짝 놀랐겠군요."

"그래. 그 길로 줄행랑을 쳐버리더군. 하하하."

"해약은 얻지 못했나요?"

척항무는 고개를 저었다.

"그게 문제였어. 해약을 뺏었어야 했는데, 놈들의 달음박질이 너무 빨라 잡을 수 없었던 거야."

척항무는 목덜미의 땀을 쓸어내며 말을 이었다.

석준경은 원래 내상을 치료하는 요상공(療傷功)이 뛰어났다. 척항무도 의술에는 제법 견문이 있는 편이었다. 그래서 그들은 어지간한 독은 치료할 수 있으리라 믿고 연구를 시작했다. 그 사이 삼비와 사비는 내공으로 대사형의 독상이 진행되는 것을 막았다.

마침내 척항무는 한빙독을 치료할 방법을 찾아냈다. 그들은 그 방법으로 대사형의 한독을 거의 모두 치료할 수 있었다. 그 당시에는 완치가 되었다고 믿을 정도였다. 그러나 삼 개월이 지나지 않아 한독은 재발했다. 한독의 뿌리는 생각보다 완고하여 내장 기관 깊숙이

잠복해 있었던 것이다. 재발된 독상은 원래 치료가 더욱 힘든 법이었다. 이비와 삼비, 사비는 대사형을 모시고 왜국으로 건너갈 계획을 세웠다. 요다를 찾아가 해약을 뺏기 위해서였다. 그러나 그 길이 얼마나 위험한 길인가를 잘 아는 대사형은 스스로 행방을 감추고 말았다.

나는 절대 그냥은 죽지 않는다. 그러니 마음들 놓고 기다리거라.

대사형이 그들에게 남긴 마지막 글이었다. 대사형은 천문에 해박하여 앞일을 어느 만큼 읽을 줄 알았다. 그런 사람이 그렇게 말하고 떠났으니 그들은 기다릴 수밖에 없었다. 그러나 그 기다림은 십 년이 넘게 이어졌다. 그리고 척항무는 뜻밖에도 이곳에서 대사형의 시신을 만나게 된 것이었다.

"그런데 어째서 이 깊은 땅속으로 들어오신 것일까요?"

신엽의 질문이었다.

"대사형은 처음부터 이 산에 최상의 화기가 있음을 알고 계셨지. 그가 실종된 후에도 우리는 이 산을 의심하고 샅샅이 뒤졌지만 석굴의 입구를 찾을 수 없었던 거야. 그런데 이제 보니 그런 사정이 있었구나."

"그런 사정이라니요?"

"최상의 화기를 형성한 것은 바로 현양과였어. 대사형은 가까스로 그것을 찾았지만 아직 때가 되지 않아 현양과가 열매를 맺지 않았던 거야. 전해오는 말에 따르면 그것은 삼십 년에 한 차례씩만 열매를 맺는다니까."

신엽은 그 말을 듣자 미안하기 그지없었다.

"그렇게 귀한 것을 제가 몽땅 먹어버렸군요."

척항무는 빙그레 미소지었다.

"개의치 말아라. 내가 조금 전에 얘기하지 않았더냐. 영약은 원래

임자가 있는 법이라고."

고개를 들어 척항무를 물끄러미 바라보던 신엽은 깜짝 놀라고 말았다. 그의 온몸이 땀으로 뒤범벅된 까닭이었다. 뿐만 아니라 숨도 힘겹게 몰아쉬고 있었다. 체구도 그리 크지 않은 사람이 저처럼 땀을 흘려대다간 조만간 진이 빠져버릴 것이었다. 신엽은 안타까움을 금할 수 없었다.

"몹시 더우신가 보군요."

"내 육십 평생에 별의별 일을 다 겪어보았지만 화롯불 속에서 쪄 죽으리라고는 짐작도 못 했구나."

"현양과 나무 아래 뱀이 한 마리 있었습니다. 그 뱀만 살아 있었다면 한기를 뿜어내어 선배님을 도울 수 있었을 텐데."

"뱀이 있었다고? 그놈이 어떻게 생겼더냐?"

"크지 않았습니다. 길이는 세 자 정도, 굵기는 한 치 가량 되었습니다. 그런데 입에서 굉장한 한기를 내뿜었습니다."

"혹시 피부가 투명한 푸른빛을 띠고 있지 않더냐?"

"그랬습니다."

"그 뱀이 지금은 어디 있지?"

"저쪽 석실에 있어요. 하지만 제가 이미 죽여버렸습니다."

"괜찮아. 어서 가보자."

척항무는 벌떡 일어나 앞장섰다.

뱀을 발견하자 척항무는 더없이 반가워했다. 죽은 상태도 만족스러운 모양이었다.

"아주 깨끗하게 죽였구나. 잘했다. 피 한 방울 흘리지 않았으니 냉기를 고스란히 머금고 있을 거야."

그는 허리춤에서 술병을 꺼내어 마개를 열었다. 병의 주둥이에서 뱀의 몸을 잘게 잘라서는 자르는 대로 술병 속에 집어넣었다. 한 조각씩이 떨어질 때마다 술병 속에서는 격렬한 반응이 일었다. 마치 끓는 기름 속에다 젖은 생선을 넣을 때와 같았다.

"이놈은 결빙사(結氷蛇)라고 하는 희귀한 뱀이다. 몸이 너무 차가워서 자신조차도 견디지를 못해. 그래서 언제나 강렬한 화기 주변을 맴돌지. 어떤 사람들은 결빙사를 현양과의 파수꾼이라고도 말한단다…… 놀라운 건 이놈이 정말 현양과의 파수꾼 노릇을 한다는 거야. 껍질이 워낙 단단해서 여간한 칼에는 흠집도 나지 않거든. 그런데 이 칼은 정말 잘 드는구나. 현양과와 같은 영약에는 임자가 따로 있다고 말하는 것도 그 때문이지…… 여간한 사람은 발견도 못 하지만 발견해보았자 결빙사에게 물려 죽게 마련이야. 하지만 결빙사를 죽인 사람은 반드시 이놈을 먹어야 해. 그래야 현양과를 먹어도 뒤탈이 없단 말이야…… 내 얘기는 현음과를 복용하지 않은 사람이 현양과를 먹을 수 있는 유일한 방법은 바로 이 결빙사를 먼저 먹어야 한다는 거야. 하지만 결빙사 한 마리당 겨우 한 알의 현양과를 먹을 수 있을 뿐이야."

술에다 뱀을 넣는 작업은 척항무를 무척 들뜨게 만든 모양이었다. 입으로는 연신 수다를 떨어대면서, 그러나 지극히 정성스럽게 그는 작업을 마쳤다. 마지막으로 남은 한 조각은 술병이 아니라 자신의 입 속에다 직접 집어넣었다. 신엽은 비위가 상해서 고개를 돌려버렸다.

"음! 희귀종은 역시 고기맛이 다르구나. 니도 한 조각 먹어보겠느냐?"

척항무의 말에 신엽은 놀라서 물러섰다. 척항무는 껄껄 웃었다.

"염려 마라. 너는 현음과를 먼저 복용했으니 결빙사는 먹을 필요가 없어. 이놈 덕분에 나도 이 화롯불 속에서 한 달은 버틸 수 있겠구나."

“다행입니다.”

“다행인지 불행인지는 두고봐야 알겠지.”

척항무는 뱀을 자른 검을 신엽에게 돌려주기 위해 깨끗하게 닦았다. 그러나 다음 순간 그는 두 눈을 날카롭게 떴다.

“금강일신과 너는 어떤 관계냐?”

신엽은 척항무의 갑작스런 질문에 놀랐다.

“무슨 말씀이십니까?”

“잔말 말고 어서 밝히거라. 그에게 무공을 전수받았느냐?”

“아닙니다. 저는 금강일신과 아무런……”

어느새 신엽의 목에는 월정검의 예리한 날이 닿아 있었다. 척항무의 눈은 분노로 이글거리고 있었다. 신엽의 머릿속으로는 여러 가지 생각들이 순간에 스쳐갔다. 대사부님께는 적이 참 많았구나. 그래서 사부님들께서 내게 금강일신의 제자임을 밝히지 말라고 하셨었구나. 세상에는 나쁜 인간들이 많으니 어쩔 수 없는 일이었겠지. 그리고 이 사람은 사람을 잡아먹는 식인귀이니 대사부님이 좋게 대하셨을 리가 없겠지. 그렇다면 나는 당당하게 맞서야 한다. 이미 죽었을 목숨을 대사부님께서 살려주셨는데 무엇이 두려워서 그를 부인한단 말인가.

그렇게 마음을 정하자 신엽은 담담해졌다. 그래서 큰 소리로 말했다.

“그렇소. 나는 금강일신 자혜대사의 제자요. 그러니 그에게 원한이 있다면 나를 죽이도록 하시오.”

검을 쥔 도월희천 척항무의 손이 파르르 떨렸다. 금세라도 신엽의 목을 베어버릴 것 같았다. 그러나 잠시 후 그는 한숨과 함께 검을 내렸다.

“너에게 무슨 죄가 있겠느냐. 따지고 보면 그 양반에게도 잘못은 없지. 일이 그렇게 되려고 된 것을."

척항무는 월정검을 신엽에게 돌려주었다. 신엽은 자혜대사가 거론되자 새삼 월정검이 다정스러워 소중하게 간직했다. 그러자 척항무가 말했다.

"그 검은 원래 조의일비 월하고검의 것이었다."

"그럴 리 없습니다. 자혜대사님은 남의 물건을 취할 분이 아니십니다."

신엽의 항변에 척항무는 고개를 저었다.

"그가 이유 없이 가져간 것은 아니다. 말하자면 그것 역시 복잡한 사정이야. 지금으로부터 이십삼 년 전 서해안의 옥구에서는 고금에 드문 격전이 벌어졌었다. 당시 고려의 무림을 대표한다던 이선과 사비 사이에서 싸움이 있었던 거야."

"끔찍한 일이었군요. 한 집안의 어른들이 싸움을 벌이셨으니."

"그래. 네 말이 꼭 맞다. 한 집안의 어른들이 싸움을 벌였지. 처음엔 아주 작은 일이었는데 자꾸자꾸 구르다가 큰 싸움이 되어버린 거야. 그때 나는 공교롭게도 폐관중이어서 함께 자리하지 못하고, 대사형과 셋째 넷째만이 모여 있었단다."

척항무는 당시 정황을 되새기는 듯 눈빛이 아련해졌다.

"처음엔 이 대 이의 싸움이 시작되었다. 운중선 구장격과 월하고검 석준경, 옥소선녀 윤지림과 월월묘묘 진자영이 각각 싸웠어. 그런데 역시 이선은 대단한 위인들이었다. 특히 옥소선녀의 무공은 특출났지. 운중선과 대사형은 막상막하의 접전을 계속했지만 묘묘 진자영은 반나절이 지나면서 조금씩 수세에 몰린 거야…… 다시 한 시진이 지나니 열세가 확연해졌단다. 그러니 어쩌겠니. 넷째가 들어가 거들 수밖에."

신엽은 척항무를 위로하고 싶었지만 적당한 말을 찾지 못했다.

"넷째가 끼어들자 싸움의 양상은 전혀 새롭게 바뀌었다. 일 대 일의 결투가 아니라 이 대 삼의 난전이 되어버린 거야. 그러자 이선은 진법을 펼치기 시작했다. 원래 화랑방은 진법으로 유명하지. 특히 두 사람이 펼치는 화랑이교진(花郎二交陣)은 그 위력이 대단한 것이란다. 한 사람은 오행을 밟고 또 한 사람은 팔괘의 방위를 따라 움직인다는데, 나 같은 문외한이야 백날 들어도 알 수가 없어. 옥소선녀가 묘향산에서 창안했다는 이화진도 따지고 보면 화랑이교진의 응용이겠지…… 어쨌건 이교진이 시작되자 그 위력은 엄청났다더구나. 원래 이선과 사비의 무공은 아주 약간의 차이가 있을 뿐이니 이 대 삼으로 맞붙는다면 당연히 사비가 이겨야 했겠지만 일은 그렇게 되지 않았어. 그야말로 팽팽한 격전이 전개된 거야. 그 싸움이 얼마 동안이나 이어졌을 것 같으냐?"

"글쎄요. 반나절쯤 계속되었나요?"

"이틀 낮 이틀 밤을 꼬박 싸웠다는구나."

"맙소사. 모두 함께 탈진하여 쓰러졌겠군요."

"그렇게 될 상황이었지. 만약 그랬다면 그 다섯 사람은 모조리 공력을 소진해버렸을 거야. 그런데 그때 그곳에는 숨어서 지켜보던 사람이 있었단다. 바로 네 사부 금강일신 자혜대사였어."

"사부님께서 싸움을 멈추게 하셨겠군요."

신엽은 안도하며 말했다.

"그래. 네 사부가 다행히 싸움을 멈추게 했어. 처음부터 나서서 화해시키려 했다면 말을 듣지 않을 게 뻔하니까 얼마만큼 공력들이 약해지기를 기다렸다는구나. 싸움이 멈추어지자 이선은 발끈했어. 그들은 평소에도 자신들의 이름이 일신 뒤에 따르는 것을 불만스러워했거든. 그러나 어차피 어쩔 수 없는 상황이었으니 곧바로 떠나버렸지."

"속이 넓은 분들은 아니군요."

"옥소선녀는 여자니까 그렇다 해도, 운중선 구장격도 도량이 큰 위인이라고는 할 수 없겠지. 널리 사람들을 위하기보다는 무공을 연마하여 자신의 이름을 세우는 일에만 몰두하고 있으니 말이야."

"사비는 어떤 분들입니까?"

"사비도 괴팍한 사람들이야. 하지만 대의와 명분이 가는 길에는 뒷걸음질치는 법이 없지."

척항무는 스스로도 사비 중의 한 명이었으니 당연히 사비를 두둔하는 말을 했다. 그러나 신엽은 조금 전까지의 식인귀 사건은 까맣게 잊고 고개를 끄덕였다.

"그래서 사비는 그 자리를 떠나지 않았군요."

"물론이지. 뿐만 아니라 정중하게 금강일신에게 사의를 표했지."

"그런데 이선과 사비는 왜 그런 싸움을 벌여야 했습니까?"

척항무는 다시 한숨을 내쉬었다.

"전라도 옥구라 하면 너는 생각나는 게 없느냐?"

신엽은 언젠가 광은 사제에게 들은 이야기가 생각났다. 옥구의 바닷가 언덕 위에는 두 개의 커다란 돌농(籠)이 있고, 그 속에는 신라 말 고운 최치원 선생께서 갈무리해둔 비밀 문서가 있다고 하였던 것이다.

"돌농 말씀이십니까?"

"그렇다. 돌농 속에 무엇이 있었는지도 알고 있느냐?"

"자세히는 모릅니다."

"그 돌농 속에는 우리 민족 최고의 보배가 간직되어 있었다. 더 정확히 말하자면 보배가 있는 곳의 지도가 숨겨져 있었지…… 이선과 사비의 싸움은 거기에서 연유되었다. 이선은 지도를 꺼내려 했고, 사비는 그곳에 간직해두고자 했던 거야."

신엽은 의아하여 물었다.

"보배의 지도가 거기 있었다면 어째서 그전까지 아무도 가져가지 않은 것입니까? 그리고 사비는 왜 이선을 막으려 했습니까? 나쁜 사람의 손에 떨어지기 전에 보배를 찾아내어 더 안전한 곳에 보관하는 게 낫지 않겠습니까?"

"영약에 임자가 있듯이 무릇 모든 영물에는 임자가 있는 법이다. 보배의 지도는 그곳에서 수백 년 동안 주인을 기다리고 있었다. 그 보배에 관하여는 예로부터 전해내려오는 말이 있었지. 이 땅이 위급에 처하면 참주인이 나타나 그것을 취하고 나라를 구하리라고 말이야. 사비는 참주인을 위하여 그 보배를 지키려고 했다. 그런데 이선은 엉뚱하게도 그 주인이 자기들이라고 나섰던 게야."

"이선 정도의 고수들이라면 주인이 될 수도 있지 않겠습니까?"

척항무는 고개를 저었다.

"그들이 무예는 뛰어날지 몰라도 심성은 무예만큼 고절하지 못했어. 적어도 그때까지는 말이야. 그렇지 않았다면 어떻게 하늘이 정해둔 주인자리를 스스로 차지하겠다고 나섰겠느냐?"

"그래서 사비가 목숨을 걸고 가로막은 것이군요."

"그래. 그랬던 게다. 하지만 그 싸움이 끝난 후 사비는 더이상 그것을 지켜내기가 불가능하다는 사실을 깨달았다. 이선의 무공과 욕심이라면 결국 언젠가는 꺼내어가버릴 게 분명했으니 말이다. 그래서 사비는 그 자리에서 돌농을 열었다. 그리고 보배의 지도를 일신에게 맡겼다. 비록 참주인의 운을 타고나지는 않았지만 일신만이 그것을 안전하게 보관할 수 있으리라 믿은 까닭이었다. 일신은 몇 차례 거절했지만 결국 사비의 간청을 받아들여 보관 책임자가 될 것을 약속했다."

"그런 사정이 있었군요. 자혜 사부님께서 보관을 책임졌다면 사비는 한결 걱정을 덜었겠습니다."

"그랬던 셈이지."

"그런데 후배는 아직도 궁금한 점이 있습니다. 자혜 사부께서 약속을 어기셨을 리 없는데 어째서 사비는 다시 사부님께 앙심을 품은 것입니까?"

"앞서도 얘기했듯 그것은 그 양반의 잘못은 아니다. 다만 대사형의 시신을 눈앞에 대하니 내 심기가 뒤틀려서 그랬던 것이야……돌농의 지도를 맡기면서 대사형은 일신에게 월정검을 함께 선사했다. 이선과의 싸움을 중지시켜준 데 대한 감사의 표시였지. 대사형의 뜻이 워낙 굳었으므로 일신도 거절할 수 없었다. 그런데 그 월정검에는 원래 신묘한 능력이 있다. 일천 일 동안 달의 정화를 받아서 만든 것으로 일만 가지 독을 풀어내는 힘이 있다. 어지간한 독은 근처에만 가도 힘을 쓰지 못하며, 극독이라 하더라도 절반은 기운이 꺾이게 마련이야. 만약 월하고검 대사형이 그 검만 지니고 있었더라도 한빙독 정도는 쉽게 이겨낼 수 있었을 것이다. 내가 월정검을 보고 잠시 이성을 잃은 것은 그런 까닭이었다."

월정검의 내력을 듣게 되자 신엽은 사정을 이해할 수 있었다. 한빙독에 중독되고도 자신이 그처럼 오래 버틸 수 있었던 이유도 알 수 있었다. 자혜 대사부의 공력도 도움이 되었겠지만 또 한 가지 이유는 바로 월정검이 아니었겠는가. 그러자 한편으로 그는 미안한 마음도 들었다. 그는 월정검을 꺼내어 두 손으로 반쳐들고 척항무 앞에 내려놓았다.

"월하고검 어른의 일은 참으로 죄송스럽게 생각합니다. 비록 늦었지만 선배님께서 대신하여 검을 거둬주시기 바랍니다."

척항무는 손을 내저었다.

"이미 지난 일이다. 게다가 그 검은 옛주인을 잃은 지 오래이니 네가 간직하는 게 당연하다. 다만 그 검과 관계된 두 분 어른의 이름을 욕되게 하는 일이 없도록 각별히 노력하여라."

신엽은 주저주저하다가 월정검을 향해 공손히 이배를 올렸다. 그리고는 다시 품속에 집어넣었다. 척항무는 그 모습을 보며 내심 고개를 끄덕였다. 과연 성품의 올곧음이 큰일을 맡길 만한 인재임을 확인한 것이었다.

"너는 그 보배가 무엇인지 궁금하지 않느냐?"

"제 물건이 아닌데 궁금해할 이유가 있겠습니까?"

"네 말이 맞다. 하지만 때로는 자기 것이 아니더라도 관심을 가져야 할 때가 있다. 나쁜 사람의 손에 들어가서 나쁜 일에 쓰이지 않도록 말이다. 그 보배는 『금해진경(金海眞經)』이라는 무공비급이다. 칠백 년 전 고구려의 영웅 금해 연개소문이 남기신 것이지. 동서고금을 막론한 모든 무공의 태산이라 할 수 있는 절학(絶學)이다."

"일신이나 이선 사비의 무공보다도 뛰어난 것입니까?"

"다시 말하면 잔소리지. 그것을 전수받을 만한 인물조차 없어서 『금해진경』 비급으로만 후세에 전해야 했으니까."

거기에서 말을 멈춘 척항무는 잠시 어두운 표정을 지었다. 신엽이 물었다.

"그 비급에 어떤 걱정거리라도 있는 것입니까?"

"있다면 있고 없다면 없다고도 할 수 있지. 나라는 난세에 빠졌는데 비급의 참주인은 아직도 나타나지 않고 있으니……."

조의일비 월하고검은 천문에 밝았다. 그래서 별자리의 변화로 천지의 변화를 읽어낼 줄 알았다. 그런 그가 언젠가 사제들에게 그런 말을 한 적이 있었다.

우리나라는 예로부터 북두칠성의 기운으로 지켜져왔어. 일신 이선 사비가 이름을 드높인 것도 그 일곱 별들의 정기를 타고난 덕분이었지. 그런데 우리 사이에서 내분이 일었으니 큰일이야. 앞으로 끔찍한 환란이 닥쳐올 거야.

척항무는 깜짝 놀라 물었었다.

무슨 대책이 없습니까?

당분간은 어쩔 도리가 없어. 스스로 자초한 노릇이니…… 하지만 아주 희망이 없는 것은 아니야. 새로운 세대의 영웅들이 나타나야 해. 그들이 힘을 합쳐 난세를 이겨내는 거야.

그 영웅들이 누구입니까?

아직은 알 수 없지. 한 가지 짐작할 수 있는 건 이번에도 일신의 제자가 천권(天權) 자리에서 다른 이들의 힘을 모아야 하리라는 거야.

금강일신은 이미 실종된 지 오래잖습니까? 그가 지금 어딘가에서 제자를 키우고 있다는 말입니까?

글쎄…….

석준경은 자신 역시 불확실하다는 듯 두 눈을 감았다.

이야기는 거기까지가 전부였다. 척항무는 그 일을 까맣게 잊고 있었다. 금강일신은 그 이후로도 영영 모습을 나타내지 않았고 심지어는 일본의 사무라이와 관계되어 좋지 못한 일을 당했다는 풍문까지 있었기에 별다른 기대를 갖지 않았었다. 그런데 뜻밖에도 일신에게는 이처럼 당당한 후인이 있었던 것이다.

"월성검을 네 생명처럼 소중히 여기겠노라고 약속하겠느냐?"

척항무의 질문에 신엽은 굳은 목소리로 대답했다.

"제 생명보다 소중히 간직하겠습니다."

"그 말을 들으면 지하의 대사형도 흡족해하실 것이다. 이제 그럼 네가 대사형을 위해서 한 가지 일을 해주어야겠다."

"어떤 일입니까?"

"여기를 보거라."

척항무는 석실의 벽 쪽으로 걸음을 옮겼다. 벽면에는 작고 세밀한 그림들이 그려져 있었다. 신엽이 조금 전에 보았던 검을 든 남자의 무공 동작들이었다. 척항무는 옥구의 결전을 이야기하던 사이 이미 그 그림들을 확인한 터였다. 그는 그것이 대사형의 최고 절예인 월광검법(月光劍法) 도해임을 한눈에 알 수 있었다.

"월하고검께서는 불행히도 제자를 거두지 못하셨다. 참재목을 만나기 위해 기다리다가 변을 당하신 게야. 오늘 네가 여기까지 찾아들었으니 불행 중 다행이 아닐 수 없다. 그림 속의 동작들을 따라 월광검법의 절기를 익히도록 하여라."

"그럴 수는 없습니다."

척항무는 신엽의 단호한 거절이 뜻밖이었다. 월광검법이라고 하면 천하의 무예인들이 목숨을 내놓고 덤벼들 절기 중의 절기였던 것이다. 그는 발끈하여 신엽을 돌아보았다.

"어째서 안 된다는 게냐?"

"저는 이미 자혜대사님을 스승으로 모시고 길상사의 제자가 되었습니다. 그런 형편에 어찌 다시 사비의 무공을 배울 수 있겠습니까?"

신엽의 대답을 듣고 보니 척항무는 할말이 없었다. 비록 그는 천성이 장난스러워 구차한 예의범절을 싫어하였지만 무림인의 도리가 어떤 것인지는 잘 알고 있었던 것이다. 한참을 고민하다가 그는 한 가지 방법을 생각해내었다.

"네 말도 틀리지 않다. 그럼 우리 이렇게 하자. 네가 월하고검의 무공을 익히기는 하되 그의 제자가 되지는 않는 것이다."

"그건 억지입니다. 배움이 있으면 응당 사제의 도리는 생기는 것입니다."

신엽의 태도는 여전히 단호했다. 척항무는 다시 고심에 빠졌다. 이 고지식한 녀석을 어떻게 구슬린단 말인가. 여느 때 같으면 척항무의 머리는 민활하게 가동하여 여러 가지 계교들을 찾아내었겠지만 이 찜통의 열기 속에서는 답답함만 더해갔다. 결국 그는 가장 솔직한 방법을 쓰기로 했다.

"내 말을 잘 듣거라. 사비의 무공은 그 시작을 팔백 년 전으로 거슬러올라간다. 용맹한 고구려 무인들의 기상이 꽃을 피워 만들어낸 것이다. 고구려는 사라졌지만 그 무공은 대를 이어 새로운 사비들에게 전해져왔다."

"그렇다면 지난 칠백 년간 사비는 항상 있어왔다는 말씀인가요?"

"바로 그런 얘기다. 조용한 곳에 몸을 숨기고 무공에만 정진하여 세상에 알려지지 않았을 뿐 사비는 언제나 있어왔다. 그리고 앞으로도 언제까지고 그래야 한다는 게 우리 사비의 바람이다. 내 말을 알겠느냐?"

"잘 알겠습니다. 그렇지만 저는 역시 금강일신 자혜대사의 제자입니다."

척항무는 고개를 끄덕였다.

"네 말도 맞다. 그래서 내가 생각해보았는데, 이렇게 하면 어떻겠느냐. 네가 먼저 월광검법을 배운 다음 이곳을 벗어나서 다시 적당한 인물을 찾아 전수하는 것이다. 그런 다음에는 너는 사비니 월하고섬이니 따위는 싹 잊어도 좋다."

신엽은 척항무의 간절한 표정 때문에 마음이 약해졌다. 그러나 한 가지 의문이 일었다.

"저는 재주와 무공이 모두 일천합니다. 설사 마음이 있어도 석 어른의 무공을 망쳐버리고 말 것입니다. 그 일은 선배님께서 직접 하시는 편이 좋을 성싶습니다."

"그럴 수만 있다면 얼마나 좋겠느냐."

척항무의 얼굴에는 어두운 그림자가 스쳐갔다.

"그러나 사비의 무공은 하나하나가 상극의 원리로 이루어져 있다. 한 사람이 다른 사람의 무공을 욕심내었다가는 두 가지를 모두 잃도록 되어 있다. 그래서 내가 너에게 부탁하는 것이다."

신엽은 그의 말을 언뜻 이해하기 어려웠다. 그러나 무공을 익힌 이후 짧은 시간 동안 워낙 많은 일들을 겪었던 터라 그런 일도 가능하리라고 짐작했다.

"정히 그렇다면 천천히 방도를 강구하시죠. 우선 이곳을 벗어난 다음 인재를 찾아 데려와 석어른의 무공을 배우도록 하는 겁니다."

척항무는 고개를 저었다.

"동굴을 벗어나는 방법은 한 가지뿐이다. 여기 있는 마지막 그림을 보아라."

척항무가 가리키는 곳에는 출굴견월(出窟見月)이라는 초식이 그려져 있었다. 바위를 차고 오르는 동작이 세 단계로 이루어진 다음 검으로 석실의 천장을 찌르는 동작이 있었다. 신엽이 석실 천장을 올려다보니 정말 까마득히 높았다. 족히 사 장은 될 듯했다. 출굴견월이라는 초식은 도저히 현실성이 없어 보였다. 그의 마음을 짐작한다는 듯 척항무가 말했다.

"이 마지막 일식은 내게도 낯선 것으로 보아 대사형이 특별히 만든 초식인 듯하다. 지금은 불가능해 보이겠지만 네가 월광검법을 모두 익힌 연후라면 해볼 만할 것이다."

"다른 방법은 없다는 말씀인가요?"

"대사형은 결코 빈틈을 남기지 않는다."

그 말을 듣자 신엽에게는 다시 한 가지 의심이 일었다. 그는 의문이나 의심을 가슴에 담아두지 못하는 성격이므로 즉시 물었다.

"혹시 그래서 제게 검법을 익히라는 것은 아닙니까? 이곳을 빠져 나가기 위해서 말입니다. 만일 그렇다면 저는 배우지 않겠습니다. 혼자서 다른 방법을 찾아보겠습니다."

척항무는 씁쓸하게 웃었다. 그러나 한편으로는 신엽의 의심도 이유 있는 것이라 생각되었다.

"내가 살기 위해 너를 이용한다는 말이지? 그럴 수도 있겠구나. 만약 내가 영원히 이 동굴을 나가지 않겠다고 맹세한다면 어쩌겠느냐? 그때는 주저없이 월광검법을 배우겠느냐?"

"그럴 것입니다."

신엽은 자신이 한 말이 있었으므로 그렇게 대답할 수밖에 없었다. 척항무의 얼굴에는 잠시 동안 여러 가지 빛들이 스쳐갔다. 이윽고 그는 다시 신엽을 바라보았다. 장난스런 미소가 어린 눈길이었다.

"네 말을 믿겠다. 이번에는 내가 한 가지를 물어보자꾸나. 길상파의 자랑인 길상칠검 중에서 가장 예리한 살수는 무엇이더냐?"

"분룡자운(憤龍刺雲)이 그중 날카롭다고 하겠습니다."

"너는 그 초식을 몇 성이나 연마하였느냐?"

"육 성 가량 될 것입니다."

"겸손한 얘기구나. 어쨌든 좋다. 그 분룡자운의 초식으로 나를 공격해보아라. 다만 너의 공력을 최대한 써야 한다. 그러지 않으면 오히려 네가 다칠 것이다."

"왜 후배가 선배님을 공격해야 합니까?"

"우선 내 말을 따르거라. 그러면 알게 될 것이다."

신엽은 척항무의 속마음을 알 수 없었다. 그러나 대선배의 주문이니 일단은 따르기로 했다. 그는 월정검을 꺼내어 들고 단전으로부터 뜨거운 공력을 끌어올렸다. 육 성이라고 대답했지만 실제로 신엽의 성취도는 칠 성에 부족하지 않았다. 더구나 현양과를 복용한 이후로 공력은 더욱 심후해져 한두 단계를 더 올라서 있었다. 그런 그가 전심전력으로 분룡자운를 전개하자 그 위력은 가히 짙은 먹구름을 가를 지경이었다. 그는 용틀임을 하듯 허공에서 두 차례 검을 비튼 다음 척항무의 면전으로 찔러갔다. 검끝은 인중 인후 단중의 세 군데 대혈을 동시에 노리고 있었다.

"좋구나!"

척항무는 가볍게 탄사를 발하더니 두 눈을 감았다. 검이 이미 그의 코앞에 이르렀는데도 움직이지 않았다. 다만 조용한 미소만 지을 뿐이었다. 신엽은 그제서야 무언가가 잘못되었음을 깨달았다. 그러나 온몸의 공력을 그 한 초에 쏟아부었기에 검을 멈출 수가 없었다. 다급해진 그는 왼손으로 오른팔을 후려쳤다. 팔목이 요동치며 검이 튕겨져나갔다. 그것은 척항무의 얼굴을 아슬아슬하게 비켜지나가 바위벽에 꽂혔다. 신엽 역시 중심을 잃고 곤두박질쳐 암벽에 부딪쳤다. 어깨와 등으로 엄청난 통증이 느껴졌다. 그러나 잠시 후엔 몸을 추스를 수 있었다.

척항무는 어처구니없다는 듯 그를 내려다보고 있었다.

"왜 그런 바보짓을 하였느냐?"

"왜 검을 막지 않았습니까?"

"네가 약속하지 않았느냐. 내가 영원히 동굴을 나가지 않는다면 월광검법을 익히겠다고."

신엽은 멍하게 척항무를 쳐다보았다. 그는 갈피를 잡을 수 없었다. 이 알 수 없는 선배에게 이런 면이 있었단 말인가. 대사형의 무공을 살리기 위해 스스로의 목숨을 버리려 했단 말인가.

척항무가 그같은 결심을 하기까지는 갈등이 없진 않았다. 비록 월광검법이 중하기는 했지만 그 자신의 무영장(無影掌)도 사비 절예(絶藝)의 하나였던 것이다. 과연 어느 것을 희생하고 어느 것을 살

린단 말인가. 하지만 그가 마음을 정하는 데는 많은 시간이 필요치
않았다. 월광검법과 무영장의 문제가 아니라 대사형에 대한 이비로
서의 도리 문제였다. 그래서 그는 편안한 마음으로 죽음을 선택할
수 있었다.

신엽은 무릎을 꿇고 앉아 공손히 고개를 숙였다.

"후배가 큰 죄를 지었습니다. 잠시나마 선배님의 뜻을 오해하였습
니다."

척항무는 껄껄 웃었다.

"그렇지 않아. 누구라도 의심할 수 있는 형편이었다."

"길이 뚫린다면 함께 나가겠다고 약속해주십시오."

"월광검법을 익히겠느냐?"

"최선을 다해보겠습니다."

"그러면 좋다. 함께 나가기로 하자."

그날부터 당장 신엽은 월광검법의 수련을 시작하였다.

석실에는 어디선가 희미한 불빛이 비쳐들고 있었다. 그리고 그 빛
은 시간의 흐름에 따라 미미하게나마 차이를 나타냈다. 그 차이를
짐작하여 그들은 하루가 가고 또 하루가 시작됨을 느낄 수 있었다.

신엽은 내공의 기초가 단단하였으므로 빠른 속도로 월광검법을
습득하였다. 척항무가 내심 혀를 내두를 정도였다. 그런데 거기에는
척항무의 도움도 큰 힘이 되었다. 비록 월광검법을 익힐 수는 없었
지만 그는 그 검법에 제법 익숙해져 있었다. 수십 년간 대사형의 무
공을 지켜본 까닭에 어느 초식이 어떤 모양새로 전개되는가 정도는
알고 있었던 것이다.

"그게 아니야. 검을 잡는 손길은 마치 병아리를 안아쥐듯 부드러
워야 해. 적의 무기와 맞닿는 순간 비로소 기운이 실리는 거야."

그가 툭툭 던지는 한마디 한마디를 통해 신엽은 월광검법의 신묘

함을 깨우칠 수 있었다.

그렇게 닷새가 지났을 때 신엽은 월광검법이 다른 검법들과 구별되는 참차이를 접하게 되었다. 그것은 검과 사람이 하나가 되어 검인(劍人)의 구분이 지워진다는 데 있었다. 그의 손을 맴돌던 검은 어느 틈엔가 겨드랑이 아래로 사라져버렸다. 그리고는 다시 왼쪽 허리로 돌아나오는가 하면 허벅지 사이를 뚫고 솟아오르기도 했다. 사람이 검과 하나가 되니 검은 그 종적을 자유롭게 바꾸는 것이었다. 며칠을 더 연마하니 검은 마치 그의 몸 어디에서든 원하기만 하면 솟아나오는 듯 되어버렸다.

"참으로 놀라운 검법입니다."

신엽은 척항무에게 경탄의 말을 했다. 그러자 척항무는 빙그레 웃었다.

"바로 그 검법으로 대사형은 운중선 구장격과 대등한 일전을 벌일 수 있었던 거다. 하지만 그게 모두가 아니다. 만일 네가 달빛 아래서 검법을 펼친다면 더욱 놀라운 일이 벌어질 것이다."

"어떤 일입니까?"

"그건 그때가 되면 알 것이야. 이제 열흘이 지났는데 너는 대사형의 검법을 절반 정도 익혔구나. 앞으로는 조금 더 어려워질 게다."

과연 척항무의 말은 틀리지 않았다. 뒤의 절반은 앞의 절반보다 훨씬 어렵고 까다로웠다. 게다가 이제부터는 척항무도 별 도움이 되지 않았다. 월하고검 석준경이 월광검법의 절초들을 펼칠 기회란 일생에 몇 차례 되지 않았다. 따라서 척항무도 눈에 익힐 기회가 없었다. 신엽은 온종일을 잠시도 쉬지 않고 검과 함께 맴돌아야 했다. 밤이 되면 척항무는 잠을 청했는데 이따금 그가 눈을 떠보면 신엽은 땀을 뻘뻘 흘리며 연습에만 열중이었다.

신엽이 그처럼 서두르는 데는 이유가 있었다. 척항무가 뜨거운 석실 속에서 버텨낼 수 있었던 것은 오직 결빙사의 한기 덕분이었다. 그러나 술병에는 이제 결빙사가 몇 점밖에 남아 있지 않았다. 그것이 끝나면 척항무의 버티기도 끝날 것이었다. 신엽은 그전에 검법을 모두 익혀 석굴을 벗어날 방도를 강구해야 했던 것이다.

이십칠 일째 되던 날 밤, 마침내 신엽은 출굴견월의 그림 앞에 서게 되었다. 척항무의 술병에 결빙사가 세 점 남은 날이었다.

그림 속의 동작들은 그렇게 까다로워 보이지는 않았다. 가슴 앞에 단정히 검을 모으고 선 자세에서 시작하여 세 차례 바위를 찍어 오른 다음 천장을 찌르는 것이 전부였다. 바위를 찍어 허공을 나는 동작은 이미 앞에서도 익힌 바가 있었다. 월소심천(月笑心天)이라는 초식으로, 그 요체는 몸과 마음을 모두 검신에 싣는 데 있었다. 몇 차례 연습 끝에 신엽은 그럴듯한 모양새를 전개할 수 있었다. 그 사이 경신술도 놀랍게 발전하여 그는 거의 석실의 천장 가까이 오를 수 있었다. 척항무는 연신 고개를 끄덕이며 즐거워했다.

"길어도 이틀이면 족하겠구나. 수고가 많았다."

신엽의 생각도 다르지 않았다. 적어도 이틀 후면 출굴견월을 완전히 전개할 것 같았다. 어쩌면 하루만으로도 족할지 몰랐다. 그래도 그는 내색하지 않고 정성을 다했다. 척항무가 얼마나 힘겨워하는지를 알고 있었기에 단 일각이라도 시간을 단축하고 싶었던 것이다.

이튿날 밤이 거의 다할 무렵이었다. 신엽은 코를 고는 척항무를 깨웠다.

"선배님, 일어나십시오. 후배가 정식으로 도전해보고 싶습니다."

척항무는 비몽사몽간에 일어나 눈을 비볐다.

"도전이라니? 누구, 나한테 말이냐?"

"아닙니다. 출굴견월 말씀입니다."

"오, 그래. 그러자꾸나."

출굴견월이라는 말에 척항무는 정신을 차렸다.

신엽은 검신을 가슴 앞에 세우고 호흡을 가다듬었다. 몸이 새털처럼 가벼워졌다고 느낀 순간 그는 몸을 날렸다. 정확히 세 곳의 바위를 찍어 올라 그림에 표시된 천장 중앙 지점을 검끝으로 찔렀다. 월정검은 소리없이 암벽으로 박혀들었다. 한 자 가량 들어갔을 것이다. 신엽은 그 검을 붙잡고 대롱대롱 매달린 채 기다렸다. 무슨 일인가가 벌어지기를. 그러나 실망스럽게도 아무런 일도 없었다. 그는 검을 뽑아 아래로 내려올 수밖에 없었다.

"뭐가 잘못된 것일까요?"

"글쎄다. 공력 부족이었나? 다시 한번 해보려무나."

척항무도 신통한 지적을 못 했으므로 신엽은 다시 시도하기로 했다. 이번에는 좀더 오랜 동안 호흡을 가다듬어 집중력을 높였다. 그러나 결과는 마찬가지였다. 월정검은 조금 더 깊이 붙박였지만 그들이 기대한 사건은 발생하지 않은 것이었다. 척항무는 한동안 고개를 갸웃거리더니 자리를 털고 일어섰다.

"내가 한번 올라가보마."

사 장 높이의 암벽을 그는 쓱쓱 걸어서 올라갔다. 서너 번 발을 놀리더니 천장에 거꾸로 매달려 있었다. 신엽은 경탄을 금할 수 없었다. 한 달째 용광로에 시달려 진이 빠진 상태인데도 아직 저런 신법을 구사할 수 있다니. 과연 무공의 경지는 어디가 끝이란 말인가.

잠시 후 척항무는 아래로 내려왔다. 그의 눈빛은 적잖게 어두워져 있었다.

"천장이 견고하기 그지없구나. 저처럼 단단한 암반에는 검을 꽂은 것만도 대단한 일이라 할 수 있다. 그런데 대사형은 전혀 다른 그림을 그려두고 있으니 알 수 없는 일이야."

"전혀 다른 그림이라구요?"

"검이 천장을 찌르는 부분을 보아라. 네가 찌른 것은 천장에 박혀 버렸지만 대사형의 그림에서는 직경 두 자 가량이 파괴되지 않았니."

신엽은 그림을 자세히 살펴보았다. 과연 척항무의 말이 옳았다. 석벽의 그림에서는 석실 천장이 적잖이 파괴되고 있었다. 그것은 굉장한 차이였다. 사 장 높이의 천장까지 솟아오르는 데만도 절반 이상의 공력이 소모된 상태에서 다시 암반에 그런 파괴를 일으킨다는 것은. 신엽은 스스로에게 창피하기 그지없었다. 감히 이틀 만에 출굴견월을 연성하겠노라 자신했으니 얼마나 어리석은 일이란 말인가. 고개를 숙인 채 그는 한동안 아무 말도 할 수 없었다. 그러자 척항무가 위로했다.

"너무 실망하지 말아라. 내가 보기에는 단순한 공력의 차이가 아닌 성싶다. 출굴견월의 초식에는 아직 우리가 알지 못하는 무엇이 있을 게야."

"그게 무엇입니까?"

"그건 나도 아직 알 수가 없다. 다시 한번 동작을 검토해보자꾸나."

신엽과 척항무는 다시 함께 석벽의 그림을 살펴보았다. 팔과 다리의 움직임, 검의 각도, 그에 따라 흐르는 기운의 경로 등을 빈틈없이 점검했다. 그러나 아무리 세세히 검토해도 새로운 점은 발견할 수 없었다. 처음부터 신엽이 충분히 꼼꼼하게 익힌 까닭이었다.

그렇게 몇 번을 점검하다가 척항무는 기운을 잃었다. 기실 그의 체력은 무척 쇠약해진 상태였다. 천장을 올라갔다 오느라 많은 공력을 썼고, 거기에다 그림을 살피느라 지나치게 집중한 것이었다. 마지막 남은 두 조각의 결빙사를 한꺼번에 먹었지만 결국 그는 가물가물 의식을 잃고 말았다. 다급해진 신엽은 찬 공력을 끌어올려 척

348

항무의 명문으로 주입했다. 척항무는 잠시 의식을 되찾았지만 어찌된 사정인지를 깨닫고는 벌컥 화를 내었다.

"공력을 아끼고 검법 연마에 정성을 다하거라. 설사 내가 죽더라도 너는 이 석실을 벗어나야 한다. 알겠느냐?"

그렇게 한 소리를 지르고는 다시 까무러쳤다.

신엽은 어찌해야 할지를 알 수 없었다. 무공을 익힌 이후로 그는 많은 위기를 맞았었다. 그때마다 그가 담담할 수 있었던 것은 그것이 단지 자신만의 위기인 까닭이었다. 자기 하나만 목숨을 버리면 그만이라는 생각이 그를 강하게 만들었던 것이다. 그러나 지금 그는 다른 한 사람의 생과 사를 수중에 두고 있었다. 한 동굴 한 석실 속에서 한 달을 함께 지내는 동안 미운 정 고운 정이 모두 든 사람이었다. 정말이지 그는 그 사람을 잃고 싶지 않았다.

신엽은 그림을 마주하고 앉았다. 척항무는 바로 곁에 뉘어두고서 이따금 숨소리를 확인했다. 소리가 너무 약해지면 약간의 공력을 주입하였다. 맥박과 호흡이 정상으로 돌아오면 손을 거두고 그림에 집중하였다. 그림 속에 담긴 비밀을 찾아내기 위해서였다.

그렇게 오랜 시간이 흘렀다. 사흘이나 나흘이 지났을 것이었다. 아니 어쩌면 훨씬 더 긴 시간이 흘렀을지도 몰랐다. 그러나 신엽은 여전히 아무런 단서도 찾을 수 없었다. 그는 자신의 무능함에 절망하여 눈물을 흘렸다. 이대로 여기서 주저앉고 만단 말인가. 그는 견딜 수가 없어 벌떡 일어섰다. 석실 속을 마구 서성이다가 출굴견월이 그려진 곳으로 돌아왔다. 그리고는 그 초석에다 머리를 쿵쿵 찧었다. 차라리 머리를 깨부수고 죽고 싶은 심정이었다. 죽지 않는다면 조금 더 똑똑해질 수도 있지 않을까. 그는 그렇게 머리를 찧고 또 찧었다. 이마가 찢어져 피가 흘러내렸다.

그러던 어느 순간이었다. 흐르는 피눈물 너머로 신엽은 월정검을 보았다. 그림 속의 검이었다. 그런데 그 검신 주위로는 그가 미처 알지 못했던 것이 보였다. 몇 가닥의 가느다란 선들이었다. 머리카락 같은 선이 검신을 에워싸고 있었던 것이다. 그것은 너무 미세하여 두 걸음만 떨어져도 보이지 않았지만 신엽이 머리를 찧느라 붙어섰기 때문에 발견된 것이었다.

이 선들은 도대체 무얼까.

신엽은 흥분하여 더욱 가까이 다가섰다.

잠시 후 그는 그것이 출굴견월만의 특징임을 알 수 있었다. 그 이전까지의 검식들에는 없었고 출굴견월에만 머리카락처럼 미세한 선들이 있었다. 가슴 앞에 검을 세운 자세로부터 마지막의 찌르기 공격에까지 한결같은 모양이었다.

이것이었구나. 바로 이것이었구나.

신엽의 가슴에서는 다시 희망이 꾸물거리기 시작했다.

그 미세한 선이 무엇인가를 짐작해내는 데는 많은 시간이 걸리지 않았다. 선들은 인체 내에서 진기를 유통시키는 경락과 동일한 구조를 갖고 있었다. 월광검법의 진기운행에서 중시되는 경락은 삼초경과 비경, 그리고 임독양맥과 음유맥이었다. 놀랍게도 그 선들은 검신 위에 인체와 동일한 경락운행을 설정하고 있었던 것이다.

그로부터 이틀이 지난 밤, 신엽은 석실과 작별할 준비를 마치고서 있었다. 감회 어린 눈으로 그는 석실을 둘러보았다. 한빙장에 중독된 채 흘러들어 왔던 날 그는 모든 것을 포기하고 있었다. 그러나 지금 그의 몸에는 기운이 흘러넘치고 있었다. 눈은 더욱 밝아지고 머리는 얼음처럼 맑아졌으며 단전에는 음양의 두 기운이 단단한 태극상(太極狀)으로 응집되어 있었다. 그리고 그는 조의일비 월하고검의 절예인 월광검을 마지막 일 식까지 연성한 터였다.

이윽고 신엽은 두 눈을 감았다. 가슴 앞으로 월정검을 세우고 호

350

흡을 내렸다. 잠시 후 그의 몸은 새처럼 가볍게 날아올랐다. 삼 단계의 도약을 거쳐 석실 천장 한가운데를 검으로 찔렀다. 그때 검신에서는 그의 인체와 동일한 진기운행이 이루어지고 있었다. 검기는 두 겹 세 겹으로 검신을 에워싸 두터운 파괴력을 만들었다. 펑. 폭발음과 함께 암반이 흔들렸다. 동시에 천장에서는 크고 작은 돌덩이들이 바스러져내렸다. 신엽은 재빨리 아래로 내려와 척항무를 안아들었다. 땅이 흔들리고 석실 전체가 요동치고 있었다. 그때 신엽은 천장 한가운데 직경 두 자 가량의 구멍이 뚫리고 있음을 보았다. 잠시도 지체하지 못하고 그는 그곳으로 몸을 날렸다. 그리고는 한동안 어지러운 소음이 이어졌다. 신엽은 척항무를 안아든 채 마구 달렸다.

사위가 조용해진 것은 반 다경의 시간이 흐른 다음이었다.

하늘에는 둥근 달이 뎅그러니 떠 있었다. 그 달을 바라보며 신엽은 석상처럼 서 있었다. 오른손에는 월정검을, 왼손에는 척항무를 들고서. 결국 그는 다시 세상의 빛을 보게 된 것이었다.

척항무는 잠시 만에 깨어났다. 역시 그의 내공은 고강하기 그지없었다. 신엽이 약간의 기운을 주입하자 그의 내부에서는 저절로 진기가 운행되기 시작했다. 그리고는 잠시 후에는 일어나 앉았다. 지상의 서늘한 공기를 쐬자마자 그의 공력은 급속도로 회복된 모양이었다.

"수고가 많았구나."

척항무는 신엽을 칭찬했다.

"잠시 더 운기조식하십시오."

"아니다. 많이 좋아졌다. 석실은 어떻게 되었느냐?"

"흔적 없이 붕괴되었습니다."

척항무는 신엽이 가리키는 방향을 바라보더니 고개를 끄덕였다.

"대사형의 배려이니 당연한 일이겠지. 그래 넌 이제부터 어디로 갈 작정이냐?"

"길상사로 돌아가겠습니다. 사부님들께서 걱정하실 것입니다."

"사부님들이라고?"

신엽은 아차 싶었다. 자혜대사와 자연, 자휼, 자긍 등을 모두 사부로 모시기로 한 것은 그들 사제지간만의 비밀 약속이었던 것이다.

"아니요. 사숙님들 말입니다. 선배님께서는 어떡하실 작정이십니까?"

"나야 늘 뜨내기인데 따로 정처가 있겠느냐?"

척항무는 무언가를 생각하는 듯하더니 말을 이었다.

"어디 가서 무엇을 하건 항상 한 가지 사실을 잊지 말아라. 네 몸에는 두 분 고인의 절예가 담겨 있다는 점을 말이다. 일신의 무공과 일비의 무공은 모두 그 유례를 찾기 힘들 만큼 특별한 것이니까…… 다만 한 가지 걱정되는 것은 네 무공이 아직 완숙의 경지로 올라서지는 못했다는 사실이다. 때문에 섣불리 많은 적을 불러들여 화를 자초하기도 쉬울 것이다."

"월하고검 석 어른의 무공은 어떤 경우에도 시전하지 않겠습니다."

신엽이 그렇게 말한 것은 척항무를 안심시키기 위해서였다. 석준경의 월광검법을 욕되게 하는 일은 결코 없을 것이라고. 그러나 척항무는 고개를 저었다.

"그러면 안 된다. 너는 좋은 기회를 만나면 월광검법을 사용해야 한다. 그래야 비로소 그 정수를 터득하게 된다. 네가 이제 정수를 터득해야 다시 사람을 찾아 완전한 검법을 전수할 수 있는 일 아니겠느냐. 이제 월광검법의 비급은 바로 너뿐임을 잊지 말아라."

신엽은 얼른 대답할 말을 찾지 못하고 머뭇거렸다.

"지금 네 공력은 일신의 무공을 칠 성 가량 연성한 듯싶다. 이번 일을 계기로 약간은 더 향상되기도 했을 것이다. 그렇다면 월광검법도 칠 성은 익힌 셈이 된다. 다행히 너는 자질이 나쁘지 않으니 부지런히 연마한다면 좋은 결과를 볼 것이다."

"선배님의 가르침을 잊지 않겠습니다."

"그럼 됐다. 마지막으로 한 가지만 정리하도록 하자. 나는 너와 의형제를 맺었으면 한다. 네 의향은 어떠하냐?"

신엽은 깜짝 놀라 그 자리에 엎드렸다. 그는 척항무가 자신을 꾸짖는 것이라고 믿었다.

"선배님이 너무 잘 대해주셔서 후배가 감히 득죄한 모양입니다. 부디 노여움을 풀어주십시오."

"일어나거라. 이게 무슨 짓이냐?"

척항무는 신엽을 붙잡아 일으켰다.

"너는 내가 죽도록 싫은 모양이구나."

"그렇지 않습니다. 하지만 까마득한 후배가 대선배님과 어찌 의형제를 운운하겠습니까?"

"선배니 후배니 나이 차니 하는 유치한 말들은 우리 잊도록 하자. 이날 이때까지 나는 한 번도 그런 것에 연연해본 적이 없다. 다만 나는 너의 형이 되고 싶을 뿐이다. 한마디로 대답해라. 내가 싫으냐?"

"아닙니다."

"그러면 됐다. 어서 형이라고 불러보아라."

신엽은 한참을 머뭇거렸다. 척항무의 채근을 한 차례 더 받고서야 마지못해 불렀다.

"형님……."

도월희천 척항무는 껄껄 소리내어 웃더니 신엽의 월정검을 뺏어들었다. 자신의 손가락과 신엽의 손가락을 베어 피와 피를 맞닿게 했다. 그리고는 하늘과 땅에 형제 되었음을 고했다.

"이렇게 기쁜 날이 있을 줄이야 내 미처 몰랐구나. 밤새워 함께

술이라도 마시고 싶다만 네 깜찍한 여자친구가 기다리니 보내주겠
다. 서둘러 길을 떠나도록 해라."

"동생도 형님께 드릴 말씀이 있습니다."

"얘기하여라."

신엽은 무척 어렵게 이야기를 꺼냈다.

"외람된 말씀입니다만, 한 가지 습관을 고치셨으면 합니다."

"그게 무엇이냐?"

"인육을 먹는 일입니다."

척항무는 웃음을 터뜨렸다. 껄껄껄. 그 소리가 너무 우렁차서 신
엽은 당황했다. 부스럼을 긁어 터뜨린 게 아닌가 싶기까지 했다. 그
러나 웃음을 거둔 척항무는 시원스럽게 말했다.

"내 약속하마. 앞으로 어떤 경우에도 인육을 먹는 일은 없을 것이
다. 뿐만 아니라 내 앞에서 인육을 먹는 작자는 누구든 이빨을 몽땅
뽑아버리겠다. 되었느냐?"

"감사합니다. 동생 이제 작별 인사를 드리겠습니다."

신엽은 두 손을 모아 합장하고 돌아섰다. 합장 인사는 길상사의
제자가 된 이후 몸에 밴 습관이었다. 그러나 몇 걸음을 옮기지 못하
고 그는 다시 돌아서야 했다.

"그런데 여기는 어디입니까? 길상사로 가려면 어느 방향을 택해
야 합니까?"

"이곳은 법보종찰 해인사가 있는 가야산이다. 서쪽으로 신을 벗어
난 다음 곧바로 북진하면 길상사를 만날 것이다."

척항무의 대답이었다.

대답을 하고서 척항무는 내심 깜짝 놀랐다. 육십 평생을 사는 동
안 그는 누구의 질문에도 똑바른 대답을 준 적이 없었다. 골탕을 먹
이고 장난질을 치는 것이 그가 사는 재미의 큰 부분이었던 것이다.

신엽은 우선 서쪽으로 달렸다. 몸이 가볍고 상쾌한 것이 새롭게 태어난 느낌이었다. 잠시 만에 그는 산자락을 벗어날 수 있었다. 그러나 그 사이 그의 마음속에서는 한 가지 생각이 일었다. 어머니를 뵙고 안부를 전하고 싶다는 생각이었다. 편지 한 장을 남겨둔 채 떠나온 게 일 년이 다 되고 있었다. 그 사이 어머니는 얼마나 많은 눈물을 뿌리셨을 것인가. 이미 자식이 죽었노라 믿게 되지는 않았을까. 더 건장해진 아들을 보면 얼마나 반가워하실까. 신엽은 일단 남원으로 달려가 어머니를 뵈온 다음 다시 길상사로 향하기로 했다. 산을 벗어나자 곧장 방향을 틀어 남서쪽으로 향했다.

놀랍게도 그의 몸은 달릴수록 가벼워졌다. 한 달이 넘도록 아무것도 먹지 못했음에도 불구하고 단전에서는 기운이 흘러넘쳤다. 그는 바람처럼 빠르게 숲과 들을 스쳐지나갔다. 그때 신엽의 몸 속에서는 현양과의 기운이 퍼지고 있었다. 무릇 모든 영약이 약효를 제대로 발휘하기 위해서는 먼저 묵은 기운을 뽑아낼 필요가 있었다. 석실에 갇힌 동안 신엽에게는 그럴 기회가 없었다. 이제 자유로운 몸이 되어 한 마리 들짐승처럼 산야를 치닫으니 묵은 것은 눈 녹듯 빠져나가고 새로운 기운이 전신 삼백육십다섯 개의 경혈들을 가득 채우는 것이었다.

그렇게 얼마를 달렸을까. 신엽은 문득 오른쪽으로 장엄한 산이 지나가고 있음을 깨달았다. 이상한 생각이 들어 멈추어 보니 그것은 바로 지리산이었다. 남원으로 가자면 중간에서 서쪽으로 방향을 틀었어야 했는데 너무 빨리 달리느라 미처 그러지 못한 것이었다.

내 경신술이 이처럼 향상되었단 말인가. 신엽은 기가 막혀서 멍하니 산을 바라보았다. 그러나 그것은 틀림없는 지리산이었다.

온 길을 다시 돌아갈까 하다가 신엽은 마음을 고쳐먹었다. 지리산을 마주하니 자혜대사의 모습이 눈앞에 어른거렸다. 이왕지사 여기까지 온 것이니 사부님의 동굴을 찾아보는 것이 도리 아니겠는가. 깊은 밤이었지만 둥근 달이 밝으니 찾는 일이 과히 어려울 것 같지는 않았다. 그는 어림짐작으로 중봉 쪽을 향해 발길을 옮겼다.

우측으로 촛대봉을 끼고 돌아 일 다경쯤을 달렸을 때였다. 신엽은 바람결에 무기들이 부딪치는 소리를 들었다. 소리는 점차 뚜렷해졌다. 그리고 그것은 한두 명이 아니라 여러 명이 두 패로 나뉘어 싸우는 소리 같았다. 일단 사정을 알아보기로 하고 신엽은 그쪽으로 방향을 잡았다.

몇십 걸음을 더 달렸을 것이었다. 신엽은 양쪽의 나무로부터 두 인영이 튀어나오는 것을 보았다. 그들은 청의를 입고 청색 장창을 들고 있었다. 이미 소운으로부터 청의인에 대한 이야기를 들었던 터라 그는 곧 그들이 왜국의 사무라이들임을 알았다.

청의인들은 신엽의 빠른 경신술에 경악하여 일산을 펼쳤다. 그의 신형을 일단 저지하기 위해서였다. 그러나 신엽은 더욱 걸음을 빨리하여 두 일산 사이를 빠져나갔다. 그들이 사무라이임을 알게 되자 마음이 바빠진 까닭이었다. 대신 그는 그들에게 약간의 선물을 남기는 것을 잊지 않았다. 양손을 좌우로 나누어 가볍게 뿌리자 두 개의 비단 일산은 각각 여섯 조각으로 찢어져버렸다. 청의인들은 찢어진 일산을 쳐다보며 허망하게 서 있었다. 일찍이 그들이 고려 땅 어디에서노 경험하시 못한 놀라운 무공이였나.

잠시 후 신엽은 한 작은 암자 앞에 도달했다. 무기들이 부딪치는 소리는 그곳에서 들려오고 있었다. 신엽은 커다란 나무 위에 몸을 숨기고 암자 앞의 공터를 살펴보았다. 거기에는 이십여 명의 사람들이 두 패로 나뉘어 대치하고 있었다. 양쪽에서 두 사람씩 네 명이 나서서 결투를 벌이고 있었는데 놀랍게도 그들은 모두 그가 아는

356

사람들이었다. 대사형 광한과 이사형 광정이 각각 미도리와 미도노를 상대로 사투를 벌이고 있었던 것이다. 미도리를 본 신엽은 얼굴이 붉어지고 가슴이 두근거렸다. 아름다운 검은 머리카락과 흰 옷자락을 너울거리는 그녀는 한 마리 새 같았다.

한동안 그 모습을 지켜보다가 신엽은 깜짝 놀라 깨어났다. 지금 내가 무슨 생각을 한단 말인가. 미도리는 엄연히 적국의 사무라이잖은가. 그는 괜스런 죄책감을 느끼며 소운을 찾았다. 그러나 그녀의 모습은 어디에도 없었다. 그러자 신엽은 걱정스러워졌다. 이런 일에 빠질 소운이 아닌데, 그 사이 또 무슨 일이라도 생긴 것일까.

(2권에 계속)

무위록 1 – 달과 검

ⓒ 장산부 1999

초판인쇄 | 1999년 7월 13일
초판발행 | 1999년 7월 23일

지 은 이 | 장산부
펴 낸 이 | 김정순
펴 낸 곳 | (주)북하우스
출판등록 | 1997년 9월 23일 제1-2228호

주　　소 | 110-521 서울시 종로구 명륜동 1가 31-9
하 이 텔 | podo1
천 리 안 | greenpen
인 터 넷 | www.bookhouse.co.kr
전화번호 | 747-6353~4
팩　　스 | 747-6355

ISBN　89-87871-19-3　04810
　　　　89-87871-18-5(세트)

* 잘못된 책은 바꿔드립니다.